THOMAS HARRIS

Das Schweigen der Lämmer

THOMAS HARRIS

Das Schweigen der Lämmer

Roman

WILHELM HEYNE VERLAG
MÜNCHEN

Band 41/20

Titel der Originalausgabe
THE SILENCE OF THE LAMBS
Aus dem Amerikanischen übersetzt von Marion Dill

DEUTSCHE ERSTAUSGABE

Printed in Germany 1990
Umschlagfoto: Mauritius/Chrile, Mittenwald
Umschlaggestaltung: Atelier Ingrid Schütz, München
Gesamtherstellung: Ebner Ulm

ISBN 3-453-03781-2

Zum Gedenken an meinen Vater

Hab' ich menschlicher Meinung zu Ephesus mit wilden Tieren gefochten, was hilft mir's? So die Toten nicht auferstehen...

1. Korinther 15.32

Muß ich mir einen Totenkopf in einem Ring anschauen, wo ich doch selbst einen im Gesicht habe?

John Donne, ›Gebete‹

1. Kapitel

Halb in der Erde vergraben im Untergeschoß des Akademiegebäudes in Quantico befindet sich die Abteilung des FBI, die sich mit Mordserien befaßt, die Verhaltensforschung. Clarice Starling erreichte sie erhitzt nach einem flotten Spaziergang von Hogan's Alley auf dem Schießstand. Sie hatte Gras im Haar und Grasflekken auf ihrer FBI-Akademie-Windjacke, was davon herrührte, daß sie sich bei einer simulierten Festnahme auf der Anlage unter Beschuß auf den Boden werfen mußte.

Im Außenbüro war niemand, daher überprüfte sie ihr Spiegelbild kurz in den Glastüren. Sie wußte, daß sie gut aussehen konnte, ohne sich zurechtzumachen. Ihre Hände rochen nach Pistolenrauch, doch zum Waschen war keine Zeit – Sektionschef Crawfords Aufforderung hatte *jetzt* gelautet.

Sie fand Jack Crawford allein in den aneinandergereihten unordentlichen Büros. Er stand telefonierend an einem anderen Schreibtisch als seinem eigenen, und sie hatte Gelegenheit, ihn zum ersten Mal seit einem Jahr flüchtig zu mustern. Was sie sah, beunruhigte sie.

Normalerweise sah Crawford wie ein fitter Ingenieur mittleren Alters aus, der sich seinen Weg durchs College vielleicht durch Baseballspielen finanziert hatte – ein listiger Fänger, zäh, wenn er das Heimmal blockierte. Nun war er dünn, sein Hemdkragen war zu groß, und unter den geröteten Augen hatte er dunkle Tränensäcke. Jeder, der die Zeitungen lesen konnte, wußte, daß die Abteilung für Verhaltensforschung zur Zeit eins aufs Dach kriegte. Starling hoffte, daß Crawford nicht blau war. Doch das schien ihr hier höchst unwahrscheinlich.

Crawford beendete sein Telefongespräch mit einem scharfen »Nein«. Er zog ihre Akte unter dem Arm hervor und schlug sie auf.

»Starling, Clarice M., guten Morgen«, sagte er.

»Hallo.« Ihr Lächeln war reine Höflichkeit.

»Alles in Ordnung. Hoffentlich hat der Anruf Ihnen keinen Schrecken eingejagt.«

»Nein.« *Stimmt nicht ganz,* dachte Starling.

»Von Ihren Ausbildern höre ich, daß Sie sich gut anstellen, oberstes Klassenviertel.«

»Das hoffe ich, sie haben nichts Gegenteiliges verlauten lassen.«

»Ich frage sie von Zeit zu Zeit.«

Das überraschte Starling; sie hatte Crawford als einen zweigesichtigen Hurensohn von Werbesergeant abgeschrieben.

Sie hatte Special Agent Crawford kennengelernt, als er Gastdozent an der University of Virginia war. Die Qualität seiner Kriminologieseminare hatte dazu beigetragen, daß sie zum Bureau kam. Sie hatte ihm einen kurzen Brief geschrieben, als sie sich für die Akademie qualifizierte, doch er hatte nie geantwortet, und in den drei Monaten, die sie schon in der Ausbildung in Quantico war, hatte er sie nicht zur Kenntnis genommen.

Wo Starling herkam, bat man nicht um Gefallen oder drängte auf Freundschaft. Doch Crawfords Verhalten verwirrte und bekümmerte sie. Wenn sie ihn persönlich sah, mochte sie ihn. Leider, wie sie feststellte.

Zweifellos stimmte etwas nicht mit ihm. Von seiner Intelligenz abgesehen besaß Crawford eine eigentümliche Cleverneß. Starling hatte sie zuerst in seinem Farbsinn und dem Material seiner Bekleidung bemerkt, selbst im Rahmen des einheitlichen FBI-Standards für Agentenbekleidung. Nun sah er gepflegt, aber langweilig aus, so als wäre er in der Mauser.

»Es hat sich ein Job aufgetan, und ich habe an Sie gedacht«, sagte er. »Es ist nicht wirklich ein Job, es ist eher ein interessanter Auftrag. Schieben Sie Berrys Zeug von dem Stuhl da und setzen Sie sich. Sie geben hier an, daß Sie direkt zur Verhaltensforschung kommen wollen, wenn Sie die Akademie absolviert haben.«

»Ja.«

»Sie haben eine Menge Gerichtsmedizin, aber keine Erfahrung im Gesetzesvollzug. Wir verlangen sechs Jahre, Minimum.«

»Mein Vater war Polizeichef, ich kenne das Leben.«

Crawford lächelte ein wenig. »*Was* Sie jedoch haben, ist sowohl Psychologie als auch Kriminologie im Hauptfach, und wie viele Sommer, in denen Sie in einem Ärztezentrum für Geisteskrankheiten gearbeitet haben – zwei?«

»Zwei.«

»Ihr juristischer Befähigungsnachweis, ist der gültig?«

»Er gilt noch zwei Jahre. Ich habe ihn bekommen, bevor Sie das Seminar an der UVA abhielten – bevor ich mich zu diesem hier entschloß.«

»Sie wurden vom Einstellungsstopp behindert.«

Starling nickte. »Ich hatte allerdings Glück – ich fand rechtzeitig heraus, daß ich mich für ein Forschungsstipendium für Gerichtsmedizin qualifizieren mußte. So konnte ich im Labor arbeiten, bis es auf der Akademie eine freie Stelle gab.«

»Sie haben mir doch geschrieben, daß Sie hierher kamen, und ich glaube nicht, geantwortet zu haben – ich weiß, ich hab's nicht getan. Hätte ich aber machen sollen.«

»Sie haben genug anderes um die Ohren.«

»Wissen Sie über VI-CAP Bescheid?«

»Ich weiß, daß es sich dabei um das Violent-Criminal-Apprehension-Programm handelt, das Verhaftungsprogramm für Gewaltverbrechen. Im *Law Enforcement Bulletin* heißt es, daß Sie an einer Datenbank arbeiten, aber noch nicht einsatzfähig sind.«

Crawford nickte. »Wir haben einen Fragebogen entwickelt. Er läßt sich auf die ganzen bekannten Serientäter der Neuzeit anwenden.« Er reichte ihr ein dickes Bündel Papiere in einem dünnen Einband. »Es gibt einen Abschnitt für Ermittler und einen für überlebende Opfer, falls vorhanden. Der blaue Teil ist für den Mörder zum Beantworten, sofern er will, und der rosafarbene besteht aus einer Reihe von Fragen, die ein Prüfer dem Mörder stellt, und so seine Reaktionen wie auch seine Antworten erhält. Es ist eine Menge Schreibkram.«

Schreibkram. Clarice Starlings Eigennutz schnüffelte vorwärts wie ein eifriger Beagle. Sie roch ein Jobangebot – wahrscheinlich die stumpfsinnige Plackerei, unaufbereitete Daten in ein neues Computersystem einzugeben. Es war verlockend, in was für einer Stellung auch immer in die Abteilung für Verhaltensforschung hineinzukommen. Doch sie wußte, was mit einer Frau passiert, die erst einmal als Sekretärin abgestempelt ist – es haftet ihr bis in alle Ewigkeit an. Eine Wahl bahnte sich an, und sie wollte gut wählen.

Crawford wartete auf etwas – er mußte ihr eine Frage gestellt haben. Starling mußte ihr Gehirn durchforsten, um sich an sie zu erinnern:

»Was für Tests haben Sie vorgelegt? Jemals den Minnesota Multiphasic? Rorschach?«

»MMPI ja, Rorschach nie«, entgegnete sie. »Ich habe Thematische Apperzeption gemacht und Kindern Bender-Gestalt gegeben.«

»Erschrecken Sie leicht, Starling?«

»Noch nicht.«

»Sehen Sie, wir haben versucht, alle zweiunddreißig bekannten Serientäter, die wir in Untersuchungshaft haben, zu befragen und zu untersuchen, um eine Datenbank für psychologische Diagramme in ungelösten Fällen zu erhalten. Die meisten haben mitgemacht – sie werden wohl angetrieben, sich zu produzieren, sehr viele von ihnen. Siebenundzwanzig waren zur Mitarbeit bereit. Verständlicherweise haben vier aus dem Todestrakt, deren Gesuche um Berufung noch in der Schwebe sind, den Mund nicht aufgemacht. Den jedoch, hinter dem wir am meisten her sind, haben wir nicht kriegen können. Ich möchte, daß Sie sich morgen in der Anstalt um ihn bemühen.«

Clarice Starling spürte ein frohes Pochen in der Brust und auch eine gewisse Besorgnis.

»Wer ist der Betreffende?«

»Der Psychiater – Dr. Hannibal Lecter«, antwortete Crawford.

Bei jeder zivilisierten Zusammenkunft folgte auf den Namen stets eine kurze Stille.

Starling sah Crawford unverwandt an, doch auch sie schwieg. »Hannibal der Kannibale«, sagte sie.

»Ja.«

»Ja, nun – okay, gut. Ich freue mich über die Chance, aber ich frage Sie – warum ich?«

»Hauptsächlich deshalb, weil Sie verfügbar sind«, erwiderte

Crawford. »Ich erwarte nicht, daß er behilflich ist. Er hat bereits abgelehnt. Aber das war durch einen Mittelsmann – den Leiter der Anstalt. Ich muß sagen können, daß unser qualifizierter Prüfer ihn aufgesucht und ihn persönlich befragt hat. Es gibt Gründe, die für Sie nicht von Belang sind. Mir bleibt in dieser Abteilung keiner mehr, den ich dafür abstellen kann.«

»Sie stecken in der Klemme – Buffalo Bill – und die Sachen in Nevada«, sagte Starling.

»Sie haben's erfaßt. Es ist die alte Leier – nicht genügend frische Leichen.«

»Sie sagten, morgen – Sie haben es eilig. Irgendein Zusammenhang mit einem aktuellen Fall?«

»Nein. Wenn es den bloß gäbe.«

»Wenn er sich vor mir drückt, wollen Sie dann trotzdem noch ein psychologisches Gutachten?«

»Nein. Ich stecke bis zur Hüfte in Gutachten, die Dr. Lecter als unzugänglichen Patienten ausweisen, und sie sind alle unterschiedlich.«

Crawford schüttelte sich zwei Vitamin-C-Tabletten in die Handfläche und mixte sich ein Alka-Seltzer am Wasserkühler, um sie hinunterzuspülen. »Es ist lächerlich, wissen Sie; Lecter ist Psychiater, und er schreibt selbst für die psychiatrischen Journale – außergewöhnliches Zeug –, aber es handelt sich nie um seine eigenen kleinen Anomalitäten. Einmal bei einigen Tests – er saß mit einer Blutdruckmanschette um seinen Penis da und schaute sich grausige Bilder an – tat er so, als machte er mit dem Krankenhausleiter, Chilton, mit. Und dann veröffentlichte Lecter als erster das, was er über Chilton erfahren hatte, und machte sich über ihn lustig. Er beantwortet ernsthafte Korrespondenz von Psychiatriestudenten auf Gebieten, die in keinem Zusammenhang mit seinem Fall stehen. Und das ist alles, was er tut. Wenn er sich nicht mit Ihnen unterhalten will, möchte ich nur normale Berichterstattung. Wie er aussieht, wie seine Zelle aussieht, was er macht. Sozusagen Lokalkolorit. Geben Sie auf ein- und ausgehende Presseleute acht. Nicht die richtige Presse, die von der Regenbogenpresse. Sie lieben Lecter sogar noch mehr als Prinz Andrew.«

»Hat nicht so ein Schmierblatt ihm fünfzigtausend Dollar für einige Rezepte angeboten? Ich meine mich daran zu entsinnen«, sagte Starling.

Crawford nickte. »Ich bin mir ziemlich sicher, daß der *National Tattler* jemanden im Anstaltsbereich gekauft hat, und die wissen vielleicht, daß Sie kommen, nachdem ich den Termin ausgemacht habe.«

Crawford beugte sich vor, bis er ihr aus einem halben Meter Entfernung ins Gesicht sah. Sie schaute zu, wie seine Halbbrille die Ringe unter seinen Augen verschwimmen ließ. Er hatte unlängst mit Mundwasser gegurgelt.

»Also. Ich will Ihre volle Aufmerksamkeit, Starling. Hören Sie mir zu?«

»Jawohl, Sir.«

»Seien Sie mit Hannibal Lecter sehr vorsichtig. Dr. Chilton, der Chef der Heilanstalt, wird mit Ihnen die physische Prozedur durchgehen, die Sie anwenden, um sich mit ihm zu befassen. Weichen Sie nicht davon ab. *Weichen sie nicht aus irgendeinem Grund davon ab.* Falls Lecter überhaupt mit Ihnen spricht, wird er nur versuchen, etwas über Sie herauszufinden. Es ist die Art Neugier, die eine Schlange in ein Vogelnest sehen läßt. Wir beide wissen, daß man in Interviews immer ein bißchen vor und zurück muß, aber Sie erzählen ihm nichts Spezielles über sich. Vermeiden Sie unbedingt Ihre persönlichen Fakten in seinem Kopf. Sie wissen, was er mit Will Graham angestellt hat.«

»Ich hab' darüber gelesen, als es passierte.«

»Er hat Will ein Linoleummesser in die Därme gerammt, als Will ihn einholte. Es ist ein Wunder, daß Will nicht gestorben ist. Erinnern Sie sich an den Roten Drachen? Lecter setzte Francis Dolarhyde auf Will und seine Familie an. Dank Lecter sieht Wills Gesicht aus, als hätte Picasso ihn gezeichnet. Er hat eine Krankenschwester in der Anstalt in Stücke gerissen. Machen Sie Ihre Arbeit, vergessen Sie bloß nicht, was er ist.«

»Und das wäre? Wissen Sie es?«

»Ich weiß, daß er ein Monster ist. Darüber hinaus kann niemand was mit Gewißheit sagen. Vielleicht finden Sie es heraus; ich habe Sie nicht aus einem Hut gezogen, Starling. Sie haben mir ein paar interessante Fragen gestellt, als ich an der UVA war. Der

Chef möchte Ihren eigenen Bericht über Ihrer Unterschrift sehen – wenn er klar und knapp und organisiert ist. Das bestimme ich. Und ich *habe* ihn Sonntag Punkt 9:00 Uhr. Okay, Starling, machen Sie auf die vorgeschriebene Art und Weise weiter.«

Crawford lächelte sie an, doch seine Augen waren tot.

2. Kapitel

Dr. Frederick Chilton, achtundfünfzig, Verwalter des Baltimore State Hospital für geistesgestörte Straftäter, hatte einen langen, breiten Schreibtisch, auf dem sich keine harten oder scharfen Gegenstände befanden. Einige des Personals nannten ihn ›den Graben‹; andere Mitarbeiter wußten nicht, was das Wort *Graben* bedeutete. Dr. Chilton blieb hinter seinem Schreibtisch sitzen, als Clarice Starling sein Büro betrat.

»Wir haben eine Menge Detektive hier gesehen, aber ich kann mich nicht an einen derart attraktiven entsinnen«, sagte Chilton, ohne aufzustehen.

Starling wußte intuitiv, daß der Glanz auf seiner ausgestreckten Hand Lanolin vom Betasten seines Haars war. Sie ließ seine Hand schnell wieder los.

»*Miss* Sterling, nicht wahr?«

»*Star*ling, Doktor, mit *a*. Danke für Ihre Zeit.«

»Jetzt muß das FBI also schon auf Mädchen zurückgreifen, ha, ha.« Er hängte das Tabaklächeln an, mit dem er seine Sätze zu trennen pflegt.

»Das Bureau verbessert sich, Dr. Chilton. Das tut es zweifelsohne.«

»Sind Sie für einige Tage in Baltimore? Wissen Sie, Sie können sich hier genausogut amüsieren wie in Washington oder New York, wenn Sie die Stadt kennen.«

Sie schaute weg, um sich sein Lächeln zu ersparen, und wußte sofort, daß er ihre Abneigung registriert hatte. »Es ist bestimmt eine großartige Stadt, aber meine Anordnungen lauten, Dr. Lecter zu besuchen und noch heute nachmittag Bericht zu erstatten.«

»Könnte ich Sie irgendwo in Washington für ein Weiterverfolgen der Sache telefonisch erreichen, später?«

»Natürlich. Es ist nett von Ihnen, daran zu denken. Special Agent Jack Crawford führt die Aufsicht über dieses Projekt, und Sie können mich stets durch ihn erreichen.«

»Ich verstehe«, sagte Chilton. Seine rosagefleckten Wangen harmonierten nicht mit dem unwahrscheinlichen Rotbraun seiner Haarkappe. »Geben Sie mir bitte Ihren Ausweis.« Er ließ sie während der gemächlichen Überprüfung ihres Ausweises stehen. Dann gab er ihn ihr zurück und erhob sich. »Dies wird nicht lange dauern. Kommen Sie.«

»Ich nahm an, Sie würden mir genaue Anweisungen geben, Dr. Chilton«, sagte Starling.

»Das kann ich tun, während wir auf dem Weg sind.« Auf seine Armbanduhr schauend kam er um seinen Schreibtisch herum. »Ich habe in einer halben Stunde einen Lunch.«

Verdammt, sie hätte ihn besser, schneller durchschauen sollen. Er war möglicherweise kein völliger Trottel. Er wußte vielleicht etwas Zweckdienliches. Sie hätte sich keinen abgebrochen, einmal geziert zu lächeln, auch wenn sie darin nicht gut war.

»Dr. Chilton, ich habe jetzt mit Ihnen einen Termin. Er wurde nach Ihrem Belieben festgesetzt, wenn Sie mir etwas Zeit widmen konnten. Während des Interviews könnten Dinge zur Sprache kommen – unter Umständen muß ich einige seiner Antworten mit Ihnen durchgehen.«

»Das bezweifle ich wirklich, wirklich. Oh, ich muß telefonieren, bevor wir gehen. Ich treffe Sie dann im Außenbüro.«

»Ich würde gern meinen Mantel und Schirm hier lassen.«

»Da draußen«, sagte Chilton. »Geben Sie es Alan im Außenbüro. Er wird es wegpacken.«

Alan trug das an die Insassen ausgegebene schlafanzugähnliche Gewand. Mit dem Schoß seines Hemds wischte er gerade Aschenbecher aus.

Er rollte die Zunge in der Wange herum, als er Starlings Mantel nahm.

»Danke«, sagte sie.

»Aber bitte, nur zu. Wie oft scheißen Sie?« fragte Alan.

»Was haben Sie gesagt?«

»Kommt es la-a-a-a-ang heraus?«

»Ich häng' meine Sachen schon selbst irgendwo auf.«

»Man hat nichts im Weg – man kann sich vornüber beugen und zusehen, wie's herauskommt, und schauen, ob es die Farbe wechselt, wenn es an die Luft kommt, machen Sie das? Sieht es aus, als hätten Sie einen großen braunen Schwanz?«

»Dr. Chilton will Sie in seinem Büro sehen, und zwar sofort«, sagte Starling.

»Nein, will ich nicht«, sagte Dr. Chilton. »Häng den Mantel in den Schrank, Alan, und hol ihn nicht heraus, während wir weg sind. *Mach schon.* Ich hatte eine Ganztagstippse, aber die Kürzungen haben sie mir genommen. Jetzt tippt das Mädchen, das Sie hereingelassen hat, hier täglich drei Stunden, und dann habe ich Alan. Wo sind die ganzen Bürogehilfinnen, Miss Starling?« Seine Brille funkelte sie an. »Sind Sie bewaffnet?«

»Nein, ich bin nicht bewaffnet.«

»Darf ich Ihre Hand- und Ihre Aktentasche sehen?«

»Sie haben meine Ausweispapiere gesehen.«

»Und darin steht, daß Sie Studentin sind. Lassen Sie mich bitte Ihre Sachen sehen.«

Clarice Starling fuhr zusammen, als das erste der schweren Stahltore rasselnd hinter ihr zufiel und der Riegel einschnappte. Chilton ging etwas voraus, den grünen Anstaltskorridor entlang in einer Atmosphäre aus Desinfektionsmittel und fernem Türenknallen.

Starling ärgerte sich über sich selbst, daß sie Chilton erlaubt hatte, ihre Hand- und Aktentasche zu durchwühlen, und sie mußte sich schwer am Riemen reißen, damit sie sich konzentrieren konnte. Es war in Ordnung. Sie spürte ihre Kontrolle fest unter sich, wie einen guten Kiesgrund in einer schnellen Strömung.

»Lecter ist eine beträchtliche Plage«, sagte Chilton über die Schulter. »Ein Krankenpfleger braucht mindestens zehn Minuten täglich zum Entfernen der Drahtösen aus den Monatsschriften, die er erhält. Wir haben versucht, seine Abonnements abzubestellen oder zu reduzieren, doch er verfaßte einen Schriftsatz, und das Gericht überstimmte uns. Früher war der Umfang seiner Privatpost enorm. Sie hat Gott sei Dank nachgelassen, seit er in den Nachrichten von anderen Kreaturen in den Schatten gestellt wird. Eine Zeitlang hat es so ausgesehen, als wollte jeder kleine Student, der eine Magisterarbeit in Psychologie schrieb, etwas von Lecter darin haben. Die Ärztejournale veröffentlichen ihn immer noch, aber es ist nur wegen des Freakwerts seiner Verfasserangabe.«

»Er hat einen guten Artikel über Operationssucht im *Journal of Clinical Psychiatry* geschrieben, war ich der Meinung«, bemerkte Starling.

»So, waren Sie das? *Wir* haben versucht, Lecter zu studieren. Wir dachten: ›Hier bietet sich die Gelegenheit, eine Meilensteinstudie zu machen‹ – es ist so selten, einen lebend zu bekommen.«

»Einen was?«

»Einen reinen Soziopathen, denn das ist er ja offensichtlich. Er ist jedoch unergründlich, viel zu intellektuell für die Standardtests. Und, meine Güte, was haßt er uns! Er hält mich für seine Nemesis. Crawford ist sehr schlau – nicht? –, Sie auf Lecter anzusetzen.«

»Wie meinen Sie das, Dr. Chilton?«

»Eine junge Frau, um ›ihn anzutörnen‹, wie man das wohl nennt. Ich glaube, Lecter hat seit Jahren keine Frau gesehen – er hat vielleicht einen flüchtigen Blick von einer der Putzfrauen erhascht. Im allgemeinen lassen wir hier keine Frauen rein. In der Haft bedeuten sie Ärger.«

Mensch, verpiß dich, Chilton. »Ich habe meinen Abschluß an der University of Virginia mit besonderer Auszeichnung gemacht, Doktor. Es ist keine Schule des Charmes.«

»Dann sollten Sie fähig sein, sich an die Regeln zu erinnern: Nicht durch die Gitterstäbe langen, die Gitterstäbe nicht berühren. Sie reichen ihm nur weiches Papier. Keine Kugelschreiber, keine Bleistifte. Zeitweise hat er seine eigenen Filzstifte. Das Papier, das Sie ihm reichen, muß frei sein von Drahtösen, Büroklammern oder Nadeln. Gegenstände werden ihm nur durch das Schiebetablett fürs Essen gereicht und kommen auf demselben Weg wieder zurück. Keine Ausnahmen. Nehmen Sie nichts an, was er Ihnen durch das Gitter hinzuhalten versucht. Verstehen Sie mich?«

»Ich verstehe.«

Sie waren durch zwei weitere Tore gegangen und ließen das natürliche Licht hinter sich. Nun befanden sie sich jenseits der Säle, wo Insassen sich unter ihresgleichen mischen können, unten in dem Bereich, wo es keine Fenster und kaum Menschen gab. Die Flurlichter waren mit schweren Gittern bedeckt, wie die Lampen in den Maschinenräumen von Schiffen. Dr. Chilton blieb unter einem von ihnen stehen. Als ihre Schritte innehielten, konnte Starling irgendwo hinter der Mauer das schartige Ende einer vom Schreien ruinierten Stimme hören.

»Lecter ist nie außerhalb seiner Zelle, ohne volle Zwangskleidung und ein Mundstück zu tragen«, sagte Chilton. »Ich zeige Ihnen gleich, warum. Im ersten Jahr nach seiner Einweisung war er ein Muster an Kooperation. Die Sicherheitsvorkehrungen um seine Person wurden geringfügig gelockert – dies war unter der vorhergehenden Verwaltung, wohlgemerkt. Am Nachmittag des 8. Juli 1976 klagte er über Brustschmerzen und wurde ins Behandlungszimmer gebracht. Man nahm ihm die Fesseln ab, damit man ihm leichter ein Elektrokardiogramm machen konnte. Als die Krankenschwester sich über ihn beugte, tat er ihr dies an.« Chilton reichte Starling ein Foto mit Eselsohren. »Es gelang den Ärzten, eins ihrer Augen zu retten. Lecter war die ganze Zeit an die Monitore angeschlossen. Er brach ihr den Kiefer, um an ihre Zunge zu gelangen. Sein Puls stieg nie über fünfundachtzig an, selbst dann nicht, als er die Zunge verschluckte.«

Starling wußte nicht, was schlimmer war, das Foto oder Chiltons Aufmerksamkeit, als er ihr Gesicht mit raschem besitzergreifenden Blick erforschte. Sie dachte an ein durstiges Huhn, das ihr Tränen vom Gesicht pickte.

»Ich halte ihn hier fest«, sagte Chilton und drückte auf einen Knopf neben einer schweren Doppeltür aus Sicherheitsglas. Ein großer Pfleger ließ sie in den dahinterliegenden Trakt.

Starling traf eine unangenehme Entscheidung und blieb direkt hinter der Tür stehen. »Dr. Chilton, wir benötigen diese Testergebnisse wirklich. Wenn Dr. Lecter das Gefühl hat, Sie seien sein Freund – wenn er auf Sie fixiert ist, so wie Sie gesagt haben –, hätten wir vielleicht mehr Glück, wenn ich allein an ihn heranträte. Was meinen Sie?«

Chiltons Wange zuckte. »Dagegen habe ich absolut nichts einzuwenden. Das hätten Sie in meinem Büro vorschlagen können. Ich hätte einen Pfleger mit Ihnen schicken und die Zeit sparen können.«

»Ich hätte es dort vorschlagen können, wenn Sie mir dort genaue Anweisungen gegeben hätten.«

»Ich erwarte nicht, Sie wiederzusehen, Miss *Star*ling – Barnney, wenn sie mit Lecter fertig ist, klingel nach jemandem, der sie hinausbringt.«

Chilton ging davon, ohne sie nochmals anzusehen.

Nun waren nur der große teilnahmslose Pfleger und die lautlose Uhr hinter ihm und seinem Drahtgeflechtschrank mit der chemischen Keule und der Zwangskleidung, mit dem Mundstück und der Tranquilizerpistole. Ein Wandregal enthielt eine lange pfeifenähnliche Vorrichtung mit einem U am Ende, um den Gewalttätigen an die Wand zu fesseln.

Der Pfleger betrachtete sie. »Dr. Chilton hat Ihnen doch erklärt, nicht die Gitter zu berühren?« Seine Stimme war hoch und heiser zugleich. Sie wurde an Aldo Ray erinnert.

»Ja, das hat er mir gesagt.«

»Okay. Es ist an den andern vorbei, die letzte Zelle rechts. Halten Sie sich in der Mitte des Korridors, wenn Sie hinuntergehen, und kümmern Sie sich um nichts. Sie können ihm seine Post bringen, die Sache richtig anpacken.« Der Pfleger schien insgeheim belustigt. »Sie legen sie einfach ins Tablett und lassen sie durchrollen. Wenn das Tablett in der Zelle ist, können Sie es mit der Schnur zurückziehen, oder er kann es zurückschicken. Dort, wo das Tablett draußen hält, kann er Sie nicht erreichen.« Der Pfleger gab ihr zwei Zeitschriften, deren lose Seiten auseinanderfielen, drei Zeitungen und mehrere geöffnete Briefe.

Der Korridor war etwa neunzig Meter lang und hatte auf beiden Seiten Zellen. Einige waren Gummizellen mit einem Beobachtungsfenster, lang und eng wie eine Schießscharte, in der Mitte der Tür. Andere waren normale Gefängniszellen mit einer auf den Korridor gehenden Gitterwand.

Clarice Starling war sich der Gestalten in den Zellen bewußt, doch sie versuchte, nicht zu ihnen hinzusehen. Sie war schon über die Hälfte den Korridor hinunter, als eine Stimme zischte: »Ich kann deine Fotze riechen.« Sie ließ sich nicht anmerken, daß sie es gehört hatte, und ging weiter.

In der letzten Zelle war das Licht an. Sie ging auf die linke Seite des Korridors, um hineinzuschauen, wobei sie wußte, daß ihre Absätze sie ankündigten.

3. Kapitel

Dr. Lecters Zelle lag weit hinter den anderen, blickte nur auf einen Wandschrank auf der gegenüberliegenden Seite des Korridors und war auch sonst einzigartig. Die Vorderseite bestand aus einer Gitterwand, doch direkt hinter den Gitterstäben, in einer Entfernung, die größer war als die menschliche Reichweite, befand sich eine zweite Schranke, ein vom Boden zur Decke und von Wand zu Wand gespanntes kräftiges Nylonnetz. Hinter dem Netz konnte Starling einen am Boden festgeschraubten Tisch erkennen, auf dem sich Taschenbücher und Zeitungen stapelten, und einen geraden, ebenfalls festgeschraubten Stuhl.

Dr. Hannibal Lecter selbst lag auf seiner Pritsche gestützt und las in der italienischen Ausgabe der *Vogue*. Er hielt die losen Seiten in der rechten Hand und legte sie mit der linken nacheinander neben sich. An der linken Hand hat Dr. Lecter sechs Finger.

Clarice Starling blieb in einiger Entfernung vor dem Gitter stehen, etwa der Länge eines kleinen Foyers entsprechend.

»Dr. Lecter.« Ihre Stimme kam ihr normal vor.

Er sah von seiner Lektüre auf.

Eine angespannte Sekunde lang glaubte sie, daß sein Blick summte, doch was sie hörte, war nur ihr Blut.

»Ich heiße Clarice Starling. Darf ich mich mit Ihnen unterhalten?« Ihre Entfernung und ihr Ton schlossen Höflichkeit in sich.

Dr. Lecter erwog dies, den Finger gegen die geschürzten Lippen gepreßt. Dann nahm er sich beim Aufstehen Zeit und kam in seiner Gitterzelle mit sanften Bewegungen nach vorn. Ohne das Nylonnetz anzusehen, hielt er jäh davor inne, als würde er die Entfernung selbst wählen.

Sie konnte sehen, daß er klein und geschmeidig war; in seinen Händen und Armen erkannte sie drahtige Kraft.

»Guten Morgen«, sagte er, als hätte er die Tür geöffnet. In seiner kultivierten Stimme schwang ein leichtes metallisches Schnarren mit, möglicherweise durch Nichtgebrauch.

Dr. Lecters Augen waren kastanienbraun, und sie spiegelten das Licht in roten winzigen Punkten wider. Manchmal schienen die Lichtpunkte wie Funken in seine Mitte zu sprühen. Seine Augen umfaßten Starling ganz.

In abgemessener Distanz kam sie näher an die Gitterstäbe heran. Die Härchen auf ihren Vorderarmen stellten sich auf und drückten gegen ihre Ärmel.

»Doktor, wir haben ein schwieriges Problem bei der Erstellung psychologischer Diagramme. Ich möchte Sie um Ihre Hilfe bitten.«

»Wobei ›wir‹ die Abteilung für Verhaltensforschung in Quantico ist. Sie gehören zu Jack Crawfords Leuten, nehme ich an.«

»Das tue ich, ja.«

»Darf ich Ihre Ausweispapiere sehen?«

Darauf war sie nicht gefaßt. »Ich habe sie im... Büro vorgezeigt.«

»Sie wollen damit sagen, Sie haben Sie Dr. phil. Frederick Chilton gezeigt?«

»Ja.«

»Haben Sie *seine* Papiere gesehen?«

»Nein.«

»Die akademischen geben keinen umfassenden Lesestoff ab, das kann ich Ihnen sagen. Sind Sie Alan begegnet? Ist er nicht reizend? Mit welchem von ihnen würden Sie lieber sprechen?«

»Alles in allem würde ich sagen, mit Alan.«

»Sie könnten eine Reporterin sein, die Chilton für Geld hereingelassen hat. Ich glaube, ich bin dazu berechtigt, Ihre Ausweispapiere zu sehen.«

»Na gut.« Sie hielt ihren laminierten Ausweis hoch.

»Aus dieser Entfernung kann ich ihn nicht lesen, schicken Sie ihn bitte durch.«

»Das kann ich nicht.«

»Weil er hart ist.«

»Ja.«

»Fragen Sie Barney.«

Der Pfleger kam und dachte nach. »Dr. Lecter, ich werde den Ausweis durchschieben. Wenn Sie ihn aber nicht zurückgeben, wenn ich Sie darum bitte – wenn wir alle Mann bemühen und Sie fesseln müssen, um ihn zu kriegen –, dann werde ich sauer sein. Wenn Sie mich soweit bringen, bleiben Sie eingemummt, bis ich wieder besser auf Sie zu sprechen bin. Mahlzeiten durch den Schlauch, Gummihosen zweimal täglich gewechselt – der ganze Kram. Und ich werde Ihre Post eine Woche lang einbehalten. Kapiert?«

»Gewiß, Barney.«

Die Karte rollte auf dem Tablett durch, und Dr. Lecter hielt sie ans Licht.

»Eine Auszubildende? Hier steht ›Auszubildende‹. Jack Crawford hat eine *Auszubildende* geschickt, um mich zu befragen?« Er klopfte mit der Karte gegen seine kleinen weißen Zähne und atmete ihren Geruch ein.

»Dr. Lecter«, sagte Barney.

»Natürlich.« Er legte die Karte in das Tablett zurück, und Barney zog es nach draußen.

»Ich bin noch in der Ausbildung an der Akademie, ja«, sagte Starling, »aber wir diskutieren hier nicht über das FBI – wir unterhalten uns über Psychologie. Können Sie selbst feststellen, ob ich in dem Fach qualifiziert bin, über das wir uns unterhalten?«

»Hmmmm«, meinte Dr. Lecter. »Eigentlich... ist das ziemlich gerissen von Ihnen. Barney, glauben Sie, Officer Starling könnte einen Stuhl haben?«

»Dr. Chilton hat mir nichts von einem Stuhl gesagt.«

»Was sagen Ihnen Ihre Manieren, Barney?«

»Hätten Sie gern einen Stuhl?« fragte Barney sie. »Wir hätten einen haben können, aber er kriegt ja nie – also, gewöhnlich muß keiner so lang bleiben.«

»Ja, danke«, sagte Starling.

Barney brachte einen Klappstuhl aus dem abgeschlossenen Wandschrank auf der gegenüberliegenden Seite des Korridors, stellte ihn auf und ließ sie allein.

»Nun«, sagte Lecter und setzte sich seitwärts an seinen Tisch, um ihr das Gesicht zuzuwenden, »was hat Miggs zu Ihnen gesagt?«

»Wer?«

»Der multiple Miggs, in der Zelle dort unten. Er hat Sie angezischt. Was hat er gesagt?«

»Er sagte: ›Ich kann deine Fotze riechen.‹«

»Aha. Ich selbst kann es nicht. Sie benutzen Evyan-Hautcreme, und manchmal tragen Sie L'Air du Temps, aber nicht heute. Heute sind Sie entschieden unparfümiert. Was meinen Sie zu dem, was Miggs gesagt hat?«

»Er ist aus Gründen feindselig, die ich nicht kennen kann. Es ist zu dumm. Er ist feindselig gegen Leute, Leute sind feindselig gegen ihn. Es ist eine Schleife.«

»Sind Sie ihm feindlich gesinnt?«

»Es tut mir leid, daß er gestört ist. Darüber hinaus bedeutet er Lärm. Wie haben Sie von dem Parfüm gewußt?«

»Ein Hauch aus Ihrer Tasche, als Sie Ihre Karte herausholten. Ihre Tasche ist schön.«

»Danke.«

»Sie haben doch Ihre beste Tasche gebracht, oder?«

»Ja.« Es stimmte. Sie hatte für die klassische sportliche Handtasche gespart. Es war das beste Stück, das sie besaß.

»Sie ist viel besser als Ihre Schuhe.«

»Vielleicht bringen die's auch noch soweit.«

»Das bezweifle ich nicht.«

»Haben Sie die Zeichnungen an Ihren Wänden gemacht, Doktor?«

»Glauben Sie, ich habe einen Dekorateur kommen lassen?«

»Ist die über dem Waschbecken eine europäische Stadt?«

»Es ist Florenz. Das ist der Palazzo Vecchio und der Duomo, vom Belvedere aus gesehen.«

»Haben Sie sie aus dem Gedächtnis gezeichnet, die ganzen Details?«

»Gedächtnis ist das, Officer Starling, was ich statt einer Aussicht habe.«

»Ist die andere eine Kreuzigung? Das mittlere Kreuz ist leer.«

»Es ist Golgatha nach der Kreuzabnahme. Zeichenkreide und Textmarker auf Einwickelpapier. Was der Dieb, dem man das Paradies versprochen hatte, wirklich bekam, als sie das Osterlamm wegführten.«

»Und was war das?«

»Man brach seine Beine natürlich, genau wie seinem Gefährten, der sich über Christus lustig machte. Ist Ihnen das Evangelium des Heiligen Johannes denn gar kein Begriff? Dann schauen Sie sich mal Duccio an – er malt exakte Kreuzigungen. Wie geht es Will Graham? Wie sieht er aus?«

»Ich kenne Will Graham nicht.«

»Sie wissen, wer er ist. Jack Crawfords Protegé. Der vor Ihnen. Wie sieht sein Gesicht aus?«

»Ich habe ihn nie gesehen.«

»Man nennt dies ›alte Beziehungen berühren‹, Officer Starling, das macht Ihnen doch wohl nichts aus?«

Schläge des Schweigens, und sie riskierte es.

»Besser noch als das, wir könnten uns hier auf Altes, Sie Berührendes beziehen. Was ich mitgebracht habe...«

»Nein. Nein, das ist dumm und falsch. Gebrauchen Sie Witz nie zum Parieren. Hören Sie, eine witzige Bemerkung zu begreifen und darauf zu antworten, bringt Ihr Gegenüber dazu, die Situation rasch und gesondert zu prüfen, was der Stimmung abträglich ist. Wir bewegen uns nämlich auf der Planke der Stimmung entlang. Sie hatten es gut gemacht, Sie waren liebenswürdig und für Liebenswürdigkeit empfänglich, Sie bewiesen dadurch Vertrauen, daß Sie die peinliche Wahrheit über Miggs gesagt haben, und dann kommen Sie mit einer ungeschickten ›witzigen‹ Einleitung zu Ihrem Fragebogen daher. Das genügt nicht.«

»Dr. Lecter, Sie sind ein erfahrener klinischer Psychiater. Meinen Sie, ich sei dumm genug zu versuchen, Ihnen mit irgendeiner Art von Stimmungsmasche zu kommen? Trauen Sie mir doch ein bißchen was zu. Ich bitte Sie, den Fragebogen zu beantworten, und das tun Sie oder auch nicht. Wäre es denn so schlimm, sich das Ding anzusehen?«

»Officer Starling, haben Sie irgendeines der Schriftstücke gelesen, die unlängst aus der Abteilung für Verhaltensforschung gekommen sind?«

»Ja.«

»Ich ebenfalls. Das FBI weigert sich dummerweise, mir das *Law Enforcement Bulletin* zu schicken, aber ich bekomme es von Altwarenhändlern, und ich habe die *News* von John Jay und die psychiatrischen Journale. Sie teilen die Leute, die Mordserien verüben, in zwei Gruppen – organisierte und desorganisierte. Was halten Sie davon?«

»Es ist... grundlegend, offensichtlich sind sie...«

»*Stark vereinfachend* ist der Begriff, den Sie suchen. In der Tat ist ein Großteil der Psychologie kindisch, Officer Starling, und die in der Abteilung für Verhaltensforschung praktizierte steht auf einer Stufe mit Phrenologie. Als erstes bekommt die Psychologie kein sehr gutes Material. Gehen Sie zur psychologischen Fakultät eines x-beliebigen College und sehen Sie sich die Studenten und den Lehrkörper an: Funkamateurfans und sonstige Enthusiasten, denen es an Persönlichkeit mangelt. Kaum die besten Hirne auf dem Campus. *Organisiert* und *desorganisiert* – das zeugt nur so von Inkompetenz.«

»Wie würden Sie die Einteilung ändern?«

»Das würde ich gar nicht.«

»Da wir von Publikationen sprechen, ich habe Ihre Artikel über Operationssucht und linksseitige, rechtsseitige Gesichtsentfaltungen gelesen.«

»Ja, sie waren erstklassig«, erwiderte Dr. Lecter.

»Der Meinung war ich auch, und Jack Crawford ebenso. Er hat mich auf sie hingewiesen. Das ist ein Grund, warum er besorgt darum ist, daß Sie –«

»Crawford der Stoiker ist besorgt? Er muß beschäftigt sein, wenn er Hilfe aus der Studentenschaft heranzieht.«

»Ja, und er möchte –«

»Mit Buffalo Bill beschäftigt.«

»Das nehme ich an.«

»Nein. Nicht ›Das nehme ich an‹. Officer Starling, Sie wissen sehr wohl, daß es Buffalo Bill ist. Ich war der Meinung, Jack Crawford hätte Sie hergeschickt, um mich darüber auszufragen.«

»Nein.«

»Dann tasten Sie sich also nicht daran heran?«

»Nein, ich bin gekommen, weil wir Ihre –«

»Was wissen Sie über Buffalo Bill?«

»Keiner weiß viel.«

»Hat alles in den Zeitungen gestanden?«

»Ich denke schon. Dr. Lecter, ich habe kein vertrauliches Material über diesen Fall gesehen, meine Aufgabe ist –«

»Wie viele Frauen hat Buffalo Bill erledigt?«

»Die Polizei hat fünf gefunden.«

»Alle abgehäutet?«

»Ja, teilweise.«

»Die Zeitungen haben nie seinen Namen erklärt. Wissen Sie, warum er Buffalo Bill heißt?«

»Ja.«

»Erzählen Sie's mir.«

»Ich werde es Ihnen erzählen, wenn Sie sich diesen Fragebogen anschauen.«

»Ich werde ihn mir anschauen, mehr nicht. Na, warum?«

»Es hat als schlechter Scherz in der Mordkommission von Kansas City angefangen.«

»Ja...?«

»Sie nennen ihn Buffalo Bill, weil er seine Beute abhäutet.«

Starling stellte fest, daß sie das Gefühl, sich zu fürchten, gegen das Gefühl, sich billig vorzukommen, eingetauscht hatte. Von den beiden zog sie das Gefühl der Furcht vor.

»Schicken Sie den Fragebogen durch.«

Starling rollte den blauen Abschnitt auf dem Tablett durch. Sie saß still, während Lecter ihn durchblätterte.

Er warf ihn in den Behälter zurück. »Oh, Officer Starling, sind Sie der Ansicht, Sie können mich mit diesem kleinen stumpfen Werkzeug sezieren?«

»Nein. Ich bin der Meinung, Sie können eine gewisse Einsicht beitragen und diese Studie voranbringen.«

»Und was für einen möglichen Grund könnte ich dafür haben?«

»Neugier.«

»Worüber?«

»Darüber, warum Sie hier sind. Darüber, was Ihnen zugestoßen ist.«

»Mir ist nichts zugestoßen, Officer Starling. *Ich* bin geschehen. Sie können mich nicht auf eine Reihe von Einflüssen reduzieren. Sie haben Gut und Böse für den Behaviorismus aufgegeben, Officer Starling. Sie haben jeden in moralische Gummihosen gesteckt, die behindern – nichts ist je irgend jemandes Schuld. Sehen Sie mich an, Officer Starling. Können Sie es ertragen zu sagen, ich sei böse? Bin ich böse, Officer Starling?«

»Ich glaube, Sie sind destruktiv gewesen. Das ist für mich dasselbe.«

»Böse ist nur destruktiv? Dann sind *Stürme* böse, wenn das so einfach ist. Und wir haben *Feuer*, und dann gibt es *Hagel*. Versicherungsagenten fassen es unter ›Taten Gottes‹ zusammen.«

»Vorsätzliche –«

»Ich sammle Kircheneinstürze, der Entspannung halber. Haben Sie den neuesten in Sizilien gesehen? Herrlich! Bei einer besonderen Messe fiel die Fassade auf fünfundsechzig Großmütter. War das böse? Wenn ja, wer hat es getan? Wenn Er dort oben ist, findet Er es einfach toll, Officer Starling. Typhus und Schwäne – es kommt alles vom selben Ort.«

»Ich kann es Ihnen nicht erklären, Doktor, aber ich weiß, wer es kann.«

Er gebot ihr mit erhobener Hand Einhalt. Die Hand war wohlgeformt, stellte sie fest, und der Mittelfinger perfekt verdoppelt. Es war die seltenste Form von Polydaktylie.

Als er wieder sprach, war sein Ton leise und angenehm. »Sie würden mich gern quantitativ bestimmen, Officer Starling. Sie sind so ehrgeizig, nicht? Wissen Sie, wie Sie mir vorkommen, mit Ihrer guten Tasche und Ihren billigen Schuhen? Sie sehen wie ein Bauerntrampel aus. Sie sind ein gut geschrubbter, hastender Bauerntrampel mit ein bißchen Geschmack. Ihre Augen sind wie billige Geburtssteine – reiner Oberflächenglanz, wenn Sie sich an eine unbedeutende Antwort heranpirschen. Und hinter ihnen sind Sie gescheit, oder? Verzweifelt darauf bedacht, nicht wie Ihre Mutter zu sein. Gute Ernährung hat Sie mit einem gewissen Knochenmaß ausgestattet, aber Sie sind erst eine Generation aus den Zechen heraus, *Officer* Starling. Sind es die Starlings aus West Virginia oder die Starlings aus Okie, Officer? Es war das Hochwerfen einer Münze zwischen College und den Möglichkeiten im weiblichen Armeecorps, nicht wahr? Lassen Sie mich Ihnen etwas Spezielles über Sie selbst sagen, Studentin Starling. In Ihrem Zimmer haben Sie eine Kette aus goldenen Steckperlen, und Sie spüren einen häßlichen kleinen Knuff, wenn Sie sich anschauen, wie geschmacklos sie jetzt sind, ist dem nicht so? Diese ganzen öden Dankeschöns, dieses ganze aufrichtige Gefummel zu erlauben, einmal für jede Perle ganz verschwitzt und klebrig zu werden. Öde, öde, la-a-a-a-n-g-w-e-i-l-i-g. Smart zu sein verdirbt vieles, nicht? Und Geschmack ist nicht nett. Wenn Sie über diese Unterhaltung nachdenken, werden Sie sich an den stummen Schmerz eines verwundeten Tiers in seinem Gesicht erinnern, als Sie ihn loswurden.

Wenn schon die Steckperlen geschmacklos geworden sind, was ereilt dann sonst noch das gleiche Schicksal, während Sie vorankommen? Sie fragen sich doch, des Nachts?« erkundigte Dr. Lecter sich in allerfreundlichstem Ton.

Starling hob das Gesicht, um ihn anzublicken. »Sie sehen sehr viel, Dr. Lecter. Ich werde nichts von dem abstreiten, was Sie gesagt haben. Doch hier nun die Frage, die Sie mir auf der Stelle beantworten, ob Sie es wollen oder nicht: Sind Sie stark genug, dieses dynamische Wahrnehmungsvermögen auf sich selbst zu richten? Es ist schwer, dem zu begegnen. Ich habe das in den letzten paar Minuten herausgefunden. Wie steht's? Schauen Sie sich an und schreiben Sie die Wahrheit nieder. Was für eine passendere oder komplexere Versuchsperson könnten Sie finden? Vielleicht haben Sie aber auch vor sich selbst Angst.«

»Sie sind zäh, nicht wahr, Officer Starling?«

»Einigermaßen, ja.«

»Und es würde Ihnen sehr mißfallen, sich für gewöhnlich zu halten. Würde das nicht weh tun? Meine Güte! Nun, Sie sind weit davon entfernt, gewöhnlich zu sein, Officer Starling. Sie haben einzig und allein Angst davor. Wie sehen Ihre Steckperlen aus, sieben Millimeter?«

»Sieben.«

»Lassen Sie mich einen Vorschlag machen. Besorgen Sie sich einige lose durchbohrte Tigeraugen und reihen Sie sie abwechselnd mit den Goldperlen auf. Vielleicht wollen Sie sie zwei-und-drei oder eins-und-zwei aufziehen, was immer Ihnen am besten erscheint. Die Tigeraugen nehmen die Farbe Ihrer eigenen Augen und die blonden Strähnen in Ihrem Haar auf. Hat jemand Ihnen je eine Valentinskarte geschickt?«

»Ja.«

»Wir sind schon in der Fastenzeit. Valentinstag ist bereits in einer Woche, hmmmm, erwarten Sie welche?«

»Man kann nie wissen.«

»Nein, das stimmt... Ich habe über den Valentinstag nachgedacht. Er erinnert mich an etwas Komisches. Wenn ich es mir so überlege, könnte ich Sie am Valentinstag sehr glücklich machen, *Clarice* Starling.«

»Wie, Dr. Lecter?«

»Indem ich Ihnen einen wunderschönen Valentinsgruß sende. Ich muß mir etwas einfallen lassen. Entschuldigen Sie mich nun bitte. Auf Wiedersehen, Officer Starling.«

»Und die Studie?«

»Einmal hat mich ein Meinungsforscher quantitativ zu bestimmen versucht. Ich habe seine Leber mit ein paar Favabohnen und einer großen Amarone verspeist. Gehen Sie zur Schule zurück, kleine Starling.«

Hannibal Lecter, höflich bis zum Schluß, drehte ihr nicht den Rücken zu. Er ging rückwärts von der Schranke zurück, bevor er sich wieder seiner Pritsche zuwendete, und sich, auf dieser liegend, so von ihr entfernte wie ein auf einem Grab liegender Kreuzfahrer aus Stein.

Starling fühlte sich auf einmal leer, als hätte sie Blut gespendet. Sie brauchte länger als gewöhnlich, um die Papiere in ihre Aktentasche zurückzustecken, da sie ihren Beinen nicht sofort traute. Starling war von dem Verlangen durchtränkt, das sie so verabscheute. Sie klappte ihren Stuhl zusammen und lehnte ihn gegen die Tür des Geräteschranks. Sie würde wieder an Miggs vorbei müssen. In einiger Entfernung war Barney anscheinend beim Lesen. Sie könnte ihm zurufen, sie abzuholen. Scheiß auf Miggs. Es war nicht schlimmer, als jeden Tag in der City an einem Trupp Bauarbeiter oder an rüpelhaften Ausfahrern vorbeizugehen. Sie begann wieder den Korridor hinunterzugehen.

Neben ihr zischte Miggs' Stimme: »Ich hab' mir ins Handgelenk gebissen, damit ich steeeerrrrrben kann – siehste, wie es blutet?«

Sie hätte Barney rufen sollen, doch erschrocken schaute sie in die Zelle, sah, wie Miggs mit den Fingern schnippte, und spürte die warmen Spritzer auf ihrer Wange und Schulter, bevor sie sich abwenden konnte.

Sie entkam ihm, registrierte, daß es Sperma, kein Blut, war, und Lecter rief nach ihr, sie konnte ihn hören. Dr. Lecters Stimme hinter ihr, das schneidende Schnarren in ihr ausgeprägter: »Officer Starling.«

Er war auf und rief ihr nach, als sie weiterging. Sie kramte in ihrer Tasche nach Papiertüchern.

Hinter ihr: »Officer Starling.«

Sie hatte sich nun voll in der Kontrolle und schritt stetig auf das Tor zu.

»Officer Starling.« Ein neuer Ton in Lecters Stimme.

Sie blieb stehen. *Worauf in Gottes Namen bin ich denn so scharf?* Miggs zischte etwas, das sie überhörte.

Sie stand erneut vor Lecters Zelle, und ihr bot sich der seltene Anblick, den Doktor aufgebracht zu sehen. Sie wußte, daß er es an ihr riechen konnte. Er konnte alles riechen.

»Es wäre mir lieber gewesen, wenn Ihnen das nicht passiert wäre. Unhöflichkeit empfinde ich als unbeschreiblich häßlich.«

Es war, als hätte das Begehen von Morden ihn von geringerer Grobheit gereinigt. Vielleicht erregte es ihn aber auch, überlegte Starling, sie auf diese besondere Art markiert zu sehen. Sie konnte es nicht sagen. Die Funken in seinen Augen flogen in seine Dunkelheit wie Glühwürmchen in eine Höhle hinunter.

Was immer es ist, verwende es, Jesus! Sie hielt ihre Aktentasche hoch. »Bitte tun Sie dies für mich.«

Vielleicht war sie zu spät, er hatte sich wieder beruhigt.

»Nein. Aber ich mache Sie dafür glücklich, daß Sie gekommen sind. Ich werde Ihnen etwas anderes geben. Ich werde Ihnen das geben, was Sie am meisten lieben, Clarice Starling.«

»Was ist das, Dr. Lecter?«

»Aufstieg natürlich. Es entwickelt sich perfekt – ich bin so froh. Der Valentinstag hat mich darauf gebracht.« Für das Lächeln über seinen kleinen weißen Zähnen hätte es einen beliebigen Grund geben können. Er sprach so leise, daß sie ihn kaum hören konnte.

»Suchen Sie in Raspails Wagen nach Ihren Valentinsgrüßen. Haben Sie mich verstanden? Suchen Sie in *Raspails Wagen* nach Ihren Valentinsgrüßen. Sie gehen jetzt besser, ich glaube nicht, daß Miggs es so bald wieder schaffen könnte, auch *wenn* er verrückt ist, Sie etwa?«

4. Kapitel

Clarice Starling war aufgeregt, erschöpft und wurde nur von Willenskraft angetrieben. Einige der Dinge, die Lecter über sie gesagt hatte, stimmten, und andere berührten die Wahrheit nur am Rande. Wenige Sekunden lang hatte sie ein fremdes Bewußtsein lose in ihrem Kopf gespürt, das Dinge von den Regalen fegte wie ein Bär in einem Wohnwagen.

Sie haßte das, was er über ihre Mutter gesagt hatte, und sie mußte den Zorn loswerden. Dies war Busineß.

Sie saß in ihrem alten Pinto auf der anderen Straßenseite der Anstalt gegenüber und atmete tief. Als die Fenster sich beschlugen, war sie den Blicken vom Bürgersteig wenigstens etwas entzogen.

Raspail. Sie erinnerte sich an den Namen. Er war ein Patient Lecters und eines seiner Opfer. Sie hatte nur einen Abend mit dem Hintergrundmaterial über Lecter verbracht. Die Akte war mehr als umfassend und Raspail eines von vielen Opfern. Sie mußte die Einzelheiten lesen.

Starling wollte ungestüm an die Sache herangehen, doch sie wußte, daß sie den Druck selbst erzeugte. Der Fall Raspail wurde vor Jahren abgeschlossen. Es war niemand in Gefahr. Sie hatte Zeit. Besser, gut informiert und gut beraten zu sein, bevor sie weiter vordrang.

Crawford würde es ihr unter Umständen wegnehmen und jemand anderem geben. Darauf müßte sie es ankommen lassen.

Sie versuchte ihn von einer Telefonzelle aus anzurufen, erfuhr aber, daß er vor dem Parlamentsunterausschuß um Bewilligung von Geldmitteln für die Rechtsabteilung ersuchte.

Einzelheiten des Falls hätte sie von der Mordkommission der Polizeibehörde von Baltimore bekommen können. Doch Mord ist kein Bundesverbrechen und somit kein Fall fürs FBI, und ihr war klar, daß man ihn ihr sofort entziehen würde, keine Frage.

Sie fuhr nach Quantico zurück, zurück zur Abteilung für Verhaltensforschung mit ihren behaglichen braunkarierten Vorhängen und ihren grauen Akten voller Hölle. Dort saß sie bis in den Abend hinein, nachdem die letzte Sekretärin gegangen war, und ließ den Mikrofilm über Lecter durchlaufen. Der widerspenstige alte Bildschirmapparat leuchtete wie ein Irrlicht in dem verdunkelten Raum, und die Worte und die Bildnegative schwärmten über ihr konzentriertes Gesicht.

Raspail, Benjamin René, weiß, männlich, 46, war Erster Flötist des Baltimorer Philharmonischen Orchesters und Patient in Dr. Hannibal Lecters psychiatrischer Praxis.

Am 22. März 1975 blieb er einer Aufführung in Baltimore fern. Am 25. März wurde seine Leiche in einer kleinen ländlichen Kirche in der Nähe von Falls Church, Virginia, in einer Kirchenbank sitzend entdeckt, nur mit einer weißen Krawatte und einem Frack bekleidet. Die Autopsie ergab, daß Raspails Herz durchbohrt war und daß ihm die Thymus- und die Bauchspeicheldrüse fehlten.

Clarice Starling, die von klein auf viel mehr über Fleischverarbeitung erfahren hatte, als ihr lieb war, erkannte die fehlenden Organe als die Briese.

Die Mordkommission von Baltimore war der Ansicht, daß diese Objekte in der Speisenfolge eines Abendessens auftauchten, das Lecter für die Vorsitzende und den Dirigenten der Baltimorer Philharmoniker am Abend nach Raspails Verschwinden gab.

Dr. Hannibal Lecter erklärte, nichts über diese Angelegenheit zu wissen. Die Vorsitzende und der Dirigent der Philharmoniker sagten aus, daß sie sich nicht an die bei Lecters Abendessen gereichten Speisen erinnern könnten, obwohl Lecter für seine vorzüglichen Tafelrunden bekannt war und zahlreiche Artikel zu Feinschmeckermagazinen beigetragen hatte.

Die Vorsitzende der Philharmoniker wurde später wegen Anorexie und Problemen in Zusammenhang mit Alkoholabhängigkeit in einem holistischen Nervensanatorium in Basel behandelt.

Der Polizei von Baltimore zufolge war Raspail Lecters neuntes bekanntes Opfer.

Raspail starb ohne Hinterlassung eines Testaments, und die

Prozesse unter seinen Verwandten über den Nachlaß wurden mehrere Monate lang von den Zeitungen verfolgt, bis das öffentliche Interesse nachließ.

Rapails Verwandte hatten sich außerdem mit den Familien anderer Opfer in Lecters Praxis in einem erfolgreichen Prozeß zusammengetan, um die Akten mit den Krankengeschichten und Tonbandaufnahmen des auf Abwege geratenen Psychiaters vernichtet zu sehen. Man könnte nicht wissen, was für peinliche Geheimnisse er vielleicht ausplauderte, lauteten ihre Argumente, und die Akten wurden dokumentarische Belege.

Das Gericht hatte Raspails Rechtsanwalt Everett Yow zum Nachlaßverwalter bestellt.

Starling würde sich an den Rechtsanwalt wenden müssen, um an den Wagen zu kommen. Der Rechtsanwalt könnte Raspails Andenken schützen und bei ausreichender Vorankündigung Beweismaterial vernichten, um seinen verstorbenen Klienten zu decken.

Starling zog es vor, zuzuschlagen, und sie benötigte Rat und Befugnis. Sie war allein in der Abteilung für Verhaltensforschung und hatte überall freien Zutritt. Sie fand Crawfords Privatnummer im Rolodex.

Sie hörte kein Telefonklingeln, doch plötzlich war seine Stimme da, sehr ruhig und gelassen.

»Jack Crawford.«

»Hier spricht Clarice Starling. Hoffentlich waren Sie nicht gerade beim Abendessen...« Sie mußte in Schweigen hinein fortfahren. »...Lecter hat mir heute etwas über den Fall Raspail gesagt, ich bin im Büro und gehe dem nach. Er teilt mir mit, es sei etwas in Raspails Wagen. Ich müßte über seinen Rechtsanwalt drankommen, und da morgen Samstag ist – kein Unterricht –, wollte ich Sie fragen, ob –«

»Starling, erinnern Sie sich eigentlich daran, was ich Ihnen aufgetragen habe, mit den Informationen über Lecter zu machen?« Crawfords Stimme war so schrecklich ruhig.

»Ihnen Sonntag Punkt 9:00 Uhr einen Bericht zu liefern.«

»Tun Sie das, Starling. Tun Sie genau das.«

»Jawohl, Sir.«

Das Wählzeichen tat ihr im Ohr weh. Der Schmerz zog sich über ihr Gesicht und ließ ihre Augen brennen.

»O gottverdammte Scheiße«, sagte sie. »Du alter Widerling. Widerlicher Hurensohn. Soll Miggs doch *dich* anspritzen, und sieh zu, wie dir das gefällt.«

Starling, blankgeschrubbt und mit ihrem FBI-Akademie-Nachthemd bekleidet, arbeitete gerade am zweiten Entwurf ihres Berichts, als ihre Zimmergenossin im Wohnheim, Ardelia Mapp, aus der Bücherei kam. Mapps breites, braunes, überaus vernünftiges Gesicht war einer der willkommeneren Anblicke ihres Tages.

Ardelia Mapp sah die Erschöpfung in ihrem Gesicht.

»Was hast du heute gemacht, Mädchen?« Mapp stellte Fragen stets so, als ob die Antworten unmöglich einen Unterschied machen konnten.

»Einem verrückten Mann geschmeichelt, den es überkam.«

»Wenn *ich* bloß Zeit für ein geselliges Leben hätte – ich weiß nicht, wie du das schaffst, und auch noch die Schule.«

Starling ertappte sich beim Lachen. Ardelia Mapp lachte mit ihr, soviel es der kleine Witz wert war. Starling hörte nicht auf, und sie hörte sich von weit weg, weiterlachend, immer weiterlachend. Durch Starlings Tränen sah Mapp sonderbar alt aus, und in ihrem Lächeln lag Traurigkeit.

5. Kapitel

Jack Crawford, dreiundfünfzig, las in einem Ohrensessel bei einer niedrigen Lampe im Schlafzimmer seines Hauses. Er saß zwei Doppelbetten gegenüber, beide auf Blöcken zu Krankenhaushöhe erhöht. Ein Bett war sein eigenes; in dem anderen lag seine Frau Bella. Crawford konnte sie durch den Mund atmen hören. Es war zwei Tage her, seit sie sich zum letztenmal hatte rühren oder etwas zu ihm sagen können.

Sie setzte einen Atemzug aus. Über seine Halbbrille blickte Crawford von seinem Buch hoch. Er legte das Buch hin. Bella atmete wieder, ein Flattern und dann ein voller Atemzug. Er stand auf, um seine Hand auf ihre zu legen, um ihren Blutdruck und ihren Puls zu messen. Über die Monate hinweg war er ein Fachmann im Umgang mit der Blutdruckmanschette geworden.

Da er sie nachts nicht allein lassen wollte, hatte er neben ihr ein Bett für sich aufgestellt. Und da er im Dunkeln nach ihrer Hand greifen wollte, mußte sein Bett so hoch wie ihres sein.

Abgesehen von der Höhe der Betten und der für Bellas Bedürfnisse notwendigen minimalen sanitären Einrichtung war es Crawford gelungen, dies nicht wie ein Krankenzimmer aussehen zu lassen. Es gab Blumen, aber nicht zu viele. Tabletten waren keine in Sicht – Crawford hatte einen Wäscheschrank auf dem Flur ausgeräumt und ihn mit ihren Medikamenten und Apparaten gefüllt, bevor er sie vom Krankenhaus nach Hause brachte. (Es war das zweite Mal, daß er sie über die Schwelle dieses Hauses getragen hatte, und der Gedanke raubte ihm nahezu jede Kraft.)

Aus dem Süden war eine Warmluftfront heraufgezogen. Die Fenster waren offen, und die Luft von Virginia war mild und frisch. Kleine Frösche quakten einander im Dunkeln zu.

Das Zimmer war makellos sauber, doch auf dem Teppich sah man inzwischen Fusseln – Crawford mochte den lärmenden Staubsauger nicht durchs Zimmer schieben und benutzte einen manuellen Teppichkehrer, der nicht so gut war. Er tappte leise zum Wandschrank und knipste das Licht an. An der Innenseite der Tür hingen zwei Cliptafeln. Auf einer notierte er Bellas Puls und Blutdruck. Seine Zahlen und die der Tagesschwester wechselten sich in einer Reihe ab, die sich über viele gelbe Seiten, viele Tage und Nächte erstreckte. Auf der anderen Tafel hatte die Tagesschwester Bellas Medikation hingeschrieben.

Crawford war fähig, jede Arznei zu verabreichen, die sie unter Umständen in der Nacht brauchte. Den Anleitungen einer Krankenschwester folgend hatte er Injektionen an einer Zitrone und dann an seinen Oberschenkeln geübt, bevor er Bella nach Hause holte.

Crawford stand etwa drei Minuten an ihrem Bett und blickte in ihr Gesicht. Ein herrliches Tuch aus Seidenmoiré bedeckte ihr Haar wie einen Turban. Sie hatte darauf bestanden, solange sie dazu in der Lage war. Nun bestand er darauf. Er befeuchtete ihre Lippen mit Glyzerin und entfernte mit seinem breiten Daumen ein Stäubchen aus ihrem Augenwinkel. Sie rührte sich nicht. Es war noch nicht die Zeit, sie umzudrehen.

Am Spiegel überzeugte Crawford sich davon, daß er nicht krank war, daß er nicht mit ihr unter die Erde mußte, daß es ihm selbst gut ging. Er ertappte sich dabei, wie er das tat, und es beschämte ihn.

Zurück in seinem Sessel konnte er sich nicht daran entsinnen, was er gelesen hatte. Er tastete nach den Büchern neben sich, um das zu finden, das noch ein bißchen warm war.

6. Kapitel

Am Montag morgen fand Clarice Starling diese Nachricht von Crawford in ihrem Briefkasten:

> CS,
> machen Sie mit dem Raspail-Wagen weiter. In Ihrer Freizeit. Mein Büro besorgt Ihnen eine Kreditkartennummer für Ferngespräche. Halten Sie mit mir Rücksprache, bevor Sie den Besitz kontaktieren oder irgendwohin gehen. Berichten Sie Mittwoch 16:00 Uhr.
> Der Chef hat Ihren Bericht über Lecter mit Ihrer Unterschrift erhalten. Das haben Sie gut gemacht.
>
> JC
> SAIC/Abteilung 8

Starling fühlte sich ziemlich gut. Sie wußte, daß Crawford ihr nur eine erschöpfte Maus gab, die sie der Übung halber herumjagen sollte. Er wollte sie aber lehren. Er wollte, daß sie gut abschnitt. Für Starling übertraf das Höflichkeit allemal.

Raspail war seit acht Jahren tot. Was für ein Beweisstück konnte sich so lang in einem Wagen halten?

Aus familiärer Erfahrung wußte sie, daß ein Gericht zweiter Instanz Überlebenden gestattet, ein Fahrzeug vor der Testamentseröffnung zu verkaufen, da Automobile derart rasch im Wert sinken, und daß das Geld bei einem Dritten als Treuhänder hinterlegt wird. Es schien kaum wahrscheinlich, daß selbst eine so verworrene und umstrittene Erbengemeinschaft wie die von Raspail derart lang an einem Wagen festhalten würde.

Außerdem gab es da das Zeitproblem. Wenn Starling ihre Mittagspause rechnete, hatte sie eine Stunde und fünfzehn Minuten pro Tag frei, um während der Geschäftsstunden das Telefon zu benutzen. Sie würde Crawford am Mittwoch nachmittag Bericht erstatten müssen. Somit blieben ihr zum Aufspüren des Wagens insgesamt drei Stunden und fünfundvierzig Minuten, über drei Tage verteilt, wenn sie ihre Studienperioden verwendete und die versäumte Studienzeit nachts nachholte.

Sie hatte gute Noten aus ihrem Unterricht in Ermittlungsverfahren, und sie würde eine Gelegenheit haben, ihren Ausbildern allgemeine Fragen zu stellen.

Während ihrer Mittagspause am Montag wollte die Zentrale des Kreisgerichts von Baltimore County Starling weiterverbinden und vergaß sie dreimal. Während ihrer Studienperiode erreichte sie einen freundlichen Beamten im Gerichtsgebäude, der die Testamentsunterlagen über Raspails Nachlaß heraussuchte.

Der Beamte bestätigte, daß die Genehmigung für den Verkauf eines Fahrzeugs erteilt worden war, und gab Starling Typ und Seriennummer des Wagens und den Namen eines späteren Besitzers aus den Übereignungspapieren an.

Am Dienstag vergeudete sie die Hälfte ihrer Stunde Mittagspause damit, diesen Namen aufzuspüren. Es kostete sie den Rest ihrer Mittagspause, herauszufinden, daß die Zulassungsstelle für Kraftfahrzeuge des Bundesstaates Maryland nicht dafür ausgerüstet ist, ein Fahrzeug anhand der Seriennummer zu ermitteln, sondern nur anhand der Zulassungsnummer oder des gängigen Nummernschilds.

Am Dienstag nachmittag vertrieb ein Platzregen die Auszubildenden vom Schießstand. In einem Konferenzraum, in dem es vor feuchter Kleidung und Schweiß nur so dampfte, beschloß John Brigham, ehemaliger Ausbilder für Feuerwaffen beim Marineinfanteriekorps, vor der Klasse die Kraft von Starlings Hand zu testen und festzustellen, wie oft sie eine Model 19 Smith & Wesson in sechzig Sekunden abdrücken konnte.

Sie schaffte vierundsiebzig mit der linken Hand, blies sich eine Haarsträhne aus den Augen und ging zur rechten Hand über, während ein anderer Student zählte. Sie war in der Weaver-Position und hatte die Waffe gut im Griff; das Korn war scharf eingestellt, und die Kimme und ihr provisorisches Ziel waren entsprechend undeutlich. Nach dreißig Sekunden ließ sie ihre Gedanken abschweifen, um sich von dem Schmerz abzulenken. Das Ziel an der Wand wurde scharf. Es war eine von der Vollstreckungsabteilung des Interstate Commerce für ihren Ausbilder John Brigham ausgestellte Belobungsurkunde.

Sie fragte Brigham aus dem Mundwinkel heraus, während der andere Student das Klicken des Revolvers zählte.

»Wie macht man die gegenwärtige Zulassung...«

»...*fünfundsechzigsechsundsechzigsiebenundsechzigachtundsechzig...*«

»...eines Fahrzeugs ausfindig, wenn man nur die Seriennummer...«

»...*achtundsiebzigneunundsiebzigachtzigeinundachtzig...*«

»...und die Bauart hat? Ein gängiges Nummernschild hat man nicht.«

»...*neunundachtzigneunzig. Aus.*«

»In Ordnung, Herrschaften«, sagte der Ausbilder, »ich möchte, daß ihr dies zur Kenntnis nehmt. Die Kraft der Hand ist ein Hauptfaktor bei ständigem Gefechtsschießen. Einige von Ihnen, meine Herren, befürchten, als nächstes aufgerufen zu werden. Ihre Sorgen wären berechtigt – Starling ist mit beiden Händen weit über dem Durchschnitt. Weil sie nämlich daran arbeitet. Sie arbeitet daran mit den kleinen Quetschdingern, zu denen Sie alle Zugang haben. Die meisten von Ihnen sind nicht daran gewöhnt, etwas Härteres zu drücken als ihren –« stets auf der Hut vor seiner vertrauten Infanterieterminologie, suchte er nach einem höflichen Vergleich – »als ihre Pickel«, sagte er schließlich. »Mehr Ernst bei der Sache, Starling, auch Sie sind noch nicht gut genug. Ich will diese linke Hand über neunzig sehen, bevor Sie Ihren Abschluß machen. Bilden Sie Paare und timen Sie sich gegenseitig – hopp hopp!«

»Nicht Sie, Starling, kommen Sie her. Was haben Sie sonst noch über das Fahrzeug?«

»Nur die Seriennummer und den Typ, mehr nicht. Einen früheren Besitzer vor fünf Jahren.«

»Gut, hören Sie zu. Die meisten begehen den verd – den Fehler dabei, durch die Zulassungen von einem Besitzer zum nächsten zu hüpfen. Man verheddert sich zwischen den Bundesstaaten. Ich meine, sogar Polizisten tun das manchmal. Und Zulassungen und Nummernschilder sind alles, was der Computer hat. Wir sind alle daran gewöhnt, Nummernschilder oder Zulassungsnummern zu verwenden, nicht die Fahrzeugseriennummern.«

Das Klicken der Übungsrevolver mit den blauen Griffen hallte laut im ganzen Raum, und er mußte ihr ins Ohr brüllen.

»Es gibt eine Methode, die einfach ist. R. L. Polk and Company, die Telefonbücher für Städte herausbringen – sie geben auch eine Liste gängiger Fahrzeugzulassungen nach Bauart und fortlaufender Seriennummer heraus. Sie sind allein auf dem Gebiet. Autohändler lenken ihre Werbung mit ihnen. Wieso haben Sie gewußt, daß Sie mich fragen müssen?«

»Sie waren bei der Vollstreckungsabteilung des Interstate Commerce. Ich hab' mir gedacht, daß Sie eine Menge Fahrzeuge aufgespürt haben. Danke.«

»Revanchieren Sie sich – bringen Sie diese linke Hand dahin, wo sie sein sollte, damit wir einige von diesen Schwächlingen beschämen können.«

Zurück in ihrer Telefonzelle während der Studienperiode zitterten ihr die Hände, so daß ihre Notizen kaum leserlich waren. Raspails Wagen war ein Ford. In der Nähe der University of Virginia gab es einen Fordhändler, der jahrelang bei ihrem Pinto getan hatte, was er tun konnte. Genauso geduldig ging der Händler nun seine Polk-Listen für sie durch. Er kam mit dem Namen und der Adresse der Person an den Apparat zurück, auf die Benjamin Raspails Wagen zuletzt zugelassen war.

Clarice fühlt sich toll, Clarice hat Kontrolle. Hör mit den Albereien auf und ruf den Mann bei sich zu Hause an, mal sehen, Nummer neun, Ditch, Arkansas. Jack Crawford wird mich nie da runterfahren lassen, aber wenigstens kann ich bestätigen, wem der Wagen gehört.

Es ging keiner ans Telefon, auch beim zweiten Mal nicht. Das Klingeln hörte sich komisch und weit weg an, ein doppeltes Rrrr-Rrrr wie bei einem Gemeinschaftsanschluß. Sie versuchte es abends und erhielt keine Antwort.

Am Mittwoch in der Mittagspause nahm ein Mann bei Starlings Anruf ab.

»VPOQ spielt die Oldies.«

»Hallo, ich rufe an, um –«

»Aluminiumseitenwandungen sind mir schnurz, und ich will

auch nich' auf 'nem Campingplatz in Florida wohnen, was ham Se sonst noch?«

Aus der Stimme des Mannes hörte Starling sehr viel Hügelland von Arkansas heraus. In diesem Dialekt konnte sie mit jedem reden, wenn sie wollte, und ihre Zeit war knapp.

»Yessir, wenn Sie mir aushelfen könnten, wär' ich Ihnen sehr verbunden. Ich versuch' Mr. Lomax Bardwell zu erwischen. Clarice Starling am Apparat.«

»Es ist Starling noch was«, schrie der Mann seinem übrigen Haushalt zu. »Was woll'n Sie denn von Bardwell?«

»Hier ist das Bezirksbüro Mittlerer Süden der Fordrückrufabteilung. Er hat Anspruch auf kostenlose Reparaturen an seinem LTD, die unter die Garantie fallen?«

»Ich bin Bardwell. Dachte, Sie versuchten mir was bei diesem verbilligten Fernsprechtarif zu verkaufen. Is' ja viel zu spät für irgend'ne Schadensfestsetzung. Ich brauch' das Ganze. Ich und meine Alte waren also in Little Rock und scheren dort aus der Southland Mall aus?«

»Yessir.«

»Kommt doch die verdammte Stange durch die Ölwanne raus. Überall Öl, und dieser Orkin-Laster, der den großen Käfer vorne drauf hat. Er fuhr auf das Öl und schlitterte seitwärts.«

»Herr, erbarme dich.«

»Hat die Fotomat-Kabine vom Zementsockel gehauen, und das Glas fiel raus. Der Fotomat-Typ kam total nebendran rausgelatscht. Mußte ihn von der Straße fernhalten.«

»Na, ich freß 'nen Besen. Was ist dann mit ihm passiert?«

»Was ist mit wem passiert?«

»Dem Wagen.«

»Ich hab' Buddy Sipper vom Schrottplatz gesagt, er könnte ihn für fuffzig haben, wenn er ihn holen würde. Nehme stark an, er hat ihn auseinandergenommen.«

»Könnten Sie mir sagen, wie seine Telefonnummer lautet, Mr. Bardwell?«

»Was woll'n Se von Sipper? Wenn irgend jemand davon profitiert, sollte ich das sein.«

»Das versteh' ich, Sir. Ich tu' nur das, was die mir hier bis fünf

Uhr sagen, und die haben gesagt, finde den Wagen. Haben Sie diese Nummer, bitte?«

»Ich kann mein Telefonbuch nich' finden. Es is' jetzt schon 'ne ganze Weile verschwunden. Sie wissen, wie es mit diesen Enkelchen is'. Sollten Sie von der Auskunft kriegen können, es ist Sipper Salvage.«

»Danke bestens, Mr. Bardwell.«

Der Schrottplatz bestätigte, daß das Fahrzeug zur Wiederverwertung auseinandergenommen und zu einem Würfel gepreßt worden war. Der Vorarbeiter las Starling die Fahrzeugseriennummer aus seinen Unterlagen vor.

Scheißhausmaus, dachte Starling, noch immer nicht ganz aus dem Dialekt heraus. Sackgasse. Was für ein Valentinsgruß.

Starling lehnte den Kopf gegen den kalten Münzfernsprecher in der Telefonzelle. Ardelia Mapp, ihre Bücher auf der Hüfte, klopfte an die Tür der Zelle und reichte eine Orangenlimonade hinein.

»Danke dir, Ardelia. Ich muß noch einen Anruf machen. Wenn ich rechtzeitig damit fertig werde, hol' ich dich in der Cafeteria ein, okay?«

»Ich hatte ja so gehofft, daß du diesen gräßlichen Dialekt überwinden würdest«, sagte Mapp. »Es gibt Bücher, die dir helfen. *Ich* benutze nie mehr das farbige Patois meiner Wohngegend. Wenn du weiter mit diesem Akzent redest, werden die Leute dich noch für eine vom Land halten, Mädchen.« Mapp machte die Telefonzellentür zu.

Starling hatte das Gefühl, daß sie versuchen mußte, weitere Informationen aus Lecter herauszuholen. Wenn sie den Termin schon hätte, würde Crawford sie vielleicht in die Anstalt zurückkehren lassen. Sie wählte Dr. Chiltons Nummer, kam jedoch nur bis zu seiner Sekretärin.

»Dr. Chilton ist mit dem Coroner und dem stellvertretenden Staatsanwalt zusammen«, erklärte die Frau. »Er hat bereits mit Ihrem Supervisor gesprochen, und er hat Ihnen nichts zu sagen. Auf Wiederhören.«

7. Kapitel

»Ihr Freund Miggs ist tot«, sagte Crawford. »Haben Sie mir alles erzählt, Starling?« Crawfords müdes Gesicht war so empfänglich für Signale wie die gewellte Halskrause einer Eule und ebenso frei von Gnade.

»Wie?« Sie fühlte sich wie betäubt, und sie mußte damit fertig werden.

»Hat seine Zunge irgendwann vor Tagesanbruch verschluckt. Lecter hat es ihm vorgeschlagen, glaubt Chilton. Der Nachtpfleger hat Lecter leise mit Miggs sprechen hören. Lecter weiß eine Menge über Miggs. Er hat ein bißchen mit ihm gesprochen, doch der Nachtpfleger konnte nicht hören, was Lecter gesagt hat. Miggs weinte eine Zeitlang, und dann hörte er auf. Haben Sie mir alles erzählt, Starling?«

»Jawohl, Sir. Zwischen dem Bericht und meiner Aktennotiz ist alles da, fast wortwörtlich.«

»Chilton hat angerufen, um sich über Sie zu beschweren...« Crawford wartete und war allem Anschein nach erfreut, als sie nicht antwortete. »Ich habe ihm zu verstehen gegeben, daß ich Ihr Verhalten zufriedenstellend fand. Chilton versucht gerade, einer zivilrechtlichen Untersuchung vorzubeugen.«

»Wird es eine geben?«

»Sicher, wenn Miggs' Familie es will. Die Abteilung für Zivilrechte wird dieses Jahr wahrscheinlich achttausend vornehmen. Sie werden sich freuen, Miggs mit auf die Liste zu setzen.« Crawford sah sie prüfend an. »Sind Sie in Ordnung?«

»Ich weiß nicht, was ich davon halten soll.«

»Sie müssen auf keine bestimmte Weise gefühlsmäßig darauf reagieren. Lecter hat es zu seiner eigenen Belustigung getan. Er weiß, daß man ihm dafür eigentlich nichts anhaben kann, warum also nicht? Chilton nimmt ihm für eine Weile seine Bücher und seinen Toilettensitz weg, mehr nicht, und er bekommt keinen Wakkelpudding.« Crawford verknotete die Finger über dem Bauch und verglich seine Daumen. »Lecter hat Sie über mich ausgefragt, nicht wahr?«

»Er hat mich gefragt, ob Sie sehr beschäftigt seien. Ich habe ja gesagt.«

»Ist das alles? Sie haben nicht irgendwas Persönliches ausgelassen, weil ich es nicht würde sehen wollen?«

»Nein. Er sagte, Sie seien ein Stoiker, aber das habe ich reingeschrieben.«

»Ja, das haben Sie. Sonst nichts?«

»Nein, ich habe nichts ausgelassen. Sie glauben doch wohl nicht, ich hätte irgendwelchen Klatsch ausposaunt, und daß er sich deshalb mit mir unterhält.«

»Nein.«

»Ich weiß nichts Persönliches über Sie, und wenn dem so wäre, würde ich nicht darüber sprechen. Wenn Sie Probleme damit haben, das zu glauben, sollten wir das jetzt klarstellen.«

»Ich bin überzeugt. Nächster Punkt.«

»Sie haben doch *etwas* geglaubt, andernfalls –«

»Gehen Sie zum nächsten Punkt über, Starling.«

»Lecters Andeutung bezüglich Raspails Wagen ist eine Sackgasse. Vor vier Monaten ist er in Nummer Neun, Ditch, Arkansas, zur Wiederverwertung zu einem Würfel gepreßt und verkauft worden. Wenn ich vielleicht zurückgehe und mit Lecter rede, erzählt er mir mehr.«

»Sie haben den Hinweis erschöpft?«

»Ja.«

»Warum nehmen Sie an, daß der Wagen, den Raspail fuhr, sein einziger war?«

»Es ist der einzige zugelassene, er war unverheiratet, ich nahm an –«

»Aha, halt!« Crawfords Zeigefinger deutete auf irgendeine unsichtbare Grundregel in der Luft zwischen ihnen. »Sie haben angenommen. Sie haben *angenommen,* Starling. Schauen Sie her.« Crawford schrieb *annehmen,* auf englisch *assume,* auf einen Stenoblock. Mehrere von Starlings Ausbildern hatten sich dies von Crawford abgeguckt, doch Starling gab nicht zu erkennen, daß sie es schon früher gesehen hatte.

Crawford begann zu unterstreichen. »Wenn ich Sie mit einem Auftrag losschicke, Starling, und Sie nehmen nur an, können Sie einen Esel, *ass*, aus uns beiden, aus Ihnen *u*, und mir, *me*, machen...« Zufrieden lehnte er sich zurück. »Raspail hat Autos gesammelt, haben Sie das gewußt?«

»Nein, sind sie noch im Nachlaß?«

»Ich weiß es nicht. Meinen Sie, es könnte Ihnen gelingen, das herauszufinden?«

»Ja, das kann ich.«

»Wo würden Sie anfangen?«

»Bei seinem Erbschaftsverwalter.«

»Einem Rechtsanwalt in Baltimore, einem Chinesen, wie ich mich zu erinnern glaube.«

»Everett Yow«, sagte Starling. »Er steht im Baltimorer Telefonbuch.«

»Haben Sie irgendeinen Gedanken an das Problem eines Durchsuchungsbefehls für Raspails Wagen verschwendet?«

Manchmal erinnerte Crawfords Ton Starling an die besserwisserische Raupe bei Lewis Carroll.

Starling wagte nicht, es ihm zurückzugeben, jedenfalls nicht sehr.

»Da Raspail verstorben ist und wegen nichts verdächtig wird, ist es eine rechtsgültige Durchsuchung, wenn wir die Genehmigung seines Erbschaftsverwalters zum Durchsuchen des Wagens haben, und das Resultat ist statthafter Beweis in anderen Rechtsdingen«, führte sie an.

»Genau«, erwiderte Crawford. »Ich will Ihnen was sagen: Ich setze die Außenstelle Baltimore davon in Kenntnis, daß Sie dort sein werden. Samstag, Starling, in Ihrer Freizeit. Dann spüren Sie mal das Resultat auf, wenn es eins gibt.«

Crawford unternahm eine geringfügige, erfolgreiche Anstrengung, ihr nicht nachzusehen, als sie ging. Aus seinem Papierkorb gabelte er mit den Fingern einen Knäuel schweren mauvefarbenen Briefpapiers auf. Er strich es auf seinem Schreibtisch glatt. Es war über seine Frau, und in einnehmender Handschrift stand darauf:

O streitsüchtige Schulen, die da suchen, welch Feuer
Diese Welt verbrennen wird, hätte keine den Geist,
Dies Wissen zu erstreben,
Daß es ihr Fieber sein könnte?
Es tut mir so leid wegen Bella, Jack.

Hannibal Lecter

8. Kapitel

Everett Yow fuhr einen schwarzen Buick mit einem De-Paul-University-Aufkleber auf dem Rückfenster. Sein Gewicht verlieh dem Buick eine leichte Neigung nach links, als Clarice Starling ihm im Regen aus Baltimore hinaus folgte. Es war fast dunkel; Starlings Tag als Ermittlerin war beinahe vorüber, und sie hatte keinen weiteren Tag mehr, um ihn zu ersetzen. Sie mußte ihre Ungeduld in Angriff nehmen und klopfte mit den Scheibenwischern im Takt gegen das Lenkrad, während der Verkehr im Schneckentempo die Route 301 hinunterfuhr.

Yow war intelligent, dick und hatte Atmungsbeschwerden. Starling schätzte sein Alter auf sechzig. Bislang war er entgegenkommend gewesen. Der verlorene Tag war nicht seine Schuld; am Spätnachmittag von einer einwöchigen Geschäftsreise nach Chicago zurückgekehrt, war der Rechtsanwalt aus Baltimore direkt vom Flughafen zu seinem Büro gekommen, um Starling zu treffen.

Raspails klassischer Packard war lange vor seinem Tod eingelagert worden, erklärte Yow. Er war nicht zugelassen und nie gefahren worden. Yow hatte ihn ein einziges Mal gesehen, zugedeckt und in einem Lager untergestellt, um sein Vorhandensein für die Liste des Bestandsverzeichnisses über die Erbmasse zu bestätigen, das er kurz nach dem Mord an seinem Klienten aufstellte. Wenn Ermittlerin Starling einwilligte, nichts, was sie fände, das für die Interessen seines verstorbenen Klienten schädlich sei, »sofort offen zu enthüllen«, würde er ihr das Fahrzeug zeigen, sagte er. Ein Durchsuchungsbefehl und das damit verbundene Aufsehen wäre nicht notwendig.

Für einen Tag genoß Starling die Benutzung eines Plymouth aus dem FBI-Fuhrpark mit einem drahtlosen Telefon, und sie hatte einen von Crawford zur Verfügung gestellten neuen Ausweis. Er lautete einfach auf ERMITTLERIN, FBI – und lief in einer Woche ab, stellte sie fest.

Ihr Ziel war Split City Mini-Storage, ungefähr sechs Kilometer hinter der Stadtgrenze. Während Starling mit dem Verkehr dahinkroch, benutzte sie ihr Telefon, um möglichst viel über die Depotanlagen herauszufinden. Als sie das hohe orangene Schild SPLIT CITY MINI-STORAGE – DEN SCHLÜSSEL BEHALTEN SIE erspähte, hatte sie einige Fakten erfahren.

Split City hatte eine Frachtspeditionslizenz der Interstate Commerce Commission, die auf den Namen Bernard Gary lautete. Eine Bundesanwaltsjury hatte Gary vor drei Jahren um ein Haar wegen zwischenstaatlichen Transports gestohlener Güter verurteilt, und seine Konzession sollte in Kürze wieder überprüft werden.

Yow bog unter dem Schild ein und zeigte einem pickligen jungen Mann in Uniform am Tor seine Schlüssel. Der Pförtner notierte sich ihre Kennzeichen, schloß auf und winkte sie ungeduldig herein, als hätte er Wichtigeres zu tun.

Split City war ein trostloser Ort, durch den der Wind pfiff. Wie der Sonntagsflug scheidungswilliger Paare von La Guardia nach Juárez, war es ein Dienstleistungsbetrieb für die gedankenlose Braunsche Bewegung in der Bevölkerung; ein Großteil seines Geschäfts bestand darin, die nach einer Scheidung übriggebliebenen Güter einzulagern. Seine Einheiten waren mit Couchgarnituren vollgestapelt, mit Frühstücksensembles, verfleckten Matratzen, Spielzeug und den Fotografien von Dingen, die nutzlos geworden waren. Unter den Beamten des Bezirkssheriffs von Baltimore County herrschte die weitverbreitete Ansicht, daß Split City außerdem Güter und wertvolle Entschädigungen der Konkursgerichte verbarg.

Es ähnelte einer militärischen Anlage: gut zwölftausend Quadratmeter langer Gebäude, von Brandmauern in Einheiten von der Größe einer großzügig angelegten Garage unterteilt und jede Einheit mit einer Rolltür versehen. Die Gebühren waren annehmbar, und ein Teil des Hab und Guts war schon seit Jahren hier. Die Sicherheitsvorkehrungen waren gut. Der Ort war von einer doppelten Reihe hohen Sicherheitszauns umgeben, und zwischen den Zäunen patrouillierten vierundzwanzig Stunden am Tag Männer mit ihren Hunden.

Eine fünfzehn Zentimeter hohe Schicht aus durchweichten Blättern, mit Papierbechern und anderem Abfall vermischt, hatte sich gegen den unteren Teil der Tür von Raspails Lagereinheit, Nummer 31, aufgehäuft. Ein schweres Vorhängeschloß verschloß jede Seite der Tür. Der Türspalt auf der linken Seite war außerdem mit einem Siegel versehen. Everett Yow beugte sich steif über das Siegel. Starling hielt den Regenschirm und eine Taschenlampe in der frühen Dunkelheit.

»Es ist anscheinend nicht geöffnet worden, seit ich vor fünf Jahren hier war«, sagte er. »Sie sehen den Abdruck meines Notarsiegels hier in dem Plastik. Ich hatte damals keine Ahnung, daß die Verwandten derart streitsüchtig sein und die Testamentseröffnung über so viele Jahre hinausziehen würden.«

Yow hielt die Taschenlampe und den Regenschirm, während Starling eine Aufnahme von dem Schloß und dem Siegel machte.

»Mr. Raspail hatte ein Studio mit Büro in der City, das ich aufgab, damit der Besitzer keine Miete zahlen mußte«, sagte er. »Ich hatte die Einrichtung hierher bringen und mit Raspails Wagen und anderen Dingen, die bereits hier waren, einlagern lassen. Wir brachten ein Klavier her, Bücher und Noten und ein Bett, glaube ich.«

Yow probierte einen Schlüssel. »Die Schlösser sind unter Umständen eingefroren. Zumindest dies hier ist äußerst unnachgiebig.« Es bereitete ihm Schwierigkeiten, sich gleichzeitig vorzubeugen und zu atmen. Als er in die Hocke zu gehen versuchte, knarrten seine Knie.

Starling war froh, als sie sah, daß die Vorhängeschlösser schwere amerikanische Standardchromschlösser waren. Sie sahen furchteinflößend aus, doch sie wußte, daß sie die Messingzylinder mühelos mit einem Metallblechschraubenzieher und einem Splitthammer herauslösen konnte – als sie klein war, hatte ihr Vater ihr gezeigt, wie Einbrecher das tun. Das Problem würde darin liegen, Hammer und Schraubenzieher aufzutreiben; ihr kam noch nicht einmal der ständige Plunder in ihrem Pinto zugute.

Sie durchsuchte ihre Handtasche und fand das Enteisungsspray, das sie für die Türschlösser ihres Pintos verwendete.

»Möchten Sie sich kurz in Ihrem Wagen ausruhen, Mr. Yow?

Warum wärmen Sie sich nicht ein paar Minuten auf, und ich versuch' mich mal hier dran. Nehmen Sie den Schirm, es nieselt jetzt nur noch.«

Starling fuhr den FBI-Plymouth dicht an die Tür, um sich seiner Scheinwerfer zu bedienen. Sie zog den Ölmeßstab aus dem Wagen, ließ Öl in die Schlüssellöcher der Vorhängeschlösser tropfen und sprühte dann das Enteisungsmittel hinein, um das Öl zu verdünnen. Mr. Yow lächelte und nickte von seinem Wagen her. Starling war froh, daß Yow ein intelligenter Mann war; sie konnte ihre Arbeit verrichten, ohne ihn zu befremden.

Es war nun völlig dunkel. In dem grellen Leuchten der Scheinwerfer des Plymouth fühlte sie sich bloßgestellt, und der Keilriemen quietschte ihr im Ohr, als der Wagen im Leerlauf lief. Sie hatte das Fahrzeug bei laufendem Motor abgeschlossen. Mr. Yow schien harmlos zu sein, doch sie sah keinen Grund, das Risiko einzugehen, gegen die Tür gequetscht zu werden.

Das Vorhängeschloß hüpfte wie ein Frosch in ihrer Hand und lag dann dort offen, schwer und fettig. Das andere Schloß war nach dem Einweichen einfacher zu öffnen.

Die Tür dagegen wollte nicht hochkommen. Starling zog am Griff, bis helle Punkte vor ihren Augen tanzten. Yow kam zu Hilfe, doch brachte seine Tolpatschigkeit zusammen mit dem kleinen, unzulänglichen Türgriff keinen wesentlichen Fortschritt.

»Vielleicht könnten wir nächste Woche mit meinem Sohn oder mit einigen Handwerkern zurückkommen«, schlug Mr. Yow vor. »Ich würde sehr gern bald nach Hause fahren.«

Starling war sich keineswegs sicher, ob sie je hierher zurückkehren wollte; es wäre für Crawford weniger umständlich, wenn er einfach den Hörer abnahm und die Außenstelle Baltimore damit fertig werden ließ. »Mr. Yow, ich werde mich beeilen. Haben Sie einen Wagenheber in diesem Auto?«

Mit dem Wagenheber unter dem Türgriff benutzte Starling ihr Gewicht auf dem Bolzenschraubenschlüssel, der als Wagenhebergriff diente. Die Tür quietschte fürchterlich und schob sich einen Zentimeter hoch. Sie schien sich in der Mitte nach oben zu biegen. Die Tür ging einen weiteren Zentimeter hoch und dann noch einen, bis sie den Ersatzreifen darunterschieben konnte, um sie oben zu halten, während sie Mr. Yows und ihren eigenen Wagenheber zu den Seiten der Tür schob und sie dicht bei den Schienen, in denen die Tür verlief, unter den unteren Rand legte.

Abwechselnd mit den Wagenhebern auf jeder Seite arbeitend bewegte sie die Tür zentimeterweise fast einen halben Meter hoch, bis diese blockierte und sich auch nicht durch Starlings ganzes Gewicht auf den Wagenhebergriffen weiter hochschieben ließ.

Mr. Yow kam, um mit ihr unter der Tür durchzuspähen. Er konnte sich jeweils nur einige Sekunden nach vorn beugen.

»Da drinnen riecht es nach Mäusen«, meinte er. »Man hat mir versichert, daß hier Gift für Nagetiere ausgelegt wird. Ich glaube, es ist im Vertrag festgesetzt. Nagetiere seien nahezu unbekannt, hieß es. Ich höre sie aber, Sie auch?«

»Ich höre sie«, bestätigte Starling. Mit ihrer Taschenlampe konnte sie Kartons und einen großen Weißwandreifen unter dem Rand eines Tuchüberzugs ausmachen. Der Reifen war platt.

Sie stieß mit dem Plymouth zurück, bis das Scheinwerferlicht teilweise unter die Tür fiel, und nahm eine der Gummibodenmatten heraus.

»Gehen Sie da hinein, Officer Starling?«

»Ich muß mich umsehen, Mr. Yow.«

Er holte sein Taschentuch heraus. »Darf ich vorschlagen, daß Sie sich Ihre Hosenaufschläge eng um die Knöchel binden? Um dem Eindringen von Mäusen vorzubeugen.«

»Danke, Sir, das ist eine sehr gute Idee. Mr. Yow, sollte die Tür herunterkommen oder sich sonst etwas ereignen, wären Sie dann so freundlich, diese Nummer anzurufen? Es ist unsere Baltimorer Außenstelle. Dort weiß man, daß ich jetzt gerade mit Ihnen hier bin, und man wird sich Sorgen machen, wenn man nicht binnen kurzem von mir hört, verstehen Sie?«

»Ja, natürlich. Aber ganz gewiß doch.« Er gab ihr den Schlüssel für den Packard.

Starling plazierte die Gummimatte auf dem nassen Boden vor der Tür und legte sich darauf; ihre Hände umfaßten einen Packen Plastikbeutel für Beweismaterial über dem Objektiv ihrer Kamera, und ihre Aufschläge waren fest mit Yows Taschentuch und ihrem eigenen umwickelt. Sprühregen fiel ihr aufs Gesicht, und der Geruch von Schimmel und Mäusen stach ihr in die Nase. Absurderweise kam Starling Latein in den Sinn.

Es war das Motto des römischen Arztes, am ersten Tag ihrer Ausbildung von ihrem Ausbilder in Gerichtsmedizin an die Tafel geschrieben: *Primum non nocere.* Als erstes keinen Schaden anrichten.

Er sagte das nicht in einer Garage voller verdammter Mäuse!

Und auf einmal war da die Stimme ihres Vaters, der mit der Hand auf der Schulter ihres Bruders zu ihr sagte: »Wenn du nicht spielen kannst, ohne zu brüllen, Clarice, dann geh ins Haus zurück.«

Starling machte den Kragenknopf ihrer Bluse zu, zog knirschend die Schultern zum Hals hoch und glitt unter der Tür durch.

Sie war unter dem Heck des Packards. Er war dicht an der linken Seite der Lagereinheit geparkt und berührte fast die Wand. Pappkartons waren hoch auf der rechten Seite des Raums aufgestapelt und füllten den Platz neben dem Wagen. Starling schlängelte sich auf dem Rücken entlang, bis ihr Kopf in der engen Lücke zwischen dem Wagen und den Kartons freikam. Viele Spinnen hatten den engen Raum mit ihren Netzen überspannt. Größtenteils Weberknechte, deren Netze mit kleinen zusammengeschrumpften, fest umwickelten Kadavern übersät waren.

Nun, man braucht sich einzig wegen einer braunen Einsiedlerspinne zu ängstigen, und sie würde nicht in voller Sicht bauen, sagte Starling sich. *Die übrigen beißen nicht sonderlich.*

Es gab etwas Platz neben dem hinteren Kotflügel. Sie wand sich so lange, bis sie unter dem Wagen hervor und mit dem Gesicht dicht neben dem breiten Weißwandreifen war. Trockenfäule hatte sich über ihn ausgebreitet. Sie konnte die Wörter GOODYEAR DOUBLE EAGLE auf ihm lesen. Auf ihren Kopf achtend stand sie in dem engen Raum auf, die Hand vor dem Gesicht, um die Spinnennetze zu zerreißen. Fühlte es sich so an, wenn man einen Schleier trug?

Von draußen Mr. Yows Stimme. »Okay, Miss Starling?«

»Okay«, sagte sie. Beim Klang ihrer Stimme vernahm man leises Trippeln, und im Innern eines Klaviers kletterte etwas über ein paar hohe Töne. Das Scheinwerferlicht von draußen erhellte ihre Beine bis zur Wade.

»Sie haben also das Klavier gefunden, Officer Starling«, rief Mr. Yow.

»Das war nicht ich.«

»Oh.«

Der Wagen war groß, hoch und lang. Eine 1938er Packard Limousine laut Yows Verzeichnis. Sie war mit einer Brücke bedeckt, die Plüschseite nach unten. Sie ließ das Licht ihrer Taschenlampe darüberspielen.

»Haben Sie den Wagen mit dieser Brücke bedeckt, Mr. Yow?«

»Ich habe ihn so gefunden und ihn nie aufgedeckt«, rief Mr. Yow unter der Tür durch. »Ich kann mich nicht mit einem staubigen Teppich abgeben. Raspail hatte das so gemacht. Ich habe mich nur vergewissert, daß der Wagen da war. Meine Packer stellten das Klavier an die Wand, deckten es zu, stapelten weitere Kartons neben dem Wagen und gingen wieder. Ich habe ihnen Stundenlohn gezahlt. Die Kartons enthalten in der Hauptsache Noten und Bücher.«

Die Brücke war dick und schwer, und als sie daran zog, wirbelte im Strahl ihrer Taschenlampe Staub auf. Sie nieste zweimal. Auf den Zehenspitzen stehend konnte sie die Brücke zur Mittellinie des hohen alten Wagens hin falten. An den Rückfenstern waren die Vorhänge zugezogen. Der Türgriff war mit Staub bedeckt. Sie mußte sich über Kartons nach vorn lehnen, um ihn zu erreichen. Nur das Ende des Griffs berührend versuchte sie, ihn nach unten zu drehen. Abgeschlossen. In der Hintertür war kein Schlüsselloch. Sie würde eine Menge Kartons beiseite räumen müssen, um an die Vordertür zu gelangen, und es gab verdammt wenig Platz, um die Kartons woanders hinzustellen. Zwischen dem Vorhang und der Strebe des Rückfensters konnte sie einen kleinen Spalt erkennen.

Starling lehnte sich über die Kartons, um das Auge dicht an die Scheibe zu halten, und leuchtete mit ihrer Lampe durch den Spalt. Sie konnte nur ihr Spiegelbild sehen, bis sie die Hand über den Lichtkegel wölbte. Ein durch das staubige Glas gebrochener

Lichtsplitter bewegte sich über den Sitz. Auf dem Sitz lag ein geöffnetes Album. In dem schlechten Licht waren die Farben schwach, doch sie konnte die auf die Seiten geklebten Valentins-Bilder erkennen. Alte Karten aus Spitze, wie Flaum auf der Seite.

»Vielen Dank, Dr. Lecter.« Beim Sprechen wirbelte ihr Atem den feinen Staub auf der Leiste des Fensters auf und beschlug das Glas. Sie wollte es nicht abwischen und mußte daher warten, bis es sich klärte. Das Licht bewegte sich weiter über eine auf dem Boden des Wagens zerknüllte Schoßdecke und auf das staubig flimmernde Paar lacklederner Männerabendschuhe. Über den Schuhen waren schwarze Socken und über den Socken Smokinghosen mit Beinen darin.

SeitfünfJahrenistniemanddurchdieseTürgekommen – sachte, sachte, keine Panik, Baby.

»Oh, Mr. Yow. Hören Sie, Mr. Yow?«

»Ja, Officer Starling?«

»Mr. Yow, sieht so aus, als säße da jemand in diesem Wagen.«

»O du meine Güte. Vielleicht kommen Sie lieber heraus, Miß Starling.«

»Noch nicht gleich, Mr. Yow. Wenn Sie nur bitte da warten würden.«

Jetzt ist vor allem Denken wichtig. Das Hier und Jetzt ist wichtiger als der ganze Mist, den du deinem Kissen für den Rest deines Lebens erzählst. Saug's auf und mach dies richtig. Ich will kein Beweismaterial vernichten. Ich will aber etwas Hilfe. Am allermeisten will ich keinen blinden Alarm schlagen. Wenn ich das Baltimorer Büro und die Bullen umsonst hier herauslotse, bin ich erledigt. Ich sehe was, das wie Beine aussieht. Mr. Yow hätte mich nicht hergebracht, wenn er gewußt hätte, daß 'ne Leiche im Wagen sitzt. Sie brachte es fertig, über sich zu lächeln. ›'ne Leiche‹, o wie tapfer. *Seit Yows letztem Besuch ist keiner hier gewesen. Alles klar, das bedeutet, die Kartons wurden nach dem, was immer auch im Wagen ist, hierhergebracht. Und das bedeutet, ich kann die Kartons wegschieben, ohne irgendwas Wichtiges zu verlieren.*

»In Ordnung, Mr. Yow.«

»Ja? Müssen wir die Polizei rufen oder genügen Sie, Officer Starling?«

»Das muß ich herausfinden. Bitte warten Sie einfach.«

Mit dem Kartonproblem war es wie mit Rubiks Würfel – zum Verrücktwerden. Sie versuchte mit der Taschenlampe unter dem Arm zu arbeiten, ließ sie zweimal fallen und legte sie schließlich oben auf den Wagen. Sie mußte Kartons hinter sich stellen, und einige der kleineren Bücherkartons rutschten unter den Wagen. Eine Art Biß oder Splitter brachte den Ballen ihres Daumens zum Jucken.

Nun konnte sie durch die staubige Scheibe des Seitenfensters vorne beim Beifahrersitz in das Chauffeurabteil sehen. Eine Spinne hatte ihr Netz zwischen dem großen Lenkrad und der Gangschaltung gesponnen. Die Trennscheibe zwischen dem vorderen und hinteren Abteil war geschlossen.

Wenn sie doch bloß daran gedacht hätte, den Wagenschlüssel des Packards zu ölen, bevor sie unter die Tür glitt! Doch als sie ihn ins Schloß steckte, funktionierte er.

Es war kaum Platz, die Tür in dem engen Durchgang mehr als ein Drittel zu öffnen. Sie stieß mit einem dumpfen Schlag gegen die Kartons, der die Mäuse zum Scharren brachte und dem Klavier zusätzliche Töne entlockte. Aus dem Wagen kam ein schaler Geruch von Zerfall und Chemie. Er verhalf ihrem Gedächtnis an einen Ort, den sie nicht benennen konnte.

Sie beugte sich hinein, öffnete die Trennwand hinter dem Fahrersitz und leuchtete mit der Taschenlampe in das hintere Abteil des Wagens. Ein Frackhemd mit Kragenknöpfen war das Helle, das das Licht zuerst fand, kletterte dann rasch an der Vorderseite des Hemds hoch zum Gesicht – kein Gesicht zu sehen – und wieder hinunter, über glitzernde Hemdknöpfe und Satinaufschläge zu einem Schoß mit offenem Reißverschluß und wieder hoch zu der adretten Fliege und dem Kragen, wo der weiße Halsstummel einer Schaufensterpuppe herausragte, über dem Hals jedoch etwas anderes, das kaum Licht reflektierte. Tuch, eine schwarze Kapuze dort, wo der Kopf sein sollte, groß, als bedeckte sie den Käfig eines Papageis. Samt, dachte Starling. Das Gebilde saß auf einem Sperrholzregal, das an dem Nacken der Schaufensterpuppe befestigt war.

Sie machte mehrere Aufnahmen vom Vordersitz, wobei sie mit dem Blitzlicht scharf einstellte und die Augen beim Aufleuchten des Röhrenblitzes zukniff. Draußen vor dem Wagen richtete sie sich auf. Im Dunkeln dastehend, naß und mit Spinnweben bedeckt, überlegte sie, was zu tun sei.

Auf keinen Fall würde sie den für die Außenstelle Baltimore zuständigen Special Agent herbeizitieren, damit dieser sich eine Schaufensterpuppe mit offenem Hosenlatz und einem Buch mit Valentinsbildern ansah.

Sobald sie den Entschluß gefaßt hatte, auf den Rücksitz zu klettern und die Kapuze von dem Ding zu nehmen, wollte sie nicht länger darüber nachdenken. Sie langte durch die Fahrertrennwand, schloß die Hintertür auf und stellte einige Kartons um, um die Türe öffnen zu können. Es dauerte ihr alles zu lange. Der Geruch vom hinteren Abteil war viel stärker, als sie die Tür endlich aufmachte. Sie langte hinein, hob das Valentinsalbum vorsichtig an den Ecken hoch und schob es auf einen Beweismaterialbeutel oben auf dem Wagen. Einen weiteren Beutel breitete sie auf dem Sitz aus.

Die Wagenfedern ächzten, als sie hineinstieg, und die Gestalt verschob sich leicht, als sie sich neben sie hinsetzte. Die rechte Hand in ihrem weißen Handschuh glitt vom Oberschenkel und lag auf dem Sitz. Sie berührte den Handschuh mit dem Finger. Die Hand darin war steif. Behutsam streifte sie den Handschuh vom Handgelenk. Das Handgelenk war irgendein weißes Synthetikmaterial. In den Hosen war eine Schwellung, die sie einen verrückten Augenblick lang an gewisse Ereignisse in der High School erinnerte.

Unter dem Sitz kamen leise Trippelgeräusche hervor.

Sanft wie eine Liebkosung berührte ihre Hand die Kapuze. Das Tuch bewegte sich mühelos über etwas Hartes und Glattes darunter. Als sie den runden Knauf oben fühlte, wußte sie Bescheid. Sie wußte, daß es ein großes Laborprobenglas war, und sie wußte, was darin sein würde. Mit Furcht, aber wenig Zweifel, zog sie das Tuch weg.

Der Kopf im Glas war sauber unter dem Kiefer abgetrennt worden. Er blickte sie an, die Augen seit langem durch den Alkohol, der ihn konservierte, milchig ausgebrannt. Der Mund stand offen, und die Zunge, sehr grau, ragte ganz leicht heraus. Die Jahre hindurch war der Alkohol bis zu dem Punkt verdunstet, wo der Kopf auf dem Boden des Glases ruhte und sein Schädel durch die Oberfläche der Flüssigkeit in einer Kappe der Verwesung hervorragte. In einem eulenhaften Winkel zum Körper darunter gedreht, glotzte er Starling stupide an. Selbst im Spiel des Lichts über den Zügen blieb er dumm und tot.

In diesem Moment prüfte Starling sich. Sie war zufrieden. Sie war erheitert. Sie überlegte eine Sekunde lang, ob dies achtbare Gefühle seien. Nun, in diesem Moment, in dem sie mit einem Kopf und einigen Mäusen in diesem alten Wagen saß, konnte sie klar denken, und darauf war sie stolz.

»Na, Toto«, sagte sie, »wir sind nicht mehr in Kansas.« Das hatte sie immer unter Streß sagen wollen, doch es zu tun, hinterließ ein Gefühl der Verlogenheit in ihr, und sie war froh, daß keiner es gehört hatte. Es gab Arbeit zu tun.

Vorsichtig setzte sie sich zurück und sah sich um.

Dies war die gewählte und geschaffene Umgebung von jemandem, tausend Lichtjahre jenseits des Verstands von dem die Route 301 entlangkriechenden Verkehr entfernt.

Getrocknete Blüten hingen schlaff von den Knospenvasen aus geschliffenem Kristall an den Pfeilern herab. Der Tisch der Limousine war heruntergeklappt und mit einer Leinendecke bedeckt. Darauf schimmerte durch Staub eine Karaffe. Zwischen der Karaffe und dem kurzen Kerzenleuchter daneben hatte eine Spinne gebaut.

Sie versuchte sich Lecter oder sonst irgend jemanden vorzustellen, wie er mit ihrem gegenwärtigen Gefährten hier saß und einen Drink nahm und ihm die Valentinsbilder zu zeigen versuchte. Und was sonst noch? Vorsichtig arbeitend, die Gestalt so wenig wie möglich störend, durchsuchte sie sie nach einer Identifizierung. Es gab keine. In einer Jackentasche fand sie die vom Regulieren der Hosenlänge übriggebliebenen Stoffbänder – die Gesellschaftskleidung war wahrscheinlich neu, als die Gestalt angezogen wurde.

Starling stieß die Schwellung in den Hosen an. Zu hart, selbst für die High School, überlegte sie. Mit den Fingern zog sie den Hosenschlitz auseinander und leuchtete mit ihrer Taschenlampe hinein, auf einen Penis aus poliertem Holz mit Einlegearbeit. Dazu noch von guter Größe. Sie fragte sich, ob sie verdorben sei.

Sorgfältig drehte sie das Glas und untersuchte die Seiten des Kopfes und den Hinterkopf auf Wunden. Es gab keine sichtbaren. Der Name einer Firma für Laborbedarf war in das Glas eingeprägt.

Erneut das Gesicht betrachtend, glaubte sie, daß sie etwas erfuhr, was ihr nutzen würde. Absichtlich dieses Gesicht anzuschauen, mit seiner Zunge, die dort die Farbe wechselte, wo sie das Glas berührte, war nicht so schlimm wie Miggs, der in ihren Träumen seine Zunge verschluckte. Sie hatte das Gefühl, als könne sie sich alles anschauen, wenn sie etwas Positives damit anfangen konnte. Starling war jung.

In den zehn Sekunden, nachdem ihre fahrbare Nachrichteneinheit vom WPIK-TV schleudernd zum Stehen kam, zog Jonetta Johnson ihre Ohrringe an, puderte sich das hübsche braune Gesicht und kundschaftete die Lage aus. Sie und ihr Nachrichtenteam, das den Polizeifunk von Baltimore County abhörte, waren vor den Streifenwagen bei Split City angekommen.

Das einzige, was das Nachrichtenteam im Scheinwerferlicht sah, war Clarice Starling, die mit ihrer Taschenlampe und ihrem kleinen laminierten Ausweis vor der Garagentür stand, das Haar vom Nieselregen an den Kopf geklebt.

Einen Neuling konnte Jonetta Johnson allemal ausmachen. Sie stieg mit dem Kamerateam hinter sich aus und näherte sich Starling. Die hellen Lichter gingen an.

Mr. Yow sank so weit in seinem Buick hinunter, daß nur sein Hut über dem Fensterrahmen sichtbar war.

»Jonetta Johnson, WPIK-Nachrichten, haben Sie einen Mord gemeldet?«

Starling sah nicht sehr nach Gesetz aus, und das wußte sie. »Ich bin FBI-Beamtin, dies ist ein Tatort. Ich muß ihn absichern, bis die Baltimorer Behörden –«

Der Assistenzkameramann hatte den unteren Rand der Garagentür gepackt und versuchte gerade, sie hochzuschieben.

»Halt«, sagte Starling. »Ich rede mit *Ihnen*, Sir. Halt. Zurück da, bitte. Ich mache keine Scherze mit Ihnen. Gehen Sie mir mal zur

Hand.« Sie verspürte den starken Wunsch nach einem Abzeichen, einer Uniform, irgend etwas.

»Okay, Harry«, sagte die Journalistin. »Ach, Officer, wir wollen in jeder Hinsicht kooperieren. Offen gestanden, dieses Team kostet Geld, und ich möchte nur wissen, ob ich es überhaupt hierlassen soll, bis die anderen Beamten kommen. Werden Sie mir sagen, ob eine Leiche da drin ist? Die Kamera läuft nicht, nur zwischen uns. Sagen Sie's mir, und wir werden warten. Wir werden brav sein, ich verspreche es. Wie steht's?«

»An Ihrer Stelle würde ich warten«, sagte Starling.

»Danke, das werden Sie nicht bereuen«, sagte Jonetta Johnson. »Sehen Sie, ich habe einige Informationen über Split City Mini-Storage, die Sie wahrscheinlich gebrauchen könnten. Würden Sie mit Ihrer Taschenlampe auf die Cliptafel leuchten? Mal sehen, ob ich es hier finden kann.«

»Die fahrbare WEYE-Anlage ist gerade ins Tor eingebogen, Joney«, sagte der Mann, Harry.

»Ah, hier ist es. Vor zwei Jahren gab es einen Skandal, als man zu beweisen versuchte, daß Split City Tauschhandel trieb und – was war es gleich, Feuerwerkskörper? – einlagerte.« Jonetta Johnson schaute einmal zu oft über Starlings Schulter.

Starling drehte sich um und sah den Kameramann auf dem Rücken, mit Kopf und Schulter in der Garage; der Assistent hockte neben ihm, bereit, die Minikamera unter der Tür durchzureichen.

»Hey!« sagte Starling. Sie fiel neben ihm auf dem nassen Boden auf die Knie und zog ihn am Hemd. »Sie können da nicht hineingehen. Hey! Ich habe Ihnen doch verboten, das zu tun.«

Und die ganze Zeit über redeten die Männer in einem fort sanft auf sie ein. »Wir werden nichts berühren. Wir sind Profis, Sie brauchen sich keine Sorgen zu machen. Die Polizei wird uns sowieso reinlassen. Es ist in Ordnung, Schätzchen.«

Ihre schmeichlerischen Einschläferungsversuche ließen sie ausrasten.

Sie rannte zu einem Wagenheber am Ende der Tür und betätigte den Griff. Mit schrillem Knirschen senkte die Tür sich fünf Zentimeter. Sie betätigte ihn erneut. Nun berührte die Tür die Brust des

Mannes. Als er nicht hervorkam, zog sie den Griff aus der Muffe und trug ihn zu dem flach hingestreckten Kameramann zurück. Es flammten weitere helle Kamerascheinwerfer auf, und in ihrem grellen Licht schlug sie mit dem Wagenhebergriff fest gegen die Tür über ihm, so daß Staub und Rost auf ihn hinunterrieselten.

»Geben Sie acht«, sagte sie. »Sie hören nicht zu, oder? Kommen Sie da raus. Jetzt. Noch eine Sekunde, und Sie werden wegen Verdunkelung verhaftet.«

»Immer mit der Ruhe!« entgegnete der Assistent. Er legte die Hand auf sie. Sie drehte sich zu ihm um. Hinter dem grellen Licht wurden schreiend Fragen gestellt, und sie hörte Sirenen.

»Hände weg und verschwinde, Freundchen.« Sie stand auf dem Knöchel des Kameramanns und blickte dem Assistenten ins Gesicht, den Wagenhebergriff an ihrer Seite herunterhängend. Sie hob ihn nicht hoch. Das war auch gut so. Im Fernsehen sah sie auch so schon schlecht genug aus.

9. Kapitel

Im Halbdunkel schienen die Gerüche des Trakts für Gewaltverbrecher durchdringender. Ein Fernsehapparat, der ohne Ton auf dem Korridor lief, warf Starlings Schatten an die Gitter von Dr. Lecters Zelle.

Sie konnte nicht in das Dunkel hinter den Gittern sehen, doch sie wollte den Pfleger nicht bitten, das Licht von seiner Station aus heller zu stellen. Der ganze Trakt würde sofort erleuchtet, und sie wußte, daß die Polizei von Baltimore County das Licht stundenlang voll angehabt hatte, während sie Lecter schreiend mit Fragen bombardierte. Er hatte sich geweigert zu reden, doch dadurch reagiert, daß er für sie ein Origami-Hühnchen faltete, das pickte, wenn man den Schwanz auf und ab bewegte. Wütend hatte der rangälteste Polizeibeamte das Hühnchen in der Eingangshalle im Aschenbecher zerdrückt, als er Starling mit einer Geste bedeutete, hineinzugehen.

»Dr. Lecter?« Sie hörte ihr eigenes Atmen und Atmen weiter unten den Gang entlang, doch kein Atmen aus Miggs' leerer Zelle. Miggs' Zelle war ungemein leer. Sie spürte ihre Stille wie einen Luftzug.

Starling wußte, daß Lecter sie aus dem Dunkel heraus beobachtete. Es vergingen zwei Minuten. Ihre Beine und ihr Rücken schmerzten von ihrem Kampf mit der Garagentür, und ihre Kleidung war feucht. Weit genug vom Gitter entfernt setzte sie sich auf ihren Mantel auf den Boden, die Füße unter sich angezogen, und schob ihr nasses, verschmutztes Haar über ihren Kragen, damit es ihr nicht mehr am Hals klebte.

Hinter ihr auf dem Bildschirm breitete ein Evangelist die Arme aus.

»Dr. Lecter, wir beide wissen, was dies ist. Man ist überzeugt, daß Sie mit mir reden werden.«

Schweigen. Unten im Korridor pfiff jemand ›Over the Sea to Skye‹.

Nach fünf Minuten sagte sie: »Es war sonderbar, dort hinzugehen. Irgendwann würde ich gern mit Ihnen darüber sprechen.«

Starling zuckte zusammen, als das Essenstablett aus Lecters Zelle rollte. In dem Tablett lag ein sauberes, gefaltetes Handtuch. Sie hatte nicht gehört, daß er sich bewegte.

Sie sah es an, nahm es mit einem merkwürdigen Gefühl der Schwäche und rieb sich das Haar trocken. »Danke«, sagte sie.

»Warum fragen Sie mich nicht nach Buffalo Bill?« Seine Stimme war nahe, auf gleicher Höhe mit ihr. Er mußte ebenfalls auf dem Boden sitzen.

»Wissen Sie etwas über ihn?«

»Vielleicht, wenn ich den Fall sehen würde.«

»Ich habe diesen Fall nicht«, sagte Starling.

»Sie werden diesen hier auch nicht haben, wenn man damit fertig ist, Sie benutzt zu haben.«

»Ich weiß.«

»Sie könnten die Akten über Buffalo Bill bekommen. Die Berichte und die Bilder. Ich würde es gern sehen.«

Darauf wette ich. »Dr. Lecter, Sie haben damit angefangen. Nun erzählen Sie mir bitte was über die Person im Packard.«

»Sie haben eine ganze Person gefunden? Merkwürdig. Ich habe nur einen Kopf gesehen. Wo ist denn Ihrer Meinung nach der Rest hergekommen?«

»Schon gut. Wessen *Kopf* war es?«

»Was können Sie berichten?«

»Man hat erst die Vorarbeit geleistet. Weißer, etwa siebenundzwanzig, amerikanische wie auch europäische zahnärztliche Arbeiten. Wer war er?«

»Raspails Liebhaber. Raspail, unser Flötenbläser.«

»Wie haben die Umstände ausgesehen – wie ist er gestorben?«

»Umschweife, Officer Starling?«

»Nein, ich werde es später fragen.«

»Lassen Sie mich Ihnen etwas Zeit ersparen. Ich hab's nicht getan; es war Raspail. Raspail mochte Matrosen. Dies war ein skandinavischer namens Klaus noch was. Raspail hat mir nie den Nachnamen gesagt.« Dr. Lecters Stimme sank tiefer. Vielleicht lag er auf dem Boden, überlegte Starling.

»Klaus kam von einem schwedischen Boot in San Diego. Raspail lehrte dort einen Sommer am Konservatorium. Der junge Mann machte ihn wild. Der Schwede roch eine gute Sache und haute von seinem Boot ab. Sie kauften so ein scheußliches Wohnmobil und tanzten wie die Sylphiden nackt durch die Wälder. Raspail behauptete, der junge Mann sei untreu, und erwürgte ihn.«

»Hat Raspail Ihnen das erzählt?«

»O ja, unter dem vertraulichen Siegel der Therapiesitzungen. Es war wohl eine Lüge. Raspail hat die Tatsachen immer ausgeschmückt. Er wollte gefährlich und romantisch erscheinen. Der Schwede starb wahrscheinlich bei irgendeiner banalen erotischen Asphyxiepraktik. Raspail war zu schlaff und schwach, um ihn erwürgt zu haben. Ist Ihnen aufgefallen, wie dicht Klaus unter dem Kiefer abgesäbelt wurde? Wahrscheinlich, um ein durch Hängen erzeugtes hohes Ligaturmal zu entfernen.«

»Aha.«

»Raspails Traum vom Glück war zerstört. Er packte Klaus' Kopf in eine Bowlingtasche und kam nach Osten zurück.«

»Was hat er mit dem Rest gemacht?«

»Ihn in den Hügeln begraben.«

»Hat er Ihnen den Kopf im Wagen gezeigt?«

»O ja, im Verlauf der Therapie entwickelte er allmählich das Gefühl, daß er mir alles erzählen konnte. Er ging aus, um ziemlich oft bei Klaus zu sitzen, und zeigte ihm die Valentinsbilder.«

»Und dann ist Raspail selbst... gestorben. Warum?«

»Offen gestanden, ich bekam sein Gejammer gründlich satt. Das Beste für ihn, wirklich. Die Therapie brachte nichts. Vermutlich haben die meisten Psychiater ein oder zwei Patienten, die sie gern an mich verweisen würden. Ich habe mich nie zuvor darüber unterhalten, und nun wird es mir langweilig.«

»Und Ihr Abendessen für die Orchesterfunktionäre?«

»Haben Sie noch nie Leute zu Besuch und keine Zeit zum Einkaufen gehabt? Sie müssen sich mit dem begnügen, was im Kühlschrank ist, *Clarice*. Darf ich Sie Clarice nennen?«

»Ja. Ich glaube, ich werde Sie einfach –«

»Dr. Lecter nennen – das scheint Ihrem Alter und Ihrer Position höchst angemessen«, sagte er.

»Ja.«

»Wie haben Sie sich gefühlt, als Sie in die Garage gingen?«

»Ängstlich.«

»Warum?«

»Mäuse und Insekten.«

»Haben Sie etwas, dessen Sie sich bedienen, wenn Sie sich Mut zusprechen wollen?« fragte Dr. Lecter.

»Nichts, das meines Wissens funktioniert, ausgenommen auf das aus zu sein, hinter dem ich her bin.«

»Kommen Ihnen dann Erinnerungen oder anschauliche Darstellungen in den Sinn, ob Sie es darauf anlegen oder nicht?«

»Vielleicht. Darüber habe ich nicht nachgedacht.«

»Dinge aus Ihrem frühen Leben.«

»Ich muß mal darauf achten.«

»Was haben Sie empfunden, als Sie von meinem verstorbenen Nachbarn, Miggs, hörten? Sie haben mich nicht darüber gefragt.«

»Darauf wollte ich noch kommen.«

»Waren Sie nicht *froh*, als Sie es hörten?«

»Nein.«

»Waren Sie *traurig?*«

»Nein. Haben Sie ihn dazu überredet?«

Dr. Lecter lachte leise. »Fragen Sie mich, Officer Starling, ob ich Mr. Miggs' Selbstmordverbrechen *angestiftet* habe? Seien Sie nicht albern. Daß er diese beleidigende Zunge verschluckt hat, hat allerdings eine gewisse angenehme Symmetrie, meinen Sie nicht auch?«

»Nein.«

»Officer Starling, das war eine Lüge. Die erste, die Sie mir unterbreitet haben. Ein *trister* Anlaß, würde Truman sagen.«

»Präsident Truman?«

»Egal. Warum, glauben Sie, habe ich Ihnen geholfen?«

»Ich weiß nicht.«

»Jack Crawford mag Sie, nicht wahr?«

»Ich weiß nicht.«

»Das stimmt wahrscheinlich nicht. Hätten Sie gern, daß er Sie mag? Sagen Sie mir, verspüren Sie einen Drang, ihm zu gefallen, und beunruhigt es Sie? Sind Sie vor Ihrem Drang, ihm zu gefallen, *auf der Hut?*«

»Jeder will gemocht werden, Dr. Lecter.«

»Nicht jeder. Glauben Sie, daß Jack Crawford in sexuellem Sinn auf Sie aus ist? Er ist jetzt bestimmt sehr frustriert. Glauben Sie, er stellt sich... Szenarien, Praktiken... vor, Sie zu ficken?«

»Das ist für mich keine Frage der Neugier, Dr. Lecter, und es ist in etwa das, was Miggs fragen würde.«

»Nicht mehr.«

»Haben Sie ihn dazu angeregt, er solle seine Zunge verschlucken?«

»Ihr Interrogativsatz enthält häufig diesen passenden Konjunktiv. Bei Ihrem Akzent riecht das nach harter Arbeit. Crawford mag Sie zweifelsohne und hält Sie für kompetent. Der sonderbare Zusammenfluß von Ereignissen ist Ihnen sicherlich nicht entgangen, Clarice – Sie haben Crawfords Hilfe und Sie haben meine gehabt. Sie behaupten, Sie wüßten nicht, warum Crawford Ihnen hilft – wissen Sie, warum ich es getan habe?«

»Nein, sagen Sie's mir.«

»Meinen Sie, es sei deshalb, weil ich Sie gern anschaue und darüber nachdenke, Sie aufzufressen – darüber, wie Sie wohl schmecken würden?«

»Ist es das?«

»Nein. Ich will etwas, das Crawford mir geben kann, und ich will dafür mit ihm einen Tausch machen. Er will mich aber nicht besuchen. Er will mich nicht um meine Hilfe in Sachen Buffalo Bill bitten, obwohl er weiß, daß es bedeutet, daß weitere junge Frauen sterben werden.«

»Das kann ich nicht glauben, Dr. Lecter.«

»Ich will nur etwas ganz Einfaches, und er könnte es beschaffen.« Lecter drehte den Rheostat in seiner Zelle langsam höher. Seine Bücher und Zeichnungen waren verschwunden. Sein Toilettensitz war fort. Chilton hatte die Zelle ausgeräumt, um ihn für Miggs zu bestrafen.

»Seit acht Jahren bin ich in diesem Raum, Clarice. Ich weiß, daß man mich nie und nimmer herausläßt, während ich am Leben bin. Was ich will, ist eine Aussicht. Ich will ein Fenster, wo ich einen Baum sehen kann oder sogar Wasser.«

»Hat Ihr Anwalt ein Gesuch eingereicht?«

»Chilton hat diesen Fernseher, auf einen religiösen Kanal eingestellt, im Korridor aufgestellt. Sobald Sie gehen, stellt der Pfleger den Ton wieder laut, und mein Anwalt kann dem kein Ende bereiten, so, wie das Gericht nun mir gegenüber eingestellt ist. Ich will in einer Bundesanstalt sein, und ich will meine Bücher zurück und eine Aussicht. Ich werde eine gute Gegenleistung dafür erbringen. Crawford könnte das tun. Fragen Sie ihn.«

»Ich kann ihm ausrichten, was Sie gesagt haben.«

»Er wird es nicht zur Kenntnis nehmen. Und Buffalo Bill wird immer weitermachen. Warten Sie, bis er eine skalpiert, und schauen Sie dann, wie es Ihnen gefällt. Mhmmmm... ich werde Ihnen eins über Buffalo Bill sagen, ohne den Fall je zu Gesicht zu bekommen. Und wenn sie ihn in vielen Jahren schnappen, falls sie das je tun, werden Sie sehen, daß ich recht hatte und hätte helfen können. Ich hätte Leben retten können. Clarice?«

»Ja?«

»Buffalo Bill hat ein zweistöckiges Haus«, sagte Dr. Lecter und schaltete sein Licht aus.

Er wollte nichts mehr sagen.

10. Kapitel

Clarice Starling lehnte sich gegen einen Würfeltisch im Kasino des FBI und versuchte einer Vorlesung über die Transaktionen illegaler Gelder beim Glücksspiel Aufmerksamkeit zu schenken. Es waren sechsunddreißig Stunden vergangen, seit die Polizei von Baltimore County ihre eidliche Aussage aufgenommen hatte (über eine kettenrauchende, mit zwei Fingern tippende Schreibkraft: »Schauen Sie, ob Sie das Fenster da aufkriegen, wenn der Rauch Sie stört.«) und sie aus ihrem Gerichtsbezirk mit einer Mahnung entließ, daß Mord kein Bundesverbrechen sei.

Die Nachrichten des Sendernetzes am Sonntagabend zeigten Starlings Streit mit den Kameraleuten vom Fernsehen, und sie hatte das untrügliche Gefühl, daß sie tief in der Scheiße steckte. Und die ganze Zeit hindurch kein Wort von Crawford oder von der Außenstelle Baltimore. Es war, als ob sie ihren Bericht in ein Loch hinuntergeworfen hätte.

Das Kasino, in dem sie nun stand, war klein – es war in einem Möbelwagenanhänger in Betrieb gewesen, bis das FBI es auffliegen ließ und in der Schule als Lehrmittel aufbaute. Der enge Raum war mit Polizisten aus vielen Verwaltungsbezirken überfüllt; Starling hatte dankend die Sitzplätze von zwei Texas Rangern und einem Detektiv von Scotland Yard abgelehnt.

Der Rest ihrer Klasse befand sich den Gang hinunter im Akademiegebäude und suchte im echten Motelteppich des ›Schlafzimmers für Sexualverbrechen‹ nach Haaren und bestäubte die ›Bank in der Stadt X‹ mit Pulver für Fingerabdrücke. Starling hatte als Studentin der höheren Semester für Gerichtsmedizin so viele Stunden mit Untersuchungen und Fingerabdrücken verbracht, daß sie statt dessen zu dieser Vorlesung geschickt wurde, die zu einer Vortragsreihe für Polizisten auf Besuch gehörte.

Sie fragte sich, ob es einen anderen Grund dafür gab, daß man sie von der Klasse getrennt hatte: Vielleicht isolieren sie dich, bevor du rausfliegst.

Starling stützte sich mit den Ellbogen auf die das Spielfeld des Würfeltischs umgrenzende Linie und versuchte sich auf die Transaktionen illegaler Gelder beim Glücksspiel zu konzentrieren. Worüber sie jedoch nachdachte, war, wie sehr das FBI es haßte, seine Agenten außerhalb der offiziellen Pressekonferenzen im Fernsehen zu sehen.

Dr. Hannibal Lecter war ein gefundenes Fressen für die Medien, und die Baltimorer Polizei hatte Reportern fröhlich Starlings Namen geliefert. Immer wieder sah sie sich in den Sonntagsabendnachrichten des Sendernetzes. Da war ›Starling vom FBI‹ in Baltimore und hämmerte mit dem Wagenhebergriff gegen die Garagentür, während der Kameramann versuchte, darunter durchzugleiten. Und hier war ›Federal Agent Starling‹, wie sie sich mit dem Wagenhebergriff in der Hand dem Assistenten zuwandte.

Bei der Rivalensendergruppe hatte die Station WPIK, die keinen eigenen Film besaß, ein Gerichtsverfahren wegen Körperverletzung gegen ›Starling vom FBI‹ und das Bureau selbst angekündigt, da der Kameramann Staub- und Rostteilchen in die Augen bekam, als Starling gegen die Tür schlug.

Jonetta Johnson vom WPIK war landesweit in jedem Fernseher mit der Enthüllung zu sehen, daß Starling die Überreste in der Garage durch ›eine unheimliche Bindung mit einem Mann gefunden hatte, den Sachverständige als ... *Monster!* gebrandmarkt haben‹. WPIK hatte offensichtlich eine Quelle in der Anstalt.

FRANKENSTEINS BRAUT! schrie der *National Tattler* von seinen Supermarktregalen.

Vom FBI gab es keinen öffentlichen Kommentar, doch innerhalb des Bureaus gab es bestimmt jede Menge davon, dessen war Starling sicher.

Beim Frühstück hatte einer ihrer Klassenkameraden, ein junger Mann, der reichlich After-shave trug, Starling als ›Melvin Pelvis‹ bezeichnet, eine dumme Wortspielerei mit dem Namen von Melvin Purvis, Hoovers G-Man Nummer eins in den dreißiger Jahren. Was Ardelia Mapp zu dem jungen Mann sagte, ließ ihn erbleichen, und er ließ sein Frühstück unangetastet auf dem Tisch stehen.

Nun fand Starling sich in einem merkwürdigen Zustand, in

dem sie nicht überrascht werden konnte. Einen Tag und eine Nacht lang hatte sie sich der klingenden Stille eines Tauchers ausgesetzt gefühlt. Sie hatte vor, sich zu verteidigen, wenn sie die Gelegenheit dazu bekam.

Der Dozent drehte das Rouletterad, während er sprach, ließ jedoch die Kugel nie fallen. Als sie ihn so betrachtete, war Starling überzeugt, daß er die Kugel in seinem Leben nie hatte fallen lassen. Er sagte gerade etwas: »Clarice Starling.« Warum sagte er ›Clarice Starling‹? *Das bin ich.*

»Ja«, sagte sie.

Der Dozent deutete mit dem Kinn auf die Tür hinter ihr. Da hätten wir's. Ihr Schicksal schrak vor ihr zurück, als sie sich zur Tür umdrehte. Es war jedoch Brigham, der Ausbilder für Geschützwesen, der sich in den Raum lehnte, um über die Menge auf sie zu deuten. Als sie ihn sah, winkte er sie heran.

Eine Sekunde lang glaubte sie, daß man sie hinauswerfen würde, doch das wäre nicht Brighams Job.

»Aufsatteln, Starling. Wo ist Ihre Feldausrüstung?« fragte er auf dem Gang.

»In meinem Zimmer – C-Flügel.«

Dann mußte sie rasch laufen, um mit ihm Schritt zu halten.

Er trug den großen Fingerabdruckkasten aus der Requisitenkammer – den guten, nicht den Kasten für den Unterricht – und einen kleinen Segeltuchbeutel.

»Sie ziehen heute mit Jack Crawford los. Nehmen Sie Nachtzeug mit. Sie sind vielleicht zurück, aber nehmen Sie's mal lieber mit.«

»Wohin?«

»Einige Entenjäger in West Virginia haben gegen Tagesanbruch im Elk River eine Leiche gefunden. In einer für Buffalo Bill typischen Situation. Hilfssheriffs bringen sie heraus. Es ist finsterste Provinz, und Jack ist nicht geneigt zu warten, bis diese Jungs mit Einzelheiten auftauchen.« Brigham blieb an der Tür zum C-Flügel stehen. »Er braucht jemanden, der ihm helfen kann, unter anderem Abdrücke von einer Wasserleiche zu machen. Sie kennen die Routine doch vom Labor her – Sie können das, stimmt's?«

»Jaaa, lassen Sie mich das Zeug mal checken.«

Brigham hielt den Fingerabdruckkasten auf, während Starling die Tabletts heraushob. Die dünnen Spritzen zur subkutanen Injektion und die Phiolen waren vorhanden, doch die Kamera fehlte.

»Ich brauch' die Eins-zu-eins-Polaroid, die CU-5, Mr. Brigham, und Filmpacks und Batterien dafür.«

»Aus der Requisite? Gebongt.«

Er reichte ihr den kleinen Segeltuchbeutel, und als sie sein Gewicht spürte, wurde ihr klar, warum gerade Brigham sie abgeholt hatte.

»Sie haben noch keine Pistole, oder?«

»Nein.«

»Sie müssen doch voll ausgerüstet sein. Dies ist das Holster, das Sie auf dem Schießstand getragen haben. Der Revolver gehört mir. Es ist die gleiche Smith mit K-Rahmen, mit der Sie trainiert haben, doch sie läßt sich leichter bedienen. Feuern Sie sie heute abend in Ihrem Zimmer ohne Patronen ab, wenn Sie Gelegenheit dazu haben. Ich bin in genau zehn Minuten mit der Kamera in einem Wagen hinter dem C-Flügel. Hören Sie, im Blue Canoe gibt es kein Klo. Gehen Sie auf die Toilette, während Sie noch die Gelegenheit dazu haben, lautet mein Rat. Hopphopp, Starling.«

Sie versuchte ihm eine Frage zu stellen, doch er war schon auf dem Weg.

Muß Buffalo Bill sein, wenn Crawford selbst hinfährt. Was zum Teufel ist das Blue Canoe? Man muß sich jedoch aufs Packen besinnen, wenn man packt. Starling packte schnell und gut.

»Ist –«

»Das ist okay«, unterbrach Brigham, als sie in den Wagen stieg. »Der Kolben drückt ein bißchen gegen Ihre Jacke, wenn jemand danach sucht, aber für jetzt ist es in Ordnung.« Sie trug den stupsnasigen Revolver in einem Halfter aus Leder minderer Qualität dicht an den Rippen unter ihrem Blazer, dazu einen Schnellader, der schräg über ihrem Gürtel auf der anderen Seite saß.

Brigham fuhr genau mit Tempolimit zum Behelfsflughafen von Quantico.

Er räusperte sich. »Etwas Gutes am Schießstand ist, Starling, daß es dort draußen keine Politik gibt.«

»Nein?«

»Sie hatten recht, diese Garage dort oben in Baltimore zu sichern. Etwa wegen des Fernsehens beunruhigt?«

»Sollte ich?«

»Wir sind doch hier unter uns, richtig?«

»Richtig.«

Brigham erwiderte den Gruß eines Angehörigen des Marineinfanteriekorps, der den Verkehr regelte.

»Dadurch, daß er Sie heute mitnimmt, zeigt Jack Vertrauen in Sie, wo es keinem entgehen kann«, sagte er. »Für den Fall, angenommen, daß ein im Amt für Arbeitsmoral und Berufsethos Zuständiger Ihre Akte vor sich und dazu noch Muffensausen hat. Verstehen Sie, was ich Ihnen sage?«

»Mhmmm.«

»Crawford ist ein Typ, der sich voll und ganz einsetzt. Er hat da, wo es darauf ankommt, klargemacht, daß Sie den Tatort sichern mußten. Er hat Sie bloß da hingeschickt – bloß im Sinne von bar Ihrer ganzen sichtbaren Autoritätssymbole, und das hat er auch gesagt. Und es dauerte seine Zeit, bis die Baltimorer Polizei reagierte. Außerdem braucht Crawford heute Ihre Hilfe. Er würde eine Stunde warten müssen, bis Jimmy Price jemanden hier vom Labor bekäme. Sie haben also eine ziemlich schwierige Aufgabe vor sich, Starling. Eine Wasserleiche ist ebenfalls kein Zuckerschlecken. Es ist keine Bestrafung für Sie, doch wenn ein Außenstehender es so sehen müßte, könnte er es als solche interpretieren. Sehen Sie, Crawford ist ein sehr hintergründiger Bursche, aber er ist nicht geneigt, Dinge zu erklären. Deshalb erzähle ich Ihnen das... wenn Sie mit Crawford arbeiten, sollten Sie wissen, wie das ist – wissen Sie es?«

»Wirklich nicht.«

»Neben Buffalo Bill hat er eine Menge anderer Sachen im Kopf. Seine Frau Bella ist wirklich krank. Sie ist... im Endstadium. Er pflegt sie bei sich zu Hause. Wenn es nicht um Buffalo Bill ginge, hätte er Urlaub aus dringenden familiären Gründen genommen.«

»Das hab' ich nicht gewußt.«

»Darüber wird nicht geredet. Sagen Sie ihm nicht, es täte Ihnen leid oder so, das hilft ihm nicht... sie hatten eine gute Zeit.«

»Ich bin froh, daß Sie es mir gesagt haben.«

Brigham wurde munterer, als sie den Flugplatz erreichten. »Am Ende des Feuerwaffenkurses halte ich 'n paar wichtige Vorträge, Starling, verpassen Sie sie möglichst nicht.« Er nahm eine Abkürzung zwischen einigen Hangars.

»Werd' ich nicht.«

»Hören Sie, was ich lehre, ist etwas, das Sie wahrscheinlich niemals tun werden müssen. Das hoffe ich jedenfalls. Sie haben jedoch beträchtliche Begabung, Starling. Wenn Sie schießen müssen, können Sie schießen. Machen Sie Ihre Übungen.«

»Jawohl.«

»Stecken Sie ihn auf keinen Fall in Ihre Handtasche.«

»Jawohl.«

»Drücken Sie ihn nachts ein paarmal in Ihrem Zimmer ab. Bewahren Sie ihn so auf, daß Sie ihn leicht finden können.«

»Mach' ich.«

Auf dem Behelfsflugplatz von Quantico stand eine ehrwürdige zweimotorige Beechcraft mit sich drehenden Funkbaken und offener Tür auf der Rollbahn. Ein Propeller drehte sich bereits und zauste das Gras neben der Rollbahn.

»Das kann doch wohl kaum die Blue Canoe sein«, sagte Starling.

»Doch.«

»Sie ist klein, und sie ist alt.«

»Sie *ist* alt«, erwiderte Brigham vergnügt. »Die Drogenfahndung hat sie vor langer Zeit in Florida beschlagnahmt, als sie in den Ever Glades runtersackte. Jetzt ist sie allerdings mechanisch intakt. Hoffentlich kommen Gramm und Rudman nicht dahinter, daß wir sie benutzen – wir sollen eigentlich mit dem Bus fahren.« Er hielt neben dem Flugzeug an und holte Starlings Gepäck vom Rücksitz. In einem Durcheinander von Händen brachte er es fertig, ihr das Zeug zu geben und ihr die Hand zu schütteln.

Und dann, ohne es zu wollen, sagte Brigham: »Alles Gute, Starling.« Die Worte waren für seinen Infanteriemund ungewohnt. Er wußte nicht, wo sie herkamen, und sein Gesicht fühlte sich heiß an.

»Danke... vielen Dank, Mr. Brigham.«

Crawford saß hemdsärmelig und mit Sonnenbrille auf dem Kopilotensitz. Er drehte sich zu Starling um, als er hörte, wie der Pilot die Tür zuknallte.

Sie konnte seine Augen hinter der dunklen Brille nicht sehen, und ihr kam es vor, als würde sie ihn nicht kennen. Crawford sah bleich und unbeugsam aus, wie eine Wurzel, die ein Bulldozer hochschiebt.

»Machen Sie sich's bequem und lesen Sie«, war alles, was er sagte.

Eine dicke Akte lag auf dem Sitz hinter ihm. Auf dem Einband stand BUFFALO BILL. Starling drückte sie fest an sich, als die Blue Canoe röhrte und erzitterte und zu rollen begann.

11. Kapitel

Die Ränder der Rollbahn wurden undeutlich und wichen zurück. Im Osten war das Aufleuchten der Morgensonne vor der Chesapeake Bay, als das kleine Flugzeug die belebten Flugrouten hinter sich ließ.

Clarice Starling konnte die Schule dort unten sehen und die sie umgebende Marinebasis in Quantico. Auf der Strecke, wo Überfälle nachgestellt wurden, rauften und rannten winzige Figuren vom Marine Corps.

So sah es von oben aus.

Als sie einmal im Dunkeln nach einer Nachtfeuerübung die verlassene Hogan's Alley entlangging, da entlangging, um nachzudenken, hatte sie Flugzeuge über sich dröhnen gehört und dann, in der neuen Stille, Stimmen, die im schwarzen Himmel über ihr riefen – Luftlandetruppen bei einem Nachtabsprung, die einander zuriefen, während sie durch die Dunkelheit herunterkamen. Und sie fragte sich, was für ein Gefühl es sei, bei der Flugzeugtür auf das grüne Licht zu warten, was für ein Gefühl es sei, in das brüllende Dunkel zu tauchen.

Vielleicht war es ein Gefühl wie dieses hier.

Sie schlug die Akte auf.

Er hatte es fünfmal getan, ja, und davon wußten sie. Mindestens fünfmal und wahrscheinlich noch öfter hatte er im Verlauf der letzten zehn Monate eine Frau gewaltsam entführt, sie umgebracht und abgehäutet. (Starlings Blick jagte die Autopsieprotokolle zu den freien Histamintests hinunter, um bestätigt zu finden, daß er sie tötete, ehe er das übrige tat.)

Er warf jede Leiche in ein fließendes Gewässer, wenn er mit seinem Job fertig war. Jede Leiche wurde in einem anderen Fluß gefunden, flußabwärts von einer Interstate Highway-Kreuzung, jede in einem anderen Bundesstaat. Jeder wußte, daß Buffalo Bill sehr viel umherreiste. Das war alles, was dem Gesetz über ihn bekannt war, absolut alles, mit Ausnahme dessen, daß er mindestens eine Pistole besaß. Sie hatte sechs Felder und Rillen und besaß einen Linksdrall – möglicherweise ein Coltrevolver oder eine coltähnliche Waffe. Schleifspuren auf wiederentdeckten Kugeln deuteten darauf hin, daß er es vorzog, 38er Specials in den längeren Kammern einer 357er abzufeuern.

Die Flüsse hinterließen keine Fingerabdrücke, keine Beweisspuren von Haaren oder Fasern.

Beinahe mit Sicherheit war er Weißer: weiß, da Serientäter gewöhnlich innerhalb ihrer eigenen Volksgruppe morden und alle Opfer weiß waren; männlich, da Serientäterinnen in unserem Zeitalter praktisch unbekannt sind.

Zwei Großstadtkolumnisten hatten in Cummings' schrecklichem kleinen Gedicht ›Buffalo Bill‹ eine Schlagzeile gefunden: *...wie magst du deinen blauäugigen Jungen Mister Tod.*

Jemand, vielleicht Crawford, hatte das Zitat auf die Innenseite der Akte geklebt.

Es gab keinen klaren Zusammenhang zwischen dem Ort, wo Bill die jungen Frauen entführte, und dem, wo er sie ablud.

In den Fällen, in denen die Leichen rechtzeitig genug für eine genaue Festsetzung der Todeszeit gefunden wurden, erfuhr die Polizei etwas weiteres über den Killer: Bill ließ sie eine Zeitlang am Leben. Diese Opfer starben erst eine Woche bis zehn Tage nach ihrer Entführung. Das bedeutete, daß er einen Ort haben mußte, an dem er sie festhalten konnte, sowie einen Ort, wo er ungestört arbeiten konnte. Es bedeutete, daß er kein ziellos herumreisender Mensch war. Er glich eher einer Falltürspinne. Mit seinen eigenen Verstecken. Irgendwo.

Daß er sie eine Woche oder länger mit dem Wissen festhielt, er würde sie umbringen, erfüllte die Öffentlichkeit mehr als alles andere mit Abscheu.

Zwei wurden erhängt, drei erschossen. Es gab keinen Beweis für Vergewaltigung oder körperlichen Mißbrauch vor dem Tod, und die Autopsieprotokolle verzeichneten keinen Beweis ›spezifisch genitaler‹ Entstellung, auch wenn die Pathologen vermerkten, daß es nahezu unmöglich sei, derartiges bei den verwesteren Leichen zu bestimmen.

Alle wurden nackt gefunden. In zwei Fällen entdeckte man die äußeren Kleidungsstücke der Opfer neben der Straße in der Nähe ihrer Wohnungen, wie Leichenhemden am Rücken entlang aufgeschlitzt.

Verhältnismäßig gefaßt sah Starling die Fotos durch. Rein körperlich gesehen sind Wasserleichen die schlimmste Art von Toten. Sie haben so etwas fürchterlich Mitleiderregendes an sich, wie es häufig bei Mordopfern im Freien der Fall ist. Die Erniedrigung, die das Opfer erleidet, den Elementen und beiläufigen Blikken ausgesetzt zu sein, verärgern einen, wenn der Job einem Ärger gestattet.

Bei Morden in geschlossenen Räumen häufen sich oft Beweise unschöner persönlicher Gewohnheiten eines Opfers – verprügelte Ehepartner, mißhandelte Kinder – und geben einem ein, daß der Tote das längst verdient hatte, und viele Male stimmte das auch.

Dies hatte allerdings keiner verdient. Hier hatten sie noch nicht einmal ihre Haut, als sie an mit Abfall verunzierten Flußufern zwischen den Außenbordmotorölflaschen und Sandwichtüten lagen, die zu dem landesüblichen Dreck gehören. Die Kaltwetterleichen behielten größtenteils ihr Gesicht. Starling rief sich ins Gedächtnis, daß sie die Zähne nicht im Schmerz bleckten, sondern daß Schildkröten und Fische diesen Ausdruck während des Fressens geschaffen hatten. Bill zog die Torsos ab und verschonte die Glieder in der Hauptsache.

Es wäre nicht so schwer gewesen, sie sich anzuschauen, fand Starling, wenn es in dieser Flugzeugkabine nicht so warm wäre und wenn die verdammte Maschine nicht jedesmal so unheimlich gierte, wenn ein Propeller die Luft besser auffing als der andere, und wenn die gottverdammte Sonne nicht so an den verkratzten Fenstern absplittern und wie ein Kopfschmerz stechen würde.

Es ist möglich, ihn dingfest zu machen. Starling erschöpfte diesen Gedanken, um leichter in dieser immer kleiner werdenden Flugzeugkabine sitzen zu können, den Schoß voller entsetzlicher Informationen. Sie könnte helfen, seinem Tun ein Ende zu setzen. Dann könnten sie diese etwas klebrige Akte mit dem glatten Einband in die Schublade zurücklegen und sie ein für allemal vergessen.

Sie starrte Crawfords Hinterkopf an. Wenn sie Buffalo Bill erwischen wollte, war sie in der richtigen Gesellschaft. Crawford hatte erfolgreiche Jagden nach drei Serientätern organisiert, allerdings nicht ohne Verluste. Will Graham, der schärfste Spürhund, der je in Crawfords Meute mitrannte, war eine Legende in der Akademie; dazu war er jetzt ein Gewohnheitstrinker in Florida mit einem Gesicht, das man sich kaum anschauen konnte, hieß es.

Vielleicht spürte Crawford, daß sie seinen Hinterkopf anstarrte. Er kletterte aus dem Kopilotensitz. Der Pilot betätigte das Trimmsteuer, als Crawford nach hinten zu ihr kam und sich neben ihr anschnallte. Als er seine Sonnenbrille zusammenklappte und seine Zweistärkenbrille aufsetzte, hatte sie das Gefühl, ihn wieder zu kennen.

Als er von ihrem Gesicht auf den Bericht und wieder zurück blickte, zog etwas hinter seinem Gesicht vorbei und war rasch verschwunden. Eine ausdrucksvollere Miene als die Crawfords hätte Bedauern ausgedrückt.

»Mir ist heiß, Ihnen auch?« bemerkte er. »Bobby, es ist verdammt heiß hier drinnen«, rief er dem Piloten zu. Bobby regulierte irgend etwas, und kalte Luft strömte herein. In der feuchten Kabine bildeten sich ein paar Schneeflocken und sanken auf Starlings Haar nieder.

Dann war Jack Crawford auf der Jagd, und seine Augen leuchteten wie ein Wintertag.

Er schlug die Akte bei einer Landkarte der mittleren und östlichen Vereinigten Staaten auf. Darauf waren Stellen, an denen man Leichen entdeckt hatte, markiert – verstreute Punkte, so stumm und gebogen wie Orion.

Crawford nahm einen Kugelschreiber aus seiner Tasche und zeichnete die neueste Stelle, ihr Ziel, ein.

»Elk River, etwa sechs Meilen unterhalb der US 79«, sagte er. »Bei dieser hier haben wir Glück. Die Leiche hat sich in einer Trottleine verhakt – einer im Fluß ausgelegten langen, straffgezogenen Angelschnur. Sie glauben nicht, daß sie allzulang im Wasser gelegen hat. Sie bringen sie nach Potter, der Kreisstadt. Ich will schnellstens herauskriegen, wer sie ist, damit wir systematisch nach Zeugen der Entführung suchen können. Wir werden die Abdrücke auf einer Überlandleitung zurückschicken, sobald wir sie bekommen.« Crawford neigte den Kopf, um Starling durch den Unterteil seiner Brille anzusehen. »Jimmy Price sagt, Sie können mit einer Wasserleiche umgehen.«

»Eigentlich ist mir noch nie eine ganze Wasserleiche untergekommen«, entgegnete Starling. »Ich habe Fingerabdrücke von den Händen abgenommen, die Mr. Price täglich mit der Post bekam. 'ne ganze Menge davon stammten allerdings von Wasserleichen.«

Diejenigen, die noch nie unter Jimmy Prices Aufsicht gestanden hatten, hielten ihn für einen liebenswerten Brummbär. Wie die meisten Brummbären war er in Wirklichkeit ein ekelhafter alter Mann. Jimmy Price war Supervisor in der Abteilung für latente Fingerabdrücke im FBI-Labor in Washington. Als Studentin der Gerichtsmedizin hatte Starling ihre Praktika bei ihm gemacht.

»Dieser Jimmy«, sagte Crawford liebevoll. »Wie nennen sie diesen Job doch gleich...«

»Die Position heißt ›Laborwicht‹, oder einige bevorzugen ›Igor‹ – das steht auf der Gummischürze gedruckt, die sie einem geben.«

»Genau.«

»Sie kriegen gesagt, Sie sollen so tun, als sezierten Sie einen Frosch.«

»Ich verstehe –«

»Dann bringen sie einem ein Paket von UPS. Sie gucken alle zu – manche kommen eiligst von der Kaffeepause zurück in der Hoffnung, daß man kotzt. Ich bin sehr gut im Abnehmen von Fingerabdrücken von einer Wasserleiche. In der Tat –«

»Gut, nun schauen Sie sich mal dies an. Sein erstes uns bekanntes Opfer wurde letzten Juni im Blackwater River in Missouri gefunden, außerhalb von Lone Jack. Das Bimmel-Mädchen; zwei Monate vorher hatte man sie am 15. April in Belvedere, Ohio, als vermißt gemeldet. Wir konnten nicht viel über die Sache sagen – allein sie zu identifizieren, hat weitere drei Monate gedauert. Die nächste schnappte er sich in der dritten Aprilwoche in Chicago. Sie wurde im Geschäftsviertel von Lafayette, Indiana, im Washbash entdeckt, und zwar bereits zehn Tage nach ihrer Entführung; somit konnten wir feststellen, was mit ihr passiert war. Als nächstes entdeckten wir eine Weiße, Anfang Zwanzig, im Rolling Fork in der Nähe der Interstate 65 abgeladen, ungefähr fünfzig Kilometer südlich von Louisville, Kentucky. Sie ist nie identifiziert worden. Und dann die Varner, die in Evansville, Indiana, entführt und direkt unterhalb der Interstate 70 im östlichen Illinois in den Embarras geworfen wurde.

Dann zog er nach Süden und lud eine im Conasauga unterhalb von Damascus, Georgia, ab, die Interstate 75 runter, das war dieses Kittridge-Mädchen aus Pittsburgh – hier ist ein Foto von ihrer Abschlußfeier. Er hat unerhörtes Glück – es hat ihn nie jemand dabei beobachtet, wie er sich ein Mädchen geschnappt hat. Abgesehen davon, daß die Abladeplätze dicht bei einer Interstate sind, haben wir kein Muster erkannt.«

»Wenn man die Routen mit der höchsten Verkehrsdichte von den Abladeplätzen zurückverfolgt, laufen sie dann überhaupt zusammen?«

»Nein.«

»Was, wenn man... *als gegeben voraussetzt*..., daß er auf dem gleichen Weg eine Leiche ablädt und eine neue Entführung inszeniert?« fragte Starling, sorgfältig das verbotene Wort *annehmen* (wir erinnern uns, *assume*) vermeidend. »Er würde die Leiche doch wohl zuerst absetzen, falls er beim Entführen der nächsten Person in Schwierigkeiten geriete? Wenn er nämlich dabei erwischt würde, wie er jemanden entführt, könnte er mit tätlichem Angriff davonkommen und es auf Null herunterplädieren, wenn er keine Leiche in seinem Wagen hätte. Wenn man also von jedem Schauplatz einer Entführung rückwärts anhand von Meßgeräten Spuren durch den vorhergehenden Abladeplatz zeichnete? Sie haben es versucht.«

»Das ist eine gute Idee, die er aber auch gehabt hat. Wenn er *beides* auf gleichem Weg macht, bewegt er sich im Zickzack. Wir haben Computersimulierungen vorgenommen, zuerst mit ihm auf den Interstates in Richtung Westen fahrend, dann nach Osten, dann verschiedene Kombinationen mit den besten Daten, die wir mit den Abladeplätzen und Entführungen in Verbindung bringen können. Sie geben es in den Computer ein, aber es kommt nichts dabei heraus. Er wohnt im Osten, erklärt uns der Computer. Er ist nicht in einem Mondzyklus, erklärt er uns. Daten von Tagungen in den Städten sind nicht mit unseren Daten in Übereinstimmung zu bringen. Nichts Greifbares, Schall und Rauch. Nein, er hat uns kommen sehen, Starling.«

»Sie meinen, er ist zu vorsichtig für einen Selbstmord.«

Crawford nickte. »Entschieden zu vorsichtig. Er hat entdeckt, wie man eine bedeutungsvolle Beziehung haben kann, und er will es oft tun. Ich steigere mich nicht in die Hoffnung auf einen Selbstmord.«

Crawford reichte dem Piloten einen Becher Wasser aus einer Thermosflasche. Er gab Starling einen und mixte sich selbst ein Alka-Seltzer.

Ihr Magen hob sich, als das Flugzeug zur Landung ansetzte.

»'n paar Dinge, Starling. Ich erwarte Erstklassiges in Sachen Gerichtsmedizin von Ihnen, doch ich brauche mehr als das. Sie reden nicht viel, und das ist okay. Ich auch nicht. Kommen Sie aber ja nie auf die Idee, mir ein neues Fakt mitteilen zu müssen, bevor Sie es belegen können. Es gibt keine dummen Fragen. Sie werden Dinge sehen, die ich nicht sehe, und ich möchte erfahren, was das für Dinge sind. Vielleicht haben Sie Geschick dafür. Auf einmal haben wir diese Gelegenheit zu sehen, ob dem so ist.«

Wie sie ihm mit sich hebendem Magen und entsprechend gespanntem Ausdruck so zuhörte, fragte Starling sich, wie lange Crawford gewußt hatte, daß er sie auf diesen Fall ansetzen würde, wie hungrig nach einer Chance er sie haben wollte. Er war ein Führer, mit dem ach so aufrichtigen Scheißgeschwätz eines Führers, na schön.

»Sie denken eingehend über ihn nach, Sie schauen sich an, wo er gewesen ist. Sie bekommen ein Gespür für ihn«, fuhr Crawford fort. »Sie müssen die ganze Zeit noch nicht einmal eine Abneigung gegen ihn haben, so schwer das auch zu glauben ist. Wenn Sie dann Glück haben, zupft etwas von all dem, was Sie wissen, am Ärmel und versucht Ihre Aufmerksamkeit zu erlangen. Geben Sie mir immer Bescheid, wenn es zupft, Starling.

Hören Sie mir zu, ein Verbrechen ist verwirrend genug ohne die komplizierenden Untersuchungen. Lassen Sie sich nicht von einem Rudel Polizisten durcheinanderbringen. Leben Sie direkt hinter Ihren Augen. Hören Sie auf sich selbst. Trennen Sie das Verbrechen von dem, was sich jetzt um Sie herum abspielt. Versuchen Sie nicht, diesem Burschen irgendein Muster oder irgendeine Symmetrie aufzuerlegen. Bleiben Sie offen und lassen Sie es sich von ihm zeigen.

Noch etwas: Eine Untersuchung wie diese ist ein Zoo. Sie verteilt sich auf zahlreiche Verwaltungsbezirke, und ein paar werden von Verlierern geleitet. Wir müssen mit ihnen auskommen, damit sie uns nichts verheimlichen. Wir fliegen nach Potter, West Virginia. Ich weiß nichts über diese Leute, zu denen wir fliegen. Vielleicht sind sie in Ordnung, vielleicht halten sie uns aber auch für die vom Zoll.«

Der Pilot zog einen Kopfhörer vom Ohr und sagte über die Schulter: »Endgültiger Anflug, Jack. Bleibst du da hinten?«

»Yeah«, sagte Crawford. »Die Schule ist aus, Starling.«

12. Kapitel

Hier war nun also die Leichenhalle von Potter, das größte weiße Holzhaus in der Potter Street in Potter, West Virginia, das als Leichenschauhaus für Rankin County dient. Der Coroner war ein Hausarzt namens Dr. Akin. Wenn er verfügte, daß ein Todesfall verdächtig war, wurde die Leiche zum Claxton Regional Medical Center im Nachbarlandkreis geschickt, das einen voll ausgebildeten Pathologen hatte.

Clarice Starling, die vom Flugplatz aus auf dem Rücksitz eines Funkstreifenwagens des Sheriffs nach Potter hineinfuhr, mußte sich dicht an die Gefangenentrennwand lehnen, um den Hilfssheriff am Steuer zu verstehen, als er Jack Crawford diese Dinge erklärte.

In der Leichenhalle war alles für einen Gottesdienst bereit. Die Trauergäste im ländlichen Sonntagsstaat bevölkerten den Bürgersteig zwischen spindeligen Buchsbäumen und bildeten Grüppchen auf den Stufen, während sie auf den Einlaß warteten. Das frisch angestrichene Haus und die Treppe hatten sich im Laufe der Zeit in einander entgegengesetzte Richtungen geneigt und sahen leicht schief aus.

Auf dem Privatparkplatz hinter dem Gebäude, wo die Leichenwagen warteten, standen zwei junge Hilfssheriffs und ein alter mit zwei State Troopern, Leuten der Grenzpolizei, unter einer kahlen Ulme. Es war nicht so kalt, daß ihr Atem dampfen konnte.

Starling schaute sich diese Männer an, als der Streifenwagen auf den Parkplatz einbog, und wußte sofort über sie Bescheid. Sie wußte, daß sie aus Häusern kamen, in denen es Plastikbehälter für die Kleidung statt Wandschränke gab. Und sie wußte ziemlich genau, was in diesen Plastikschränken war. Sie wußte, daß diese Männer Verwandte hatten, die ihre Kleidung in Kleidertaschen an den Wänden ihrer Wohnmobile aufhängten. Sie wußte, daß der ältere Deputy mit einer Pumpe auf der Veranda aufgewachsen und im schlammigen Frühjahr mit seinen Schuhen an den

Schnürsenkeln um den Hals hängend zur Straße gewatet war, um den Schulbus zu erwischen, genau wie ihr Vater es getan hatte. Sie wußte, daß sie ihre Mittagsimbisse in Papiertüten zur Schule mitnahmen, die Fettflecken von mehrmaligem Gebrauch aufwiesen, und daß sie die Tüten nach der Mittagspause zusammenfalteten und in die Hintertaschen ihrer Jeans steckten.

Sie fragte sich, wieviel Crawford über sie wußte.

An der Innenseite der Hintertüren im Streifenwagen gab es keine Griffe, wie Starling entdeckte, als der Fahrer und Crawford ausstiegen und auf den rückwärtigen Teil der Leichenhalle zugingen. Sie mußte an die Scheibe schlagen, bis einer der Hilfssheriffs unter dem Baum sie sah, und der Fahrer mit rotem Gesicht zurückkam, um sie herauszulassen.

Die Deputies betrachteten sie von der Seite, als sie vorbeiging. Einer sagte »Ma'am«. Sie nickte ihnen zu und schenkte ihnen ein knapp bemessenes Lächeln, bevor sie sich Crawford auf der hinteren Veranda anschloß.

Als sie weit genug weg war, kratzte sich einer der jüngeren Hilfsheriffs, ein Neuverheirateter, unter dem Kinn und sagte: »Sie sieht nicht halb so gut aus, wie sie sich einbildet.«

»Na, wenn sie nur meint, sie sähe *ziemlich verdammt gut* aus, müßte ich ihr beipflichten«, sagte der andere junge Deputy. »Ich würd' sie mir aufsetzen wie 'ne Mark-Five-Gasmaske.«

»Ich würd' ebensogern 'ne große Wassermelone nehmen, wenn sie kalt wäre«, sagte der ältere Deputy, halb zu sich selbst.

Crawford unterhielt sich bereits mit dem Sheriff, einem kleinen drahtigen Mann mit einer Brille mit Stahlrand und der Art Stiefel mit Elastikeinsätzen, die in den Katalogen ›Romeos‹ heißen.

Sie waren in den halbdunklen hinteren Korridor der Leichenhalle gegangen, wo ein Colaautomat summte und wahllos merkwürdige Gegenstände gegen die Wand gelehnt standen – eine Nähmaschine mit Fußantrieb und ein Dreirad, eine Rolle Kunstrasen und eine um ihre Pfosten gewickelte gestreifte Segeltuchmarkise. An der Wand hing ein braungrundiger Druck der Heiligen Cäcilie. Ihr Haar war um ihren Kopf herum geflochten, und aus dem Nichts schwebten stimmungsvoll Rosen.

»Ich bin Ihnen dafür dankbar, daß Sie uns so schnell Bescheid gegeben haben, Sheriff«, sagte Crawford.

Der Chief Deputy ließ sich auf nichts ein. »Jemand aus dem Büro des Staatsanwalts hat Sie angerufen«, sagte er. »Ich weiß, daß der Sheriff Sie nicht angerufen hat – Sheriff Perkins ist zur Zeit mit Mrs. Perkins auf einer Gesellschaftsreise in Hawaii. Ich habe heute morgen um acht Uhr, also drei Uhr morgens hawaiische Zeit, ein Ferngespräch mit ihm geführt. Er wird mich im Verlauf des Tags zurückrufen, aber er hat mir gesagt, Job Nr. 1 sei, herauszufinden, ob dies eines unserer einheimischen Mädchen ist. Könnte ja sein, daß uns auswärtige Typen einfach etwas untergeschoben haben. Wir kümmern uns erst mal darum, bevor wir irgend etwas anderes machen. Ist schon vorgekommen, daß die den ganzen Weg von Phenix City, Alabama, Leichen hierhergeschleppt haben.«

»Genau da können wir Ihnen helfen, Sheriff. Wenn –«

»Ich habe mit dem Felddienstkommandeur der State Troopers in Charleston telefoniert. Er schickt ein paar Beamte von der Criminal Investigation Section, der Kriminalpolizei – als CIS bekannt. Sie bieten uns die ganze Unterstützung, die wir brauchen.« Der Korridor füllte sich langsam mit Deputy Sheriffs und Troopern; der Chef Deputy hatte ein zu großes Publikum. »Wir werden uns, sobald wir können, mit Ihnen in Verbindung setzen und Ihnen jede Gefälligkeit erweisen, mit Ihnen in *jeder* nur möglichen Hinsicht zusammenarbeiten, aber jetzt im Moment –«

»Sheriff, diese Art Sexualverbrechen besitzt einige Aspekte, die ich lieber nur zwischen uns Männern erörtern würde, Sie verstehen doch, was ich meine?« sagte Crawford und deutete mit einer leichten Kopfbewegung Starlings Anwesenheit an. Er drängte den kleineren Mann in ein überladenes Büro vom Gang ab und schloß die Tür. Starling mußte ihren Ärger wohl oder übel vor den schnatternden Hilfssheriffs verbergen. Mit fest zusammengebissenen Zähnen starrte sie die Heilige Cäcilie an und gab das entrückte Lächeln der Heiligen zurück, während sie durch die Tür lauschte. Sie konnte laute Stimmen hören, dann Bruchstücke eines Telefongesprächs. In weniger als vier Minuten waren die beiden wieder auf dem Gang draußen.

Der Mund des Sheriffs war verkniffen. »Oscar, geh vorn raus und hol Dr. Akin. Er ist quasi verpflichtet, diesen Riten beizuwohnen, aber ich glaube nicht, daß sie da draußen schon angefangen haben. Sag ihm, wir haben Claxton am Apparat.«

Dr. Akin, der Coroner, kam in das kleine Büro und stellte einen Fuß auf den Stuhl, während er sich mit einem Fächer gegen die Vorderzähne klopfte und sich kurz telefonisch mit dem Pathologen in Claxton beriet. Anschließend erklärte er sich mit allem einverstanden.

Und so stieß Clarice Starling in einem weißen Holzhaus einer Sorte, die ihr nicht fremd war, in einem Raum zum Einbalsamieren mit Zentifolien auf der Tapete und einem unter seiner hohen Decke hinschimmelnden Bild auf ihren ersten direkten Beweis von Buffalo Bill.

Der fest mit einem Reißverschluß zugezogene hellgrüne Plastiksack war das einzige moderne Objekt im Raum. Er lag auf einem altmodischen Balsamiertisch aus Porzellan, der sich wiederholt in den Glasscheiben der Vitrine widerspiegelte, die Packungen mit Balsamierflüssigkeit und hohlen, kräftigen Metallnadeln enthielt.

Crawford holte den Fingerabdrucktransmitter aus dem Wagen, während Starling ihre Ausrüstung auf dem Abtropfbrett eines großen Doppelbeckens an der Wand auspackte.

Im Raum waren zu viele Leute. Mehrere Hilfssheriffs, der Chief Deputy, alle waren mit ihnen hereingeströmt und machten keine Anstalten zu gehen. Es war nicht richtig. *Warum griff Crawford nicht hart durch und wurde sie los?*

Die Tapete bauschte sich in einem Windzug, zog sich nach innen, als der Doktor den großen staubigen Frischluftventilator anstellte.

Clarice Starling, die am Waschbecken stand, brauchte nun ein Urbild an Mut, das in der Wirkung treffender und nachhaltiger war als das eines Fallschirmsprungs des Marineinfanteriekorps. Das Bild kam und half ihr, bewegte sie aber auch tief:

Ihre Mutter, die am Spülbecken stand, Blut aus dem Hut ihres Vaters auswusch, kaltes Wasser über den Hut laufen ließ und sagte: »Wir werden in Ordnung sein, Clarice. Sag deinen Geschwistern, sie sollen sich

Gesicht und Hände waschen und sich an den Tisch setzen. Wir müssen reden, und dann werden wir unser Abendessen richten.«

Starling nahm ihr Kopftuch ab, band es sich ums Haar wie eine Berghebamme und nahm ein Paar Chirurgenhandschuhe aus ihrem Köfferchen. Als sie in Potter zum ersten Mal den Mund aufmachte, hatte ihre Stimme einen schärferen Klang als gewöhnlich, und die Kraft dieser Stimme brachte Crawford an die Tür, um zuzuhören. »Meine Herren. Meine Herren! Sie da, Officers und Gentlemen! Hören Sie mal eine Minute her. Bitte. Lassen Sie nun mich nach ihr sehen.« Sie hielt ihnen die Hände vors Gesicht, als sie die Handschuhe anzog. »Es gibt da einiges, was wir für sie tun müssen. Sie haben sie von so weit her gebracht, und ich weiß, daß ihre Angehörigen Ihnen danken würden, wenn sie könnten. Nun gehen Sie bitte hinaus, damit ich mich um sie kümmern kann.«

Crawford sah, wie die Männer unverzüglich ruhig und ehrerbietig wurden und einander flüsternd hinausdrängten: »Los, Jess. Gehen wir auf den Hof raus.« Und Crawford sah, daß die Atmosphäre sich hier in Gegenwart der Toten verändert hatte: daß der Fluß dieses Opfer, wo immer es herkam, wer immer es sein mochte, in diesen Landstrich gebracht und daß Clarice Starling eine besondere Beziehung zu ihm hatte, während es hilflos in diesem Raum lag. Crawford sah, daß Starling an diesem Ort Erbin der Hebammen und der weisen Frauen, der Kräuterheilerinnen und der robusten Landfrauen war, die stets das Nötige getan haben, die die Totenwache halten und, wenn die Wache vorüber ist, die Toten waschen und ankleiden.

Dann waren nur noch Crawford und Starling und der Arzt mit dem Opfer im Raum, und Dr. Akin und Starling sahen einander mit einer Art gegenseitigen Erkennens an. Beide waren auf seltsame Weise erfreut, auf seltsame Weise beschämt.

Crawford nahm ein Glas Wick Vaporub aus der Tasche und reichte es herum. Starling wartete ab, was zu tun sei, und als Crawford und der Doktor es sich um den Rand ihrer Nasenlöcher strichen, machte sie es ihnen nach.

Mit dem Rücken zum Raum grub sie ihre Kameras aus der Ausrüstungstasche auf dem Abtropfbrett. Hinter sich hörte sie, wie der Reißverschluß der Plastikhülle aufgezogen wurde.

Starling blinzelte die Zentifolien an der Wand an, holte Atem und stieß ihn aus. Sie drehte sich um und sah die Leiche auf dem Tisch an.

»Sie hätten ihr Papiertüten über die Hände streifen sollen«, sagte sie. »Ich ziehe sie ihr über, wenn wir fertig sind.« Starling setzte die Kameraautomatik außer Kraft, um die Belichtung einzugrenzen, und fotografierte die Leiche sorgfältig.

Das Opfer war eine junge Frau mit schweren Hüften, nach Starlings Bandmaß einen Meter siebzig groß. Das Wasser hatte sie dort, wo die Haut fehlte, grau ausgelaugt, doch es war kaltes Wasser gewesen, und sie hatte zweifellos nicht länger als ein paar Tage darin gelegen. Die Leiche war von einer klaren Linie direkt unter den Brüsten bis zu den Knien sauber abgehäutet, etwa die Fläche, die von Hosen und Schärpe eines Stierkämpfers bedeckt wäre.

Ihre Brüste waren klein, und zwischen ihnen, über dem Brustbein, war die offensichtliche Todesursache zu erkennen, eine schartige, sternförmige Wunde, etwa eine Handbreit groß.

Ihr runder Kopf war dicht über den Augenbrauen und Ohren bis zum Nacken auf die Knochen abgehäutet.

»Dr. Lecter hat gesagt, er würde mit Skalpieren anfangen«, sagte Starling.

Crawford stand mit gefalteten Armen da, während sie die Aufnahmen machte. »Nehmen Sie die Ohren mit der Polaroid auf«, war alles, was er sagte.

Er schürzte einzig die Lippen, als er um die Leiche herumging. Starling streifte ihren Handschuh ab, um mit dem Finger die Wade entlangzufahren. Ein Abschnitt der Trottleine mit den dreifachen Angelhaken, die sich in der Leiche verhakt und sie in der Flußströmung festgehalten hatten, war noch um das untere Bein gewickelt.

»Was sehen Sie, Starling?«

»Nun, sie ist keine Einheimische – ihre Ohren sind je dreimal durchstochen, und sie trug Glitzernagellack. Sieht mir nach Stadt aus. Sie hat etwa zwei Wochen alten Haarwuchs an den Beinen. Und sehen Sie, wie weich es nachgewachsen ist? Ich glaube, sie hat sich die Haare an den Beinen mit Wachs entfernt. Die Achselhaare ebenfalls. Schauen Sie, wie sie sich den Flaum auf der Oberlippe gebleicht hat. Sie hat ziemlich auf ihr Äußeres geachtet, aber sie hat sich eine Zeitlang nicht darum kümmern können.«

»Was ist mit der Wunde?«

»Ich weiß nicht«, sagte Starling. »Ich hätte gesagt, eine Austrittsschußwunde, bis auf die Tatsache, daß das da oben wie der Abdruck eines Halsbands und eines Maulkorbs aussieht.«

»Gut, Starling. Es ist eine Kontakteintrittswunde über dem Brustbein. Die Explosionsgase breiten sich zwischen dem Knochen und der Haut aus und sprengen den Stern um das Loch heraus.«

Auf der anderen Seite der Wand keuchte eine Orgel, als der Gottesdienst vor der Leichenhalle begann.

»Unrechtmäßiger Todesfall«, steuerte Dr. Akin kopfnickend bei. »Ich muß mindestens bei einem Teil dieses Gottesdienstes dabeisein. Die Familie erwartet immer von mir, daß ich die letzten Meter mitgehe. Lamar wird Ihnen hier drin helfen, sobald er das musikalische Opfer dargebracht hat. Ich nehme Sie beim Wort, daß Sie Beweismaterial für den Pathologen in Claxton sicherstellen, Mr. Crawford.«

»An der linken Hand hier hat sie zwei Fingernägel abgebrochen«, sagte Starling, als der Doktor weg war. »Sie sind nach hinten hoch im lebenden Fleisch abgebrochen, und es sieht aus, als seien Schmutz oder irgendwelche harten Partikel unter einige der anderen eingedrungen. Können wir Beweismaterial mitnehmen?«

»Nehmen Sie Schmutzproben und ein paar Splitter Nagellack«, sagte Crawford. »Wir sagen's ihnen, nachdem wir die Ergebnisse erhalten haben.«

Lamar, ein hagerer Leichenhallenassistent mit Säufernase, kam herein, während sie damit beschäftigt war. »Sie müssen wohl mal Maniküre gewesen sein«, sagte er.

Sie waren froh festzustellen, daß die junge Frau keine Fingernagelspuren in den Handflächen hatte – ein Indiz dafür, daß sie, wie die anderen, gestorben war, bevor ihr noch irgend etwas anderes angetan wurde.

»Wollen Sie ihr die Abdrücke mit dem Gesicht nach unten abnehmen?« fragte Crawford.

»Wäre einfacher.«

»Machen wir zuerst die Zähne, und dann kann Lamar uns helfen, sie umzudrehen.«

»Nur Bilder oder eine Tabelle?« Starling befestigte das Zubehör für die Zahnabdrücke an der Vorderseite der Fingerabdruckkamera, innerlich erleichtert, daß alle Teile im Beutel waren.

»Nur Bilder«, entgegnete Crawford. »Eine Tabelle kann einen ohne Röntgenbilder aus dem Konzept bringen. Mit den Bildern können wir einige der fehlenden Frauen eliminieren.«

Lamar war mit seinen Organistenhänden sehr behutsam. Nach Starlings Anweisung öffnete er den Mund der jungen Frau und zog ihre Lippen zurück, so daß Starling ihr die Eins-zu-eins-Polaroid gegen das Gesicht legen konnte, um die Vorderzähne in allen Einzelheiten aufzunehmen. Dieser Teil war leicht, doch sie mußte die Backenzähne mit einem Gaumenspiegel fotografieren und von der Seite auf das Leuchten durch die Wange achten, um sicherzugehen, daß der Röhrenblitz um das Objektiv herum die Mundhöhle beleuchtete. Beim gerichtsmedizinischen Unterricht hatte sie nur gesehen, wie es gemacht wurde.

Starling sah zu, wie der erste Polaroid-Abzug der Backenzähne sich entwickelte, regulierte die Helligkeitskontrolle und versuchte es erneut. Dieser Abzug war besser. Er war sehr gut.

»Sie hat etwas im Hals«, sagte Starling.

Crawford betrachtete das Bild. Es zeigte ein dunkles zylindrisches Objekt direkt hinter dem Gaumensegel. »Geben Sie mir die Taschenlampe.«

»Wenn eine Leiche aus dem Wasser kommt, hängen oft Blätter und so Sachen im Mund«, sagte Lamar und half Crawford beim Betrachten.

Starling nahm eine Zange aus ihrem Beutel. Sie blickte Crawford über die Leiche hinweg an. Er nickte. Es dauerte nur eine Sekunde, bis sie es hatte.

»Was ist es, eine Art Samenschote?« fragte Crawford.

»Nee, Sir, das ist ein Insektenkokon«, sagte Lamar. Er hatte recht.

Starling legte ihn in ein Glas.

»Vielleicht wollen Sie den County Agent einen Blick drauf werfen lassen«, meinte Lamar.

Mit dem Gesicht nach unten ließen sich von der Leiche mühelos Abdrücke machen. Starling war auf das Schlimmste gefaßt gewesen – es waren jedoch keine der ermüdenden und kniffligen Injektionsmethoden oder Fingerlinge notwendig. Für die Abdrücke verwendete sie dünnes Verarbeitungsmaterial, das in einem wie ein Schuhlöffel geformten Gerät steckte. Sie machte auch einen Satz Fußsohlenabdrücke, für den Fall, daß sie als Beleg nur auf Abdrücke des Opfers als Säugling aus einem Krankenhaus zurückgreifen konnten.

Hoch oben auf den Schultern fehlten zwei dreieckige Stücke Haut. Starling machte davon Aufnahmen.

»Auch abmessen«, sagte Crawford. »Er hat das Mädchen aus Akron geschnitten, als er ihr die Kleider aufschlitzte, nicht viel mehr als ein Kratzer, aber er paßte zu dem Schnitt am Rücken ihrer Bluse, als man diese am Straßenrand fand. Das ist allerdings etwas Neues. Das habe ich noch nicht gesehen.«

»Sieht wie eine Verbrennung über der Wade hinten aus«, sagte Starling.

»Alte Leute kriegen so was viel«, sagte Lamar.

»Was?« fragte Crawford.

»ICH SAGTE, ALTE LEUTE KRIEGEN SO WAS VIEL.«

»Ich hab' Sie gut gehört, Sie sollen es erklären. Was ist mit alten Leuten?«

»Alte Leute sterben mit einem Heizkissen auf sich, und wenn sie tot sind, verbrennt es sie, selbst wenn es gar nicht so heiß ist. Man verbrennt unter einem Heizkissen, wenn man tot ist. Keine Zirkulation darunter.«

»Wir werden den Pathologen in Claxton bitten, es zu testen und festzustellen, ob es nach dem Tod eingetreten ist«, sagte Crawford zu Starling.

»Auspufftopf, höchstwahrscheinlich«, sagte Lamar.

»Was?«

»*AUSPUFF* – Auspufftopf. Da haben sie mal Billy Petrie erschossen und ihn in den Kofferraum seines Wagens geworfen.

Auf der Suche nach ihm fuhr seine Frau zwei oder drei Tage mit dem Wagen umher. Als sie ihn hierherbrachten, war der Auspufftopf unter dem Autokofferraum heiß geworden und verbrannte ihn genau so wie das hier, nur über seine Hüfte«, sagte Lamar. »Ich kann keine Lebensmittel in den Kofferraum meines Wagens legen, da der Auspuff die Eiscreme schmilzt.«

»Das ist ein guter Gedanke, Lamar, ich wünschte, Sie arbeiteten für mich«, sagte Crawford. »Kennen Sie die Burschen, die sie im Fluß fanden?«

»Jabbo Franklin und sein Bruder Bubba.«

»Was machen sie?«

»Streiten sich im ›Elch‹, machen sich über Leute lustig, die ihnen nichts tun – kommt da jemand nach 'nem simplen Drink in den ›Elch‹, davon geschafft, sich den ganzen Tag die Hinterbliebenen anzusehen, und es heißt ›Setz dich da hin, Lamar, und spiel ‚Filipino Baby'‹. Zwingen einen dazu, auf diesem ekligen alten Barklavier immer und immer wieder ›Filipino Baby‹ zu spielen. Das gefällt Jabbo. ›Na komm, erfind doch irgend 'nen verdammten Text, wenn du ihn nicht kennst‹, sagt er, ›und sieh zu, daß sich das verdammte Ding diesmal reimt.‹ Er kriegt einen Scheck von den Veteranen und geht um Weihnachten herum zum Austrocknen ins Krankenhaus der Veterans' Administration. Hab' seit fünfzehn Jahren auf diesem Tisch nach ihm Ausschau gehalten.«

»Wir werden Serotonintests für die Angelhakeneinstiche benötigen«, sagte Crawford. »Ich schicke dem Pathologen eine Notiz.«

»Die Haken da sind zu dicht zusammen«, sagte Lamar.

»Was haben Sie gesagt?«

»Die Franklins hatten eine Trottleine mit den Haken zu dicht zusammen ausgelegt. Es ist eine Zuwiderhandlung. Haben sich deshalb wahrscheinlich erst heute morgen gemeldet.«

»Der Sheriff sagte, sie seien Entenjäger.«

»War zu erwarten, daß sie ihm das sagten«, sagte Lamar. »Sie werden Ihnen erzählen, daß sie auch mal mit Duke Keomuka in Honolulu gerungen haben, in 'nem Viererteam mit Satellite Monroe. Schnappen Sie sich 'ne Jagdtasche, und sie werden Sie auch auf 'ne Schnepfenjagd mitnehmen, wenn Sie Schnepfen bevorzugen. Geben Ihnen 'n Glas Selbstgebrannten mit dazu.«

»Was ist Ihrer Meinung nach passiert, Lamar?«

»Die Franklins hatten also diese Trottleine ausliegen, gehört ihnen, die Trottleine mit diesen gesetzwidrigen Haken, und sie zogen sie ein, um nachzusehen, ob sie irgendwelche Fische dran hatten.«

»Warum nehmen Sie das?«

»Diese Lady ist auch nicht annähernd reif für 'ne Wasserleiche.«

»Nein.«

»Wenn sie also nich' diese Trottleine eingezogen hätten, hätten sie sie nie gefunden. Sind wahrscheinlich in Panik davon und schließlich vorbeigekommen. Sie wollen vermutlich auch 'n Wort mit dem Jagdaufseher wechseln.«

»Vermutlich«, erwiderte Crawford.

»Haben oft auch 'n Kurbeltelefon hinter dem Sitz in ihrem Ramcharger, langt als Beweis für 'ne saftige Geldstrafe, wenn man schon nicht ins Kittchen muß.«

Crawford hob die Augenbrauen.

»Um Fische damit anzurufen«, sagte Starling. »Die Fische mit elektrischem Strom betäuben, wenn man die Drähte ins Wasser hängt und die Kurbel dreht. Sie kommen an die Oberfläche, und man schöpft sie einfach raus.«

»Richtig«, sagte Lamar, »sind Sie hier aus der Gegend?«

»Das macht man an vielen Orten«, entgegnete Starling.

Starling verspürte den Drang, etwas zu sagen, bevor sie den Reißverschluß der Plastikhülle zuzogen, eine Geste zu machen oder irgendeine Art Verpflichtung zu zeigen. Am Ende schüttelte sie nur den Kopf und ging eilig daran, die Proben in ihren Koffer zu packen.

Es war anders mit der Leiche und dem Problem außer Sicht. In diesem trägen Moment drang das, was sie getan hatte, in ihren Geist ein. Starling streifte sich die Handschuhe ab und drehte den Wasserhahn auf. Mit dem Rücken zum Raum ließ sie sich Wasser über die Handgelenke laufen. Das Wasser in der Leitung war ziemlich warm. Lamar, der sie beobachtete, verschwand auf den Gang. Er kam mit einer ungeöffneten eiskalten Dose Soda vom Colaautomaten zurück und bot sie ihr an.

»Nein, danke«, sagte Starling. »Ich glaube nicht, daß ich was trinke.«

»Nein, halten Sie sie sich das unter den Hals«, sagte Lamar, »und dann auf die kleine Beule an Ihrem Hinterkopf. Durch die Kälte fühlen Sie sich gleich besser. Geht mir jedenfalls so.«

Als Starling damit fertig war, das Memo für den Pathologen über den Reißverschluß der Plastikhülle zu kleben, klapperte Crawfords Fingerabdrucktransmitter bereits auf dem Büroschreibtisch.

Dieses Opfer so bald nach dem Verbrechen zu finden, war unverdientes Glück. Crawford war entschlossen, die Tote rasch zu identifizieren und die nähere Umgebung ihrer Wohnung nach Zeugen der Entführung durchzukämmen. Seine Methode bedeutete für jeden eine Menge Ärger, doch sie war schnell.

Crawford trug einen Litton-Policefax-Fingerabdrucktransmitter bei sich. Im Gegensatz zu den vom FBI ausgegebenen Bildfunkgeräten ist der Policefaxmit mit den Systemen der Polizeibehörden in den meisten Großstädten kompatibel. Die Fingerabdruckkarte, die Starling zusammengestellt hatte, war kaum trocken.

»Legen Sie sie ein, Starling, Sie haben geschicktere Finger.«

Verschmieren Sie sie nicht, meinte er damit, und das tat Starling auch nicht. Es war schwer, die zusammengeklebte Kompositkarte um die kleine Walze zu wickeln, während an verschiedenen Orten im Land sechs Funkräume warteten.

Crawford telefonierte mit der FBI-Zentrale und dem Funkraum in Washington. »Dorothy, sind alle dran? Okay, meine Herren, wir schalten es auf eins-zwanzig herunter, damit es schön scharf bleibt – hat jeder eins-zwanzig gecheckt? Atlanta, wie sieht's aus? Okay, Bildfunk... ab.«

Dann drehte die Walze sich der Klarheit wegen mit langsamer Geschwindigkeit und übertrug die Fingerabdrücke der Toten gleichzeitig in den FBI-Funkraum und in die Funkräume der Hauptpolizeibehörden im Osten. Wenn Chicago, Detroit, Atlanta oder eine der anderen bei den Fingerabdrücken einen Treffer erzielte, würde binnen Minuten eine Suchaktion beginnen.

Als nächstes schickte Crawford Bilder der Zähne der Toten und Fotos von ihrem Gesicht; der Kopf war von Starling in ein Handtuch gehüllt worden für den Fall, daß die Regenbogenpresse in den Besitz der Fotos gelangte.

Drei Beamte der Kriminalpolizei von West Virginia kamen aus Charleston an, als sie gerade im Begriff waren, abzureisen. Crawford schüttelte viele Hände und verteilte Karten mit der Nummer des Telefondienstes des Nationalen Informationszentrums für Verbrechen. Starling bemerkte mit Interesse, wie schnell er sie alle in eine Stimmung männlichen Verbündetseins, männlicher Verpflichtungen und Aktivitäten brachte. Mit Sicherheit würden sie mit jeder Information anrufen, die ihnen in die Hände fiel. Wetten daß und danke bestens. Vielleicht war es kein männliches Verbündetsein, entschied sie; es wirkte auch bei ihr.

Lamar winkte von der Veranda, als Crawford und Starling mit dem Deputy in Richtung Elk River davonfuhren. Das Cola war noch ziemlich kalt. Lamar nahm es mit in den Lagerraum und mixte einen Erfrischungstrunk für sich selbst.

13. Kapitel

»Setzen Sie mich am Labor ab, Jeff«, befahl Crawford dem Fahrer. »Dann möchte ich, daß Sie am Smithsonian auf Officer Starling warten. Von dort fährt sie nach Quantico.«

»Jawohl, Sir.«

Vom National Airport aus in die Innenstadt von Washington kommend, überquerte sie bei starkem abendlichen Gegenverkehr den Potomac River.

Der junge Mann am Steuer schien einen gewaltigen Respekt vor Crawford zu haben und fuhr mit übertriebener Vorsicht, fand Starling. Sie konnte es ihm nicht verübeln; es war ein Glaubensartikel in der Akademie, daß der letzte Agent, der unter Crawfords Kommando eine Sache voll in den Sand gesetzt hatte, nun Diebstähle in den Radarabwehranlagen entlang des nördlichen Polarkreises untersuchte.

Crawford war schlechter Laune. Neun Stunden waren vergangen, seit er die Fingerabdrücke und Bilder des Opfers gesendet hatte, und sie war noch immer nicht identifiziert. Zusammen mit den Troopern von West Virginia hatten er und Starling bis in die Dunkelheit hinein ergebnislos die Brücke und das Flußufer abgesucht.

Starling hatte gehört, wie er vom Flugzeug aus telefonierte und eine Nachtschwester für zu Hause bestellte.

Die schlichte FBI-Limousine schien nach dem Blue Canoe wunderbar ruhig, und das Reden war einfacher.

»Ich werde das Notstandsbulletin und den latenten Beschreibungsindex verschicken, wenn ich Ihre Abdrücke mit zum Erkennungsdienst hochnehme«, sagte Crawford. »Sie fassen mir einen Zusatz für die Akte ab. Einen Zusatz, keinen 302 – wissen Sie, wie man das macht?«

»Ich weiß, wie.«

»Angenommen, ich bin die Kartei, sagen Sie mir, was es Neues gibt.«

Sie brauchte einige Sekunden, um es zusammenzubekommen – sie war froh, daß Crawford anscheinend mehr an dem Gerüst am Jefferson Memorial interessiert war, an dem sie vorbeifuhren.

Der latente Beschreibungsindex im Computer des Erkennungsdiensts vergleicht die charakteristischen Merkmale eines Verbrechens, das untersucht wird, mit den bekannten Neigungen von in der Kartei erfaßten Kriminellen. Wenn der Index auf ausgesprochene Ähnlichkeiten stößt, schlägt er Verdächtige vor und produziert ihre Fingerabdrücke. Ein menschlicher Operator vergleicht dann die Fingerabdrücke in der Kartei mit am Tatort entdeckten latenten Abdrücken. Von Buffalo Bill gab es noch keine Abdrücke, doch Crawford wollte gerüstet sein.

Das System erfordert kurze, präzise Angaben. Starling versuchte, mit einigen aufzuwarten.

»Weiß, weiblich, späte Teenjahre oder Anfang zwanzig, erschossen, unterer Torso und Oberschenkel abgebalgt –«

»Starling, der Index weiß bereits, daß er junge weiße Frauen umbringt und ihre Torsos abhäutet – verwenden Sie im übrigen ›abhäutet‹, ›abgebalgt‹ ist ein ungewöhnlicher Begriff, den ein anderer Beamter vielleicht nicht benutzt, und Sie können nicht sicher sein, ob das verdammte Ding ein Synonym liest. Er weiß bereits, daß der Täter sie in Flüssen ablädt. Er weiß nicht, was hier *neu* ist. Was ist hier neu, Starling?«

»Dies ist das sechste Opfer, das erste skalpierte, das erste, dem dreieckige Lappen von den Schultern hinten entfernt wurden, das erste, das in die Brust geschossen wurde, das erste mit einem Kokon im Hals.«

»Sie haben abgebrochene Fingernägel vergessen.«

»Nein, Sir, sie ist das zweite Opfer mit abgebrochenen Fingernägeln.«

»Sie haben recht. Hören Sie, notieren Sie in Ihrem Zusatz für die Akte, daß der Kokon vertraulich ist. Wir werden ihn zum Eliminieren falscher Geständnisse verwenden.«

»Ich frage mich, ob er das schon früher gemacht hat – einen Kokon oder ein Insekt zu plazieren«, sagte Starling. »Es wäre ein leichtes, das bei einer Autopsie zu übersehen, besonders bei einer Wasserleiche. Sie wissen, der ärztliche Leichenbeschauer sieht eine offensichtliche Todesursache, es ist heiß da drinnen, und man will damit fertig werden... können wir das zurückverfolgen?«

»Wenn wir müssen. Sie können sich darauf verlassen, daß die Pathologen behaupten, sie würden nichts übersehen, ist doch klar. Die Leiche der Jane Doe aus Cincinnati ist noch draußen im Kühlraum. Ich werde sie bitten, sie sich anzusehen, doch die anderen vier sind unter der Erde. Exhumierungsanordnungen rütteln die Leute wach. Wir mußten es bei vier Patienten machen, die unter Dr. Lecters Betreuung verschieden sind, nur um uns davon zu überzeugen, woran sie starben. Lassen Sie sich gesagt sein, es bedeutet sehr viel Ärger, und es verstimmt die Verwandten. Ich mache es, wenn ich muß, aber warten wir erst mal, was Sie im Smithsonian herausfinden, bevor ich mich entscheide.«

»Skalpieren... das ist doch selten, oder?«

»Ungewöhnlich, ja«, entgegnete Crawford.

»Dr. Lecter hat aber gesagt, Buffalo Bill würde es tun. Wie hat er das gewußt?«

»Er hat es nicht gewußt.«

»Er hat es jedoch gesagt.«

»Es ist keine große Überraschung, Starling. Ich bin nicht überrascht gewesen, das zu sehen. Ich hätte sagen sollen, daß es bis zum Fall Mengel selten war, erinnern Sie sich daran? Hat die Frau skalpiert? Danach gab es zwei oder drei Nachahmer. Als die Zeitungen mit dem Beinamen ›Buffalo Bill‹ herumspielten, betonten sie mehr als einmal, daß dieser Killer sich keine Skalps holt. Danach ist es keine Überraschung – wahrscheinlich folgt er seiner Presse. Lecter hat nur geraten. Er hat nicht gesagt, *wann* es passieren würde, also konnte er sich nie irren. Wenn wir Bill schnappten und es kein Skalpieren gäbe, könnte Lecter sagen, wir hätten ihn gerade erwischt, *bevor* er damit anfing.«

»Dr. Lecter hat auch behauptet, Buffalo Bill würde in einem zweistöckigen Haus wohnen. Damit haben wir uns noch gar nicht befaßt. Warum hat er das Ihrer Meinung nach gesagt?«

»Das ist keine Vermutung. Er hat höchstwahrscheinlich recht, und er hätte Ihnen sagen können, warum, aber er wollte Sie damit necken. Es ist die einzige Schwäche, die ich je bei ihm festgestellt habe – er muß smart erscheinen, smarter als jeder andere. Er macht das schon seit Jahren.«

»Sie haben gesagt, ich soll fragen, wenn ich etwas nicht weiß – nun, ich muß Sie bitten, das zu erklären.«

»Okay, zwei der Opfer wurden erhängt, richtig? Hohe Ligaturmale, zervikale Dislokation, definitives Hängen. Wie Dr. Lecter aus persönlicher Erfahrung weiß, Starling, ist es für eine Person sehr schwer, eine andere gegen ihren Willen zu erhängen. Von Türknäufen erhängen Leute *sich selbst* andauernd. Sie erhängen sich beim Hinsetzen, es ist einfach. Es ist aber schwer, jemand anderen zu hängen – selbst wenn sie gefesselt sind, schaffen sie es, die Füße unter sich zu bekommen, wenn sie mit ihnen irgendeinen Halt finden können. Eine Leiter ist bedrohlich. Opfer werden die Leiter mit verbundenen Augen nicht hochklettern, und sie werden sie schon gar nicht hochklettern, wenn sie die Schlinge sehen. Die Methode, mit der es gemacht wird, sieht einen Treppenschacht vor. Treppen sind vertraut. Erzähl ihnen, daß du sie mit nach oben bringst, damit sie die Toilette benutzen können, was immer, führ sie mit einer Kapuze über dem Kopf hoch, streif ihnen die Schlinge über und befördere sie mit einem Fußtritt von der obersten Stufe, wobei das Seil am Geländer auf dem Treppenabsatz befestigt ist. In einem Haus ist es die einzige gute Methode. 'n Typ in Kalifornien hat sie populär gemacht. Wenn Bill keinen Treppenschacht hätte, würde er sie auf eine andere Art und Weise umbringen. Nun geben Sie mir diese Namen, der Senior Deputy aus Potter und der Bursche von der Kriminalpolizei, der Rangälteste.«

Starling fand sie auf ihrem Notizblock; sie las mit Hilfe einer kleinen Stablampe zwischen den Zähnen.

»Gut«, sagte Crawford. »Wenn Sie einen heißen Draht bekanntgeben, Starling, die Polizisten immer beim Namen nennen. Sie hören ihren eigenen Namen, sie sind dem heißen Draht gegenüber freundlicher gestimmt. Ruhm hilft ihnen, nicht zu vergessen, uns anzurufen, wenn sie eine Information erhalten. Was sagt Ihnen die Verbrennung an ihrem Bein?«

»Hängt davon ab, ob sie nach dem Tod erfolgt ist.«

»Wenn ja?«

»Dann hat er einen geschlossenen Laster oder einen Lieferwagen oder einen Kombi, irgendwas Langes.«

»Warum?«

»Weil die Verbrennung sich über die Rückseite ihrer Wade zieht.«

Sie waren an der Zehnten und Pennsylvania, vor dem neuen FBI-Hauptquartier, das keiner je als das J. Edgar Hoover Building bezeichnet hatte.

»Jeff, Sie können mich hier rauslassen«, sage Crawford. »Genau hier, fahren Sie nicht in die Tiefgarage. Bleiben Sie im Wagen, Jeff, lassen Sie bloß den Kofferraum aufspringen. Dann zeigen Sie's mir mal, Starling.«

Sie stieg mit Crawford aus, während er seinen Datafax und seinen Aktenkoffer aus dem Kofferraum holte.

»Er hat die Leiche in etwas befördert, das groß genug ist, damit man sie auf dem Rücken ausstrecken kann«, sagte Starling. »Nur auf diese Weise würde die Rückseite ihrer Wade auf dem Boden über dem Auspuffrohr liegen. In einem Kofferraum wie diesem hätte sie zusammengerollt auf der Seite gelegen und –«

»Ja, genau so sehe ich das auch«, sagte Crawford.

Da erkannte sie, daß er sie aus dem Wagen geholt hatte, damit er privat mit ihr reden konnte.

»Als ich zu diesem Deputy sagte, er und ich sollten nicht vor einer Frau reden, das hat Sie gefuchst, nicht wahr?«

»Klar.«

»Es war nur Bluff. Ich wollte ihn allein erwischen.«

»Das weiß ich.«

»Okay.« Crawford knallte den Kofferraum zu und wandte sich ab.

Starling konnte es nicht dabei bewenden lassen.

»Es spielt doch eine Rolle, Mr. Crawford.«

Er drehte sich ihr wieder zu, mit seinem Telefaxgerät und Aktenkoffer beladen. Sie hatte seine volle Aufmerksamkeit.

»Diese Polizisten wissen, wer Sie sind«, sagte sie. »Sie nehmen Sie als Vorbild, um zu sehen, wie sie agieren müssen.« Sie stand fest und sicher da, zuckte die Achseln, zeigte die Handflächen. Es war raus, es stimmte.

Crawford schien etwas abzuwägen.

»Ordnungsgemäß notiert, Starling. Kümmern Sie sich nun um das Insekt.«

»Jawohl, Sir.«

Sie sah zu, wie er davonging, ein Mann mittleren Alters mit Koffern beladen und vom Fliegen zerknautscht, die Manschetten vom Flußufer verdreckt, auf dem Weg nach Hause zu dem, was er zu Hause tat.

Da hätte sie für ihn töten können. Das war eines von Crawfords großen Talenten.

14. Kapitel

Das Smithsonian's National Museum für Naturgeschichte war schon seit Stunden geschlossen. Doch Crawford hatte vorher angerufen, und ein Aufseher wartete, um Clarice Starling am Eingang in der Constitution Avenue einzulassen.

Das geschlossene Museum war schwach erleuchtet, und es herrschte Stille. Nur die Kolossalfigur eines Südseehäuptlings gegenüber dem Eingang stand so groß da, daß das trübe Deckenlicht auf sein Gesicht scheinen konnte.

Starlings Führer war ein großer Schwarzer in der adretten Uniform der Aufseher des Smithsonian. Sie fand, daß er dem Häuptling ähnelte, als er das Gesicht zu den Fahrstuhllichtern hob. Eine momentane Erleichterung schlich sich in ihre müßige Fantasie ein, wie das Massieren eines Krampfs.

Die zweite Ebene über dem großen ausgestopften Elefanten, ein weites, der Öffentlichkeit nicht zugängliches Stockwerk, teilten sich die Abteilungen für Anthropologie und Entomologie. Die Anthropologen nannten es das vierte Stockwerk; die Entomologen behaupteten, es sei das dritte. Einige Wissenschaftler aus der Abteilung für Agrikultur sagten, sie hätten Beweise, daß es sich um das sechste handelte. Jede Splittergruppe mochte zum Teil recht haben, was das alte Gebäude mit seinen Anbauten und Unterabteilungen betraf.

Starling folgte dem Aufseher in ein halbdunkles Labyrinth aus Gängen, an deren Wänden Holzschränke mit anthropologischen Museumsstücken hochragten. Nur die Schildchen enthüllten ihren Inhalt.

»Tausende von Menschen in diesen Schachteln«, sagte der Aufseher. »Vierzigtausend Exemplare.«

Während sie dahinschritten, fand er die Büronummern mit seiner Taschenlampe und ließ den Lichtstrahl über die Schilder wandern.

Dajak-Babytragekörbe und Zeremonienschädel machten Aphidina Platz, und sie ließen die Abteilung ›Menschheit‹ hinter sich, um sich der älteren und geordneteren Welt der Insekten zuzuwenden. Nun ragten an den Wänden des Korridors große hellgrün gestrichene Metallkästen empor.

»Dreißig Millionen Insekten – und obendrein noch die Spinnen. Werfen Sie die Spinnen nicht mit den Insekten in einen Topf«, riet der Wärter. »Spinnenleute machen einen deswegen zur Schnecke. Dort, das Büro, das erleuchtet ist. Versuchen Sie nicht, selbst herauszukommen. Wenn sie nicht anbieten, Sie hinunterzubringen, rufen Sie mich auf diesem Apparat an, es ist das Aufseherbüro. Ich hole Sie dann.« Er gab ihr eine Karte und ging davon.

Sie war mitten in der Entomologie, auf einer Rotundengalerie hoch über dem großen ausgestopften Elefanten. Da war das helle Büro mit der offenen Tür.

»Zeit, Pilch!« Eine Männerstimme, schrill vor Aufregung. »Los, los, mach schon. Zeit!«

Starling blieb in der Türöffnung stehen. Zwei Männer saßen an einem Labortisch und spielten Schach. Beide waren um die Dreißig, der eine schwarzhaarig und mager, der andere klein und dick mit drahtigem roten Haar. Sie schienen voll von dem Schachbrett in Anspruch genommen. Wenn sie Starling bemerkten, dann ließen sie es sich nicht anmerken. Wenn sie den riesigen Nashornkäfer bemerkten, der sich langsam über das Brett schob und zwischen den Schachfiguren durchwand, dann ließen sie sich auch das nicht anmerken.

Dann überquerte der Käfer den Rand des Bretts.

»Zeit, Roden«, sagte der Magere sofort.

Der kleine Dicke zog seinen Läufer und drehte unverzüglich den Käfer um, damit dieser den Weg wieder mühsam zurückkrabbeln konnte.

»Wenn der Käfer einfach quer zur Ecke läuft, ist die Zeit dann um?« fragte Starling.

»Natürlich ist die Zeit dann um«, sagte der kleine Dicke laut, ohne aufzusehen. »*Natürlich* ist sie dann um. Wie spielen *Sie* denn? Lassen Sie ihn das ganze Brett überqueren? Gegen wen spielen Sie, ein Faultier?«

»Ich habe das Exemplar, wegen dem Special Agent Crawford angerufen hat.«

»Ich kann mir nicht vorstellen, warum wir Ihre Sirene nicht gehört haben«, sagte der kleine Dicke. »Wir warten schon den ganzen Abend hier, um ein *Insekt* für das FBI zu identifizieren. Wir geben uns nur mit Insekten ab. Keiner hat was von Special Agent Crawfords *Exemplar* gesagt. Er sollte sein *Exemplar* privat seinem Hausarzt zeigen. Zeit, Pilch!«

»Ich würde Ihrer ganzen Prozedur gern ein anderes Mal zusehen«, sagte Starling, »doch dies ist dringend, wollen wir uns also jetzt dranmachen. Zeit, Pilch.«

Der Schwarzhaarige drehte sich zu ihr um, sah, wie sie mit ihrem Aktenkoffer gegen den Türrahmen lehnte. Er legte den Käfer auf ein Stück vermodertes Holz in einer Schachtel und deckte ihn mit einem Salatblatt zu.

Als er aufstand, war er groß.

»Ich bin Noble Pilcher«, sagte er. »Dies ist Albert Roden. Sie müssen ein Insekt identifiziert haben? Wir freuen uns, Ihnen behilflich zu sein.« Pilcher hatte ein langes freundliches Gesicht, doch seine schwarzen Augen waren ein wenig hexenartig und zu dicht zusammen. Mit einem schielte er leicht, so daß es das Licht unabhängig auffing. Er gab ihr nicht die Hand. »Sie sind...?«

»Clarice Starling.«

»Schauen wir mal, was Sie da haben.«

Pilcher hielt das kleine Glas gegen das Licht.

Roden kam dazu. »Wo haben Sie das gefunden? Haben Sie es mit Ihrer *Pistole* getötet? Haben Sie seine *Mami* gesehen?«

Starling kam der Gedanke, wie sehr Roden davon profitieren würde, wenn man ihm den Ellbogen in sein Kiefergelenk schmetterte.

»Pssst«, sagte Pilcher. »Erzählen Sie uns, wo Sie es gefunden haben. Hat es an irgendwas festgesessen – einem Zweig oder einem Blatt –, oder ist es in der Erde gewesen?«

»Ich verstehe«, sagte Starling. »Niemand hat mit Ihnen gesprochen.«

»Der Museumsdirektor hat uns gebeten, länger zu bleiben und ein Insekt für das FBI zu identifizieren«, erklärte Pilcher.

»Hat uns *befohlen*«, sagte Roden. »Hat uns *befohlen*, länger zu bleiben.«

»Das machen wir für den Zoll und für das Landwirtschaftsministerium andauernd«, sagte Pilcher.

»Aber nicht mitten in der Nacht«, erwiderte Roden.

»Ich muß Ihnen ein paar Dinge erklären, die mit einem Verbrechen zu tun haben«, sagte Starling. »Das ist mir gestattet, wenn Sie es vertraulich behandeln, bis der Fall gelöst ist. Es ist wichtig. Es bedeutet einige Menschenleben, und ich sage das nicht nur so dahin. Dr. Roden, können Sie mir ernsthaft garantieren, daß Sie eine vertrauliche Mitteilung respektieren werden?«

»Ich bin kein Doktor. Muß ich irgendwas unterschreiben?«

»Nicht, wenn Ihr Wort etwas gilt. Sie werden für das Exemplar unterschreiben müssen, wenn Sie es behalten müssen, mehr nicht.«

»Natürlich werde ich Ihnen helfen. Ich bin nicht *unfürsorglich*.«

»Dr. Pilcher?«

»Das stimmt«, sagte Pilcher. »Er ist nicht unfürsorglich.«

»Vertrauen?«

»Ich sage nichts.«

»Auch Pilcher ist noch kein Doktor«, sagte Roden. »Ausbildungsmäßig stehen wir auf gleicher Stufe. Beachten Sie jedoch, wie er Ihnen *erlaubt* hat, ihn so zu nennen.«

Roden legte die Spitze seines Zeigefingers gegen das Kinn, als würde er auf einen vernünftigen Ausdruck hinweisen. »Geben Sie uns sämtliche Einzelheiten. Was *Ihnen* vielleicht belanglos erscheint, könnte für einen Experten eine entscheidende Information sein.«

»Dieses Insekt wurde hinter dem Gaumensegel eines Mordopfers steckend gefunden. Ich weiß nicht, wie es dort hingelangt ist. Ihre Leiche war im Elk River in West Virginia, und sie war nicht länger als ein paar Tage tot gewesen.«

»Es ist Buffalo Bill, ich hab's im Radio gehört«, sagte Roden.

»Über das Insekt haben Sie im Radio nichts gehört, oder?« fragte Starling.

»Nein, aber es hieß Elk River – kommen Sie heute von da, sind Sie deshalb so spät?«

»Ja«, entgegnete Starling.

»Sie müssen müde sein. Wollen Sie einen Kaffee?« sagte Roden.

»Nein, danke.«

»Wasser?«

»Nein.«

»Ein Cola?«

»Ich glaube nicht. Wir wollen erfahren, wo diese Frau gefangengehalten und wo sie umgebracht wurde. Wir hoffen, daß dieses Insekt eine spezielle Eigenart hat oder daß es auf einen Bereich begrenzt ist, wissen Sie, oder daß es nur auf einer bestimmten Baumart schläft – wir wollen wissen, wo dieses Insekt herkommt. Ich bitte um Ihr Vertrauen, weil – hat der Täter das Insekt dort vorsätzlich plaziert – nur ihm diese Tatsache bekannt wäre und wir sie dann verwenden könnten, um falsche Geständnisse zu eliminieren und Zeit zu sparen. Er hat mindestens sechs umgebracht. Die Zeit frißt uns auf.«

»Glauben Sie, er hält genau in dieser Minute, in der wir uns sein Insekt ansehen, eine weitere Frau gefangen?« fragte Roden sie ins Gesicht. Seine Augen waren weit aufgerissen, und sein Mund stand offen. Sie konnte ihm in den Mund sehen, und eine Sekunde lang besann sie sich blitzartig auf etwas anderes.

»Ich weiß nicht.« Das ein wenig schrill. »Ich weiß nicht«, wiederholte sie, um dem Geäußerten die Schärfe zu nehmen. »Er wird es wieder tun, sobald er kann.«

»Also kümmern wir uns um dies, sobald wir können«, sagte Pilcher. »Machen Sie sich keine Sorgen, wir sind darin gut. Sie könnten nicht in besseren Händen sein.« Mit einer dünnen Zange entfernte er das braune Objekt aus dem Glas und legte es auf ein Stück weißes Papier unter dem Licht. Er schwenkte eine Lupe mit biegsamem Arm darüber.

Das Insekt war lang, und es sah aus wie eine Mumie. Es steckte in einer halbtransparenten Hülle, die sich seinen allgemeinen Umrissen wie ein Sarkophag anpaßte. Die Fortsätze waren so fest gegen den Körper gebunden, daß sie genausogut in Flachrelief hätten gemeißelt sein können. Das kleine Gesicht sah weise aus.

»Erstens, es ist nichts, was eine Leiche normalerweise im Freien befallen würde, und es wäre auch nicht im Wasser, es sei denn, durch Zufall«, sagte Pilcher. »Ich weiß nicht, wie vertraut Sie mit Insekten sind oder wieviel Sie hören wollen.«

»Sagen wir mal, ich weiß überhaupt nichts. Ich möchte, daß Sie mir alles erklären.«

»Okay, dies ist eine Puppe, ein unausgereiftes Insekt, in einer Chrysalis – das ist der Kokon, der es zusammenhält, während es sich von einer Larve zu einem ausgewachsenen Insekt umwandelt«, erläuterte Pilcher.

»Pupa obtecta, Pilch?« Roden rümpfte die Nase, damit seine Brille nicht herunterrutschte.

»Yeah, ich glaube, ja. Willst du Chu über die unausgereiften Insekten herunterholen? Okay, dies ist das Puppenstadium eines großen Insekts. Ein Großteil der weiterentwickelten Insekten durchläuft ein Puppenstadium. Viele von ihnen verbringen den Winter auf diese Weise.«

»Buch oder nachschauen, Pilch?« fragte Roden.

»Ich schaue nach.« Pilcher brachte das Exemplar zum Objekttisch eines Mikroskops und beugte sich mit einer Zahnsonde in der Hand darüber. »Also los: Keine ausgeprägten Atmungsorgane in der dorsalzephalen Region, Tracheen auf dem Mesothorax und einige Abdominalsegmente, fangen wir damit an.«

»Mhhmhhmm«, sagte Roden und blätterte Seiten in einem kleinen Handbuch um. »Funktionelle Mandibeln?«

»Nee.«

»Paarige Laden der Maxillen auf dem Ventro meson?«

»Ja, ja.«

»Wo sind die Antennen?«

»An den Mesalrand der Flügel angrenzend. Zwei Paar Flügel, das innere Paar vollkommen bedeckt. Nur die drei unteren Abdominalsegmente sind frei. Kleine punktartige Cremaster – ich würde sagen, Lepidoptera.«

»Das steht auch hier«, sagte Roden.

»Es ist die Familie, zu der die Schmetterlinge und Motten gehören. Umfaßt ein großes Gebiet«, erklärte Pilcher.

»Wird schwierig werden, wenn die Flügel durchnäßt sind. Ich hol' mal die Nachschlagewerke«, sagte Roden. »Ich kann dich wohl nicht davon abhalten, über mich zu reden, während ich weg bin.«

»Wohl kaum«, entgegnete Pilcher. »Roden ist in Ordnung«, erklärte er Starling, sobald Roden den Raum verlassen hatte.

»Ich bin sicher, daß er das ist.«

»Tatsächlich.« Pilcher schien amüsiert. »Wir waren Kommilitonen, arbeiteten und schnappten uns jedes Forschungsstipendium, das wir nur kriegen konnten. Er bekam eins, wo er in einem Kohlenbergwerk unten sitzen mußte, um auf den Protonenzerfall zu warten. Er ist einfach zu lang im Dunkeln geblieben. Er ist in Ordnung. Nur nicht Protonenzerfall erwähnen.«

»Ich werd' versuchen, drum herumzureden.«

Pilcher wandte sich von dem grellen Licht ab. »Lepidoptera, das ist eine große Familie. Vielleicht dreißigtausend Schmetterlinge und hundertdreißigtausend Motten. Ich würde es gern aus der Chrysalis herausnehmen – das werde ich tun müssen, wenn wir es eingrenzen wollen.«

»Na gut. Können Sie es machen, ohne daß es zerfällt?«

»Ich denke schon. Schauen Sie, dieses hat aus eigener Kraft damit angefangen, bevor es gestorben ist. Genau hier hat es einen unregelmäßigen Bruch in der Chrysalis bewirkt. Dies mag ein Weilchen dauern.«

Pilcher vergrößerte den natürlichen Riß in der Hülle und löste das Insekt heraus. Die zusammengefalteten Flügel waren durchnäßt. Sie auszubreiten kam dem Arbeiten mit einem nassen, fest zusammengerollten Gesichtsreinigungstuch gleich. Es war kein Muster sichtbar.

Roden war mit den Büchern zurück.

»Fertig?« sagte Pilcher. »Okay, die Prothorakalfemur ist verdeckt.«

»Was ist mit Pilifern?«

»Keine Pilifer«, sagte Pilcher. »Würden Sie das Licht ausschalten, Officer Starling?«

Sie wartete am Wandschalter, bis Pilchers kleine Stablampe brannte. Er trat vom Tisch zurück und leuchtete damit auf das Exemplar. Die Augen des Insekts glühten im Dunkeln und reflektierten den dünnen Strahl.

»Eule«, meinte Roden.

»Wahrscheinlich, aber welche?« sagte Pilcher. »Bitte Licht. Es gehört zu den Noctuidae, Officer Starling – zu den Nachtfaltern. Wie viele Noctuidae gibt es, Roden?«

»Zweitausendsechshundert und... ungefähr zweitausendzweihundert sind beschrieben worden.«

»Allerdings sind nicht viele so groß. Okay, dann zeig mal, wie du brillierst, mein Guter.«

Rodens drahtiges rotes Haar bedeckte das Mikroskop.

»Wir müssen nun zur Chaetaxie übergehen – dem Untersuchen der Haut des Insekts, um es auf eine einzige Spezies einzugrenzen«, sagte Pilcher. »Roden ist darin der Beste.«

Starling hatte das Gefühl, daß Liebenswürdigkeit den Raum durchzog.

Roden reagierte darauf, indem er ein hitziges Wortgefecht mit Pilcher darüber begann, ob die Larvenwarzen des Exemplars in Kreisen angeordnet seien oder nicht. Es ging temperamentvoll weiter über die Anordnung der Haare auf dem Abdomen.

»Erebus odora«, sagte Roden schließlich.

»Gehen wir nachsehen«, sagte Pilcher.

Sie nahmen das Exemplar mit sich, im Fahrstuhl hinunter bis zu dem Geschoß direkt über dem großen ausgestopften Elefanten und nach hinten zu einem riesengroßen, mit blaßgrünen Kästen angefüllen Areal. Was früher eine große Halle gewesen war, war auf zwei Ebenen mit Decks aufgeteilt worden, um weiteren Lagerraum für die Insekten des Smithsonian zu schaffen. Sie waren nun in der Neotropischen Abteilung und auf dem Weg zu den Noctuidae. Pilcher konsultierte seinen Notizblock und blieb bei einem Kasten in Brusthöhe im großen Wandregal stehen.

»Mit diesen Dingen muß man vorsichtig sein«, sagte er, schob die schwere Metalltür hoch und setzte sie auf dem Boden ab. »Lassen Sie eine auf Ihren Fuß fallen, humpeln Sie wochenlang.«

Er fuhr mit dem Finger an den gestapelten Schubladen herunter, wählte eine aus und zog sie auf.

Auf dem Tablett sah Starling die winzigen konservierten Eier, die Raupe in einem Glasröhrchen mit Alkohol, einen Kokon, von einem Exemplar abgezogenen, der ihrem sehr ähnlich war, und das ausgewachsene Insekt – eine große braunschwarze Motte mit einer Flügelspanne von fast einem Meter achtzig, einem pelzigen Körper und dünnen Fühlern.

»*Erebus odora*«, sagte Pilcher. »Die Schwarzhexenmotte.«

Roden blätterte bereits Seiten um. »›Eine tropische Spezies, die sich im Herbst manchmal bis nach Kanada hoch verirrt‹«, las er. »›Die Larven fressen Akazien, Drazänen und ähnliche Pflanzen. Einheimisch in den Westindischen Inseln, in den Südstaaten der USA, gilt in Hawaii als Ungeziefer.‹«

Fickola, dachte Starling. »Bekloppt«, sagte sie laut. »Es gibt sie überall.«

»Es gibt sie aber nicht die ganze Zeit überall.« Pilchers Kopf war gesenkt. Er zupfte sich am Kinn. »Sind sie Doppelbrüter, Roden?«

»Sekunde... yeah, im äußersten Südflorida und in Südtexas.«

»Wann?«

»Mai und August.«

»Ich hab' nur gerade überlegt«, sagte Pilcher. »Ihr Exemplar ist ein bißchen besser entwickelt als das, das wir haben, und es ist frisch. Es hatte angefangen, seinen Kokon zu zerbrechen, um herauszukommen. In den Westindischen Inseln oder in Hawaii, vielleicht, da könnte ich das verstehen, aber hier ist es Winter. In diesem Land würde es mit dem Herauskommen drei Monate warten. Es sei denn, es ist zufällig in einem Treibhaus passiert, oder jemand hat es gezüchtet.«

»Wie gezüchtet?«

»In einem Käfig, an einem warmen Ort, mit einigen Akazienblättern zum Fressen für die Larven, bis sie soweit sind, sich in ihre Kokons einzuspinnen. Das ist gar nicht schwer.«

»Ist es ein beliebtes Hobby? Betreiben das viele Leute außerhalb professioneller Studien?«

»Nein. In erster Linie sind es Entomologen, die versuchen, ein perfektes Exemplar zu bekommen, vielleicht ein paar Sammler. Dann gibt es da auch die Seidenindustrie, sie züchten Motten, aber nicht diese Art.«

»Entomologen müssen Zeitschriften haben, Berufsjournale, Leute, die Ausrüstungen verkaufen«, sagte Starling.

»Sicher, und die meisten Publikationen kommen hierher.«

»Lassen Sie mich Ihnen ein Bündel zurechtmachen«, sagte Roden. »Ein paar Leute hier abonnieren privat die kleineren Magazine – halten sie unter Verschluß und knöpfen Ihnen einen Vierteldollar ab, wenn Sie sich die blöden Dinger nur angucken. Die kann ich allerdings erst am Morgen kriegen.«

»Ich werde dafür sorgen, daß man sie abholt, danke, Mr. Roden.«

Pilcher fotokopierte die Verweisstellen über *Erebus odora* und gab sie ihr, zusammen mit dem Insekt. »Ich bringe Sie hinunter«, sagte er.

Sie warteten auf den Fahrstuhl. »Die meisten Leute lieben Schmetterlinge und hassen Motten«, sagte er. »Aber Motten sind – interessanter, einnehmender.«

»Sie sind schädlich.«

»Yeah, viele, aber sie leben auf alle möglichen Arten. Genau wie wir.« Ein Stockwerk lang Schweigen. »Es gibt eine Motte, in der Tat mehr als eine, die nur von Tränen lebt«, brachte er vor. »Das ist alles, was sie essen oder trinken.«

»Was für Tränen? Wessen Tränen?«

»Die Tränen eines großen Landsäugetiers, etwa von unserer Größe. Die alte Definition von Motte war ›alles, das schrittweise, leise alles andere frißt, zerstört oder verwüstet‹. Es war auch ein Verb für Destruktion... Machen Sie dies die ganze Zeit – Buffalo Bill zu jagen?«

»Ich tue es, soweit ich kann.«

Pilcher polierte sich die Zähne, wobei er die Zunge hinter den Lippen bewegte; es sah aus wie eine Katze unter den Bettlaken. »Gehen Sie je auf Cheeseburger und Bier oder den belustigenden Hauswein aus?«

»Nicht in letzter Zeit.«

»Kommen Sie jetzt mit mir eine Kleinigkeit essen und trinken? Es ist nicht weit.«

»Nein, aber ich lade Sie ein, wenn dies vorbei ist – und Mr. Roden kann natürlich auch mitkommen.«

»Das ist ganz und gar nicht natürlich«, sagte Pilcher. »Hoffentlich sind Sie hiermit bald fertig, Officer Starling.«

Sie eilte zum wartenden Wagen.

Ardelia Mapp hatte Starlings Post und einen halben Schoko-Karamel-Riegel auf ihr Bett gelegt. Mapp schlief.

Starling trug ihre Reiseschreibmaschine zum Wäscheraum hinunter, stellte sie auf das Brett zum Kleiderzusammenfalten und spannte einen Bogen Papier mit Kohlepapier ein. Auf der Fahrt nach Quantico zurück hatte sie ihre Notizen über *Erebus odora* gedanklich geordnet, und sie schrieb das Ganze rasch nieder.

Dann aß sie den Schoko-Karamel-Riegel und schrieb ein Memo an Crawford, in dem sie vorschlug, daß man die computerisierten Adressenlisten der Entomologiepublikationen mit den bekannten Straffälligenakten des FBI und den Akten in den Städten vergleichen solle, die den Entführungen am nächsten gelegen waren, dazu den Akten über Schwer- und Sexualverbrecher aus Metro Dade, San Antonio und Houston, den Gegenden, wo die Motten am allerhäufigsten vorkamen.

Da war noch etwas anderes, das sie ein zweites Mal zur Sprache bringen mußte: *Fragen wir Dr. Lecter, warum er der Meinung war, der Täter würde mit Skalpieren beginnen.*

Sie übergab den Bericht dem Beamten der Nachtschicht und fiel dankbar in ihr Bett. Die Stimmen des Tages flüsterten noch, leiser als Mapps Atem, durch das Zimmer. Auf dem aufsteigenden, sie langsam einhüllenden Dunkel sah sie das weise kleine Gesicht der Motte. Diese glühenden Augen hatte Buffalo Bill angesehen.

Aus dem Gefühl eines gewaltigen Katers, den das Smithsonian bei fast jedem Neuling hinterläßt, kam ihr ein letzter Gedanke und die Zusammenfassung des vergangenen Tages: *Über diese sonderbare Welt, diese Hälfte der Welt, die nun im Dunkel liegt, muß ich ein Ding jagen, das von Tränen lebt.*

15. Kapitel

In East Memphis, Tennessee, sahen Catherine Baker Martin und ihr bester Freund sich in seiner Wohnung gerade einen Spätfilm im Fernsehen an und nahmen ein paar Züge aus einer Haschischpfeife. Die Werbespots wurden länger und kamen häufiger.

»Ich brauch' unbedingt was zwischen die Zähne, willste Popcorn?« sagte sie.

»Ich werd's holen gehen, gib mir deine Schlüssel.«

»Bleib sitzen. Ich muß sowieso sehen, ob Mom angerufen hat.«

Sie stand von der Couch auf, eine große junge Frau, großknochig und wohlbeleibt, fast schwer, mit einem hübschen Gesicht und einer Menge sauberem Haar. Sie fand ihre Schuhe unter dem Couchtisch und ging nach draußen.

Der Februarabend war unwirtlich, doch nicht sehr kalt. Ein leichter Nebel vom Mississippi her hing brusthoch über dem riesigen Parkplatz. Direkt über sich konnte sie den erlöschenden Mond sehen, blaß und dünn wie ein knöcherner Angelhaken. Durch das Hochschauen wurde ihr ein wenig schwindlig. Sie machte sich auf den Weg über den Parkplatz und steuerte stetig auf ihre eigene, dreihundert Meter entfernte Haustür zu.

Der braune Lieferwagen war zwischen einigen Wohnmobilen und Booten auf Anhängern in der Nähe ihres Apartments geparkt. Er fiel ihr auf, weil er den Paketautos ähnelte, die häufig Geschenke von ihrer Mutter brachten.

Als sie dicht an dem Lieferwagen vorbeiging, wurde im Nebel eine Lampe angeknipst. Es war eine Stehlampe mit einem Schirm, die auf dem Asphalt hinter dem Lieferwagen stand. Unter der Lampe stand ein überaus dickgepolsterter Lehnstuhl in rotgeblümtem Chintz, dessen große rote Blumen im Nebel strahlten. Die beiden Gegenstände glichen einer Möbelgruppierung in einem Ausstellungsraum.

Catherine Baker Martin blinzelte mehrmals und ging weiter. Sie dachte das Wort *surreal* und gab der Haschischpfeife die Schuld.

Sie war in Ordnung. Jemand zog ein oder aus. Ein. Aus. In Stonehinge Villas zog immer jemand ein oder aus. In ihrem Apartment bewegte sich der Vorhang, und sie sah ihren Kater auf dem Fensterbrett, der einen Buckel machte und die Flanke gegen die Scheibe drückte.

Sie hatte ihren Schlüssel parat, und bevor sie ihn benutzte, schaute sie zurück. Ein Mann kletterte hinten aus dem Lieferwagen. Im Schein der Lampe konnte sie erkennen, daß er einen Gipsverband an der Hand hatte und daß der Arm in einer Schlinge lag. Sie ging hinein und sperrte die Tür hinter sich ab.

Catherine Baker Martin blickte verstohlen am Vorhang vorbei und sah, wie der Mann versuchte, den Lehnstuhl hinten in den Lieferwagen zu bekommen. Er packte ihn mit seiner gesunden Hand und probierte, ihn mit dem Knie hochzuschieben. Der Stuhl kippte um. Er stellte ihn wieder auf, leckte sich den Finger und rieb an einem Schmutzfleck vom Parkplatz auf dem Chintz.

Sie ging hinaus.

»Ich helf' Ihnen damit.« Sie traf genau den richtigen Ton – behilflich und mehr nicht.

»Tatsächlich? Danke.« Eine sonderbare, gezwungene Stimme. Kein örtlicher Akzent.

Die Stehlampe erhellte sein Gesicht von unten und verzerrte seine Züge, doch seinen Körper konnte sie klar und deutlich sehen. Er trug gebügelte Khakihosen und ein Hemd aus einer Art Sämischleder, über der sommersprossigen Brust aufgeknöpft. Sein Kinn und seine Wangen waren behaart, so glatt wie die einer Frau, und seine Augen waren in den Schatten der Lampe nur winzige schimmernde Punkte über den Wangenknochen.

Er sah sie ebenfalls an, und sie reagierte empfindlich darauf. Männer waren häufig über ihre Größe erstaunt, wenn sie sich ihnen näherte, und einige verbargen es besser als andere.

»Gut«, sagte er.

Dem Mann haftete ein unangenehmer Geruch an, und angewidert stellte sie fest, daß an seinem Sämischlederhemd noch Haare hingen. Lockige Haare über den Schultern und unter den Armen.

Es war leicht, den Stuhl auf den niedrigen Boden des Lieferwagens zu heben.

»Wir wollen ihn nach vorne schieben, wären Sie so nett?« Er kletterte hinein und schob etwas Krimskrams beiseite, die großen flachen Pfannen, die man unter ein Fahrzeug schieben kann, um das Öl abfließen zu lassen, und eine kleine Handwinde namens Sargheber.

Sie stießen den Stuhl vorwärts, bis knapp hinter die Sitze.

»Tragen Sie ungefähr Größe 42?« fragte er.

»Was?«

»Würden Sie mir jenes Seil reichen? Es liegt direkt vor Ihren Füßen.«

Als sie sich hinunterbeugte, ließ er den Gipsverband auf ihren Hinterkopf sausen. Sie dachte, sie hätte sich den Kopf angeschlagen, und hob die Hand zu der vermeintlichen Beule, als der Gips erneut herunterkam und ihr die Finger gegen den Schädel quetschte, und nochmal herunter, diesmal hinter ihrem Ohr, eine Folge von Schlägen, keiner von ihnen zu hart, bis sie über dem Stuhl zusammensackte. Sie rutschte auf den Boden des Lieferwagens und blieb auf der Seite liegen.

Der Mann betrachtete sie sekundenlang und zog dann seinen Gipsverband und die Armschlinge ab. Rasch holte er die Lampe in den Lieferwagen und machte die Hintertüren zu.

Er zog ihren Kragen zurück und las mittels einer Taschenlampe das Größenetikett in ihrer Bluse.

»Gut«, sagte er.

Er schlitzte die Bluse den Rücken hoch mit einer Verbandsschere auf, streifte sie ab und fesselte ihr die Hände auf dem Rükken mit Handschellen. Er breitete eine Speditionsmatte auf dem Boden des Lieferwagens aus und rollte sie auf den Rücken.

Sie trug keinen Büstenhalter. Er pikte mit den Fingern in ihre großen Brüste und fühlte ihr Gewicht und ihre Spannkraft.

»Gut«, sagte er.

Auf ihrer linken Brust war ein rosa Knutschfleck. Er leckte sich den Finger, um an ihm wie an dem Chintz zu reiben, und nickte, als die Verfärbung bei leichtem Druck verschwand. Er rollte sie aufs Gesicht und untersuchte ihre Kopfhaut, wobei er ihr dickes Haar mit den Fingern scheitelte. Der wattierte Gipsverband hatte sie nicht verletzt.

Mit zwei Fingern an der Seite ihres Halses nahm er ihren Puls und fand ihn kräftig.

»Gut«, sagte er. Er hatte einen Weg zu seinem zweistöckigen Haus, und er wollte sie lieber nicht hier verarzten.

Catherine Baker Martins Kater sah vom Fenster aus zu, wie der Lieferwagen davonfuhr und die Rücklichter immer dichter zusammenrückten.

Hinter dem Kater klingelte das Telefon. Mit seinem im Dunkeln blinkenden Licht nahm der Anrufbeantworter im Schlafzimmer den Anruf auf.

Die Anruferin war Catherines Mutter, die untergeordnete US-Senatorin von Tennessee.

16. Kapitel

In den 80er Jahren, dem Goldenen Zeitalter des Terrorismus, bediente man sich spezieller Verfahren, um sich mit einem Kidnapping zu befassen, das ein Kongreßmitglied in Mitleidenschaft zog.

Um 2.45 berichtete der für das FBI-Büro Memphis zuständige Sonderagent dem Hauptquartier in Washington, daß Senatorin Ruth Martins einzige Tochter verschwunden sei.

Um 3.00 verließen zwei nicht gekennzeichnete VW-Busse die feuchte Tiefgarage bei der Washingtoner Außenstelle Buzzard's Point. Ein VW-Bus fuhr zum Senate Office Building, wo Techniker an den Telefonapparaten in Senatorin Martins Büro Mithör- und Aufnahmegeräte anbrachten und die Münzfernsprecher in allernächster Nähe von Senatorin Martins Büro mit einer Title 3-Telefonwanze versahen. Das Justizministerium weckte das amtsjüngste Mitglied des Senatssonderausschusses des Nachrichtendienstes, um der obligatorischen Meldung über die Abhöranlagen Rechnung zu tragen.

Das andere Fahrzeug, ein VW-Bus mit Spionglas und Überwachungsausrüstung, war auf der Virginia Avenue geparkt, um die Vorderfront von Watergate West zu sichern, der Washingtoner Residenz von Senatorin Martin. Zwei der Insassen des VW-Busses betraten das Gebäude, um Mithörgeräte an den Privatapparaten der Senatorin anzubringen.

Bell Atlantic taxierte die Durchschnittszeit zur Zurückverfolgung eines Anrufs mit Lösegeldforderung, der von einem inländischen Digitalschaltsystem getätigt wird, auf siebzig Sekunden.

Das Sondereinsatzkommando in Buzzard's Point legte Doppelschichten ein, falls die Hinterlegung des Lösegelds in der Gegend von Washington erfolgen sollte. Von Radiofunk wechselte es zu vorgeschriebener Verschlüsselung, um einen etwaigen Lösegeldort vor dem Eindringen von Nachrichtenhelikoptern zu schützen – jene Art von Verantwortungslosigkeit seitens des Nachrichtengewerbes war selten, doch es war schon vorgekommen.

Das Geiselrettungsteam war in Alarmbereitschaft und für sofortigen Einsatz gerüstet.

Jedermann hoffte, daß Catherine Baker Martins Verschwinden ein professionelles Kidnapping wegen Lösegelds war; diese Möglichkeit bot die beste Chance für ihr Überleben.

Keiner erwähnte die schlimmste aller Möglichkeiten.

Dann, kurz vor Morgengrauen in Memphis, hielt ein Citypolizist auf Streife, der eine Beschwerde hinsichtlich eines Herumtreibers auf der Winchester Avenue untersuchte, einen älteren Mann an, der entlang des Banketts Aluminiumdosen und Schrott auflies. In seinem Karren fand der Polizist eine vorn noch zugeknöpfte Damenbluse. Am Rücken war die Bluse wie ein Leichenhemd aufgeschlitzt. Das Wäschezeichen war das von Catherine Baker Martin.

Jack Crawford fuhr um 6.30 gerade von seinem Haus in Arlington in Richtung Süden, als das Telefon in seinem Wagen zum zweiten Mal innerhalb von zwei Minuten summte.

»Neun zweiundzwanzig vierzig.«

»Vierzig auf Empfang für Alpha.«

Crawford entdeckte einen Rastplatz, fuhr darauf und hielt an, um dem Telefon seine volle Aufmerksamkeit zu schenken. Alpha 4 ist der Chef des FBI.

»Jack – sind Sie über Catherine Martin auf dem laufenden?«

»Der Beamte von der Nachtschicht hat mich eben angerufen.«

»Dann wissen Sie über die Bluse Bescheid. Sagen Sie was.«

»Buzzard Point ist in Alarmbereitschaft«, sagte Crawford. »Mir wäre es lieber, wenn sie das noch blieben. Wenn nicht, würde ich gern die Telefonüberwachung beibehalten. Aufgeschlitzte Bluse oder nicht, wir wissen nicht mit Bestimmtheit, ob es Bill ist. Wenn es ein Nachahmer ist, ruft er vielleicht an und verlangt Lösegeld. Wer macht in Tennessee Abhördienst und Spurensicherung, wir oder sie?«

»Sie. Die Staatspolizei. Sie ist ziemlich gut. Phil Adler hat vom Weißen Haus angerufen, um mich vom ›starken Interesse‹ des Präsidenten zu unterrichten. Wir können hier einen Sieg brauchen, Jack.«

»Der Gedanke ist mir auch schon gekommen. Wo ist die Senatorin?«

»Auf dem Weg nach Memphis. Sie hat mich vor einer Minute zu Hause erwischt. Sie können sich einen Begriff machen.«

»Ja.« Crawford kannte Senatorin Martin von Etatanhörungen.

»Sie übt mit ihrem ganzen Einfluß Druck aus.«

»Das kann ich ihr nicht verübeln.«

»Ich auch nicht«, sagte der Chef. »Ich habe ihr erklärt, daß wir auf Hochtouren arbeiten, genau wie wir das die ganze Zeit gemacht haben. Sie ist ... sie weiß um Ihre persönliche Lage, und sie hat Ihnen einen Firmenjet angeboten. Benutzen Sie ihn – kommen Sie abends nach Hause, wenn Sie können.«

»Gut. Die Senatorin ist zäh, Tommy. Wenn sie versucht, die Sache zu leiten, werden wir aneinandergeraten.«

»Ich weiß. Wenn es nicht anders geht, geben Sie mir die Schuld. Was haben wir bestenfalls – sechs oder sieben Tage, Jack?«

»Ich weiß nicht. Wenn er in Panik gerät, wenn er entdeckt, wer sie ist – macht er sie vielleicht einfach kalt und lädt sie ab.«

»Wo sind Sie?«

»Zwei Meilen vor Quantico.«

»Paßt ein Lear auf die Startbahn in Quantico?«

»Ja.«

»Zwanzig Minuten.«

»Jawohl, Sir.«

Crawford tippte Nummern in seinen Apparat und fädelte sich wieder in den Verkehr ein.

17. Kapitel

Das Handtuch über der Schulter stand Clarice Starling mürrisch nach einem unruhigen Schlaf in ihrem Bademantel und ihren Häschenpantoffeln da und wartete darauf, ins Badezimmer zu können, das sie und Mapp sich mit den Studentinnen von nebenan teilten. Die Nachrichten aus Memphis im Radio ließen sie einen halben Atemzug lang erstarren.

›O Gott‹, dachte sie. ›Ach du Schreck.‹ »OKAY DA DRINNEN! DIESES BAD IST EROBERT. MIT HOCHGEZOGENEN HOSEN RAUSKOMMEN. DIES IST KEIN DRILL!« Sie stieg zu ihrer verblüfften Nachbarin unter die Dusche. »Rück schon beiseite, Gracie, und würdest du mir bitte die Seife da reichen.«

Das Ohr auf ein Telefonklingeln gespitzt, packte sie für einen Aufenthalt über Nacht und stellte ihr gerichtsmedizinisches Köfferchen neben die Tür. Sie vergewisserte sich, daß die Zentrale wußte, daß sie auf ihrem Zimmer war, und verzichtete aufs Frühstück, um am Telefon zu bleiben. Zehn Minuten vor Unterrichtsbeginn eilte sie wortlos mit ihrer Ausrüstung zur Abteilung für Verhaltensforschung hinunter.

»Mr. Crawford ist vor fünfundvierzig Minuten nach Memphis aufgebrochen«, erklärte die Sekretärin ihr freundlich. »Burroughs ist mit, und Stafford vom Labor ist vom National abgeflogen.«

»Ich hab' gestern abend einen Bericht für ihn hier abgegeben. Hat er irgendeine Nachricht für mich hinterlassen? Ich bin Clarice Starling.«

»Ja, ich weiß, wer Sie sind. Ich habe drei Kopien Ihrer Telefonnummer hier vor mir, und auf seinem Schreibtisch sind noch weitere, glaube ich. Nein, er hat nichts für Sie hinterlassen, Clarice.« Die Frau warf einen Blick auf Starlings Gepäck. »Soll ich ihm etwas ausrichten, wenn er anruft?«

»Hat er auf seiner Dreierkarte eine Telefonnummer in Memphis hinterlassen?«

»Nein, er gibt sie telefonisch durch. Haben Sie heute keinen Unterricht, Clarice? Sie sind doch noch in der Schule, oder?«

»Ja. Ja, bin ich.«

Starlings spätes Betreten des Klassenzimmers wurde nicht von Gracie Pitman erleichtert, der jungen Frau, die sie in der Dusche verdrängt hatte. Gracie Pitman saß direkt hinter Starling. Es schien ein langer Weg zu ihrem Platz. Gracie Pitmans Zunge hatte Zeit für zwei volle Rotationen in ihrer flaumigen Wange, bevor Starling in der Klasse untertauchen konnte.

Ohne Frühstück ließ sie zwei Stunden über ›Gutgläubiger Haftbefehl – die Ausnahme von der ausschließenden Regel bei Fahndung und Festnahme‹ über sich ergehen, bis sie zum Automaten gelangen und sich ein Cola ziehen konnte.

Am Mittag schaute sie in ihrem Briefkasten nach, doch es war keine Nachricht darin. Da kam ihr der Gedanke, wie auch schon bei einigen anderen Gelegenheiten in ihrem Leben, daß starke Frustration fast genau wie die Markenmedizin Fleet's schmeckt, die sie als Kind einnehmen mußte.

An manchen Tagen wacht man verändert auf. Dies war so ein Tag für Starling, daran bestand kein Zweifel. Was sie gestern in der Leichenhalle von Potter gesehen hatte, hatte eine kleine tektonische Verschiebung in ihr bewirkt.

Starling hatte auf einer guten Schule Psychologie und Kriminologie studiert. In ihrem Leben hatte sie einige der abscheulich beiläufigen Methoden gesehen, mit der die Welt Dinge zerbricht. Sie hatte es jedoch nicht wirklich *gewußt*, und nun wußte sie: Manchmal erzeugt die Menschenfamilie hinter einem menschlichen Gesicht einen Geist, dessen Vergnügen das ist, was auf dem Porzellantisch in Potter, West Virginia, lag, in dem Raum mit den Zentifolien. Starlings erste Vorstellung von diesem Geist war schlimmer als alles, was sie auf der Autopsiewaage sehen könnte. Das Wissen würde für immer auf ihrer Seele lasten, und sie wußte, daß sie eine Hornhaut bilden mußte, andernfalls würde es sie zermürben.

Die Unterrichtsroutine half ihr nicht. Den ganzen Tag lang hatte sie das Gefühl, daß alles nur knapp über dem Horizont weiterlief. Sie schien ein unermeßliches Murmeln an Ereignissen zu hören, wie das Geräusch aus einem fernen Stadion. Andeutungen von

Bewegung versetzten sie in Unruhe, auf dem Gang vorbeischlendernde Gruppen, über ihr dahinziehende Wolkenschatten, das Geräusch eines Flugzeugs.

Nach dem Unterricht rannte Starling zu viele Runden, und dann schwamm sie. Sie schwamm, bis sie an die Wasserleichen dachte, und dann wollte sie das Wasser nicht mehr auf ihrer Haut spüren.

Mit Mapp und einem Dutzend anderer Studenten schaute sie sich im Freizeitraum die 19-Uhr-Nachrichten an. Die Entführung von Senatorin Martins Tochter war nicht das Hauptthema, sondern kam erst nach den Genfer Rüstungsgesprächen.

Man zeigte einen Film aus Memphis, der mit dem Straßenschild der Stonehinge Villas begann, über das sich drehende Licht eines Streifenwagens aufgenommen. Die Medien stellten die Story groß heraus, und da es kaum Neues zu berichten gab, interviewten Reporter sich gegenseitig auf dem Parkplatz in Stonehinge. Die Behörden von Memphis und Shelby County zogen die Köpfe vor Wällen ungewohnter Mikrofone ein. In einer drängelnden, quietschenden Hölle aus aufflammenden Kameras und Audiofeedbacks führten sie die Dinge auf, die sie nicht wußten. Standfotografen duckten sich und schossen wild irgendwelche Bilder. Jedesmal liefen sie rückwärts in die Fernsehminikameras, wenn Ermittler Catherine Baker Martins Apartment betraten oder verließen.

Ein ironischer Hochruf wurde im Freizeitraum der Akademie laut, als Crawfords Gesicht kurz im Fenster des Apartments auftauchte. Starling verzog den Mundwinkel zu einem Lächeln.

Sie überlegte, ob Buffalo Bill zusah. Sie überlegte, was er von Crawfords Gesicht hielt oder ob er überhaupt wußte, wer Crawford war.

Andere schienen ebenfalls der Meinung zu sein, daß Buffalo Bill sich das ansah.

Da war Senatorin Martin, live im Fernsehen mit Peter Jennings. Sie stand allein im Schlafzimmer ihres Kindes, vor einer Wand mit einem Wimpel der Southwestern University und Wile E. Coyote und den Zusatzartikel für Gleichberechtigung unterstützenden Postern.

Sie war eine große Frau mit einem starken, klaren Gesicht.

»Ich spreche nun zu der Person, die meine Tochter gefangenhält«, sagte sie. Sie ging dichter an die Kamera heran, wodurch diese unvorhergesehenerweie neu eingestellt werden mußte, und sprach, wie sie nie zu einem Terroristen gesprochen hätte.

»Sie haben die Macht, meine Tochter unversehrt freizulassen. Sie heißt Catherine. Sie ist sehr sanft und verständig. Bitte lassen Sie meine Tochter gehen, bitte lassen Sie sie unversehrt frei. Sie haben die Kontrolle über diese Situation. Sie haben die Macht. Sie haben die Verantwortung. Ich weiß, daß Sie Liebe und Mitleid empfinden können. Sie können sie vor allem schützen, was ihr unter Umständen Schaden zufügen könnte. Sie haben jetzt eine wunderbare Gelegenheit, der ganzen Welt zu zeigen, daß Sie zu großer Güte fähig sind, daß Sie stark genug sind, andere besser zu behandeln, als Sie von der Welt behandelt worden sind. Sie heißt Catherine.«

Senatorin Martins Blick schwenkte von der Kamera weg, als das Bild zu einem Amateurfilm über ein Kleinkind wechselte, das sich dadurch beim Gehen half, daß es sich an der Mähne eines großen Collies festhielt.

Die Stimme der Senatorin fuhr fort: »Der Film, den Sie jetzt sehen, zeigt Catherine als kleines Kind. Lassen Sie Catherine frei. Lassen Sie Catherine irgendwo in diesem Land unversehrt frei, und Sie werden meiner Unterstützung und meiner Freundschaft sicher sein.«

Nun eine Reihe von Standfotos – Catherine Martin im Alter von acht, wie sie die Ruderpinne eines Segelboots hielt. Das Boot war aufgebockt, und ihr Vater strich den Rumpf. Zwei Fotos jüngeren Datums der jungen Frau, ein Bild in voller Größe und eine Nahaufnahme ihres Gesichts.

Nun zurück zur Senatorin in Großaufnahme: »Ich verspreche Ihnen vor diesem ganzen Land, Sie werden meine rückhaltlose Unterstützung haben, wann immer Sie sie benötigen. Ich bin gut ausgerüstet, um Ihnen zu helfen. Ich bin US-Senatorin. Ich stehe im Dienst des Ausschusses der technischen Versorgungstruppe. Ich bin intensiv an der Strategischen Verteidigungsinitiative beteiligt, den Weltraumwaffensystemen, die jeder ›Star Wars‹ nennt. Wenn Sie Feinde haben, werde ich sie bekämpfen. Wenn irgend jemand Sie belästigt, kann ich ihm Einhalt gebieten. Sie können mich jederzeit, Tag oder Nacht, anrufen. Catherine heißt meine Tochter. Bitte, zeigen Sie uns Ihre Stärke«, sagte Senatorin Martin abschließend, »lassen Sie Catherine unversehrt frei.«

»Mann, ist das schlau«, sagte Starling. Sie zitterte wie ein Terrier. »Jesus, ist das schlau.«

»Was, der Star Wars?« sagte Mapp. »Wenn die Außerirdischen versuchen, Buffalo Bills Gedanken von einem anderen Planeten aus zu kontrollieren, kann Senatorin Martin ihn schützen – ist das der Sinn?«

Starling nickte. »Viele paranoide Schizophreniker haben diese spezielle Halluzination – Kontrolle durch außerirdische Wesen. Wenn Bill so geartet ist, läßt er sich durch diese Methode vielleicht hervorlocken. Es ist jedoch ein verdammt guter Schuß, und sie hat da oben gestanden und hat ihn abgefeuert, nicht wahr? Zumindest könnte es Catherine ein paar weitere Tage einbringen. Sie haben vielleicht Zeit, ein bißchen an Bill zu arbeiten. Oder vielleicht auch nicht; Crawford ist der Meinung, seine Zeitspanne würde kürzer. Sie können dies *versuchen*, sie können andere Dinge versuchen.«

»Nichts, was ich *nicht* versuchen würde, wenn er eins von meinen Kindern hätte. Warum hat sie in einem fort ›Catherine‹ gesagt, warum die ganze Zeit den Namen?«

»Sie versucht, Buffalo Bill dazu zu bringen, Catherine als Person zu sehen. Sie glauben, er wird sie entpersönlichen, er wird sie als Objekt ansehen müssen, bevor er sie in Stücke reißen kann. Serienmörder sprechen in Gefängnisinterviews darüber, manche von ihnen. Sie sagen, es sei, als bearbeite man eine Puppe.«

»Hast du Crawford hinter Senatorin Martins Erklärung gesehen?«

»Vielleicht, oder vielleicht Dr. Bloom – da ist er«, sagte Starling. Auf dem Bildschirm war ein einige Wochen zuvor aufgenommenes Interview mit Dr. Alan Bloom von der University of Chicago über das Thema Mordserien zu sehen.

Dr. Bloom weigerte sich, Buffalo Bill mit Francis Dolarhyde oder Garrett Hobbs oder irgendeinem der anderen Serientäter seines Wissens zu vergleichen. Er lehnte es ab, den Begriff ›Buffalo Bill‹

zu benutzen. Eigentlich sagte er überhaupt nicht viel, aber er war als Experte bekannt, wahrscheinlich *der* Experte auf dem Gebiet, und die Sendergruppe wollte sein Gesicht zeigen.

Man verwendete seine abschließende Erklärung gleichzeitig als Schlußlicht des Berichts: »Es gibt nichts, womit wir ihm drohen können, das schrecklicher ist, als das, dem er jeden Tag ins Auge sieht. Was wir tun *können*, ist, ihn zu bitten, zu uns zu kommen. Wir können ihm freundliche Behandlung und Erleichterung versprechen, und wir meinen es absolut und aufrichtig.«

»Könnten wir nicht alle etwas Erleichterung brauchen«, sagte Mapp. »Soll mich der Teufel holen, wenn ich nicht selbst etwas Erleichterung gebrauchen könnte. Raffinierte Benebelung und oberflächlicher Scheiß, herrlich! Er hat ihnen nichts gesagt, aber wahrscheinlich hat er auch Bill nicht sehr in Aufruhr versetzt.«

»Ich kann eine Zeitlang aufhören, über das Mädchen in West Virginia nachzudenken«, sagte Starling, »sie verschwindet für, sagen wir, jeweils eine halbe Stunde, und dann sticht es mich in der Kehle. Glitzernagellack auf ihren Nägeln – ich will nicht ins Detail gehen.«

Mapp kramte unter ihren vielen Leidenschaften und heiterte Starlings düstere Stimmung beim Abendessen dadurch auf, daß sie Schrägreime in den Werken von Stevie Wonder und Emily Dikkinson verglich; andere Zuhörer waren gleichermaßen fasziniert.

Auf dem Weg zurück in ihr Zimmer holte Starling hastig eine Nachricht aus ihrem Fach und las dies: *Bitte Albert Roden anrufen*, dazu eine Telefonnummer.

»Das beweist nur meine Theorie«, sagte sie zu Mapp, als sie mit ihren Büchern auf ihre Betten plumpsten.

»Und die wäre?«

»Du lernst zwei Typen kennen, okay? Der Falsche wird dich die ganze gottverdammte Zeit anrufen.«

»Was ich immer sage.«

Das Telefon klingelte.

Mapp berührte mit dem Bleistift ihre Nasenspitze. »Wenn das Hot Bobby Lowrance ist, würdest du ihm bitte sagen, ich sei in der Bücherei?« sagte Mapp. »Sag ihm, ich würde ihn morgen anrufen.«

Es war Crawford, der von einem Flugzeug aus anrief; seine Stimme kam kratzend über die Leitung. »Starling, packen Sie für zwei Nächte und treffen Sie mich in einer Stunde.«

Sie dachte, er sei weg, in der Leitung war nur ein hohles Summen, dann kam seine Stimme abrupt zurück »– das Köfferchen brauchen Sie nicht, nur Kleidung.«

»Wo treffe ich Sie?«

»Im Smithsonian.« Er begann mit jemand anderem zu reden, bevor er auflegte.

»Jack Crawford«, sagte Starling und warf ihre Tasche mit einem Ruck aufs Bett.

Mapp tauchte über dem Rand ihres *Federal Code of Criminal Procedure* auf. Sie sah Starling beim Packen zu; ein Lid hing schlaff über einem ihrer großen dunklen Augen herab.

»Ich möchte dich geistig nicht belasten«, sagte sie.

»Doch«, entgegnete Starling. Sie wußte, was gleich kam.

Mapp hatte ihr Jurastudium an der University of Maryland mit Auszeichnung beendet, obwohl sie nachts gejobbt hatte. Sie hatte einen guten akademischen Ruf an der Akademie und war die Zweitbeste ihrer Klasse; ihre Haltung den Büchern gegenüber war reine Angriffslust.

»Du sollst morgen das Examen über das Strafgesetzbuch ablegen und in zwei Tagen den polizeilichen Eignungstest machen. Vergewissere dich, daß Supremo Crawford weiß, daß du wieder von vorn anfangen mußt, wenn er nicht vorsichtig ist. Sobald er sagt: ›Gute Arbeit, Auszubildende Starling‹, sag du bloß nicht: ›Das Vergnügen war ganz meinerseits.‹ Du sagst ihm knallhart in sein altes Osterinselgesicht: ›Ich zähle auf Sie, *persönlich* dafür zu sorgen, daß ich nicht repetieren muß, weil ich den Unterricht verpaßt habe.‹ Kapierst du, was ich sage?«

»Ich kann eine Nachprüfung über das Strafgesetzbuch ablegen«, sagte Starling und öffnete eine Haarklammer mit den Zähnen.

»Ganz recht, und ohne Zeit zum Studieren rasselst du durch, glaubst du etwa, sie werden dich nicht repetieren lassen? Willst du mir das im Ernst einreden? Mädchen, sie lassen dich die Hintertreppe runtersegeln wie ein totes Osterküken. Dankbarkeit hat eine kurze Halbwertzeit, Clarice. Bring ihn dazu, daß er sagt, *keine Wiederholung*. Du hast gute Noten – bring ihn dazu, daß er es sagt. Ich würde nie wieder eine Zimmergenossin finden, die so schnell bügeln kann wie du, eine Minute vor Unterrichtsbeginn.«

Zügig steuerte Starling ihren alten Pinto die vierspurige Fahrbahn hoch, einen Kilometer pro Stunde unter der Geschwindigkeit, wo das Flattern der Vorderräder einsetzt. Der Geruch von heißem Öl und Moder, das Klappern unter dem Chassis, das Wimmern der Triebwelle – in all dem schwangen leise Erinnerungen an den kleinen Lieferwagen ihres Vaters mit, ihre Erinnerungen daran, neben ihm mit ihren herumtobenden Geschwistern dahinzufahren.

Nun saß sie am Steuer und fuhr durch die Nacht, und die weißen Striche huschten blip blip blip unter ihr weg. Sie hatte Zeit zum Denken. Ihre Ängste hauchten sie von dicht hinter ihrem Nacken aus an; andere, jüngere Erinnerungen bedrängten sie direkt neben ihr.

Starling hatte große Angst, daß man Catherine Baker Martins Leiche gefunden hatte. Als Buffalo Bill entdeckte, wer sie war, war er vielleicht in Panik geraten. Er hatte sie vielleicht umgebracht und ihren Körper mit einem Insekt im Hals abgeladen.

Vielleicht brachte Crawford das Insekt zum Identifizieren. Warum sonst würde er sie im Smithsonian treffen wollen? Doch jeder x-beliebige Agent konnte ein Insekt ins Smithsonian bringen, ein FBI-Bote konnte es tun, was das betraf. Und er hatte ihr gesagt, sie solle für zwei Tage packen.

Sie konnte verstehen, daß Crawford es ihr nicht über eine ungesicherte Richtfunkstrecke erklären wollte, doch es war zum Verrücktwerden, so gespannt zu sein.

Sie fand einen reinen Nachrichtensender im Radio und wartete das Ende des Wetterberichts ab. Die Nachrichten selbst waren keine Hilfe. Die Story aus Memphis war ein Aufguß der 19-Uhr-Nachrichten. Senatorin Martins Tochter war vermißt. Man hatte ihre Bluse im Stil von Buffalo Bill am Rücken entlang aufgeschlitzt gefunden. Keine Zeugen. Das in West Virginia entdeckte Opfer blieb unbekannt.

West Virginia. Unter Clarice Starlings Erinnerungen an die Leichenhalle von Potter war etwas Hartes und Wertvolles. Etwas Haltbares, das von den dunklen Enthüllungen getrennt aufleuchtete. Etwas zum Behalten. Sie erinnerte sich nun absichtlich daran und stellte fest, daß sie es wie einen Talisman drücken konnte. Als sie in der Leichenhalle von Potter am Becken stand, hatte sie Kraft aus einer Quelle geschöpft, die sie überraschte und erfreute – die Erinnerung an ihre Mutter. Starling hatte mit dem durch ihre Brüder weitergereichten Wohlwollen ihres verstorbenen Vaters überlebt; diese neue großzügige Gabe, die sie gefunden hatte, erstaunte und bewegte sie.

Sie parkte den Pinto in der Tiefgarage des FBI-Hauptquartiers an der Zehnten und Pennsylvania. Auf dem Bürgersteig waren zwei Fernsehteams aufgestellt, deren Reporter im Scheinwerferlicht zu gepflegt aussahen. Sie waren dabei, mit dem J. Edgar Hoover Building im Hintergrund Berichte zu rezitieren. Starling ging den Lichtern aus dem Weg und marschierte die zwei Blocks zum Smithsonian's National Museum für Naturgeschichte.

Hoch oben in dem alten Gebäude konnte sie ein paar erhellte Fenster sehen. Ein Dienstwagen der Bezirkspolizei von Baltimore war in der halbkreisförmigen Auffahrt geparkt. Dahinter wartete Crawfords Fahrer Jeff am Steuer eines neuen Überwachungswagens. Als er Starling kommen sah, sprach er in ein Handfunkgerät.

18. Kapitel

Der Aufseher brachte Clarice Starling zur zweiten Ebene über dem großen ausgestopften Elefanten des Smithsonian. Die Fahrstuhltür öffnete sich auf jenes weite halbdunkle Stockwerk. Crawford wartete dort allein, die Hände in den Taschen seines Regenmantels.

»'n Abend, Starling.«

»Hallo«, sagte sie.

Über ihre Schulter sagte Crawford zum Aufseher: »Von hier aus finden wir allein weiter, Officer, danke.«

Crawford und Starling gingen nebeneinander einen schmalen Gang zwischen den aufgestapelten Tabletts und Kästen mit anthropologischen Museumsstücken entlang. Einige Deckenlampen waren an, nicht viele. Als Starling mit ihm die für einen Campusspaziergang typische Haltung einnahm – leicht gekrümmt und nachdenklich –, wurde ihr bewußt, daß Crawford ihr die Hand auf die Schulter legen wollte, daß er es getan hätte, wenn es ihm möglich gewesen wäre, sie zu berühren.

Sie wartete darauf, daß er etwas sagte. Schließlich blieb sie stehen, steckte ebenfalls die Hände in die Taschen, und im Schweigen der Gebeine sahen sie einander über den Gang hinweg an.

Crawford lehnte den Kopf nach hinten gegen einen der Kästen und atmete tief durch die Nase ein. »Catherine Martin ist wahrscheinlich noch am Leben«, sagte er.

Starling nickte und hielt den Kopf nach dem letzten Nicken gesenkt. Vielleicht fände er es leichter, zu reden, wenn sie ihn nicht anschaute. Er war ruhig, doch etwas hatte Macht über ihn. Starling fragte sich in dem Moment, ob seine Frau gestorben sei. Vielleicht rührte es aber auch daher, den ganzen Tag mit Catherines bekümmerter Mutter verbracht zu haben.

»Memphis war ein ziemlicher Schlag«, sagte er. »Er hat sie auf dem Parkplatz erwischt, glaube ich. Keiner hat es gesehen. Sie ging in ihr Apartment, und dann kam sie aus irgendeinem Grund wieder heraus. Sie hatte nicht vor, lang draußen zu bleiben – sie ließ die Tür angelehnt und den Sicherheitsriegel eingeschnappt, damit die Tür nicht hinter ihr ins Schloß fallen würde. Ihre Schlüssel lagen auf dem Fernseher. Drinnen nichts in Unordnung gebracht. Ich glaube nicht, daß sie lang in der Wohnung war. Sie kam nicht mal bis zum Anrufbeantworter im Schlafzimmer. Das Nachrichtenlicht blinkte noch, als ihr bescheuerter Freund endlich die Polizei anrief.« Träge ließ Crawford die Hand in ein Tablett mit Knochen sinken und zog sie schnell wieder heraus.

»Jetzt hat er sie also, Starling. Die Sendernetze haben sich damit einverstanden erklärt, keinen Countdown bei den Abendnachrichten zu bringen – Dr. Bloom meint, es würde ihn anstacheln. Ein paar Regenbogenblätter werden es trotzdem tun.«

Bei einer vorhergehenden Entführung waren am Rücken aufgeschlitzte Kleidungsstücke so rechtzeitig gefunden worden, daß man ein Buffalo Bill-Opfer identifizieren konnte, während er die Frau noch lebendig gefangen hielt. Starling erinnerte sich an den schwarzumrandeten Countdown auf den Titelseiten der Schundblätter, der achtzehn Tage erreichte, bevor die Leiche im Wasser entdeckt wurde.

»Catherine Martin wartet nun also in Bills Künstlerzimmer, Starling, und wir haben vielleicht eine Woche. Das bedeutet höchstens – Bloom glaubt, seine Zeitspanne würde allmählich kürzer.«

Das schien eine lange Rede für Crawford. Der theatralische Hinweis auf das ›Künstlerzimmer‹ roch nach Scheiß. Starling wartete darauf, daß er zur Sache kam, und das tat er dann auch.

»Diesmal aber, Starling, *diesmal* haben wir vielleicht ein bißchen Schwein.«

Wachsam und hoffnungsvoll sah sie ihn von unten herauf an.

»Wir haben ein weiteres Insekt. Ihre Jungs, Pilcher und dieser... andere.«

»Roden.«

»Sie arbeiten gerade daran.«

»Wo war es – Cincinnati? – das Mädchen im Kühlraum?«

»Nein. Kommen Sie, und ich zeig's Ihnen. Mal sehen, was Sie davon halten.«

»Zur Entomologie geht's in die andere Richtung, Mr. Crawford.«

»Ich weiß«, erwiderte er.

Sie bogen um die Ecke zur Tür der Abteilung für Anthropologie. Durch das Milchglas drangen Licht und Stimmen. Sie ging hinein.

Drei Männer in Laborkitteln arbeiteten an einem Tisch in der Mitte des Raums unter einer hellen Lampe. Starling konnte nicht erkennen, was sie taten. Jerry Burroughs von der Abteilung für Verhaltensforschung blickte ihnen über die Schulter und machte auf einer Cliptafel Notizen. Ein vertrauter Geruch hing im Raum.

Dann bewegte einer der Männer in Weiß sich, um etwas in das Becken zu legen. Und nun konnte sie richtig sehen.

In einem Tablett aus rostfreiem Stahl auf dem Arbeitstisch war ›Klaus‹, der Kopf, den sie im Split City Mini-Storage gefunden hatte.

»Klaus hatte das Insekt im Hals«, sagte Crawford. »Sekunde noch, Starling. Jerry, sprichst du mit dem Funkraum?«

Burroughs las gerade von seiner Cliptafel ins Telefon ab. Er legte die Hand über die Sprechmuschel. »Yeah, Jack, sie machen gerade die Fotos von Klaus fertig.«

Crawford nahm ihm den Hörer ab. »Bobby, warte nicht auf Interpol. Besorg dir ein Faxgerät und übersende die Fotos jetzt gleich, zusammen mit dem Autopsiebefund. Skandinavische Länder, Westdeutschland, Holland. Vergiß nicht anzugeben, daß Klaus ein Matrose der Handelsmarine sein könnte, der desertiert ist. Erwähne, daß ihr staatlicher Gesundheitsdienst vielleicht eine Forderung für die Backenknochenfraktur vorliegen hat. Nenn es den, wie heißt es gleich, den Jochbogen. Und daß du mir beide Zahnkarten übersendest, die universelle und die von der Bundeszahnkartei. Sie sind mit einer Altersangabe versehen, aber weise ausdrücklich darauf hin, daß es eine grobe Schätzung ist – man kann dafür nicht von den Schädelnähten ausgehen.« Er gab Burroughs den Hörer zurück. »Wo ist Ihr Zeug, Starling?«

»Im Aufseherbüro unten.«

»John Hopkins hat das Insekt gefunden«, sagte Crawford, als

sie auf den Fahrstuhl warteten. »Sie untersuchten den Kopf für die Bezirkspolizei von Baltimore. Es war im Hals, genau wie bei dem Mädchen in West Virginia.«

»Genau wie West Virginia.«

»Gut gemacht, Starling. John Hopkins hat es gegen sieben Uhr heute abend gefunden. Der Staatsanwalt von Baltimore hat mich im Flugzeug angerufen. Sie haben das Ganze, Klaus samt Inhalt, rübergeschickt, damit wir es *in natura* sehen konnten. Außerdem wollten sie eine Meinung von Dr. Angel über Klaus' Alter, und wie alt er war, als er sich den Backenknochen brach. Sie ziehen das Smithsonian genauso zu Rate wie wir.«

»Ich muß mich ganz kurz damit befassen. Sie behaupten, Buffalo Bill habe vielleicht *Klaus* umgebracht? Vor Jahren?«

»Scheint es weit hergeholt, ein zu großer Zufall?«

»Genau in dieser Sekunde, ja.«

»Verdauen Sie es eine Minute.«

»Dr. Lecter hat mir erklärt, wo ich Klaus finden könne«, sagte Starling.

»Ja.«

»Dr. Lecter hat mir erklärt, sein Patient, Benjamin Raspail, hätte behauptet, Klaus getötet zu haben. Lecter hat aber gesagt, seiner Meinung nach sei es wahrscheinlich zufällige erotische Asphyxie.«

»Das hat er gesagt.«

»Sie glauben also, Dr. Lecter weiß genau, wie Klaus gestorben ist, und es war nicht Raspail, und es war keine erotische Asphyxie?«

»Klaus hatte ein Insekt im Hals, das Mädchen in West Virginia hatte ein Insekt im Hals. Ich habe das nirgendwo sonst gesehen. Nie darüber gelesen, nie davon gehört. Was meinen Sie?«

»Ich meine, Sie hätten mir gesagt, ich solle für zwei Tage packen. Sie wollen, daß ich Dr. Lecter frage, nicht wahr?«

»Sie sind diejenige, mit der er redet, Starling.« Crawford sah ganz traurig aus, als er sagte: »Sie sind vermutlich mit dabei.«

Sie nickte.

»Wir sprechen auf dem Weg zur Anstalt«, sagte er.

19. Kapitel

»Dr. Lecter hatte jahrelang eine große psychiatrische Praxis, bevor wir ihn der Morde wegen festnahmen«, sagte Crawford. »Er nahm Unmengen psychiatrischer Beurteilungen für die Gerichte von Maryland und Virginia und für einige andere entlang der Ostküste vor. Er hat sehr viele der geistesgestörten Straftäter gesehen. Wer weiß, was er, nur aus Spaß, entfesselt hat? Das ist eine Möglichkeit, wie er es wissen könnte. Außerdem kannte er Raspail gesellschaftlich, und Raspail hat ihm in der Therapie einiges erzählt. Vielleicht hat Raspail ihm gesagt, wer Klaus umgebracht hat.«

Crawford und Starling saßen einander auf Drehstühlen hinten im Überwachungswagen gegenüber, während sie auf der US 95 in Richtung Norden nach Baltimore, siebenunddreißig Meilen entfernt, rasten. Jeff im Fahrerabteil hatte deutlich Anweisungen, aufs Gas zu drücken.

»Lecter bot an, zu helfen, und ich wollte davon nichts wissen. Ich habe schon einmal seine Hilfe genießen dürfen. Er gab uns nichts Nützliches, doch er half Will Graham insofern, daß dieser letztes Mal ein Messer durchs Gesicht gerammt bekam. Aus Spaß. Aber ein Insekt in Klaus' Hals, ein Insekt im Hals des Mädchens in West Virginia, das kann ich nicht ignorieren. Alan Bloom hat nie zuvor von diesem besonderen Akt gehört, und ich auch nicht. Ist Ihnen das je begegnet, Starling? Sie haben die Literatur doch nach mir gelesen.«

»Niemals. Andere Gegenstände einzuführen, ja, aber niemals ein Insekt.«

»Für den Anfang zwei Dinge. Erstens, wir gehen von der Voraussetzung aus, daß Dr. Lecter wirklich etwas Konkretes weiß. Zweitens, wir erinnern uns, daß Lecter nur auf Spaß aus ist. Vergessen Sie niemals den Spaß. Er muß wollen, daß man Buffalo Bill festnimmt, während Catherine Martin noch am Leben ist. Der ganze Spaß und die ganzen Vorteile müssen in dieser Richtung liegen. Wir haben nichts, womit wir ihm drohen können – er hat bereits seinen Toilettensitz und seine Bücher verloren. Damit bleibt ihm nichts mehr.«

»Was würde passieren, wenn wir ihm die Situation einfach erklärten und ihm etwas anböten – eine Zelle mit einem Ausblick. Danach hat er gefragt, als er seine Hilfe anbot.«

»Er hat angeboten, *zu helfen*, Starling. Er hat nicht angeboten, jemanden zu verpfeifen. Jemanden zu verpfeifen, würde ihm nicht genügend Möglichkeit bieten, sich aufzuspielen. Sie zweifeln daran. Sie ziehen die Wahrheit vor. Hören Sie, Lecter hat es nicht eilig. Er hat dies verfolgt, als sei es Baseball. Wenn wir ihn bitten, jemanden zu verpfeifen, wird er abwarten. Er wird es nicht sofort tun.«

»Sogar für eine Belohung nicht? Etwas, das er nicht bekommen wird, wenn Catherine Martin stirbt?«

»Angenommen, wir erklären ihm, wir *wüßten*, daß er Informationen hat, und wir wollten, daß er jemanden verpfeift. Er hätte den größten Spaß, wenn er wartete und so tun würde, als versuchte er, sich Woche um Woche zu erinnern, und dadurch Senatorin Martins Hoffnungen nährte und Catherine sterben ließe und dann die nächste Mutter und die übernächste quälte, ihre Hoffnungen nährte, immer gerade kurz davor, sich zu erinnern – das wäre besser, als eine Aussicht zu haben. Von Derartigem lebt er. Es ist seine Nahrung.

Ich bin nicht sicher, ob man beim Älterwerden weiser wird, Starling, aber man lernt, ein bestimmtes Maß an Hölle zu umgehen. Wir können genau an dieser Stelle etwas umgehen.«

»Folglich muß Dr. Lecter denken, daß wir genaugenommen wegen Theorie und Einsicht zu ihm kommen«, sagte Starling.

»Korrekt.«

»Warum haben Sie mir das gesagt? Warum haben Sie mich nicht einfach zu ihm reingeschickt, um ihn auf diese Weise zu fragen?«

»Ich stelle mich mit Ihnen auf gleiche Stufe. Sie werden dasselbe tun, wenn Sie einen Befehl haben. Nichts anderes klappt lange.«

»Also keine Erwähnung des Insekts in Klaus' Hals, kein Zusammenhang zwischen Klaus und Buffalo Bill.«

»Nein. Sie sind zu ihm zurückgekommen, weil Sie so beeindruckt waren, daß er vorhersagen konnte, daß Buffalo Bill mit Skalpieren beginnen würde. Offiziell lasse ich ihn fallen, und Alan Bloom ebenfalls. Ich lasse jedoch Sie damit herummachen. Sie haben ein Angebot für einige Privilegien – Zeug, daß nur jemand, der so mächtig ist wie Senatorin Martin, für ihn erhalten könnte. Er muß glauben, daß er sich beeilen solle, weil das Angebot endet, wenn Catherine stirbt. Die Senatorin verliert gänzlich das Interesse an ihm, wenn das passiert. Und wenn er es nicht fertigbringt, dann deshalb, weil er nicht klug und gut genug unterrichtet ist, um das zu tun, was er behauptete – nicht aus dem Grund, weil er durchhält, um uns eins auszuwischen.«

»*Wird* die Senatorin das Interesse verlieren?«

»Wäre besser, wenn Sie unter Eid sagen könnten, daß Sie die Antwort auf diese Frage nie gekannt haben.«

»Ich verstehe.« Senatorin Martin hatte man also nicht davon unterrichtet. Dazu waren Nerven nötig. Offensichtlich fürchtete Crawford ein Einmischen, fürchtete, daß die Senatorin den Fehler beginge, sich an Dr. Lecter zu wenden.

»Verstehen Sie *wirklich*?«

»Ja. Wie kann er präzise genug sein, uns zu Buffalo Bill zu lotsen, ohne zu zeigen, daß er besondere Kenntnisse besitzt? Wie kann er das nur mit Theorie und Einsicht tun?«

»Ich weiß nicht, Starling. Er hat lange Zeit gehabt, darüber nachzudenken. Er hat sechs Opfer abgewartet.«

Der Zerhacker im VW-Bus summte und blinkte mit dem ersten einer Reihe von Anrufen, die Crawford bei der FBI-Zentrale angemeldet hatte.

Die nächsten zwanzig Minuten sprach er mit Beamten, die er in der holländischen Staatspolizei und der Königlichen Marechaussee kannte, einem *Overstelojtnant* beim schwedischen Bundesgrenzschutz, der in Quantico studiert hatte, einem persönlichen Bekannten, der Assistent des *Rigspolitichef* der dänischen Staatspolizei war, und er überraschte Starling dadurch, daß er sich mit der Nachtkommandozentrale der belgischen Police Criminelle auf französisch unterhielt. Stets betonte er die dringende Notwendigkeit, Klaus und seine Gefährten schnellstmöglich zu identifizieren. Jeder Zuständigkeitsbereich würde das Ansuchen bereits auf seinem Interpol-Telex haben, doch da ihm nun dank Beziehungen besonderer Nachdruck verliehen worden war, würde es nicht stundenlang im Telex hängen.

Starling konnte erkennen, daß Crawford den VW-Bus wegen seiner Nachrichtentechnik gewählt hatte – er war mit dem neuen Voice Privacy-System ausgerüstet; man konnte Unterhaltungen führen, ohne abgehört zu werden –, doch der Job wäre von seinem Büro aus einfacher gewesen. Hier mußte er seine Notizbücher auf dem winzigen Schreibtisch bei geringem Licht herumjonglieren, und sie verrutschten jedesmal, wenn die Reifen auf eine Unebenheit trafen. Starlings Felderfahrung war gering, doch sie wußte, wie ungewöhnlich es für einen Sektionschef war, bei einem Auftrag wie diesem in einem VW-Bus entlangzudonnern. Er hätte sie über das Funktelefon instruieren können. Sie war froh, daß er es nicht getan hatte.

Starling hatte das Gefühl, daß die Ruhe und Stille in diesem VW-Bus, die für diese Mission zugeteilte Zeit, auf methodische Art und Weise vorzugehen, zu einem hohen Preis erkauft worden waren. Crawford am Telefon zuzuhören, bestätigte dies.

Er sprach gerade mit dem Chef des FBI zu Hause. »Nein, Sir. Sind Sie damit einverstanden?... Wie lang? Nein, Sir. Nein. Kein Abhörgerät, Tommy, das ist meine Empfehlung, ich poche darauf. Ich *will* nicht, daß sie ein Abhörgerät trägt. Dr. Bloom sagt das gleiche. Er sitzt bei Nebel in O'Hare fest. Er kommt, sobald es sich aufklärt. Richtig.«

Dann führte Crawford eine mysteriöse Unterhaltung mit der Nachtschwester bei sich zu Hause. Nach Beendigung des Gesprächs schaute er ungefähr eine Minute lang mit seiner Brille auf dem Knie in seinen Fingern aus dem Spionglasfenster des Überwachungswagens; sein Gesicht sah nackt aus, als die entgegenkommenden Lichter darüberkrochen. Dann setzte er die Brille auf und wandte sich wieder Starling zu.

»Wir haben Lecter für drei Tage. Wenn wir keine Ergebnisse erhalten, nimmt Baltimore ihn in die Mache, bis das Gericht die Erlaubnis zurückzieht.«

»Ihn in die Mache zu nehmen, hat das letztemal nicht funktioniert. Dr. Lecter läßt das nicht so einfach mit sich machen.«

»Was hat er Ihnen nach dem ganzen Umstand gegeben, ein Papierhühnchen?«

»Ein Hühnchen, ja.« Das zerknüllte Origami-Hühnchen war noch in Starlings Handtasche. Sie strich es auf dem kleinen Schreibtisch glatt und ließ es picken.

»Ich gebe der Baltimorer Polizei keine Schuld. Er ist ihr Gefangener. Wenn Catherine als Wasserleiche endet, müssen sie Senatorin Martin sagen können, daß sie alles versucht haben.«

»Wie geht es Senatorin Martin?«

»Sie ist mutig, leidet aber. Sie ist eine intelligente, zähe Frau mit viel Verstand, Starling. Sie würden sie wahrscheinlich mögen.«

»Werden John Hopkins und die Mordkommission von Baltimore County über das Insekt in Klaus' Hals schweigen? Können wir es aus den Zeitungen heraushalten?«

»Mindestens für drei Tage.«

»Das war harte Arbeit.«

»Frederick Chilton oder sonst jemand in der Anstalt können wir nicht trauen«, sagte Crawford. »Wenn Chilton es weiß, weiß es die Welt. Chilton muß wissen, daß Sie da sind. Doch Sie tun einfach der Baltimorer Mordkommission einen Gefallen, wenn Sie versuchen, den Fall Klaus abzuschließen – er hat nichts mit Buffalo Bill zu tun.«

»Und was mache ich spätabends?«

»Das ist die einzige Zeit, die ich Ihnen geben würde. Ich sollte Ihnen vielleicht mitteilen, daß die Sache mit dem Insekt in West Virginia in den Morgenzeitungen erscheint. Das Büro des Coroners in Cincinnati hat es ausposaunt, das ist also kein Geheimnis mehr. Es ist ein vertrauliches Detail, das Lecter von Ihnen bekommen kann, und es macht wirklich nichts, solang er nicht erfährt, daß wir auch eins in Klaus gefunden haben.«

»Was können wir ihm dafür geben?«

»Daran arbeite ich«, sagte Crawford und wandte sich wieder seinen Telefonen zu.

20. Kapitel

Ein großes Badezimmer, weiß gekachelt mit Oberlichtern, und elegantes italienisches Inventar im Kontrast zu freigelegten alten Ziegelsteinen. Ein von hohen Pflanzen umrahmter und mit Kosmetika überhäufter kunstvoll gearbeiteter Toilettentisch; am Spiegel perlten von der Dusche erzeugte Dampftröpfchen. Aus der Dusche ertönte Summen in einer für die schauerliche Stimme zu hohen Tonart. Der Song war Fats Wallers ›Cash for your Trash‹ aus dem Musical *Ain't Misbehavin'*. Manchmal brach die Stimme in Worte aus:

> »Heb all deine alten Zeitungen auf,
> Heb sie auf und stapel sie zu einem Wolkenkratzer,
> DAH DAHDAHDAH DAH DAH DAHDAH DAH
> DAH...«

Jedesmal, wenn die Worte erklangen, kratzte ein kleiner Hund an der Badezimmertür.

Unter der Dusche stand Jame Gumb, Weißer, vierunddreißig, ein Meter fünfundachtzig groß, dreiundneunzig Kilo schwer, braunes Haar und blaue Augen, keine besonderen Merkmale. Er sprach seinen Vornamen wie *James* ohne das *s* aus. Jame. Er bestand darauf.

Nach dem ersten Abspülen rieb Gumb ein Badeöl über Brust und Hinterteil, und für die Teile, die er nicht gern berührte, verwendete er einen Lappen. Seine Beine und Füße waren ein bißchen rauh, doch er fand, daß sie so gehen würden.

Gumb trocknete sich ab, bis seine Haut rosa war, und trug eine gute Hautberuhigungscreme auf. Vor seinem Ganzfigurspiegel hing ein Duschvorhang an einer Stange.

Gumb benutzte den Lappen, um sich seinen Penis und seine Hoden zwischen die Beine zurückzustecken. Er zog den Duschvorhang beiseite und stellte sich vor den Spiegel. Trotz des Reibens, das es in seinen Geschlechtsteilen verursachte, nahm er eine Pose mit verrenkter Hüfte ein.

»Tu was *für* mich, Schätzchen. Tu BALD was für mich.« Er gebrauchte die obere Tonlage seiner von Natur aus tiefen Stimme, und er war überzeugt, daß er darin allmählich besser wurde. Die Hormone, die er eingenommen hatte – eine Zeitlang Premarin und dann, oral, Diäthylstilbestrol –, konnten für seine Stimme nichts bewirken, doch sie hatten das Haar über seinem leichten Ansatz von Brüsten ausgedünnt. Umfangreiche Elektrolyse hatte Gumbs Bart entfernt und seinen Haaransatz zu einem sogenannten Witwenhorn geformt, doch er sah nicht wie eine Frau aus. Er sah wie ein Mann aus, der dazu neigt, mit seinen Nägeln wie auch mit seinen Fäusten und Füßen zu kämpfen.

Ob sein Verhalten ein ernsthafter, unbeholfener Versuch war, als Tunte zu erscheinen, oder ein hassenswertes Sichmokieren darüber, würde bei kurzer Bekanntschaft schwer zu sagen sein, und kurze Bekanntschaften waren die einzigen, die er hatte.

»Was wirst du für miiiich tun?«

Beim Klang seiner Stimme kratzte der Hund an der Tür. Gumb zog seinen Bademantel an und ließ den Hund herein. Er hob die kleine champagnerfarbene Pudelhündin hoch und küßte ihren molligen Rücken.

»Ja-a-a-a. Bist du *am Verhungern,* Precious? Ich auch.«

Er setzte die kleine Hündin vom einen Arm auf den andern, um die Schlafzimmertür zu öffnen. Sie strampelte, um auf den Boden zu gelangen.

»Sekunde nur, Liebste.« Mit der freien Hand hob er einen Mini-14-Karabiner vom Boden neben dem Bett auf und legte ihn über die Kissen. *»Also dann.* Also dann. In einer Minute kriegen wir unser Abendessen.« Er setzte das Hündchen auf den Boden, während er nach seinem Nachtzeug suchte. Erwartungsvoll folgte es ihm in die Küche hinunter.

Jame Gumb nahm drei Fertiggerichte aus seinem Mikrowellenherd. Es gab zwei Hungry Man-Gerichte für ihn selbst und ein Lean Cuisine-Gericht für den Pudel.

Der Pudel fraß gierig sein Hauptgericht und das Dessert und

ließ das Gemüse stehen. Jame Gumb ließ nur die Knochen auf seinen beiden Folienschalen übrig.

Er ließ den kleinen Hund aus der Hintertür hinaus und, seinen Bademantel gegen die Kühle zusammenhaltend, sah er zu, wie dieser sich in dem dünnen Lichtstreifen von der Türöffnung hinhockte.

»Du hast noch nicht Nummer Zwei-eiei gemacht. In Ordnung, ich werd' nicht zugucken.« Er spähte aber heimlich zwischen den Fingern durch. »Oh, *super*, du kleines Luder, bist du nicht eine perfekte Lady? Na los, gehen wir ins Bett.«

Mr. Gumb ging gern ins Bett. Er tat dies mehrmals pro Nacht. Er stand auch gern auf und saß in dem einen oder anderen seiner vielen Zimmer, ohne das Licht einzuschalten, oder arbeitete ein Weilchen in der Nacht, wenn er in einer schöpferischen Phase war.

Er war im Begriff, das Küchenlicht auszuschalten, hielt jedoch, die Lippen umsichtig gespitzt, inne, als er eingehend den Abfall vom Abendessen betrachtete. Er las die drei Folienschalen der Fertiggerichte auf und wischte den Tisch ab.

Ein Schalter oben an der Treppe knipste die Lichter im Keller an. Mit den Schalen machte Jame Gumb sich auf den Weg nach unten. Der kleine Hund winselte in der Küche und stieß mit der Nase die Tür hinter ihm auf.

»In Ordnung, Dummerchen.« Er hob die Pudelhündin hoch und trug sie hinunter. Sie zappelte und beschnüffelte die Schalen in seiner anderen Hand. »Nein, nicht, du hast genug gehabt.« Er setzte sie ab, und sie folgte dicht neben ihm durch den verschachtelten, mehrgeschossigen Keller.

In einem Kellerraum direkt unter der Küche war ein Brunnen, seit langem trocken. Sein Steinrand, mit modernen Brunnenringen und Zement verstärkt, erhob sich sechzig Zentimeter über dem sandigen Boden. Die ursprüngliche hölzerne Schutzplatte, für ein Kind zum Heben zu schwer, war noch an Ort und Stelle. In dem Deckel war eine Klappe, die groß genug war, um einen Eimer hindurch nach unten zu lassen. Die Klappe war offen, und Jame Gumb schabte die Reste von seinen Folienschalen und von der des Hunds hinein.

Die Knochen und Gemüsestückchen verschwanden im Nu in der völligen Schwärze des Brunnens. Der kleine Hund machte Männchen und bettelte.

»Nein, nein, alles weg«, sagte Gumb. »Du bist sowieso zu dick.«

Er stieg die Kellertreppe hoch und flüsterte seinem kleinen Hund dabei »Speckbrot, Speckbrot« zu. Er ließ sich nicht anmerken, ob er den Schrei, noch recht kräftig und normal, gehört hatte, der aus dem schwarzen Loch hochhallte:

»BIIITTE.«

21. Kapitel

Clarice Starling betrat das Baltimore State Hospital für geistesgestörte Straftäter kurz nach 22.00 Uhr. Sie war allein. Starling hatte gehofft, daß auch Dr. Frederick Chilton nicht da sein würde. Doch er erwartete sie bereits in seinem Büro.

Chilton trug ein großkariertes, englisch geschnittenes Sportsakko. Der Doppelschlitz und die Schöße verliehen dem Jackett eine Schößchenwirkung, fand Starling. Sie hoffte zu Gott, daß er sich nicht für sie so angezogen hatte.

Der Raum war kahl vor seinem Schreibtisch, bis auf einen auf dem Boden festgeschraubten geraden Stuhl. Starling stand neben diesem, während ihre Begrüßung in der Luft hing. Sie konnte die kalten, stinkenden Pfeifen in dem Regal neben Chiltons Feuchthaltebehälter riechen.

Dr. Chilton hörte damit auf, seine Franklin Mint-Lokomotiven zu studieren, und wandte sich ihr zu.

»Hätten Sie gern eine Tasse koffeinfreien Kaffee?«

»Nein, danke. Es tut mir leid, Ihren Abend zu unterbrechen.«

»Sie versuchen immer noch, etwas über diese Sache mit dem Kopf herauszufinden«, sagte Dr. Chilton.

»Ja. Vom Büro des Baltimorer Staatsanwalts wurde mir mitgeteilt, daß man mit Ihnen Anordnungen getroffen hätte, Doktor.«

»O ja. Ich arbeite *sehr* eng mit den Behörden hier zusammen, Miß Starling. Arbeiten Sie übrigens an einem Artikel oder an einer Doktorarbeit?«

»Nein.«

»Sind Sie je in einem der Fachjournale veröffentlicht worden?«

»Nein, nie. Dies ist nur ein Auftrag, den ich für die Mordkommission von Baltimore County auf Geheiß des Büros des Bundesstaatsanwalts untersuchen soll. Wir haben sie mit einem ungelösten Fall sitzenlassen und helfen ihr nur, Ordnung zu schaffen.« Starling stellte fest, daß ihre Abneigung gegen Chilton das Lügen vereinfachte.

»Haben Sie eine Wanze, Miß Starling?«

»Habe ich –«

»Tragen Sie eine Mikrofonvorrichtung, um aufzunehmen, was Dr. Lecter sagt? Der Polzeibegriff ist ›Wanze‹, Sie haben ihn bestimmt schon gehört.«

»Nein.«

Dr. Chilton nahm ein kleines Diktaphon von seinem Schreibtisch und legte eine Kassette ein. »Dann tun Sie dies hier in Ihre Handtasche. Ich werde es vom Band übertragen lassen und Ihnen eine Kopie schicken. Sie können es zur Vermehrung Ihrer Notizen verwenden.«

»Nein, das kann ich nicht tun, Dr. Chilton.«

»Warum in aller Welt nicht? Die Baltimorer Behörden haben mich schon die ganze Zeit um meine Analyse von allem gebeten, was Lecter über diese Sache mit Klaus sagt.«

Umgehen Sie Chilton, wenn Sie können, hatte Crawford ihr geraten. *Wir können ihm binnen einer Minute mit einem Gerichtsbeschluß auf den Pelz rücken, aber Lecter wird es riechen. Er kann Chilton durchschauen wie ein elektronisches Abtastgerät.*

»Der Bundesstaatsanwalt meinte, wir sollten es zuerst mit einer zwanglosen Methode versuchen. Wenn ich Dr. Lecter ohne sein Wissen aufnähme und er es herausfände, dann wäre das wirklich das Ende jeglicher Art von Arbeitsatmosphäre, die wir hatten. Dem würden Sie doch sicher beipflichten.«

»Wie würde er es herausfinden?«

Er würde es in den Zeitungen lesen mit allem anderen, was du weißt, du verdammter Idiot. Sie antwortete nicht. »Wenn dies irgendwo laut werden sollte und er unter Eid aussagen muß, wären Sie der erste, der das Material sieht, und ich bin sicher, Sie würden als sachverständiger Zeuge vorgeladen. Momentan versuchen wir nur, einen Hinweis von ihm zu bekommen.«

»Wissen Sie, warum er sich mit Ihnen unterhält, Miß Starling?«

»Nein, Dr. Chilton.«

Er betrachtete jedes Detail in der Unmenge von Zertifikaten und Diplomen an den Wänden hinter seinem Schreibtisch, als führte er eine Stimmzählung durch. Nun eine langsame Drehung zu Starling. »Haben Sie *wirklich* das Gefühl, zu wissen, was Sie tun?«

»Aber sicher.« Starlings Beine waren von zuviel Training wacklig. Sie wollte nicht mit Chilton kämpfen. Sie wollte noch Kraft übrig haben, wenn sie zu Lecter kam.

»Was Sie tun, ist, in mein Krankenhaus zu kommen, um ein Interview durchzuführen, und sich zu weigern, Informationen mit mir zu teilen.«

»Ich handle auf meine Anordnungen hin, Dr. Chilton. Ich habe hier die Nachtnummer des Bundesstaatsanwalts. Besprechen Sie dies bitte mit ihm oder lassen Sie mich meine Arbeit tun.«

»Ich bin kein Gefangenenwächter hier, Miß Starling. Ich komme nachts nicht hier heruntergerannt, um Leute ein und aus zu lassen. Ich hatte eine Karte für *Holiday on Ice.*«

Es kam ihm zu Bewußtsein, daß er *eine* Karte gesagt hatte. In jenem Augenblick sah Starling sein Leben, und er wußte es.

Sie sah seinen kahlen Kühlschrank, die Krümel auf der Schale seines Fertiggerichts, das er allein beim Fernsehen aß, die unbeweglichen Stapel, in denen seine Sachen monatelang blieben, bis er sie bewegte – sie spürte den Schmerz seines ganzen einsamen Lebens hinter seinem asiatisch nichtssagenden Lächeln –, und so schnell wie ein Schnappmesser wußte sie, daß sie ihn nicht verschonen, daß sie nicht weiterreden oder wegschauen durfte. Sie starrte ihm ins Gesicht, und mit einer kaum merklichen Neigung des Kopfes gab sie ihm ihr gutes Aussehen und bohrte ihr Wissen ein, spießte ihn damit auf, wußte, daß er es nicht ertragen konnte, daß die Unterhaltung weiterging.

Er schickte sie mit einem Krankenpfleger namens Alonzo los.

22. Kapitel

Als Starling mit Alonzo durch die Anstalt zum letzten Verlies hinunterging, gelang es ihr, einen Großteil des Türenknallens und des Geschreis auszuschließen, obwohl sie spürte, wie die Luft davon erzitternd an ihrer Haut vorbeistrich. Der Druck auf ihr wurde größer, als würde sie tiefer, immer tiefer durch Wasser sinken.

Die Nähe der Irren – der Gedanke an Catherine Martin, gefesselt und allein mit einem von ihnen, der sie beschnüffelte und sich die Taschen auf seine Werkzeuge hin abklopfte – stärkte Starling für ihre Arbeit. Sie brauchte jedoch mehr als Entschlossenheit. Sie mußte ruhig und still, mußte das schärfste Instrument sein. Angesichts der schrecklichen Notwendigkeit, sich zu beeilen, mußte sie Geduld aufbringen. Wenn Dr. Lecter die Antwort kannte, würde sie sie unter den Ranken seines Denkens verborgen finden müssen.

Starling stellte fest, daß sie an Catherine Baker Martin als das Kind dachte, das sie im Film in den Nachrichten gesehen hatte, das kleine Mädchen im Segelboot.

Alonzo drückte auf den Summer an der letzten schweren Tür.

»Lehret uns, uns zu sorgen und uns nicht zu sorgen, lehret uns, still zu sein.«

»Wie bitte?« fragte Alonzo, und Starling wurde bewußt, daß sie laut gedacht hatte.

Er ließ sie mit dem großen Pfleger zurück, der die Tür öffnete. Als Alonzo sich abwendete, sah sie, wie er sich bekreuzigte.

»Erneut willkommen«, sagte der Pfleger und ließ die Riegel hinter ihr einschnappen.

»Hallo, Barney.«

Ein Taschenbuch war um Barneys massigen Zeigefinger gewikkelt, während er seinen Platz beibehielt. Es war Jane Austens *Vernunft und Gefühl;* Starling war angewiesen, auf alles zu achten.

»Wie wollen Sie das Licht?« fragte er.

Der Korridor zwischen den Zellen war düster. Am anderen

Ende konnte sie helles Licht aus der letzten Zelle auf den Boden scheinen sehen.

»Dr. Lecter ist wach.«

»Nachts immer – selbst wenn sein Licht aus ist.«

»Lassen wir es so, wie es ist.«

»Beim Hinuntergehen in der Mitte bleiben, nicht die Gitter berühren, in Ordnung?«

»Ich möchte diesen Fernseher ausschalten.« Man hatte das Fernsehgerät umgestellt. Es stand am anderen Ende mit dem Bildschirm zur Mitte des Gangs hoch. Einige Insassen konnten es sehen, wenn sie den Kopf gegen die Gitter lehnten.

»Sicher, drehen Sie den Ton ab, aber lassen Sie das Bild, wenn es Ihnen nichts ausmacht. Einige von ihnen schauen einfach gern hin. Der Stuhl ist da drüben, wenn Sie ihn brauchen.«

Starling ging allein den halbdunklen Korridor hinunter. Sie schaute nicht in die Zellen auf beiden Seiten. Ihre Schritte kamen ihr laut vor. Die einzigen anderen Geräusche waren prustendes Schnarchen aus ein oder zwei Zellen und ein leises Kichern aus einer anderen.

Die Zelle des verstorbenen Miggs hatte einen neuen Bewohner. Sie konnte lange Beine auf dem Boden ausgestreckt erkennen, den Scheitel eines gegen die Gitter gelehnten Kopfes. Beim Vorbeigehen sah sie hinein. Ein Mann saß in einem Wust von zerschnipseltem Millimeterpapier auf dem Boden der Zelle. Sein Gesicht war leer. Das Fernsehen spiegelte sich in seinen Augen wider, und ein dünner Speichelfaden verband den Winkel seines Munds mit seiner Schulter.

Sie wollte erst dann in Dr. Lecters Zelle hineinblicken, wenn sie sich sicher war, daß er sie gesehen hatte. Mit einem Jucken zwischen den Schultern ging sie daran vorbei zum Fernseher hin und stellte den Ton ab.

Dr. Lecter trug den weißen Anstaltsschlafanzug in seiner weißen Zelle. Die einzigen Farben in der Zelle waren sein Haar, seine Augen und sein Mund, in einem Gesicht, das so lang keine Sonne gesehen hatte, daß es mit dem Weiß seiner Umgebung verschwomm; seine Züge schienen über dem Kragen seines Hemds zu schweben. Er saß an seinem Tisch hinter dem Nylonnetz, das ihn von den Gittern fernhielt. Er skizzierte auf weichem Einwickelpapier und benutzte seine Hand als Modell. Während sie zusah, drehte er die Hand um, bog die Finger zu großer Spannung und zeichnete die Innenseite des Vorderarms. Er benutzte den kleinen Finger als schattierende Stummel, um eine Holzkohlenlinie abzuändern.

Sie kam ein wenig näher an die Gitter heran, und er schaute hoch. Für Starling stob jeder Schatten in der Zelle in seine Augen und in sein Witwenhorn.

»Guten Abend, Dr. Lecter.«

Die Spitze seiner Zunge wurde sichtbar, ebenso rot wie seine Lippen. Sie berührte seine Oberlippe genau in der Mitte und verschwand wieder im Mund.

»Clarice.«

Sie hörte das leichte metallische Schnarren unter seiner Stimme und überlegte, wie lange es her sein mochte, seit er das letzte Mal etwas gesagt hatte. Schläge des Schweigens...

»Für eine Schulnacht sind Sie noch spät auf«, sagte er.

»Dies ist die Abendschule«, entgegnete sie und wünschte, ihre Stimme wäre kräftiger. »Gestern war ich in West Virginia –«

»Haben Sie sich verletzt?«

»Nein, ich –«

»Sie tragen ein frisches Pflaster, Clarice.«

Da fiel es ihr ein. »Ich hab' mir heute beim Schwimmen einen Kratzer an der Seite des Pools geholt.« Das Pflaster, an ihrer Wade unter ihrer Hose, war nicht zu sehen. Er mußte es riechen. »Ich war gestern in West Virginia. Man hat dort eine Leiche gefunden, Buffalo Bills letzte.«

»Nicht ganz seine *letzte,* Clarice.«

»Seine zweitletzte.«

»Ja.«

»Sie war skalpiert. Genau, wie Sie es vorausgesagt haben.«

»Stört es Sie, wenn ich während unserer Unterhaltung weiter skizziere?«

»Nein, bitte.«

»Sie haben die Überreste in Augenschein genommen?«

»Ja.«

»Hatten Sie seine früheren Bemühungen gesehen?«

»Nein. Nur Bilder.«

»Wie haben Sie sich gefühlt?«

»Besorgt. Dann war ich beschäftigt.«

»Und danach?«

»Erschüttert.«

»Konnten Sie richtig arbeiten?« Dr. Lecter rieb seine Holzkohle am Rand seines Einwickelpapiers, um den Punkt noch mehr zu verfeinern.

»Sehr gut. Ich habe sehr gut gearbeitet.«

»Für Jack Crawford? Oder macht er immer noch Hausbesuche?«

»Er war da.«

»Seien Sie einen Moment nachsichtig gegen mich, Clarice. Würden Sie den Kopf nach vorn hängen lassen, ihn einfach nach vorn hängen lassen, als würden Sie schlafen. Noch eine Sekunde. Danke, jetzt hab' ich's. Nehmen Sie Platz, wenn Sie mögen. Sie haben Jack Crawford erzählt, was ich gesagt habe, bevor man sie entdeckte?«

»Ja. Er hat es als ziemlich unwichtig abgetan.«

»Und nachdem er die Leiche in West Virginia gesehen hat?«

»Er sprach mit seinem Hauptsachverständigen, von der University of –«

»Alan Bloom.«

»Das stimmt. Dr. Bloom sagte, Buffalo Bill verwirkliche eine Person, die die Zeitungen erfunden haben, die Sache mit dem Skalpieren seitens Buffalo Bills, mit der die Boulevardpresse herumgespielt hat. Dr. Bloom sagte, jeder könne sehen, daß das käme.«

»Dr. Bloom sah das kommen?«

»Das hat er behauptet.«

»Er hat es kommen sehen, aber er hat es für sich behalten. Ich verstehe. Was meinen Sie, Clarice?«

»Ich bin nicht sicher.«

»Sie haben einige Kenntnisse in Psychologie, einige in Gerichtsmedizin. Wo die beiden zusammenfließen, da fischen Sie doch, oder? Irgendwas gefangen, Clarice?«

»Bislang läuft es ziemlich langsam.«

»Was sagen Ihnen Ihre beiden Wissenschaftszweige über Buffalo Bill?«

»Den Büchern zufolge ist er ein Sadist.«

»Das Leben ist zu schlüpfrig für Bücher, Clarice; Zorn zeigt sich als Lust, Lupus präsentiert sich als Nesselausschlag.« Dr. Lecter hörte damit auf, seine linke Hand mit der rechten zu skizzieren, nahm die Holzkohle in die andere Hand und begann, mit der linken Hand Skizzen von seiner rechten zu machen, und dies genauso gut. »Meinen Sie Dr. Blooms Buch?«

»Ja.«

»Sie haben darin über mich nachgelesen, nicht wahr?«

»Ja.«

»Wie hat er mich beschrieben?«

»Als reinen Soziopathen.«

»Würden Sie sagen, daß Dr. Bloom recht hat?«

»Ich warte noch immer auf die Seichtheit des Affekts.«

Dr. Lecters Lächeln enthüllte seine kleinen weißen Zähne. »Wir haben ringsum Experten bei der Hand, Clarice. Dr. Chilton behauptet, Sammie, dort hinter ihnen, sei ein hebephrener Schizoider und unrettbar verloren. Er hat Sammie in Miggs' alte Zelle gesteckt, weil er der Meinung ist, Sammie habe sich von dieser Welt verabschiedet. Wissen Sie, wie Hebephreniker gewöhnlich von uns gehen? Keine Sorge, er wird Sie nicht hören.«

»Sie sind am schwersten zu behandeln«, sagte sie. »Gewöhnlich kommt es bei ihnen zu unheilbarer Zurückziehung und zu Persönlichkeitszerfall.«

Dr. Lecter zog etwas zwischen seinen Blättern weichen Einwickelpapiers heraus und legte es in das Schiebetablett fürs Essen. Starling zog es durch.

»Erst gestern hat Sammie dies mit meinem Abendessen herübergeschickt«, sagte er.

Es war ein mit Buntstift beschriebener Fetzen Millimeterpapier. Starling las:

ICH WIL ZUU JESA GEHN
ICH WIL MID KRIEST GEHN

ICH KANN MID JESA GEHN
WEHN ICH ECH NED BIEN.
SAMMIE

Starling blickte über die rechte Schulter zurück. Sammie saß mit leerem Gesicht an der Wand seiner Zelle, den Kopf gegen die Gitter gelehnt.

»Würden Sie es laut lesen? Er wird Sie nicht hören.«

Starling hub an. »Ich will zu Jesus gehen, ich will mit Christus gehen, ich kann mit Jesus gehen, wenn ich wirklich nett bin.«

»Nein, nein. Sagen Sie das bestimmter, mit mehr Ausdruck, à la ›heißem Erbspüree‹. Das Versmaß variiert, doch die Intensität ist dieselbe.« Lecter klatschte leise den Takt. »Erbspüree *in* dem Topf *neun Tage alt*. Intensiv, sehen Sie. Leidenschaftlich. ›Ich *wil* zu Jesa gehn, Ich *wil* mid Kriest gehn.‹«

»Ich verstehe«, sagte Starling und legte das Papier in den Behälter zurück.

»Nein, Sie verstehen überhaupt nichts.« Dr. Lecter sprang auf, seinen geschmeidigen Körper auf einmal grotesk in einer gnomenhaften Hocke gebogen. Er hüpfte und klatschte den Takt, und seine Stimme klang wie ein Sonar: »Ich *wil* zu Jesa gehn –«

Sammies Stimme dröhnte hinter ihr so plötzlich wie der Husten eines Leopards, lauter als ein Brüllaffe, Sammie auf den Beinen und das Gesicht zwischen die Gitter quetschend, aschgrau und angespannt, die Bänder in seinem Hals deutlich hervortretend:

»ICH *WIL* ZUU JESA GEHN
ICH *WIL* MID KRIEST GEHN
ICH KANN *MID* JESA GEHN,
WENN ICH ECH NED BIIIEN.«

Schweigen. Starling entdeckte, daß sie stand und daß ihr Klappstuhl nach hinten umgekippt war. Ihre Unterlagen waren ihr vom Schoß gefallen.

»Bitte«, sagte Dr. Lecter, wieder aufrecht und graziös wie ein Tänzer, und bat sie, sich zu setzen. Er ließ sich bequem auf seinen Stuhl sinken und legte das Kinn auf die Hand. »Sie verstehen überhaupt nichts«, sagte er erneut. »Sammie ist höchst religiös. Er ist einfach enttäuscht, weil Jesus sich so verspätet. Darf ich Clarice sagen, warum du hier bist, Sammie?«

Sammie packte den unteren Teil seines Gesichts und stoppte dessen Bewegungen.

»Bitte?« sagte Dr. Lecter.

»Iijaaah«, sagte Sammie zwischen den Fingern.

»Sammie hat in der Highway Baptist Church in Trune den Kopf seiner Mutter auf den Kollektenteller gelegt. Sie sangen ›Gib dem Herrn dein Bestes‹, und es war das Schönste, was er hatte.« Lecter sprach über ihre Schulter. »Danke, Sammie. Es ist völlig in Ordnung. Guck fern.«

Ganz wie zuvor sackte der große Mann mit dem Kopf gegen die Gitter auf den Boden. Die Bilder vom Fernsehen krochen über seine Pupillen. Drei Silbersträhnen nun auf seinem Gesicht, Speichel und Tränen.

»Also. Schauen Sie, ob Sie sich seinem Problem widmen können, und vielleicht werde ich mich Ihrem widmen. Quid pro quo. Er hört nicht zu.«

Starling mußte sich sehr anstrengen. »Der Vers wechselt von ›zu Jesus gehen‹ zu ›mit Christus gehen‹«, sagte sie. »Das ist eine logische Folge: hingehen, ankommen, mitgehen.«

»Ja. Es ist eine lineare Weiterentwicklung. Es freut mich besonders, daß er weiß, daß ›Jesa‹ und ›Kriest‹ ein und dasselbe sind. Das ist Fortschritt. Es ist schwer, sich mit dem Gedanken anzufreunden, daß eine einzige Gottheit auch eine Dreieinigkeit ist, besonders für Sammie, der nicht absolut sicher ist, wie viele Personen er selbst ist. Eldridge Cleaver gibt uns die Parabel vom Drei-in-einem-Öl, und wir erachten das als nützlich.«

»Er sieht einen kausalen Zusammenhang zwischen seinem Verhalten und seinen Zielen, das ist strukturiertes Denken«, sagte Starling. »Genauso wie die Tatsache, einen Reim zustande zu bringen. Er ist nicht abgestumpft – er weint. Halten Sie ihn für einen katatonischen Schizoiden?«

»Ja. Können Sie seinen Schweiß riechen? Dieser eigentümliche ziegenartige Geruch ist Hexamethonium. Behalten Sie ihn im Gedächtnis, es ist der Geruch von Schizophrenie.«

»Und Sie glauben, er könne behandelt werden?«

»Besonders jetzt, wo er aus einer stumpfsinnigen Phase herauskommt. Wie seine Wangen leuchten!«

»Dr. Lecter, warum behaupten Sie, daß Buffalo Bill kein Sadist ist?«

»Weil die Zeitungen berichtet haben, daß die Leichen Ligaturmale an den Handgelenken, nicht aber an den Knöcheln hatten. Haben Sie irgendwelche an den Knöcheln der Person in West Virginia gesehen?«

»Nein.«

»Clarice, der Entspannung dienendes Abhäuten wird stets mit dem Opfer umgekehrt hängend durchgeführt, damit der Blutdruck im Kopf und in der Brust länger erhalten wird und die betroffene Person bei Bewußtsein bleibt. Haben Sie das nicht gewußt?«

»Nein.«

»Wenn Sie wieder in Washington sind, gehen Sie in die Nationalgalerie und schauen Sie sich Tizians *Häutung des Marsyas* an, bevor sie es in die Tschechoslowakei zurückschicken. Wunderbar für Einzelheiten, dieser Tizian – sehen Sie sich den hilfsbereiten Pan an, der den Wassereimer herbeibringt.«

»Dr. Lecter, wir haben einige außerordentliche Umstände hier und einige ungewöhnliche Gelegenheiten.«

»Für wen?«

»Für Sie, wenn wir dieses Opfer retten. Haben Sie Senatorin Martin im Fernsehen gesehen?«

»Ja, ich habe die Nachrichten gesehen.«

»Was haben Sie von der Erklärung gehalten?«

»Irrig, aber harmlos. Sie ist schlecht beraten.«

»Senatorin Martin ist sehr mächtig. Und entschlossen.«

»Legen Sie los.«

»Ich glaube, Sie haben außerordentliches Verständnis. Senatorin Martin hat zu verstehen gegeben, daß – wenn Sie uns helfen, Catherine Baker Martin lebend und unversehrt zurückzubekommen – sie Ihnen dabei helfen wird, in eine Bundesanstalt verlegt zu werden, und wenn es eine Zelle mit einer Aussicht gibt, werden Sie sie bekommen. Man wird Sie vielleicht auch bitten, schriftliche psychiatrische Gutachten von neu eingehenden Patienten zu prüfen – mit anderen Worten, ein Job. Keine Lockerung der Sicherheitsvorkehrungen.«

»Das glaube ich nicht, Clarice.«

»Sie sollten es aber.«

»Oh, ich glaube *Ihnen*. Es gibt jedoch mehr Dinge über menschliches Verhalten, von denen Sie keine Ahnung haben, als das, wie anständiges Abbalgen durchgeführt wird. Würden Sie sagen, daß Sie für eine Senatorin der Vereinigten Staaten eine merkwürdige Wahl als Bote abgeben?«

»Ich bin *Ihre* Wahl gewesen, Dr. Lecter. Sie haben es vorgezogen, mit mir zu reden. Hätten Sie jetzt lieber jemand anderen? Vielleicht sind Sie auch gar nicht der Meinung, daß Sie helfen könnten.«

»Das ist sowohl unverschämt als auch unwahr, Clarice. Ich glaube nicht, daß Jack Crawford es zuließe, daß ich je in den Genuß einer Vergünstigung käme... Möglicherweise kann ich Ihnen eine Information liefern, die Sie der Senatorin mitteilen können, doch ich operiere strikt nach dem Motto ›Zahlbar bei Lieferung‹. Vielleicht tausche ich mit einer Information über Sie. Ja oder nein?«

»Wollen wir erstmal die Frage hören.«

»Ja oder nein? Catherine wartet, oder? Lauscht dem Wetzstein? Worum würde sie Sie Ihrer Meinung nach bitten?«

»Wollen wir erstmal die Frage hören.«

»Was ist Ihre schlimmste Kindheitserinnerung?«

Starling holte tief Atem.

»Schneller als das«, sagte Dr. Lecter. »Ich bin nicht an Ihrer schlimmsten *Erfindung* interessiert.«

»Der Tod meines Vaters«, sagte Starling.

»Erzählen Sie's mir.«

»Er war Polizeichef. Eines Nachts überraschte er zwei Einbrecher, Drogensüchtige, die hinten aus dem Drugstore kamen. Beim Aussteigen aus seinem kleinen Lieferwagen spannte er noch den Hahn eines Gewehrs mit halbautomatischem Nachladeschloß, als sie ihn auch schon erschossen.«

»Spannte er den Hahn?«

»Er hat den Schieber nicht voll betätigt. Es war ein altes Gewehr mit halbautomatischem Nachladeschloß, eine Remington 870, und die Patrone blieb in der Patronenkammer stecken. Wenn das passiert, schießt das Gewehr nicht, und man muß es zerlegen, um es zu reinigen. Er muß beim Aussteigen wohl mit dem Schieber an die Tür gestoßen sein.«

»War er sofort tot?«

»Nein. Er war stark. Er hielt einen Monat durch.«

»Haben Sie ihn im Krankenhaus besucht?«

»Dr. Lecter – ja.«

»Nennen Sie mir eine Einzelheit aus dem Krankenhaus, an die Sie sich erinnern.«

Starling schloß die Augen. »Eine Nachbarin kam, eine ältere Frau, unverheiratet, und sie rezitierte das Ende der ›Thanatopsis‹ für ihn. Das war vermutlich alles, was sie zu sagen wußte. Das wär's. Wir haben getauscht.«

»Ja. Sie sind sehr offen gewesen, Clarice. Ich weiß es immer. Ich glaube, es wäre ganz toll, Sie im Privatleben zu kennen.«

»Quid pro quo.«

»War das Mädchen in West Virginia Ihrer Meinung nach zu Lebzeiten körperlich sehr attraktiv?«

»Sie war gut gepflegt.«

»Verschwenden Sie meine Zeit nicht mit Loyalität.«

»Sie war schwer.«

»Groß?«

»Ja.«

»In die Brust geschossen.«

»Ja.«

»Flachbrüstig, nehme ich an.«

»Für ihre Größe, ja.«

»Aber um die Hüften herum groß. Ausladend.«

»Das war sie, ja.«

»Was noch?«

»Sie hatte ein absichtlich im Hals plaziertes Insekt – das ist nicht an die Öffentlichkeit gelangt.«

»War es ein Schmetterling?«

Einen Augenblick stockte ihr der Atem. Sie hoffte, daß er es nicht gehört hatte. »Es war eine Motte«, sagte sie. »Bitte erklären Sie mir, wie Sie das vorausgeahnt haben.«

»Clarice, ich werde Ihnen gleich sagen, wofür Buffalo Bill Catherine Baker Martin braucht, und dann gute Nacht. Bei den gegenwärtigen Bedingungen ist dies mein letztes Wort. Sie können der Senatorin erzählen, was er mit Catherine vorhat, und sie kann mir ein interessanteres Angebot unterbreiten... oder sie kann warten, bis Catherine an der Oberfläche auftaucht, und sehen, daß ich recht hatte.«

»Wofür will er sie, Dr. Lecter?«

»Er will eine Weste mit Titten dran«, sagte Dr. Lecter.

23. Kapitel

Catherine Baker Martin lag fünf Meter unter dem Kellerboden. Die Dunkelheit war laut mit ihrem Atmen, laut mit ihrem Herzschlag erfüllt. Manchmal stand die Angst so auf ihrer Brust, wie ein Trapper einen Fuchs tötet. Manchmal konnte sie überlegen: Sie wußte, daß man sie gekidnappt hatte, doch sie wußte nicht, von wem. Sie wußte, daß sie nicht träumte; im völligen Dunkeln konnte sie das ganz leise Klicken hören, daß ihre Augen machten, wenn sie blinzelte.

Es ging ihr nun besser als zu dem Zeitpunkt, als sie das Bewußtsein wiedererlangt hatte. Der gräßliche Schwindel war größtenteils verflogen, und sie wußte, daß es genügend Luft gab. Sie konnte *unten* von *oben* unterscheiden, und sie hatte ein gewisses Gefühl für die Position ihres Körpers.

Schulter, Hüfte und Knie taten ihr davon weh, gegen den Zementboden gepreßt zu sein, auf dem sie lag. Diese Seite war *unten. Oben* war die rauhe Decke, unter die sie gekrochen war, als das letztemal grelles, blendendes Licht auf sie fiel. Das Hämmern in ihrem Kopf hatte sich nun gelegt, und ihr einziger Schmerz saß in den Fingern ihrer linken Hand. Der Ringfinger war gebrochen, das wußte sie.

Sie trug einen wattierten Overall, der ihr fremd vorkam. Er war sauber und roch nach Weichspüler. Der Boden war ebenfalls sauber bis auf die Hühnerknochen und Gemüsereste, die der, der sie gefangengenommen hatte, in das Loch geschabt hatte. Die einzigen anderen Gegenstände hier unten bei ihr waren der Futon und ein sanitärer Plastikeimer mit einer dünnen an den Henkel gebundenen Schnur. Sie fühlte sich wie Baumwollküchengarn an und führte in die Dunkelheit hoch, so weit sie hinaufreichen konnte.

Catherine Martin konnte sich ungehindert bewegen, doch es fehlte der Platz dazu. Der Boden, auf dem sie lag, war oval, etwa zweieinhalb auf drei Meter, mit einer kleinen Abflußrinne in der

Mitte. Es war der Boden einer tiefen abgedeckten Grube. Nach obenhin neigten die glatten Zementwände sich leicht nach innen.

Nun Geräusche von oben, oder war es ihr Herz? Geräusche von oben. Deutlich drangen Geräusche von oben zu ihr. Das Verließ, in dem sie sich befand, war in dem direkt unter der Küche liegenden Teil des Kellers. Nun Schritte über den Küchenboden und fließendes Wasser. Das Kratzen von Hundekrallen auf Linoleum. Dann nichts, bis eine schwache Scheibe gelben Lichts durch die offene Klappe oben fiel, als die Kellerlichter angingen. Dann grelles Licht in der Grube, und diesmal setzte sie sich ins Licht auf, die Decke über den Beinen, entschlossen, sich umzuschauen, und sie versuchte, durch die Finger zu spähen, während ihre Augen sich anpaßten und ihr Schatten um sie herum schwankte, als ein in die Grube gesenktes Flutlicht hoch oben an seiner Schnur schwang.

Sie fuhr zusammen, als ihr Toiletteneimer sich bewegte, sich hob, an seiner dünnen Schnur nach oben schaukelte und sich langsam drehte, als er zum Licht emporstieg. Sie versuchte ihre Furcht hinunterzuschlucken, bekam zuviel Luft damit in die Kehle, brachte es aber fertig, zu sprechen.

»Meine Familie wird bezahlen«, sagte sie. »Bar. Meine Mutter wird es jetzt bezahlen, keine Frage. Dies ist ihre Privat – *oh!*« Ein flatternder Schatten kam auf sie hinunter, nur ein Handtuch. »Dies ist ihre Privatnummer. 202 –«

»Wasch dich.«

Es war dieselbe schaurige Stmme, die sie mit dem Hund hatte reden hören.

Ein anderer Eimer kam an einer dünnen Leine herunter. Sie roch heißes Seifenwasser.

»Zieh dich aus und wasch dich gründlich, oder ich spritz' dich mit dem Schlauch ab.« Und eine Nebenbemerkung zu dem Hund, als die Stimme verklang: »Ja, natürlich wird es den Schlauch kriegen, nicht wahr, Herzliebling, ja, das *wird* es!«

Catherine Martin hörte die Schritte und die Krallen auf dem Boden über dem Keller. Sie sah nun nicht mehr doppelt wie beim ersten Mal, als die Lichter angingen, sondern klar und deutlich. Wie hoch war der Rand, hing das Flutlicht an einer starken Leine? Konnte sie es mit dem Overall erwischen, etwas mit dem Handtuch schnappen? Verdammt noch mal *irgendwas* tun! Die Wände waren so glatt, eine glatte Röhre nach oben.

Ein Riß im Zement dreißig Zentimeter außerhalb ihrer Reichweite oben war der einzige Makel, den sie erkennen konnte. Sie rollte die Decke so fest zusammen, wie sie konnte, und schnürte die Rolle mit dem Handtuch zu. Sie stellte sich wacklig darauf, langte nach dem Riß, brachte die Fingernägel hinein, um das Gleichgewicht zu halten, und spähte ins Licht hoch. Blinzelte ins Grelle. Es war ein Flutlicht mit einer Schutzblende, nur dreißig Zentimeter in die Grube hinunterhängend, fast drei Meter über ihrer hochgestreckten Hand. Es könnte genauso gut der Mond sein, und da kam er auch schon, die Deckenrolle wackelte, sie kratzte der Balance halber an dem Riß in der Wand, sprang nach unten, und spürte dann etwas, eine Flocke, die an ihrem Gesicht vorbeifiel.

Nun etwas, das am Licht vorbei nach unten kam, ein Schlauch. Nur ein Spritzer eiskalten Wassers, eine Drohung.

»Wasch dich. Gründlich.«

Im Eimer war ein Waschlappen, und im Wasser schwamm eine Plastikflasche mit einer teuren ausländischen Hautberuhigungscreme.

Sie tat wie geheißen, Gänsehaut auf den Armen und Oberschenkeln, die Brustwarzen wund und runzlig in der kühlen Luft, und sie hockte sich so dicht wie möglich an die Wand neben den Eimer mit warmem Wasser und wusch sich.

»Jetzt trockne dich ab und reib dich überall mit der Creme ein. Reib sie überall ein.«

Die Creme war vom Badewasser warm. Durch ihre Feuchtigkeit klebte der Overall an ihrer Haut.

»Jetzt heb deinen Abfall auf und putz den Boden.«

Sie tat auch das, sammelte die Hühnerknochen ein und hob die grünen Erbsen auf. Sie gab alles in den Eimer und tupfte die kleinen Fettflecken auf dem Zement ab. Etwas anderes hier, bei der Wand. Die Flocke, die vom Riß oben heruntergeweht war. Es war ein menschlicher Fingernagel, mit Glitzernagellack bedeckt und weit hinten im lebenden Fleisch abgerissen.

Der Eimer wurde emporgezogen.

»Meine Mutter wird zahlen«, sagte Catherine Martin. »Ohne irgendwelche Fragen. Sie wird Ihnen so viel zahlen, daß Sie alle reich sind. Wenn es sich um eine bestimmte Sache handelt, iranisch oder palästinensisch oder Schwarze Befreiung, wird sie das Geld dafür geben. Sie müssen nur –«

Das Licht ging aus. Jähe und völlige Dunkelheit.

Sie zuckte zusammen und schrie »Ahhhhhh!«, als ihr sanitärer Eimer neben ihr an seiner Schnur aufschlug. Sie setzte sich auf die Decke, und die Gedanken überschlugen sich in ihrem Kopf. Sie glaubte nun, daß der, der sie gefangengenommen hatte, allein, daß er ein weißer Amerikaner war. Sie hatte versucht, den Eindruck zu erwecken, daß sie keine Ahnung hatte, was er sei, von welcher Farbe, ob allein oder zu mehreren, daß ihre Erinnerung an den Parkplatz durch die Schläge auf ihren Kopf ausgelöscht sei. Sie hoffte, daß er glaubte, er könne sie gefahrlos gehen lassen. Ihre Gedanken arbeiteten, arbeiteten, und zuletzt arbeiteten sie zu gut.

Der Fingernagel, jemand anders war hier. Eine Frau, ein Mädchen war hier. Wo war sie jetzt? Was tat er ihr an?

Wenn Schock und Desorientierung nicht gewesen wären, hätte es ihr schon viel früher gedämmert. Es kam ihr gewissermaßen mit der Hautberuhigungscreme. Da wußte sie, wer sie in seiner Gewalt hatte. Die Erkenntnis überfiel sie wie jedes nur mögliche kochendheiße schreckliche Ding auf Erden, und sie schrie, schrie, unter der Decke, auf und hochkletternd, an der Wand krallend, schreiend, bis sie etwas Warmes und Salziges aushustete, Hände zum Gesicht, klebrig auf den Handrücken trocknend, und sie lag starr auf der Decke, wölbte sich von Kopf bis zu den Fersen vom Boden hoch, die Hände im Haar verkrallt.

24. Kapitel

Scheppernd fiel Clarice Starlings Vierteldollar durch den Fernsprecher im heruntergekommenen Aufenthaltsraum der Pfleger. Sie wählte den Überwachungswagen an.

»Crawford.«

»Ich rufe von einem Münzfernsprecher außerhalb des Hochsicherheitstrakts an«, sagte Starling. »Dr. Lecter hat mich gefragt, ob das Insekt in West Virginia ein Schmetterling sei. Er wollte sich nicht weiter darüber auslassen. Er hat gesagt, Buffalo Bill bräuchte Catherine Martin, denn, ich zitiere: ›Er will eine Weste mit Titten dran.‹ Dr. Lecter will tauschen. Er will ein ›interessanteres Angebot‹ von der Senatorin.«

»Hat er das Ganze abgebrochen?«

»Ja.«

»Wie bald wird er Ihrer Ansicht nach wieder reden?«

»Ich glaube, er würde dies gern die nächsten paar Tage durchziehen, doch ich würde ihn lieber jetzt noch mal in die Mangel nehmen, wenn ich irgendein dringendes Angebot von der Senatorin haben kann.«

»Dringend ist richtig. Wir haben das Mädchen in West Virginia identizifiert. Vor einer halben Stunde Volltreffer beim Erkennungsdienst mit einer Fingerabdruckkarte einer als vermißt gemeldeten Person aus Detroit. Kimberly Jane Emberg, zweiundzwanzig, seit 17. Februar aus Detroit vermißt. Wir kämmen ihre Nachbarschaft nach Zeugen ab. Der ärztliche Leichenbeschauer von Charlottesville behauptet, sie sei nicht nach dem 11. Februar gestorben und möglicherweise nicht nach dem Vortag, dem zehnten.«

»Er hat sie nur drei Tage am Leben gelassen«, sagte Starling.

»Seine Zeitspanne wird kürzer. Niemand dürfte wohl überrascht sein.« Crawfords Stimme war ruhig. »Er hat Catherine Martin nun schon seit ungefähr sechsundzwanzig Stunden. Ich glaube, wenn Lecter Informationen liefern kann, sollte er das mal lieber bei Ihrer nächsten Unterhaltung tun. Ich habe mich in der Außenstelle Baltimore eingerichtet, der Überwachungswagen hat Sie hierher durchgestellt. Ich habe ein Zimmer für Sie im Howard Johnson's, zwei Straßen von der Anstalt entfernt, wenn Sie später ein Nickerchen machen wollen.«

»Er ist mißtrauisch, Mr. Crawford, er ist sich nicht sicher, ob Sie ihm irgend etwas Gutes zukommen ließen. Was er über Buffalo Bill gesagt hat, hat er gegen persönliche Informationen über mich eingetauscht. Meiner Meinung nach gibt es keinen wörtlichen Zusammenhang zwischen seinen Fragen und dem Fall... Möchten Sie die Fragen hören?«

»Nein.«

»Deshalb haben Sie mich keine Wanze tragen lassen, nicht? Sie dachten, es sei einfacher für mich, es sei wahrscheinlicher, daß ich ihm irgendwelche Dinge erzählte und ihn zufriedenstellte, wenn kein anderer es hören könnte.«

»Hier haben Sie noch eine Möglichkeit: Was, wenn ich Ihrem Urteil vertraute, Starling? Was, wenn ich dächte, Sie seien mein bester Schütze, und ich wollte Ihnen eine Menge indirekter Kritiker vom Leibe halten? Würde ich Sie dann mit einem Abhörgerät losschicken?«

»Nein, Sir.« *Du bist dafür bekannt, mit Agenten umzugehen, nicht wahr, Mr. Crawfish?* »Was können wir Dr. Lecter anbieten?«

»Einiges, was ich Ihnen rüberschicke. Es wird in fünf Minuten da sein, es sei denn, Sie wollen sich zuerst ein wenig ausruhen.«

»Ich würde es lieber jetzt machen«, sagte Starling. »Bitten Sie sie, Alonzo zu holen. Sagen Sie Alonzo, ich würde ihn auf dem Korridor vor Abschnitt 8 treffen.«

»Fünf Minuten«, sagte Crawford.

Starling ging auf dem Linoleum des heruntergekommenen Aufenthaltsraums weit unter der Erde auf und ab. Sie war der einzige Glanz in diesem Raum.

Wir bekommen selten die Gelegenheit, uns in Wiesen spazierend oder auf kiesbestreuten Wegen wandelnd vorzubereiten; wir tun es kurzfristig an Orten ohne Fenster, auf Krankenhausgängen, in Räumen wie diesem Aufenthaltsraum mit seinem riesigen Plastiksofa und seinen Cinzano-Aschenbechern, wo die Gardinen blanken Zement bedecken. In Räumen wie diesem bereiten wir, bei so wenig Zeit, unsere Gesten vor, lernen sie auswendig, so daß wir sie machen können, wenn wir angesichts des Jüngsten Gerichts Angst haben. Starling war alt genug, das zu wissen; sie ließ sich durch den Raum nicht beeinflussen.

Starling ging auf und ab. Sie machte in der Luft Gesten. »Durchhalten, Mädchen«, sagte sie laut. Sie sagte es zu Catherine Martin, und sie sagte es zu sich selbst. »Wir sind besser als dieser Raum. Wir sind besser als dieser verdammte Ort«, sagte sie laut. »Wir sind besser als das, wo auch immer er dich gefangenhält. Hilf mir. Hilf mir. Hilf mir.« Einen Augenblick lang dachte sie an ihre verstorbenen Eltern. Sie fragte sich, ob sie sich ihrer nun schämen würden – nur diese Frage, nicht ihre Zweckmäßigkeit, keine Qualifikationen – so, wie wir sie immer stellen. Die Antwort war nein, sie würden sich ihrer nicht schämen.

Sie wusch sich das Gesicht und ging auf den Gang hinaus.

Der Pfleger Alonzo stand mit einem versiegelten Päckchen von Crawford im Korridor. Es enthielt eine Landkarte und Anweisungen. Sie las sie beim Ganglicht rasch durch und drückte auf den Knopf, damit Barney sie einlassen konnte.

25. Kapitel

Dr. Lecter saß an seinem Tisch und studierte seine Korrespondenz. Starling fand es einfacher, sich der Zelle zu nähern, wenn er sie nicht anschaute.

»Doktor.«

Schweigen gebietend hielt er einen Finger hoch. Als er seinen Brief zu Ende gelesen hatte, saß er versonnen da, den Daumen seiner sechsfingerigen Hand unter dem Kinn und den Zeigefinger gegen die Nase. »Was halten Sie von dem hier?« fragte er und legte das Dokument in das Essenstablett.

Es war ein Brief vom Bundespatentamt.

»Dies betrifft meine Kreuzigungsuhr«, sagte Dr. Lecter. »Sie wollen mir kein Patent geben, raten mir aber, das Gesicht urheberrechtlich zu schützen. Hier, schauen Sie.« Er legte eine Zeichnung in der Größe einer Serviette in das Tablett, und Starling zog sie durch. »Sie haben vielleicht bemerkt, daß die Hände bei den meisten Kreuzigungen auf, sagen wir, viertel vor drei oder frühestens auf zehn vor zwei weisen, während die Füße auf sechs sind. Auf diesem Zifferblatt ist Jesus am Kreuz, wie Sie da sehen, und die Arme drehen sich, um die Zeit anzuzeigen, genau wie die Zeiger bei den beliebten Disney-Uhren. Die Füße bleiben auf sechs, und oben im Heiligenschein dreht sich ein kleiner Sekundenzeiger. Was meinen Sie?«

Die Qualität der anatomischen Skizze war sehr gut. Der Kopf war ihrer.

»Sie werden sehr viel an Detail verlieren, wenn es auf Armbanduhrengröße reduziert wird«, sagte Starling.

»Stimmt, leider, aber denken Sie an die Normaluhren. Meinen Sie, dies sei ohne Patent sicher?«

»Sie würden Quartzuhrwerke kaufen – oder etwa nicht? –, und die sind bereits patentiert. Ich bin mir nicht sicher, aber ich glaube, Patente beziehen sich nur auf einzigartige mechanische Entwürfe, und ein Urheberrecht bezieht sich auf Muster.«

»Sie sind aber keine Rechtsanwältin, oder? Das braucht man doch beim FBI nicht mehr.«

»Ich habe Ihnen einen Vorschlag zu machen«, sagte Starling und öffnete ihren Aktenkoffer.

Barney war im Anmarsch. Sie machte den Aktenkoffer wieder zu. Sie beneidete Barney um seine ungeheure Ruhe. Seine Augen zeigten keine positiven Anzeichen von Rauschgift, und es steckte beachtliche Intelligenz hinter ihnen.

»Verzeihung«, sagte Barney. »Wenn Sie sich mit einer Menge Papierkram herumschlagen müssen, gibt es ein Schulpult im Wandschrank, das die Psychiater benutzen. Wollen Sie's?«

Schulimage. Ja oder nein?

»Können wir uns jetzt vielleicht unterhalten, Dr. Lecter?«

Der Doktor hob eine offene Handfläche hoch.

»Ja, Barney. Danke.«

Nun sitzend und Barney in sicherer Entfernung.

»Dr. Lecter, die Senatorin hat ein bemerkenswertes Angebot.«

»Das entscheide ich. Haben Sie so schnell mit ihr gesprochen?«

»Ja. Sie hält nichts zurück. Dies ist alles, was sie hat. Verhandeln kommt also nicht in Frage. Nur dies, alles, ein einziges Angebot.« Sie sah von ihrem Aktenkoffer hoch.

Dr. Lecter, Mörder von neun Menschen, hatte die Fingerspitzen unter der Nase gegeneinandergelegt und beobachtete sie. Hinter seinen Augen war unendliche Nacht.

»Wenn Sie uns helfen, Buffalo Bill so rechtzeitig zu finden, daß Catherine Martin unversehrt gerettet werden kann, bekommen Sie folgendes: Verlegung ins Krankenhaus der Veteran's Administration in Oneida Park, New York, in eine Zelle mit Blick auf die Wälder rings ums Krankenhaus. Die maximalen Sicherheitsmaßnahmen gelten nach wie vor. Man wird Sie bitten, dabei zu helfen, mit einigen Insassen bundesstaatlicher Anstalten durchgeführte schriftliche psychologische Tests auszuwerten, allerdings nicht unbedingt Insassen, die Ihre eigene Anstalt teilen. Sie werden die Beurteilungen blind machen. Keine Identitäten. Sie werden angemessenen Zugang zu Büchern haben.« Sie schaute auf.

Schweigen kann verhöhnen.

»Das Beste, das Bemerkenswerteste: Einmal pro Jahr werden

Sie das Krankenhaus verlassen und hierher fahren.« Sie legte eine Landkarte in das Essenstablett. Dr. Lecter zog sie nicht durch.

»Plum Island«, fuhr sie fort. »Jeden Nachmittag der betreffenden Woche können Sie am Strand spazierengehen oder im Ozean schwimmen, wobei man Sie nur aus siebenhundert Metern überwachen wird, allerdings wird es SWAT-Überwachung sein, Überwachung durch ein Sondereinsatzkommando. Das wär's.«

»Wenn ich ablehne?«

»Vielleicht könnten Sie ein paar Gardinen in der Zelle aufhängen. Es könnte unter Umständen helfen. Wir haben nichts, womit wir Ihnen drohen können, Dr. Lecter. Ich kann Ihnen nur eine Möglichkeit bieten, das Tageslicht zu sehen.«

Sie sah ihn nicht an. Sie wollte es in diesem Moment nicht mit starrenden Blicken aufnehmen. Dies war keine Konfrontation.

»Wird Catherine Martin zu mir kommen und mit mir reden – nur über den, der sie gefangengenommen hat –, wenn ich mich zur Veröffentlichung entschließe? *Ausschließlich* mit mir reden?«

»Ja. Das können Sie als gegebene Tatsache annehmen.«

»Wieso wissen Sie das? Von wem *gegeben?*«

»Ich werde sie selbst bringen.«

»Wenn sie kommen will.«

»Wir müssen sie doch zuerst fragen, oder?«

Er zog das Tablett durch. »Plum Island.«

»Schauen Sie vor der Spitze von Long Island, der nördliche Finger da.«

»Plum Island. ›Das Plum Island-Center für Tierkrankheiten (Bundesstaatliche Maul- und Klauenseuchenforschung)‹ steht da. Klingt reizend.«

»Das ist nur ein Teil der Insel. Sie hat einen schönen Strand und gute Gegenden. Im Frühling nisten dort die Seeschwalben.«

»Seeschwalben.« Dr. Lecter seufzte. Er hob leicht den Kopf und berührte die Mitte seiner roten Lippe mit seiner roten Zunge. »Wenn wir über dies sprechen, Clarice, muß ich etwas auf Abschlag haben. Quid pro quo. Ich erzähle Ihnen Dinge, und Sie erzählen mir welche.«

»Los«, sagte Starling.

Sie mußte eine volle Minute warten, bevor er sagte: »Eine Raupe wird eine Puppe in einer Chrysalis. Dann taucht sie auf, kommt als die wunderschöne Imago aus ihrem geheimen Umkleideraum heraus. Wissen Sie, was eine Imago ist, Clarice?«

»Ein geflügeltes, voll ausgereiftes Insekt.«

»Aber was sonst noch?«

Sie schüttelte den Kopf.

»Es ist ein Begriff aus der toten Religion der Psychoanalyse. Eine Imago ist ein Idealbild eines Elternteils, das von Kindheit an im Unterbewußtsein begraben und mit infantilem Affekt gekoppelt ist. Das Wort kommt von den Wachsporträtbüsten ihrer Vorfahren, die die alten Römer bei Trauerprozessionen trugen... Selbst der phlegmatische Crawford muß in der Insektenchrysalis eine gewisse Bedeutung sehen.«

»Nichts, woraus man etwas schließen könnte, ausgenommen die Überprüfung der Abonnementlisten der entomologischen Journale gegen bekannte Sexualverbrecher im Beschreibungsindex.«

»Wollen wir als erstes Buffalo Bill fallenlassen. Es ist ein irreführender Begriff und hat nichts mit der Person zu tun, hinter der Sie her sind. Aus Bequemlichkeit werden wir ihn Billy nennen. Ich werde Ihnen eine kurze Zusammenfassung dessen geben, was ich denke. Fertig?«

»Fertig.«

»Die Bedeutung der Chrysalis ist Veränderung. Von Wurm zu Schmetterling oder Motte. Billy ist der Überzeugung, er wolle sich verändern. Er macht sich einen Mädchenanzug aus echten Mädchen. Daher die großen Opfer – er muß Sachen haben, die passen. Die Zahl der Opfer legt nahe, daß er es möglicherweise als eine Reihe von Häutungen ansieht. Er tut dies in einem zweistöckigen Haus, haben Sie herausgefunden, warum zwei Stockwerke?«

»Eine Zeitlang hat er sie auf der Treppe erhängt.«

»Korrekt.«

»Dr. Lecter, es gibt keinen Zusammenhang, den ich je zwischen Transsexualismus und Gewalt gesehen habe – gewöhnlich sind Transsexuelle passive Typen.«

»Das stimmt, Clarice. Manchmal sieht man eine Neigung zu Operationssucht – kosmetisch gesehen sind Transsexuelle schwer zu befriedigen –, aber damit hat es sich auch schon. Billy ist kein echter Transsexueller. Sie sind sehr dicht an der Methode, Clarice, nach der Sie ihn fangen werden, sind Sie sich darüber im klaren?«

»Nein, Dr. Lecter.«

»Gut. Dann wird es Ihnen nichts ausmachen, mir zu erzählen, was mit Ihnen nach dem Tod Ihres Vaters passiert ist.«

Starling schaute auf den verkratzten Deckel des Pults.

»Ich kann mir nicht vorstellen, daß die Antwort in Ihren Papieren steht, Clarice.«

»Meine Mutter hat uns über zwei Jahre lang zusammengehalten.«

»Indem sie was tat?«

»Indem sie tagsüber als Zimmermädchen in einem Motel arbeitete und nachts in einem Café kochte.«

»Und dann?«

»Ich fuhr zur Cousine meiner Mutter und deren Mann in Montana.«

»Nur Sie?«

»Ich war die älteste.«

»Die Stadt hat nichts für Ihre Familie getan?«

»Ein Scheck über fünfhundert Dollar.«

»Sonderbar, daß es keine Versicherung gab. Clarice, Sie sagten, Ihr Vater sei mit dem Schieber der Schrotflinte gegen die Tür des kleinen Lieferwagens gekommen.«

»Ja.«

»Er hatte keinen Streifenwagen?«

»Nein.«

»Es ist nachts passiert.«

»Ja.«

»Hatte er keine Pistole?«

»Nein.«

»Clarice, er arbeitete nachts, in einem Lieferwagen, nur mit einer Schrotflinte bewaffnet... Sagen Sie mir, trug er an seinem Gürtel zufällig eine Stechuhr? Eins dieser Dinger, wo sie in der ganzen Stadt verstreut Schlüssel an Pfosten festgeschraubt haben, und man muß zu ihnen fahren und sie in die Uhr stecken?

Damit die Stadtväter wissen, daß man nicht geschlafen hat. Sagen Sie mir, ob er eine trug, Clarice.«

»Ja.«

»Er war Nachtwächter, nicht wahr, Clarice, er war gar kein Polizeichef. Ich werde wissen, wenn Sie lügen.«

»Die Arbeitsbeschreibung lautete Nachtpolizeichef.«

»Was ist mit ihr passiert?«

»Was ist mit wem passiert?«

»Der Stechuhr. Was ist mit ihr passiert, nachdem Ihr Vater erschossen wurde?«

»Ich erinnere mich nicht.«

»Wenn Sie sich erinnern, werden Sie es mir dann sagen?«

»Ja. Warten Sie – der Bürgermeister kam ins Krankenhaus und fragte meine Mutter nach der Uhr und dem Abzeichen.« Ihr war nicht bekannt gewesen, daß sie das gewußt hatte. Der Bürgermeister in seinem Freizeitanzug und seinen Schuhen aus Marinebeständen. Der Schwanzlutscher. »Quid pro quo, Dr. Lecter.«

»Haben Sie eine Sekunde lang geglaubt, Sie hätten das erfunden? Nein, wenn Sie es erfunden hätten, würde es nicht weh tun. Wir sprachen von Transsexuellen. Sie sagten, Gewalt und destruktives anomales Verhalten seien keine statistischen Korrelate von Transsexualismus. Stimmt. Erinnern Sie sich, was wir über als Lust ausgedrückten Zorn und Lupus, der sich als Nesselausschlag präsentiert, gesagt haben? Billy ist kein Transsexueller, Clarice, aber er glaubt, er sei einer, er versucht, einer zu sein. Er hat versucht, eine Menge Dinge zu sein, nehme ich an.«

»Sie sagten, das käme dicht an die Art und Weise heran, auf die wir ihn erwischen würden.«

»Es gibt drei Hauptzentren für geschlechtsumwandelnde Operationen: Johns Hopkins, die University of Minnesota und das Columbus Medical Center. Ich wäre nicht überrascht, wenn er sich bei einem oder bei allen dreien für erneute Geschlechtszuteilung beworben hätte und abgelehnt worden wäre.«

»Auf welcher Basis würden sie ihn ablehnen, was würde aufgedeckt?«

»Sie sind sehr fix, Clarice. Der erste Grund wäre eine Vorstrafe. Das disqualifiziert einen Bewerber, es sei denn, das Verbrechen ist verhältnismäßig harmlos und mit einem Problem bezüglich der Geschlechtsidentität verbunden. Transvestitismus in der Öffentlichkeit, so etwas in der Art. Wenn er mit Erfolg über eine schwere Vorstrafe gelogen hat, dann würden ihn die Persönlichkeitslisten erfassen.«

»Wie?«

»Sie müssen wissen, warum, um sie durchzusieben, nicht wahr?«

»Ja.«

»Warum fragen Sie nicht Dr. Bloom?«

»Ich würde lieber Sie fragen.«

»Was werden Sie aus all dem hier herausholen, Clarice, eine Beförderung und eine Gehaltserhöhung? Was sind Sie, G-9? Was kriegen kleine G-9s heutzutage?«

»Einen Schlüssel für die Vordertür, zum einen. Wie sähe sein Profil hinsichtlich der charakteristischen Merkmale aus?«

»Wie gefiel Ihnen Montana, Clarice?«

»Montana ist prima.«

»Wie fanden Sie den Mann der Cousine Ihrer Mutter?«

»Wir waren verschieden.«

»Wie waren sie?«

»Von der Arbeit erschöpft.«

»Gab es andere Kinder?«

»Nein.«

»Wo haben Sie gewohnt?«

»Auf einer Ranch.«

»Einer Schafzuchtranch?«

»Schafe und Pferde.«

»Wie lange waren Sie dort?«

»Sieben Monate.«

»Wie alt waren Sie?«

»Zehn.«

»Wo sind Sie von dort aus hin?«

»Das Lutheraner-Heim in Bozeman.«

»Sagen Sie mir die Wahrheit.«

»Ich sage Ihnen die Wahrheit.«

»Sie drücken sich um die Wahrheit herum. Wenn Sie müde

sind, könnten wir uns gegen Ende der Woche unterhalten. Ich bin selbst ziemlich gelangweilt. Oder würden Sie lieber jetzt reden?«

»Jetzt, Dr. Lecter.«

»In Ordnung. Ein Kind wird von seiner Mutter fort auf eine Ranch in Montana geschickt. Eine Schaf- und Pferderanch. Die Mutter vermissend, von den Tieren erregt...« Mit offenen Händen machte Dr. Lecter eine einladende Geste zu Starling.

»Es war toll. Ich hatte mein eigenes Zimmer mit einer indianischen Brücke auf dem Boden. Man ließ mich ein Pferd reiten – man führte mich um dieses Pferd, eine Stute, herum – sie konnte nicht sehr gut sehen. Mit den ganzen Pferden stimmte etwas nicht. Lahm oder krank. Einige von ihnen waren mit Kindern großgezogen worden, und, wissen Sie, sie wieherten mir morgens zu, wenn ich im Schulbus davonfuhr.«

»Aber dann?«

»Ich fand etwas Merkwürdiges in der Scheune. Sie hatten dort einen kleinen Raum mit Sattelzeug. Ich dachte, dieses Ding sei eine Art alter Helm. Als ich es herunterholte, war darauf ›W. W. Greeners Humaner Pferdeschlächter‹ geprägt. Es war eine Art glockenförmige Metallkappe, und oben war Platz darin, um eine Patrone aufzunehmen. Sah ungefähr wie eine 32er aus.«

»Hat man auf dieser Ranch Pferde zum Schlachten gemästet, Clarice?«

»Ja.«

»Hat man sie auf der Ranch getötet?«

»Die für Klebstoff und Düngemittel bestimmten, ja. Man kann sechs in einen Lastwagen schichten, wenn sie tot sind. Die für Hundefutter haben sie lebend wegtransportiert.«

»Das, mit dem Sie im Hof herumgeritten sind?«

»Wir sind zusammen weggelaufen.«

»Wie weit sind Sie gekommen?«

»Ich bin in etwa so weit gekommen, wie ich gehe, bis Sie für mich die charakteristischen Merkmale analysieren.«

»Kennen Sie das Verfahren zum Testen männlicher Bewerber für geschlechtsumwandelnde Operationen?«

»Nein.«

»Es hilft vielleicht, wenn Sie mir eine Kopie der vorgeschriebenen Tests aus einem der Zentren bringen, doch fürs erste: Zur Reihe der Tests gehören normalerweise der Hamburg-Wechsler-Test, Haus-Baum-Person, Rorschach, Zeichnung von Selbstauffassung, Thematische Apperzeption, MMPI natürlich und ein paar andere – der Jenkins-Test, glaube ich, den die New York University entwickelt hat. Sie brauchen etwas, das Sie rasch sehen können, nicht wahr? Nicht wahr, Clarice?«

»Das wäre das Beste, etwas Schnelles.«

»Mal sehen ... unserer Hypothese nach suchen wir nach einem Mann, der Testergebnisse aufweist, die sich von denen eines echten Transsexuellen unterscheiden. In Ordnung – schauen wir bei Haus-Baum-Person nach jemandem, der die weibliche Figur nicht zuerst gezeichnet hat. Männliche Transsexuelle zeichnen fast immer die weibliche Figur zuerst, und widmen, was typisch ist, Verzierungen bei den Frauen, die sie zeichnen, sehr viel Aufmerksamkeit. Ihre männlichen Figuren sind einfache Klischees – es gibt einige bemerkenswerte Ausnahmen, wo sie Mr. America zeichnen –, aber nicht viel dazwischen.

Achten Sie auf eine Hauszeichnung ohne die rosa Zukunftsverschönerungen – kein Kinderwagen draußen, keine Gardinen, keine Blumen im Hof.

Bei echten Transsexuellen bekommen Sie zwei Arten von Bäumen – fließende, ausladende Weiden und Kastrationsthemen. Die Bäume, die vom Rand der Zeichnung oder dem Rand des Papiers abgeschnitten sind, die Kastrationsbilder, sind in den Zeichnungen echter Transsexueller voller Leben. Blühende und fruchtbare Stümpfe. Das ist eine wichtige Unterscheidung. Sie sind ganz anders als die angsterfüllten, toten, verstümmelten Bäume, die Sie in den Zeichnungen von Menschen mit geistigen Störungen sehen. Das ist ein gutes Beispiel – Billys Baum wird entsetzlich sein. Mache ich zu schnell?«

»Nein, Dr. Lecter.«

»Bei seiner Zeichnung von sich selbst wird ein Transsexueller sich fast nie nackt zeichnen. Lassen Sie sich von einem gewissen Maß paranoider Vorstellungen in den TAT-Karten nicht täuschen – das kommt bei transsexuellen Versuchspersonen, die häufig Kleidung des anderen Geschlechts tragen, ziemlich oft vor; oftmals haben sie schlechte Erfahrungen mit den Behörden gemacht. Soll ich zusammenfassen?«

»Ja, eine Zusammenfassung wäre nicht schlecht.«

»Sie sollten versuchen, eine Liste von Leuten zu erhalten, die von allen drei Geschlechtsumwandlungszentren abgelehnt worden sind. Überprüfen Sie zuerst diejenigen, die man wegen einer Vorstrafe abgewiesen hat – und nehmen Sie unter diesen die Einbrecher scharf unter die Lupe. Unter denjenigen, die versucht haben, Vorstrafen zu verheimlichen, schauen Sie nach schweren Kindheitsstörungen in Verbindung mit Gewalt. Möglicherweise Internierung in der Kindheit. Gehen Sie dann zu den Tests über. Sie suchen nach einem Weißen, wahrscheinlich unter fünfunddreißig und ziemlich groß. Er ist kein Transsexueller, Clarice. Er glaubt nur einer zu sein, und er ist verwirrt und verärgert, weil sie ihm nicht helfen wollen. Das ist alles, was ich sagen möchte, glaube ich, bis ich den Fall gelesen habe. Sie *werden* ihn doch hierlassen.«

»Ja.«

»Und die Bilder.«

»Sie sind dabei.«

»Dann laufen Sie mal besser mit dem los, was Sie haben, Clarice, und wir werden sehen, wie es Ihnen ergeht.«

»Ich muß wissen, wie Sie –«

»Nein. Seien Sie nicht gierig, sonst diskutieren wir das noch nächste Woche. Kommen Sie zurück, wenn Sie einige Fortschritte gemacht haben. Oder nicht. Und, Clarice?«

»Ja.«

»Das nächste Mal erklären Sie mir zwei Dinge. Was mit dem Pferd passiert ist, ist das eine. Das andere, worüber ich neugierig bin, ist... wie werden Sie mit Ihrer Wut fertig?«

Alonzo kam sie holen. Sie hielt ihre Notizen gegen die Brust gedrückt, ging mit gesenktem Kopf, versuchte alles in ihren Gedanken festzuhalten. Begierig nach frischer Luft sah sie noch nicht einmal zu Chiltons Büro hin, als sie aus der Anstalt eilte.

Dr. Chiltons Licht brannte. Man konnte es unter der Tür sehen.

26. Kapitel

Tief unter dem rostroten Baltimorer Morgengrauen Bewegungen im Hochsicherheitstrakt. Unten, wo es niemals dunkel ist und der gequälte Verstand den Tag beginnt wie Austern in einem Faß, die sich bei ihrer verlorenen Tide öffnen. Gottes Geschöpfe, die sich in den Schlaf weinten, bewegten sich, um erneut zu weinen, und die Irreredenden räusperten sich.

Steif stand Dr. Hannibal Lecter aufrecht am Ende des Korridors, das Gesicht dreißig Zentimeter von der Wand weg. Schweres Segeltuchgewebe fesselte ihn an einen hohen zweirädrigen Handwagen, als wäre er eine Standuhr. Unter dem Gewebe trug er eine Zwangsjacke und Beinfesseln. Eine Hockeymaske über seinem Gesicht beugte Beißen vor; sie war so wirksam wie ein Mundstück und für die Pfleger in der Handhabung nicht zu naß.

Hinter Dr. Lecter wischte ein kleiner Pfleger mit runden Schultern Lecters Zelle mit einem Mop. Barney überwachte das dreimal wöchentlich stattfindende Putzen und suchte gleichzeitig nach Schmuggelware. Die, die den Boden wischten, neigten dazu, sich zu beeilen, da sie es in Dr. Lecters Quartieren schaurig fanden. Barney kontrollierte hinter ihnen her. Er überprüfte alles und ließ nichts aus.

Nur Barney überwachte die Behandlung von Dr. Lecter, da Barney niemals vergaß, mit wem er es zu tun hatte. Seine beiden Assistenten sahen sich eine Aufzeichnung von Hockeyhöhepunkten im Fernsehen an.

Dr. Lecter ergötzte sich – er hat umfassende innere Reichtümer und könnte sich jeweils jahrelang unterhalten. Seine Gedanken waren genauso wenig von Furcht oder Güte in Schranken gehalten wie die Miltons von Physik. In seinem Kopf war er frei.

Seine Innenwelt hat intensive Farben und Gerüche und nicht viel Klang. Er mußte sich tatsächlich ein wenig anstrengen, um die Stimme des verstorbenen Benjamin Raspail zu vernehmen. Dr. Lecter dachte gerade darüber nach, wie er Clarice Starling Jame

Gumb geben würde, und es war nützlich, sich an Raspail zu erinnern. Hier nun der dicke Flötist am letzten Tag seines Lebens, wie er auf Lecters Therapiecouch lag und ihm von Jame Gumb erzählte.

»Jame hatte das abscheulichste Zimmer, das man sich in dieser Penne in San Francisco nur vorstellen konnte, irgendwie auberginefarbene Wände mit psychedelischem Neongeschmier aus den Hippiejahren hier und da, alles schrecklich lädiert.

Jame – wissen Sie, es wird tatsächlich so auf seiner Geburtsurkunde buchstabiert, da hat er es her, und man muß es ›Jame‹ aussprechen, wie das englische ›name‹, oder er wird fuchsteufelswild, auch wenn es ein Fehler im Krankenhaus war – sogar damals schon stellten sie billige Hilfskräfte ein, die noch nicht einmal einen Namen richtig schreiben konnten. Heutzutage ist es noch schlimmer, man riskiert sein Leben, in ein Krankenhaus zu gehen. Wie dem auch sei, hier saß Jame mit dem Kopf in den Händen in diesem fürchterlichen Zimmer auf seinem Bett, und er war aus dem Antiquitätenladen gefeuert worden, und er hatte wieder das Schlimme getan.

Ich hatte ihm erklärt, daß ich mich mit seinem Benehmen einfach nicht mehr abfinden könnte, und natürlich war Klaus gerade in mein Leben getreten. Jame ist nicht richtig schwul, wissen Sie, es ist nur etwas, das er im Gefängnis aufgegabelt hat. Er ist eigentlich gar nichts, wirklich, nur eine Art totaler Mangel, den er ausfüllen will, und so verärgert. Man hatte immer das Gefühl, das Zimmer sei ein wenig leerer, wenn er hereinkam. Ich meine, er hat seine Großeltern umgebracht, als er zwölf war, man würde doch annehmen, eine derart leichtfertige Person hätte eine gewisse Ausstrahlung, oder etwa nicht?

Und da war er, keinen Job, er hatte irgendeinem unglücklichen Stadtstreicher wieder das Schlimme angetan. Ich war weg. Er war am Postamt vorbeigegangen und hatte die Post seines früheren Arbeitgebers abgeholt, in der Hoffnung, daß etwas dabei sei, das er verkaufen könne. Und da war ein Paket aus Malaysia oder von irgendwo dort. Er machte es gespannt auf, und es war ein Koffer voller toter Schmetterlinge, einfach lose darin.

Sein Boß schickte Postmeistern auf diesen ganzen Inseln Geld, und sie schickten ihm Schachteln, aber Schachteln toter Schmetterlinge. Er ordnete sie in Gießharz an und machte die geschmacklosesten Ornamente, die man sich nur vorstellen kann – und er besaß die Frechheit, sie Objekte *zu nennen. Für Jame waren die Schmetterlinge nutzlos, und er wühlte mit den Händen darin herum, weil er dachte, untendrunter könnten Juwelen sein – manchmal erhielten sie Armbänder aus Bali –, und er bekam Schmetterlingspulver an die Finger. Nichts. Er saß mit dem Kopf in den Händen auf dem Bett, Schmetterlingsfarben an den Händen und im Gesicht, und er war am Boden, genau wie wir alle das mal gewesen sind, und er weinte. Er hörte ein leises Geräusch, und es war ein Schmetterling in dem offenen Koffer. Er quälte sich aus seinem Kokon heraus, den man mit den Schmetterlingen hineingeworfen hatte, und er krabbelte heraus. Von den Schmetterlingen war Staub in der Luft und Staub in der Sonne vom Fenster– Sie wissen, wie schrecklich* lebhaft *alles ist, wenn jemand es einem stoned beschreibt. Er sah zu, wie er seine Flügel aufpumpte. Es war ein großer, sagte er. Grün. Und er machte das Fenster auf, und er flog davon, und er fühlte sich so leicht, sagte er, und er wußte, was zu tun war.*

Jame fand das kleine Strandhaus, das Klaus und ich benutzten, und als ich von einer Probe nach Hause kam, war er da. Klaus sah ich jedoch nicht. Klaus war nicht da. Ich fragte, wo ist Klaus, und er sagte, Schwimmen. Ich wußte, das war eine Lüge, Klaus schwamm nie, im Pazifik krachen die Wellen immer so. Und als ich den Kühlschrank aufmachte, na, Sie wissen, was ich fand. Klaus' Kopf, der hinter dem Orangensaft hervorschaute. Jame hatte sich auch eine Schürze gemacht, wissen Sie, aus Klaus, und er band sie um und fragte mich, wie er mir jetzt gefiele. Ich weiß, Sie müssen darüber entsetzt sein, daß ich überhaupt je etwas mit Jame zu tun gehabt hatte – er war sogar noch labiler, als Sie ihn kennenlernten. Ich glaube, er war genauso verblüfft, daß Sie keine Angst vor ihm hatten.«

Und dann die letzten Worte, die Raspail je von sich gab: »Ich frage mich, warum meine Eltern mich nicht getötet haben, bevor ich alt genug war, sie zum Narren zu halten.«

Der dünne Griff des Stiletts zuckte, als Raspails aufgespießtes Herz weiterzuschlagen versuchte, und Dr. Lecter sagte: »Sieht aus wie ein Strohhalm in einem Ameisenloch, nicht?«, doch für Raspail war es zum Antworten zu spät.

Dr. Lecter konnte sich an jedes Wort erinnern und an noch viel mehr. Angenehme Gedanken, mit denen er sich die Zeit vertreiben konnte, während sie seine Zelle saubermachten.

Clarice Starling war schlau, sann der Doktor nach. Mit dem, was er ihr erzählt hatte, würde sie Jame Gumb vielleicht erwischen, aber es war eine vage Vermutung. Um ihn rechtzeitig zu bekommen, würde sie präzisere Angaben benötigen. Dr. Lecter war überzeugt, daß sich beim Lesen der Einzelheiten der Verbrechen Hinweise aufdrängen würden, die möglicherweise mit Gumbs Ausbildung in der Jugendstrafanstalt zu tun hatten, nachdem er seine Großeltern umgebracht hatte. Morgen würde er ihr Jame Gumb geben und es so klar genug machen, daß es selbst Jack Crawford nicht entgehen konnte. Morgen wäre das Ganze erledigt.

Hinter sich hörte Dr. Lecter Schritte, und der Fernseher wurde ausgeschaltet. Er spürte, wie der Handwagen zurückkippte. Nun würde der lange, ermüdende Prozeß beginnen, ihn in der Zelle loszubinden. Es geschah stets auf die gleiche Art. Zuerst legten Barney und seine Helfer ihn mit dem Gesicht nach unten vorsichtig auf seine Pritsche. Dann band Barney seine Knöchel am Ende der Pritsche mit Handtüchern an das Gitter, nahm die Beinfesseln ab und machte, von seinen beiden Helfern mit der chemischen Keule und Schlagstöcken gedeckt, die Schnallen am Rücken der Zwangsjacke auf; anschließend ging er rückwärts aus der Zelle, brachte das Netz wieder an und verschloß die Gittertür und überließ es Dr. Lecter, sich von seinen Fesseln zu befreien. Dann tauschte der Doktor die Utensilien für sein Frühstück ein. Die Prozedur war in Kraft getreten, nachdem Dr. Lecter die Krankenschwester angefallen hatte, und für alle Beteiligten klappte es bestens.

Heute wurde der Vorgang unterbrochen.

27. Kapitel

Ein leichter Stoß, als der Dr. Lecter befördernde Handwagen über die Schwelle der Zelle rollte. Und hier war Dr. Chilton, der auf der Pritsche saß und Dr. Lecters Privatkorrespondenz durchsah. Chilton hatte seine Krawatte und seinen Mantel abgelegt. Dr. Lecter konnte eine Art Medaille um seinen Hals hängen sehen.

»Stellen Sie ihn neben der Toilette hin, Barney«, sagte Dr. Chilton, ohne aufzublicken. »Sie und die anderen warten auf Ihrer Station.«

Dr. Chilton beendete die Lektüre von Dr. Lecters allerjüngstem Austausch mit den Hauptarchiven für Psychiatrie. Er warf die Briefe auf die Pritsche und ging aus der Zelle hinaus. Ein Funkeln hinter der Hockeymaske, als Dr. Lecters Augen ihn verfolgten, doch Lecters Kopf bewegte sich nicht.

Chilton ging zu dem Pult auf dem Korridor, bückte sich ungelenk und entfernte ein kleines Abhörgerät unter dem Sitz.

Er bewegte es vor den Augenlöchern von Dr. Lecters Maske hin und her und nahm seinen Sitz auf der Pritsche wieder ein.

»Ich dachte, sie wäre vielleicht auf eine Verletzung der Zivilrechte bei Miggs' Tod aus, daher habe ich zugehört«, sagte Chilton. »Ich hatte Ihre Stimme seit Jahren nicht gehört – das letzte Mal war es wohl, als Sie mir die ganzen irreführenden Antworten in meinen Interviews gaben und mich dann in Ihren *Journal*-Artikeln lächerlich machten. Es ist schwer zu glauben, daß die Meinungen eines Insassen in der Berufsgemeinschaft irgend etwas gelten, nicht wahr? Ich bin aber noch hier. Und Sie auch.«

Dr. Lecter sagte nichts.

»Jahre des Schweigens, und dann schickt Jack Crawford sein Mädchen daher, und Sie sind einfach wie Butter dahingeschmolzen, oder? Was genau hat Sie gepackt, Hannibal? Waren es diese guten, harten Knöchel? Die Art, wie ihr Haar glänzt? Sie ist wunderschön, nicht wahr? Unnahbar und wunderschön. Ein Wintersonnenuntergang von Mädchen, so denke ich an sie. Ich weiß, es ist eine Zeitlang her, seit Sie einen Wintersonnenuntergang gesehen haben, aber zweifeln Sie nicht an meinen Worten.

Sie kriegen nur noch einen Tag mit ihr. Dann übernimmt die Mordkommission Baltimore die Ermittlung. Im Raum für die Elektroschocktherapie schraubt man schon einen Stuhl für Sie auf den Boden. Der Stuhl hat einen Nachtstuhlsitz für Ihre Bequemlichkeit und für die Bequemlichkeit der Polizei, wenn sie die Drähte anschließt. Ich werde von nichts wissen.

Kapieren Sie's endlich? Sie *wissen* es, Hannibal. Sie wissen, daß Sie genau wissen, wer Buffalo Bill ist. Sie glauben, daß Sie ihn wahrscheinlich behandelt haben. Als ich Miß Starling nach Buffalo Bill fragen hörte, war ich verwirrt. Ich rief einen Freund bei der Mordkommission Baltimore an. Sie haben ein Insekt in Klaus' Hals gefunden, Hannibal. Sie wissen, daß Buffalo Bill ihn umgebracht hat. Crawford läßt Sie im Glauben, Sie seien klug. Ich glaube nicht, daß Ihnen bekannt ist, wie sehr Crawford Sie dafür haßt, daß Sie seinen Schützling aufgeschlitzt haben. Jetzt hat er Sie. Kommen Sie sich nun *klug* vor?«

Dr. Lecter beobachtete, wie Chiltons Blick über die Gurte glitt, die die Maske zusammenhielten. Offensichtlich wollte Chilton diese entfernen, damit er Lecters Gesicht beobachten konnte. Lecter fragte sich, ob Chilton es auf die sichere Art, von hinten, machen würde. Wenn er es von vorn machte, würde er um Dr. Lekters Kopf herum langen müssen, mit den blaugeäderten Innenseiten seiner Vorderarme dicht an Dr. Lecters Gesicht. Komm, Doktor. Komm nahe. Nein, er hat sich anders entschieden.

»Glauben Sie immer noch, Sie kommen irgendwo mit einem Fenster hin? Glauben Sie, Sie werden am Strand entlang spazieren und die Vögel sehen? Ich nicht. Ich habe Senatorin Ruth Martin angerufen. Sie hat nie von einer Abmachung mit Ihnen gehört. Ich mußte sie daran erinnern, wer Sie waren. Sie hat auch noch nie von Clarice Starling gehört. Es ist eine Masche. Bei einer Frau müssen wir *kleine* Unehrlichkeiten erwarten, aber das ist ein Hammer, meinen Sie nicht auch?

Wenn sie damit fertig sind, Sie zu melken, Hannibal, beschuldigt Crawford Sie der Nichtanzeige eines Verbrechens. Sie werden es natürlich auf M'Naghten abschieben, doch der Richter wird das gar nicht mögen. Sie haben sechs Tode auf der Anklagebank über sich ergehen lassen. Der Richter wird kein großes Interesse an Ihrem Wohlergehen mehr zeigen.

Kein Fenster, Hannibal. Sie werden den Rest Ihres Lebens damit verbringen, auf dem Boden einer Staatsanstalt zu sitzen und zuzusehen, wie der Windelkarren vorbeifährt. Sie werden Ihre Zähne verlieren und Ihre Kraft, und keiner wird mehr Angst vor Ihnen haben, und Sie werden an einem Ort wie Flendauer draußen in einem Saal sein. Die Jungen werden Sie einfach nur herumstoßen und für Sex gebrauchen, wenn ihnen danach ist. Alles, was Sie zu lesen bekommen, ist das, was Sie an die Wand schreiben. Glauben Sie, das Gericht kümmert das? Sie haben die Alten gesehen. Sie weinen, wenn sie die gedünsteten Aprikosen nicht mögen.

Jack Crawford und seine Mieze. Sie werden sich offen zusammentun, wenn seine Frau gestorben ist. Er wird sich peppiger kleiden und eine Sportart ergreifen, die sie beide zusammen genießen können. Sie sind schon intim, seit Bella Crawford krank geworden ist, darüber halten sie gewiß niemanden zum Narren. Sie werden ihre Beförderungen kriegen, und sie werden nicht einmal pro Jahr an Sie denken. Am Ende will Crawford wahrscheinlich persönlich kommen, um Ihnen zu erklären, was *Sie* kriegen werden. Einen Arschtritt. Ich bin sicher, er hat schon eine Rede fix und fertig.

Hannibal, er kennt Sie nicht so gut wie ich. Er dachte, daß Sie nur die Mutter damit quälen würden, wenn er Sie um Informationen gebeten hätte.«

Und das mit Recht, überlegte Dr. Lecter. *Wie klug von Jack – diese abgestumpfte schottisch-irische Miene täuscht. Sein Gesicht besteht nur aus Narben, wenn man genau hinzuschauen versteht. Nun, möglicherweise ist da Platz für ein paar mehr.*

»Ich weiß, wovor Sie Angst haben. Es ist nicht Schmerz oder Einsamkeit. *Erniedrigung* ist es, die Sie nicht vertragen können, Hannibal, in dieser Hinsicht sind Sie wie eine Katze. Ich bin moralisch verpflichtet, auf Sie aufzupassen, Hannibal, und das tue ich auch. Keine persönlichen Überlegungen haben sich, von meiner Seite aus, je in unsere Beziehungen geschlichen. Und ich passe jetzt gerade auf Sie auf.

Es hat nie eine Abmachung für Sie mit Senatorin Martin gegeben, aber es gibt sie jetzt. Oder es könnte sie geben. Ich habe Ihnen und diesem Mädchen zuliebe stundenlang am Telefon gehangen. Ich werde Ihnen die erste Bedingung nennen: Sie sprechen nur durch mich. Ich allein publiziere einen fachlichen Bericht hierüber, mein erfolgreiches Interview mit Ihnen. Sie veröffentlichen nichts. Ich habe alleinigen Zugang zu jeglichem Material von Catherine Martin, sollte sie gerettet werden.

Diese Bedingung ist nicht übertragbar. Sie werden mir nun antworten. Akzeptieren Sie diese Bedingung?«

Dr. Lecter lächelte in sich hinein.

»Antworten Sie nun lieber mir, oder Sie können der Mordkommission Baltimore Rede und Antwort stehen. Sie werden Folgendes erhalten: Wenn Sie Buffalo Bill identifizieren und das Mädchen rechtzeitig gefunden wird, wird Senatorin Martin – und sie wird dies telefonisch bestätigen – wird Senatorin Martin Sie also im Brushy Mountain State Prison in Tennessee unterbringen, außer Reichweite der Behörden von Maryland. Sie werden in ihrem Amtsbezirk sein, weg von Jack Crawford. Sie werden in eine Hochsicherheitszelle mit Aussicht auf die Wälder gelegt. Sie bekommen Bücher. Beliebige körperliche Betätigung im Freien, die Details wird man noch ausarbeiten müssen, doch die Senatorin ist zugänglich. Nennen Sie seinen Namen, und Sie können sofort gehen. Die Staatspolizei Tennessee wird Sie am Flughafen in Gewahrsam nehmen, der Gouverneur hat eingewilligt.«

Endlich hat Dr. Chilton etwas Interessantes von sich gegeben, und er weiß noch nicht mal, was es ist. Dr. Lecter spitzte hinter der Maske die roten Lippen. *Polizeigewahrsam. Polizisten sind nicht so klug wie Barney. Polizisten sind an den Umgang mit Verbrechern gewöhnt. Sie neigen dazu, Hand- und Fußschellen zu gebrauchen. Hand- und Fußschellen lassen sich mit einem Handschellenschlüssel öffnen. Wie meinem.*

»Sein Vorname ist Billy«, sagte Dr. Lecter. »Das übrige erzähle ich der Senatorin. In Tennessee.«

28. Kapitel

Jack Crawford lehnte Dr. Danielsons Kaffee ab, nahm aber den Becher, um sich am Spülbecken aus rostfreiem Stahl hinter der Pflegestation ein Alka-Seltzer zu mixen. Alles war aus rostfreiem Stahl, der Abfalleimer, der Rand von Dr. Danielsons Brille. Das glänzende Metall suggerierte das Blinzeln von Instrumenten und rief bei Crawford einen deutlichen stechenden Schmerz in der Leistengegend hervor.

Er und der Arzt waren allein in der kleinen Küche.

»Nicht ohne Gerichtsbeschluß, auf gar keinen Fall«, sagte Dr. Danielson erneut. Diesmal war er barsch und handelte der Gastfreundlichkeit zuwider, die er mit dem Kaffee gezeigt hatte.

Danielson war Leiter der Geschlechtsidentitätsklinik im Johns Hopkins, und er hatte eingewilligt, Crawford bei Tagesanbruch zu treffen, lange vor der Morgenvisite. »Sie werden mir für jeden spezifischen Fall einen gesonderten Gerichtsbeschluß zeigen müssen, und wir werden gegen jeden kämpfen. Was haben Columbus und Minnesota Ihnen gesagt – dasselbe, habe ich recht?«

»Das Justizministerium erkundigt sich gerade bei ihnen. Hier ist Eile geboten, Doktor. Wenn das Mädchen nicht schon tot ist, wird er es bald umbringen – heute abend oder morgen. Dann wird er sich das nächste aussuchen«, sagte Crawford.

»Allein Buffalo Bill mit den Problemen, die wir hier behandeln, im gleichen Atemzug zu nennen, ist ignorant, unfair und gefährlich, Mr. Crawford. Es läßt mir die Haare zu Berge stehen. Es hat Jahre gedauert – wir sind damit noch nicht durch –, der Öffentlichkeit zu zeigen, daß Transsexuelle nicht verrückt sind, sie sind keine perversen Menschen, sie sind keine *Schwulen*, was immer das ist –«

»Ich bin ganz Ihrer Meinung –«

»Moment. Das Auftreten von Gewalt unter Transsexuellen ist sehr viel geringer als in der Allgemeinbevölkerung. Dies sind anständige Leute mit einem echten Problem – einem großartig kompromißlosen Problem. Sie verdienen Hilfe, und wir können sie geben. Ich lasse hier keine Hexenjagd zu. Wir haben niemals das Vertrauen eines Patienten verletzt, und das wird auch niemals passieren. Sie fangen besser von da an, Mr. Crawford.«

In seinem Privatleben hatte Crawford nun schon seit Monaten freundlichen Verkehr mit den Ärzten und Krankenschwestern seiner Frau gepflegt, hatte versucht, jeden noch so kleinen Vorteil für sie zu ergattern. Er hatte Ärzte ziemlich satt. Dies war jedoch nicht sein Privatleben. Dies war Baltimore und Business. Sei jetzt nett.

»Dann habe ich mich nicht klar ausgedrückt, Doktor. Mein Fehler – es ist früh, ich bin kein Morgenmensch. Es geht allein darum, daß der Mann, den wir suchen, *nicht Ihr Patient* ist. Es wäre jemand, den Sie *abgelehnt* haben, weil Sie erkannten, daß er *kein Transsexueller* war. Wir machen hier keinen Blindflug – ich werde Ihnen besondere Möglichkeiten aufzeigen, wie er von typischen transsexuellen Mustern in Ihren Persönlichkeitslisten abweicht. Hier ist eine kurze Liste von Dingen, nach denen Ihr Personal unter den von Ihnen Zurückgewiesenen Ausschau halten könnte.«

Beim Lesen rieb Dr. Danielson sich mit dem Finger den Nasenflügel. Er gab das Papier zurück. »Das ist originell, Mr. Crawford. Es ist in der Tat außerordentlich bizarr, und das ist ein Wort, das ich nicht sehr oft gebrauche. Darf ich fragen, von wem Sie diese... Mutmaßung haben?«

Ich glaube nicht, daß du das gern erfahren möchtest, Dr. Danielson. »Von den Leuten von der Abteilung für Verhaltensforschung«, sagte Crawford, »nach Rücksprache mit Dr. Alan Bloom an der University of Chicago.«

»*Alan Bloom* hat sich dem hier angeschlossen?«

»Und wir verlassen uns nicht nur auf Tests. Es gibt noch eine andere Möglichkeit, wie Buffalo Bill vermutlich aus Ihren Aufzeichnungen herausragt – er hat wahrscheinlich versucht, eine Vorstrafe wegen Gewalt zu verbergen, oder hat anderes Hintergrundmaterial verfälscht. Zeigen Sie mir die, die Sie abgelehnt haben, Doktor.«

Danielson schüttelte in einem fort den Kopf. »Untersuchungs- und Gesprächsmaterial ist vertraulich.«

»Dr. Danielson, wie können Betrug und falsche Angaben vertraulich sein? Wie fallen der wahre Name und der wahre Hintergrund eines Verbrechers unter das Arzt-Patienten-Verhältnis, wenn er Ihnen den Namen nie genannt hat, Sie ihn vielmehr selbst herausfinden mußten. Ich weiß, wie gründlich Johns Hopkins ist. Sie haben Fälle wie diesen, dessen bin ich sicher. Operationssüchtige bewerben sich bei jedem Krankenhaus, das Operationen durchführt. Meinen Sie etwa, beim FBI bewerben sich keine Spinner? Wir kriegen sie ständig. Letzte Woche bewarb sich in St. Louis ein Mann mit einem Moe-Toupet. Er hatte eine Bazooka, zwei Raketenwaffen und einen Bärenfelltschako in seiner Golftasche.«

»Haben Sie ihn eingestellt?«

»Helfen Sie mir, Dr. Danielson. Die Zeit frißt uns auf. Während wir hier stehen, verwandelt Buffalo Bill Catherine Martin vielleicht schon in eine von diesen.« Crawford legte ein Foto auf die glänzende Arbeitsfläche.

»Machen Sie das bloß nicht«, sagte Dr. Danielson. »Das zu tun ist kindisch und schikanierend. Ich war Chirurg an der Front, Mr. Crawford. Stecken Sie Ihr Bild wieder in die Tasche.«

»Klar, einem Chirurgen macht es nichts aus, sich einen verstümmelten Körper anzuschauen«, sagte Crawford, zerknüllte seinen Papierbecher und trat auf das Pedal des geschlossenen Abfalleimers. »Ich glaube aber nicht, daß es einem Arzt nichts ausmacht, ein Leben verschwendet zu sehen.« Er ließ seinen Becher hineinfallen, und der Deckel des Abfalleimers klappte mit befriedigendem Scheppern zu. »Hier ist mein bestes Angebot: Bezüglich dieser Richtlinien werde ich Sie nicht um Patienteninformationen, sondern nur um von Ihnen ausgewählte Bewerbungsinformationen bitten. Sie und Ihr psychiatrischer Prüfungssausschuß können Ihre abgelehnten Bewerbungen viel schneller durchgehen als ich. Wenn wir Buffalo Bill durch Ihre Informationen finden, werde ich diese Tatsache verschweigen. Mir wird eine andere Möglichkeit einfallen, wie wir es bewerkstelligt haben können, und für die Akten ziehen wir das dann so durch.«

»Könnte Johns Hopkins ein geschützter Zeuge sein, Mr. Crawford? Könnten wir eine neue Identität haben? Angenommen, als

Bob Jones College auftreten? Ich bezweifle sehr, daß das FBI oder irgendeine andere Regierungsbehörde sehr lang ein Geheimnis bewahren kann.«

»Sie wären überrascht.«

»Ich bezweifle es. Der Versuch, unter einer unpassenden bürokratischen Lüge hervorzukriechen, wäre nachteiliger, als einfach nur die Wahrheit zu sagen.«

»Vielen *Dank*, Dr. Danielson, für Ihre humorvollen Bemerkungen. Sie sind für mich sehr aufschlußreich – wie, werde ich Ihnen in einer Minute zeigen. Sie mögen die Wahrheit – hier bitte. Er kidnappt junge Frauen und reißt ihnen die Haut ab. Er legt diese Häute an und tollt in ihnen herum. Wir wollen, daß er damit aufhört. Wenn Sie mir nicht so schnell helfen, wie Sie können, dann werde ich Ihnen folgendes antun: Heute morgen wird das Justizministerium öffentlich einen Gerichtsbeschluß verlangen, in dem es heißt, daß Sie Ihre Hilfe verweigert haben. Wir werden zweimal pro Tag fragen, rechtzeitig für die Früh- und Spätnachrichten. In jeder neuen Mitteilung vom Justizministerium über diesen Fall wird darüber berichtet, was für Fortschritte wir mit Dr. Danielson am Johns Hopkins machen, wie wir versuchen, ihn dazu zu bewegen, mit der gewünschten Information herauszurücken. Jedesmal wenn es im Fall Buffalo Bill Neuigkeiten gibt – wenn Catherine Martin als Wasserleiche auftaucht, wenn die nächste und die übernächste als Wasserleiche auftaucht –, werden wir sofort darüber eine Mitteilung in den Nachrichten bringen, wie wir mit Dr. Danielson am Johns Hopkins vorankommen, zusammen mit Ihren humorigen Kommentaren über das Bob Jones College. Noch eins, Doktor. Wie Sie wissen, haben die Ministerien für Gesundheit und Menschenrechte ihren Sitz direkt hier in Baltimore. Meine Gedanken gehen in Richtung des Amts für Eignungspolitik, und vermutlich haben *Sie* schon längst vor mir daran gedacht, oder? Was, wenn Senatorin Martin irgendwann nach der Beerdigung ihrer Tochter den Mitgliedern drüben im Eignungsamt diese Frage stellte: Sollten die Geschlechtsumwandlungsoperationen, die Sie hier durchführen, als Schönheitschirurgie betrachtet werden? Vielleicht kratzt man sich am Kopf und beschließt: ›Also wißt ihr, Senatorin Martin hat *recht*. Ja. Es ist wohl Schönheitschirurgie.‹ Dann qualifiziert sich dieses Programm genausowenig für bundesstaatliche Beihilfe wie eine Klinik für Nasenkorrekturen.«

»Das ist beleidigend.«

»Nein, es ist nur die Wahrheit.«

»Sie jagen mir keine Angst ein, Sie schüchtern mich nicht ein –«

»Gut. Ich will weder das eine noch das andere tun, Doktor. Ich will nur, daß Sie wissen, wie ernst ich es meine. Helfen Sie mir, Doktor. Bitte.«

»Sie sagten, Sie arbeiten mit Alan Bloom.«

»Ja. Die University of Chicago –«

»Ich kenne Alan Bloom, und ich würde dies lieber auf beruflicher Ebene diskutieren. Sagen Sie ihm, ich werde mich heute morgen mit ihm in Verbindung setzen. Ich werde Sie vor Mittag wissen lassen, wozu ich mich entschieden habe. Die junge Frau ist mir wirklich nicht egal, Mr. Crawford. Das gilt auch für die anderen. Es steht hier aber eine Menge auf dem Spiel, und meiner Meinung nach ist es für Sie nicht so wichtig, wie es sein sollte... Mr. Crawford, haben Sie sich in letzter Zeit den Blutdruck messen lassen?«

»Ich mache es selbst.«

»Und Sie verschreiben sich selbst Medikamente?«

»Das ist gegen das Gesetz, Dr. Danielson.«

»Sie haben aber einen Arzt.«

»Ja.«

»Teilen Sie ihm Ihre Befunde mit, Mr. Crawford. Was für ein Verlust für uns alle, wenn Sie tot umfielen. Sie werden später am Morgen von mir hören.«

»Wieviel später, Doktor? Wie wäre es in einer Stunde?«

»In einer Stunde.«

Crawfords Signalgeber summte, als er im Erdgeschoß aus dem Aufzug stieg. Jeff, sein Fahrer, winkte ihn heran, als Crawford zum Überwachungswagen lief. *Sie ist tot, und sie haben sie gefunden*, dachte Crawford, als er den Hörer ergriff. Der FBI-Chef war am Apparat. Die Neuigkeit war nicht so schlimm, wie sie hätte sein können, doch sie war schlimm genug: Chilton hatte sich in den Fall eingemischt, und nun auch noch Senatorin Martin. Auf Anordnung des Gouverneurs hatte der Justizminister des Bundesstaates Maryland die Auslieferung von Dr. Hannibal Lecter nach Tennessee genehmigt. Es würde den ganzen Einfluß des Bundesgerichts, Bezirk Maryland, erfordern, die Verlegung zu verhindern oder zu verzögern. Der Chef wollte einen beurteilenden Anruf von Crawford, und zwar sofort.

»Bleiben Sie am Apparat«, sagte Crawford. Er hielt den Hörer gegen den Oberschenkel und sah aus dem Fenster des VW-Busses. Es gab nicht viel Farbe im Februar, die das erste Licht finden konnte. Alles grau. So öde.

Jeff setzte zu einer Bemerkung an, und Crawford brachte ihn mit einer Handbewegung zum Schweigen.

Lecters Monsterego. Chiltons Ehrgeiz. Senatorin Martins schreckliche Angst um ihr Kind. Catherine Martins Leben. Wie man es nennen wollte.

»Lassen Sie sie machen«, sagte er in den Hörer.

29. Kapitel

Dr. Chilton und drei geschniegelte State Troopers standen bei Sonnenaufgang auf der windigen Makadamrollbahn dicht zusammen und erhoben ihre Stimmen über einen Schwall Radiolärm aus der offenen Tür der Grumman Gulfstream und aus der neben dem Flugzeug leer laufenden Ambulanz.

Der befehligende Trooper Captain reichte Dr. Chilton einen Kuli. Die Papiere wehten über den Rand der Cliptafel, und der Polizist mußte sie glattstreichen.

»Können wir dies nicht in der Luft machen?« fragte Dr. Chilton.

»Sir, wir müssen die Dokumente im Moment der körperlichen Übergabe erstellen. So lauten meine Anweisungen.«

Der Kopilot war damit fertig, die Rampe über der Flugzeugtreppe zu befestigen. »Okay«, rief er.

Die Troopers versammelten sich mit Dr. Chilton hinten am Krankenwagen. Als er die Hintertüren aufmachte, verkrampften sie sich, als erwarteten sie, daß etwas herausspringen würde.

Dr. Hannibal Lecter stand in Segeltuchgewebe gehüllt und mit der Hockeymaske auf dem Gesicht aufrecht auf seinem Handwagen. Er leerte seine Blase in die von Barney gehaltene Ente.

Einer der Polizisten schnaubte verächtlich. Die beiden anderen sahen weg.

»Tut mir leid«, sagte Barney zu Dr. Lecter und machte die Türen wieder zu.

»Das ist schon in Ordnung, Barney«, entgegnete Dr. Lecter. »Ich bin fertig, danke.«

Barney ordnete Lecters Bekleidung neu und rollte ihn zum Ende des Krankenwagens.

»Barney?«

»Ja, Dr. Lecter?«

»Du bist lange anständig zu mir gewesen. Danke.«

»Keine Ursache.«

»Das nächste Mal, wenn Sammie bei sich ist, würdest du von mir auf Wiedersehen sagen?«

»Klar.«

»Auf Wiedersehen, Barney.«

Der große Pfleger stieß die Türen auf und rief nach den Polizisten. »Wollt ihr mal den unteren Teil da anhalten, Jungs? Faßt ihn an beiden Seiten. Wir setzen ihn auf dem Boden ab. Langsam.«

Barney rollte Dr. Lecter die Rampe hoch und in das Flugzeug hinein. Auf der rechten Seite der Maschine hatte man drei Sitze entfernt. Der Kopilot zurrte den Handwagen an den Sitzgestellen im Boden fest.

»Fliegt er etwa im Liegen?« fragte ein Trooper. »Hat er Gummihosen an?«

»Bis Memphis wirst du kein Wasser lassen können, du Schlächter«, sagte der andere.

»Könnte ich Sie sprechen, Dr. Chilton?« fragte Barney.

Sie standen vor dem Flugzeug, während der Wind kleine Wirbel aus Staub und Abfall um sie herum aufwehte.

»Diese Burschen wissen nicht die Bohne«, sagte Barney.

»Ich werde am andern Ende etwas Hilfe haben – erfahrene psychiatrische Pfleger. Er ist jetzt in ihrer Verantwortung.«

»Meinen Sie, daß sie ihn ordentlich behandeln werden? Sie wissen, wie er ist – man muß ihm mit Langeweile drohen. Das ist das einzige, wovor er Angst hat. Ihn herumzuboxen bringt nichts.«

»Das würde ich nie zulassen, Barney.«

»Werden Sie dabeisein, wenn man ihn verhört?«

»Ja.« *Und du nicht*, fügte Chilton im stillen hinzu.

»Ich könnte helfen, ihn am andern Ende einzugewöhnen und nur ein paar Stunden hinter meiner Schicht wieder hier sein«, sagte Barney.

»Er ist nicht mehr deine Aufgabe, Barney. Ich werde dort sein. Ich werde ihnen zeigen, wie man mit ihm umgeht, jeden Schritt.«

»Die sollen mal lieber aufpassen«, sagte Barney. »*Er* tut es.«

30. Kapitel

Clarice Starling saß auf dem Rand ihres Motelbetts und starrte das schwarze Telefon fast eine Minute an, nachdem Crawford aufgelegt hatte. Ihr Haar war zerzaust, und ihr FBI-Akademie-Nachthemd hatte sich um sie gewickelt, als sie sich in ihrem kurzen Schlaf hin- und hergewälzt hatte. Sie hatte das Gefühl, als hätte man sie in den Magen getreten.

Es war erst drei Stunden her, seit sie Dr. Lecter verlassen hatte, und zwei Stunden, seit sie und Crawford aufgehört hatten, die Liste charakteristischer Merkmale auszuarbeiten, um sie mit Bewerbungen in den Ärztezentren zu vergleichen. In dieser kurzen Zeit, in der sie schlief, hatte Dr. Frederick Chilton es fertiggebracht, das Ganze zu versauen.

Crawford war auf dem Weg zu ihr. Sie mußte fertig werden, mußte darüber nachdenken, fertig zu werden.

Gottverdammt. GOTTVERDAMMT. GOTTVERDAMMT. Du hast sie umgebracht, Dr. Chilton. Du hast sie umgebracht, Dr. Fuck Face. Lecter hat noch etwas mehr gewußt, und ich hätte es kriegen können. Alles weg nun, alles weg. Alles umsonst. Wenn Catherine Martin als Wasserleiche auftaucht, werde ich dafür sorgen, daß du sie dir anschauen mußt, das schwöre ich. Du hast es mir weggenommen. Ich muß wirklich etwas Nützliches zu tun haben. Und zwar jetzt. Was kann ich jetzt tun, was kann ich in dieser Minute tun? Mich waschen.

Im Bad ein Körbchen mit in Papier eingewickelten Seifen, Tuben mit Shampoo und Lotion, ein Mäppchen mit Nähzeug, die kleinen Geschenke, die man in einem guten Motel bekommt.

Als Starling unter die Dusche trat, sah sie sich jäh im Alter von acht, wie sie ihrer Mutter die Handtücher und das Shampoo und die in Papier eingewickelte Seife hereinbrachte, als ihre Mutter Motelzimmer putzte. Als sie acht war, gab es da eine Krähe, eine aus einer Schar auf dem sandigen Wind jener sauertöpfischen Stadt, und diese Krähe stahl gern von den Reinigungskarren des Motels. Sie nahm alles, was glänzte. Die Krähe würde auf eine günstige Gelegenheit warten und dann unter den vielen Haushaltsgegenständen auf dem Karren wühlen. Manchmal schiß sie bei einem unvorhergesehenen Start auf die sauberen Bettücher. Eine der anderen Putzfrauen warf Chlorkalk nach ihr, doch nur mit der Wirkung, daß sie ihre Federn mit schneeweißen Flecken sprenkelte. Die schwarzweiße Krähe wartete immer darauf, bis Clarice den Karren verließ, um ihrer Mutter, die Badezimmer schrubbte, Dinge zu bringen. Ihre Mutter stand in der Tür eines Motelbadezimmers, als sie Starling erklärte, daß sie weggehen, daß sie in Montana leben müsse. Ihre Mutter legte die Handtücher hin, die sie gerade in der Hand hatte, setzte sich auf den Rand des Motelbetts und hielt sie umarmt. Starling träumte noch immer von der Krähe, sah sie nun, ohne Zeit, zu überlegen, warum. Ihre Hand kam in einer wegscheuchenden Bewegung hoch, und dann, als ob es einer Entschuldigung für die Geste bedurfte, fuhr ihre Hand zur Stirn weiter, um das nasse Haar zurückzustreichen.

Sie zog sich rasch an. Hosen, Bluse und eine leichte Wollweste, den stupsnasigen Revolver im Holster aus Leder minderer Qualität fest gegen die Rippen gepreßt, den Schnellader auf der anderen Seite quer über ihrem Gürtel. An ihrem Blazer mußte eine Kleinigkeit ausgebessert werden. Über dem Schnellader war ein Saum im Futter ausgefranst. Sie war entschlossen, geschäftig zu sein, geschäftig, bis sie sich abregte. Sie holte das Nähmäppchen des Motels und nähte den Saum fest. Manche Agenten nähten flache Lederringe in den Schoß der Jacke, damit sie sauber aufliegen würde, das würde sie auch machen müssen...

Crawford klopfte an die Tür.

31. Kapitel

Ärger ließ Frauen nach Crawfords Erfahrung verwahrlost aussehen. Wut ließ ihr Haar nach hinten hinausstehen und trieb Schindluder mit ihrem Teint, und sie vergaßen, ihre Reißverschlüsse zuzuziehen. Jedes unattraktive Merkmal wurde vergrößert. Starling sah aus wie immer, als sie die Tür ihres Motelzimmers öffnete, doch sie war wütend, ganz schön wütend.

Crawford wußte, daß er nun womöglich eine große neue Wahrheit über sie erfahren würde.

Seifenduft und dampfende Luft wehten ihn an, als sie in der Türöffnung stand. Die Decken auf dem Bett hinter ihr waren über das Kissen hochgezogen worden.

»Was *sagen* Sie, Starling?«

»Ich sage, gottverdammt, Mr. Crawford, was sagen *Sie?*«

Er winkte mit dem Kopf ab. »Der Drugstore an der Ecke ist schon offen. Wir werden 'nen Kaffee holen.«

Es war ein milder Morgen für Februar. Die Sonne, noch tief im Osten, schien rot auf die Fassade der Anstalt, als sie vorbeigingen. Jeff folgte ihnen mit knisternden Radios langsam im Überwachungswagen. Einmal reichte er Crawford ein Telefon für ein kurzes Gespräch aus dem Fenster.

»Kann ich Chilton wegen Verdunklung belangen?«

Starling ging leicht voraus. Crawford konnte ihre Kiefermuskeln hervortreten sehen, nachdem sie gefragt hatte.

»Nein, es hätte keine Wirkung.«

»Was, wenn er sie umgebracht hat, was, wenn Catherine seinetwegen stirbt? Ich möchte ihn wirklich kriegen... Lassen Sie mich an dieser Sache bleiben, Mr. Crawford. Schicken Sie mich nicht zur Schule zurück.«

»Zwei Dinge. Wenn ich Sie behalte, dann nicht, um Chilton zu kriegen, das kommt später. Zweitens, wenn ich Sie viel länger behalte, werden Sie repetieren müssen. Kostet Sie ein paar Monate. Die Akademie lockert für niemanden die Bestimmungen. Ich kann garantieren, daß Sie wieder hineinkommen, aber mehr nicht – es wird ein Platz für Sie da sein, das kann ich Ihnen sagen.«

Sie legte den Kopf weit zurück, beugte ihn beim Gehen dann wieder vor. »Vielleicht ist dies keine höfliche Frage, die man dem Boß stellt, aber stecken Sie in der Klemme? Kann Senatorin Martin Ihnen was anhaben?«

»Starling, ich muß in zwei Jahren in Pension gehen. Wenn ich Jimmy Hoffa und den Tylenol-Killer finde, muß ich den Job trotzdem an den Nagel hängen. Es ist nicht von Belang.«

Crawford, stets auf der Hut vor Begierde, wußte, wie sehr er weise sein wollte. Er wußte, daß ein Mann mittleren Alters Weisheit so dringend nötig haben kann, daß er vielleicht versucht, sie teilweise zu erfinden; er wußte, wie tödlich das für einen jungen Menschen sein kann, der ihm glaubt. Daher wählte er seine Worte vorsichtig und sprach nur von Dingen, die er kannte.

Was Crawford ihr auf dieser ärmlichen Straße in Baltimore erklärte, hatte er in einer Reihe von eiskalten Morgendämmerungen in Korea gelernt, in einem Krieg, bevor sie geboren wurde. Er ließ den Teil mit Korea aus, da er ihn für Glaubwürdigkeit nicht brauchte.

»Dies ist die schwerste Zeit, Starling. Nutzen Sie diese Zeit, und sie wird Sie besänftigen. Dies ist der härteste Test – sich durch Wut und Frustration nicht vom Denken abhalten zu lassen. Es ist der Kern dessen, ob Sie befehlen können oder nicht. Verschwendung und Dummheit bringen Ihnen nur das Schlechteste ein. Chilton ist ein gottverdammter Narr, und er hat vielleicht Catherine Martins Leben auf dem Gewissen. Vielleicht aber auch nicht. Wir sind ihre Chance, Starling, wie kalt ist flüssiger Stickstoff im Labor?«

»Was? Ah, flüssiger Stickstoff... minus zweihundert Grad Celsius, in etwa. Er kocht bei ein wenig mehr als dem.«

»Haben Sie je etwas damit vereist?«

»Sicher.«

»Ich möchte, daß Sie jetzt etwas damit vereisen. Legen Sie die Angelegenheit mit Chilton auf Eis. Behalten Sie die Informationen, die Sie von Lecter bekommen haben, und vereisen Sie die Gefühle. Ich möchte, daß Sie den Blick auf den Preis gerichtet halten, Starling. Nur darauf kommt es an. Sie haben für einige Informationen gearbeitet, dafür bezahlt, sie erhalten, nun werden wir sie verwenden. Sie sind genauso gut – oder genauso wertlos –, wie vor dem Zeitpunkt, zu dem Chilton sich da hineingemischt hat. Wir werden wahrscheinlich nur nichts mehr von Lecter bekommen. Nehmen Sie die Kenntnisse über Buffalo Bill, die Lecter Ihnen mitgeteilt hat, und behalten Sie sie. Legen Sie das übrige auf Eis. Die Verschwendung, den Verdruß, Ihren Ärger, Chilton. Legen Sie es auf Eis. Wenn wir Zeit haben, werden wir Chiltons Arsch zwischen seinen Schulterblättern hochkicken. Legen Sie es jetzt auf Eis, und schieben Sie es beiseite. Damit Sie daran vorbei zum Preis sehen können, Starling. Catherine Martins Leben. Und Buffalo Bills Haut am Scheunentor. Halten Sie den Blick auf dem Preis. Wenn Sie das können, brauche ich Sie.«

»Um mit den Krankenblättern zu arbeiten?«

Sie waren nun vor dem Drugstore.

»Erst dann, wenn die Kliniken uns blockieren und wir die Krankenblätter nehmen müssen. Ich will Sie in Memphis. Wir müssen hoffen, daß Lector Senatorin Martin etwas Zweckdienliches erzählt. Ich will Sie jedoch in der Nähe, nur für den Fall – wenn er es müde wird, mit ihr zu spielen, unterhält er sich vielleicht mit Ihnen. In der Zwischenzeit möchte ich, daß Sie versuchen, ein Gespür für Catherine zu bekommen, dafür, wie Bill sie möglicherweise entdeckt hat. Sie sind nicht viel älter als Catherine, und ihre Freunde erzählen Ihnen unter Umständen Dinge, die sie keinem erzählen würden, der eher wie ein Bulle aussieht.

Wir haben noch die anderen Dinge am Laufen. Interpol arbeitet gerade an der Identifizierung von Klaus. Wenn wir Klaus identifiziert haben, können wir seine Freunde in Europa und in Kalifornien, wo er seine Romanze mit Benjamin Raspail hatte, unter die Lupe nehmen. Ich fahre zur University of Minnesota – wir haben die Sache dort oben falsch angepackt, und heute abend bin ich in Washington. Ich hole jetzt den Kaffee. Beordern Sie Jeff und den VW-Bus her. In vierzig Minuten sitzen Sie im Flugzeug.«

Die rote Sonne war drei Viertel des Wegs die Telefonmasten hinuntergekrochen. Die Bürgersteige waren noch violett. Starling konnte ins Licht hochlangen, als sie Jeff heranwinkte.

Sie fühlte sich leichter, besser. Crawford war wirklich sehr gut.

Sie wußte, daß seine bedeutungslose Frage über Stickstoff eine Verbeugung vor ihrem gerichtsmedizinischen Hintergrund war, dazu gedacht, ihr zu gefallen und tiefsitzende Gewohnheiten disziplinierten Denkens auszulösen. Sie fragte sich, ob Männer diese Art Manipulation wirklich für subtil halten. Merkwürdig, wie Dinge auf einen wirken können, wenn man sie erkennt. Merkwürdig, wie das Talent zur Führung häufig eine rohe Begabung ist.

Auf der anderen Straßenseite kam eine Gestalt die Stufen des Baltimore State Hospital für geistesgestörte Straftäter herunter. Es war Barney, der in seinem Lumberjack sogar noch größer aussah. Er trug seinen Henkelmann.

Starling formte Jeff, der im VW-Bus wartete, mit den Lippen unhörbar ›Fünf Minuten‹ zu. Sie holte Barney ein, als er gerade seinen alten Studebaker aufschloß.

»Barney.«

Mit ausdruckslosem Gesicht drehte er sich ihr zu. Seine Augen mochten ein wenig weiter sein als gewöhnlich. Er hatte sein Gewicht auf beiden Füßen verteilt.

»Hat Dr. Chilton Ihnen erklärt, dies würde Sie nicht belasten?«

»Was sollte er mir sonst sagen?«

»Glauben Sie es?«

Sein Mundwinkel verzog sich nach unten. Er sagte weder ja noch nein.

»Ich möchte, daß Sie etwas für mich tun. Ich möchte, daß Sie es jetzt tun, ohne Fragen. Ich werde Sie höflich bitten – wir fangen mit folgendem an. Was ist noch in Lecters Zelle?«

»Ein paar Bücher – *Joy of Cooking,* Ärztezeitschriften. Sie haben seine Gerichtsunterlagen mitgenommen.«

»Das Zeug an den Wänden, die Zeichnungen?«

»Es ist noch da.«

»Ich will alles, und ich habe es verdammt eilig.«

Er betrachtete sie eine Sekunde lang. »Warten Sie«, sagte er und trabte leichtfüßig für einen derart schweren Mann wieder die Stufen hoch.

Crawford wartete bereits im Überwachungswagen auf sie, als

Barney mit den zusammengerollten Zeichnungen und den Papieren und Büchern in einer Einkaufstasche zurückkam.

»Sind Sie überzeugt, daß ich wußte, daß diese Wanze in dem Pult war, das ich Ihnen gebracht habe?«

»Ich muß da noch drüber nachdenken. Hier ist ein Kuli, schreiben Sie Ihre Telefonnummern auf die Tasche. Barney, glauben Sie, die können mit Dr. Lecter *umgehen?*«

»Ich hab' meine Zweifel, und das hab' ich auch Dr. Chilton gesagt. Vergessen Sie nicht, ich hab' Ihnen das gesagt, falls es ihm entfällt. Sie sind in Ordnung, Officer Starling. Hören Sie, wenn Sie Buffalo Bill schnappen?«

»Ja?«

»Bringen Sie ihn bloß nicht zu mir, nur weil ich einen freien Platz habe, in Ordnung?« Er lächelte. Barney hatte kleine Milchzähne.

Starling grinste ihn unwillkürlich an. Sie winkte über die Schulter zurück, als sie zum VW-Bus rannte.

Crawford war zufrieden.

32. Kapitel

Die Grumman Gulfstream mit Dr. Hannibal Lecter an Bord setzte mit zwei Wölkchen blauen Reifenrauchs in Memphis auf. Den Anweisungen vom Tower folgend, rollte sie rasch zu den Air National Guard-Hangaren hin, weg vom Passagierterminal. Im ersten Hangar warteten eine Ambulanz des Notfalldiensts und eine Limousine.

Senatorin Ruth Martin sah durch das Rauchglas der Limousine zu, wie die State Troopers Dr. Lecter aus dem Flugzeug rollten. Sie wollte zu der gefesselten und maskierten Gestalt hinlaufen und ihr die Informationen entreißen, doch sie war klüger als das.

Senatorin Martins Telefon summte. Vom Notsitz aus griff ihr Assistent Brian Gossage nach dem Hörer.

»Es ist das FBI – Jack Crawford«, sagte Gossage.

Ohne den Blick von Lecter abzuwenden, streckte Senatorin Martin die Hand nach dem Telefon aus.

»Warum haben Sie mir nichts über Dr. Lecter gesagt, Mr. Crawford?«

»Ich habe befürchtet, daß Sie genau das tun würden, was sie gerade tun, Senatorin.«

»Ich bekämpfe Sie nicht, Mr. Crawford. Wenn Sie mich bekämpfen, wird es Ihnen leid tun.«

»Wo ist Lecter jetzt?«

»Ich sehe ihn mir an.«

»Kann er Sie hören?«

»Nein.«

»Senatorin Martin, hören Sie mir zu. Sie wollen persönliche Garantien für Lecter erbringen – schön, in Ordnung. Tun Sie aber das eine für mich. Lassen Sie sich von Alan Bloom genaue Anweisungen geben, bevor Sie sich mit Lecter anlegen. Bloom kann Ihnen helfen, glauben Sie mir.«

»Ich habe professionelle Beratung.«

»Hoffentlich besser als Chilton.«

Dr. Chilton pochte an das Fenster der Limousine. Senatorin Martin schickte Brian Gossage nach draußen, damit dieser sich um ihn kümmern konnte.

»Interne Streitereien vergeuden Zeit, Mr. Crawford. Sie haben einen völligen Neuling mit einem Scheinangebot zu Lecter geschickt. Ich kann mit Besserem aufwarten. Dr. Chilton sagt, Lecter sei fähig, auf ein anständiges Angebot zu reagieren, und das habe ich für ihn – kein Amtsschimmel, keine Persönlichkeiten, keine Fragen der Glaubwürdigkeit. Wenn wir Catherine sicher zurückbekommen, riecht jeder wie eine Rose, Sie eingeschlossen. Wenn sie... stirbt, sind mir Entschuldigen scheißegal.«

»Dann *machen Sie von uns Gebrauch,* Senatorin Martin.«

Sie hörte keinen Ärger in seiner Stimme, nur eine professionelle, kalkulierende Kühle, die ihr bekannt vorkam. Sie reagierte darauf. »Fahren Sie fort.«

»Wenn Sie etwas bekommen, lassen Sie daraufhin uns agieren. Vergewissern Sie sich, daß wir alles haben. Vergewissern Sie sich, daß die örtliche Polizei die Informationen mit uns teilt. Lassen Sie sie nicht in dem Glauben, sie würde Ihnen einen Gefallen tun, wenn sie uns ausschaltete.«

»Gerade kommt Paul Krendler vom Justizministerium. Er wird dafür sorgen.«

»Wer ist nun Ihr rangältester Beamter da?«

»Major Bachman aus dem Tennessee Bureau of Investigation.«

»Gut. Wenn es nicht zu spät ist, versuchen Sie, die Medien auszuschalten. Drohen Sie lieber Chilton damit – er mag Aufmerksamkeit. Wir wollen nicht, daß Buffalo Bill irgend etwas erfährt. Wenn wir ihn finden, wollen wir das Geiselrettungsteam benutzen. Wir wollen ihn rasch treffen und eine Distanzierung vermeiden. Haben Sie vor, Lecter selbst zu befragen?«

»Ja.«

»Werden Sie zuerst mit Clarice Starling sprechen? Sie ist auf dem Weg.«

»Für welchen Zweck? Dr. Chilton hat dieses Material für mich zusammengefaßt. Wir haben genug Zeit verplempert.«

Chilton pochte erneut ans Fenster und formte unhörbar Worte durch das Glas. Brian Gossage legte eine Hand auf sein Handgelenk und schüttelte den Kopf.

»Ich möchte Zugang zu Lecter, nachdem Sie mit ihm gesprochen haben«, sagte Crawford.

»Mr. Crawford, er hat versprochen, daß er Buffalo Bill im Austausch gegen Privilegien – eigentlich Annehmlichkeiten – beim Namen nennen wird. Wenn er das nicht tut, können Sie ihn für alle Ewigkeit haben.«

»Senatorin Martin, dies ist heikel, ich weiß, aber ich muß es Ihnen sagen: Was immer Sie tun, bitten Sie ihn nicht.«

»Gut, Mr. Crawford. Ich kann jetzt wirklich nicht reden.« Sie legte auf. »Wenn ich mich irre, wird sie nicht toter sein als die anderen sechs, mit denen du dich abgegeben hast«, sagte sie im Flüsterton und winkte Gossage und Chilton in den Wagen.

Dr. Chilton hatte für Senatorin Martins Interview mit Hannibal Lecter die Errichtung eines Büros in Memphis verlangt. Um Zeit zu sparen, hatte man für das Treffen hastig einen Raum der Air National Guard für Lagebesprechungen im Hangar umgestellt.

Senatorin Martin mußte draußen im Hangar warten, während Dr. Chilton Lecter im Büro etablierte. Sie konnte es nicht ertragen, im Wagen zu bleiben. Sie lief in einem kleinen Kreis unter dem großen Dach des Hangars herum, sah zu den hohen, gitterartig angeordneten Dachsparren hoch und wieder hinunter zu den auf dem Boden aufgemalten Streifen. Einmal blieb sie neben einer alten Phantom F-4 stehen und legte den Kopf gegen seine kalte Seite, wo *KEINE STUFE* aufgemalt war. *Dieses Flugzeug muß älter sein als Catherine. Lieber Jesus, mach schon.*

»Senatorin Martin.« Major Bachman rief nach ihr. Chilton winkte von einer Tür her.

Im Raum gab es einen Schreibtisch für Chilton und Stühle für Senatorin Martin und ihren Assistenten sowie für Major Bachman. Ein Videokameramann war bereit, das Treffen aufzunehmen. Chilton behauptete, es sei eine von Lecters Forderungen.

Gutaussehend betrat Senatorin Martin den Raum. Ihr marineblaues Kostüm roch nach Macht. Sie hatte auch dafür gesorgt, daß Gossage tipptopp aussah.

Dr. Hannibal Lecter saß allein in der Mitte des Zimmers in einem auf den Boden geschraubten wuchtigen Eichensessel. Eine Decke verhüllte seine Zwangsjacke und seine Beinfesseln und verbarg die Tatsache, daß er an den Sessel gekettet war. Er trug aber noch die Hockeymaske, die ihn vom Beißen abhielt.

Warum? überlegte die Senatorin – der Plan war gewesen, Dr. Lecter in einer Büroumgebung eine gewisse Würde zu erlauben. Senatorin Martin sah Chilton scharf an und wandte sich Unterlagen erbittend an Gossage.

Chilton stellte sich hinter Dr. Lecter. Mit einem Blick zur Kamera machte er die Gurte auf und entfernte die Maske mit einer schwungvollen Gebärde.

»Senatorin Martin, darf ich Ihnen Dr. Hannibal Lecter vorstellen.«

Zu sehen, was Dr. Chilton aus Effekthascherei getan hatte, jagte Senatorin Martin genausoviel Angst ein wie alles andere, das seit dem Verschwinden ihrer Tochter geschehen war. Jegliches Vertrauen, das sie vielleicht zu Chiltons Urteilsfähigkeit hatte, wurde von der kalten Furcht ersetzt, daß er ein Narr war.

Sie würde improvisieren müssen.

Eine Locke von Dr. Lecters Haar fiel ihm zwischen die kastanienbraunen Augen. Er war so bleich wie die Maske. Senatorin Martin und Hannibal Lecter betrachteten einander eingehend, die eine außerordentlich klug und der andere nach menschlichem Ermessen nicht meßbar.

Dr. Chilton kehrte an seinen Schreibtisch zurück, sah jeden der Reihe nach an und begann:

»Dr. Lecter hat mir zu verstehen gegeben, Senatorin, daß er mit speziellen Kenntnissen zur Untersuchung beitragen möchte, dies als Gegenleistung für Überlegungen, die die Umstände seiner Haft betreffen.«

Senatorin Martin hielt ein Dokument hoch. »Dr. Lecter, dies ist eine eidliche Erklärung, die ich nun unterzeichnen werde. Darin steht, daß ich Ihnen helfen werde. Wollen Sie's lesen?«

Sie dachte, er würde nicht antworten, und drehte sich zum Unterschreiben zum Schreibtisch, als er sagte:

»Ich werde Ihre und Catherines Zeit nicht dadurch verschwenden, daß ich um geringfügige Privilegien feilsche. Karriereaufsteiger haben bereits genug vergeudet. Lassen Sie mich Ihnen jetzt helfen, und ich vertraue darauf, daß Sie mir helfen, wenn es vorbei ist.«

»Sie können sich darauf verlassen. Brian?«

Gossage hob seinen Blick hoch.

»Buffalo Bill heißt William Rubin. Er ist als Billy Rubin bekannt. Er wurde im April oder Mai 1975 von meinem Patienten Benjamin Raspail an mich verwiesen. Er sagte, er wohne in Philadelphia, an eine Adresse kann ich mich nicht erinnern, aber er wohnte bei Raspail in Baltimore.«

»Wo sind Ihre Aufzeichnungen?« warf Major Bachman ein.

»Meine Aufzeichnungen wurden durch Gerichtsbeschluß vernichtet, und zwar kurz nachdem –«

»Wie sah er aus?« fragte Major Bachman.

»Wenn ich *bitten* dürfte, Major? Senatorin Martin, die einzigen –«

»Geben Sie mir Alter und eine körperliche Beschreibung, alles, woran Sie sich erinnern können«, sagte Major Bachman.

Dr. Lecter schaltete einfach ab. Er dachte über etwas anderes nach – Géricualts anatomische Studien für *Das Floß der Medusa* – und wenn er die Fragen hörte, die folgten, zeigte er es nicht.

Als Senatorin Martin seine Aufmerksamkeit wiedererlangte, waren sie allein im Zimmer. Sie hatte Gossages Block.

Dr. Lecters Blick konzentrierte sich auf sie. »Diese Flagge riecht wie Zigarren«, sagt er. »Haben Sie Catherine die Brust gegeben?«

»Wie bitte? Habe ich...«

»Haben Sie sie gestillt?«

»Ja.«

»Durstige Arbeit, nicht wahr...?«

Als ihre Pupillen sich verdunkelten, nahm Dr. Lecter einen einzigen Schluck ihres Schmerzes und fand ihn köstlich. Für heute reichte das. Er fuhr fort: »William Rubin ist etwa ein Meter fünfundachtzig groß und dürfte nun fünfundreißig Jahre alt sein. Er ist kräftig gebaut — ungefähr sechsundachtzig Kilo, als ich ihn kannte, und vermutlich hat er in der Zwischenzeit zugenommen. Er hat braunes Haar und hellblaue Augen. Geben Sie ihnen erst einmal das, und dann machen wir weiter.«

»Ja, das werde ich tun«, sagte Senatorin Martin. Sie reichte ihre Notizen aus der Tür hinaus.

»Ich habe ihn nur einmal gesehen. Er machte einen weiteren Termin aus, aber er ist nie wiedergekommen.«

»Warum halten Sie ihn für Buffalo Bill?«

»Er hat schon damals Menschen umgebracht und ähnliche Dinge mit ihnen angestellt, anatomisch gesehen. Er sagte, er wolle Hilfe, um aufzuhören, doch in Wirklichkeit wollte er nur darüber schwafeln. *Schwatzen.*«

»Und Sie haben nicht – er war sich sicher, daß Sie ihn nicht anzeigen würden?«

»Er hat nicht geglaubt, daß ich das täte, und er geht gern Risiken ein. Ich hatte die vertraulichen Mitteilungen seines Freunds Raspail respektiert.«

»*Raspail* hat gewußt, daß er dies tat?«

»Raspails Gelüste gingen ins Zwielichtige – er war mit Narben bedeckt.

Billy Rubin gestand mir, er hätte eine Vorstrafe, aber keine Details. Ich nahm eine kurze Krankengeschichte auf. Sie war nicht außergewöhnlich, bis auf eins: Rubin erzählte mir, daß er einmal an Elefantenelfenbeinanthrakose litt. Das ist alles, woran ich mich erinnere, Senatorin Martin, und ich nehme an, Sie möchten gern gehen. Wenn mir noch irgend etwas in den Sinn kommt, gebe ich Ihnen Nachricht.«

»Hat Billy Rubin die Person umgebracht, deren Kopf im Wagen war?«

»Ich glaube ja.«

»Wissen Sie, wer das ist?«

»Nein. Raspail hat ihn Klaus genannt.«

»Sind die anderen Dinge, die Sie dem FBI gesagt haben wahr gewesen?«

»Zumindest so wahr wie das, was das FBI *mir* gesagt hat, Senatorin Martin.«

»Ich habe hier in Memphis einige provisorische Anordnungen für Sie getroffen. Wir werden über Ihre Situation reden, und Sie werden nach Brushy Mountain gebracht, wenn dies... wenn wir es geregelt haben.«

»Danke. Ich hätte gern ein Telefon, wenn mir etwas einfällt...«

»Das bekommen Sie.«

»Und Musik. Glenn Gould, die *Goldberg-Variationen*? Wäre das zuviel verlangt?«

»Fein.«

»Senatorin Martin, vertrauen Sie die Führung nicht einzig dem FBI an. Jack Crawford spielt mit den anderen Dienststellen nie fair. Es ist ja so ein Spiel mit diesen Leuten. Er ist entschlossen, die Festnahme selbst durchzuführen.«

»Danke, Dr. Lecter.«

»Einfach Klasse, Ihr Kostüm«, sagte er, als sie aus der Tür ging.

33. Kapitel

Raum um Raum windet Jame Gumbs Keller sich dahin wie das Labyrinth, das uns in Träumen einen Strich durch die Rechnung macht. Als Mr. Gumb noch schüchtern war, vor vielen, vielen Leben, vergnügte er sich in den verborgensten Räumen, weit weg von der Treppe. Es gibt Räume in den entferntesten Ecken, Räume aus anderen Leben, die Gumb seit Jahren nicht geöffnet hat. Einige von ihnen sind noch bewohnt, sozusagen, auch wenn die Geräusche von hinter den Türen vor langer Zeit am lautesten waren und sich dann in Schweigen verloren.

Die Ebenen der Böden variieren von Raum zu Raum bis zu dreißig Zentimetern. Es gibt Türschwellen, über die man schreiten, Türstürze, unter denen man sich ducken muß. Lasten sind unmöglich zu rollen und lassen sich nur mit Mühe ziehen. Etwas vor einem her marschieren zu lassen – wobei es stolpert und weint, bettelt und sich den benommenen Kopf anschlägt –, ist schwierig, sogar gefährlich.

Als Mr. Gumb klüger wurde und mehr Vertrauen entwickelte, hatte er nicht mehr das Gefühl, seine Bedürfnisse in den verborgenen Teilen des Kellers befriedigen zu müssen. Er benutzte nun eine Flucht von Räumen um die Treppe herum, große Räume mit fließend Wasser und Elektrizität.

Im Keller ist es nun völlig dunkel.

Unter dem Raum mit dem Sandboden, in dem Verließ, ist Catherine Martin still.

Mr. Gumb ist hier im Keller, aber er ist nicht in dieser Kammer.

Der Raum hinter der Treppe ist für die menschliche Sehkraft schwarz, doch er ist voller leiser Geräusche. Hier tröpfelte Wasser, und kleine Pumpen summten. In kleinen Echos klingt der Raum groß. Die Luft ist feucht und kühl. Riech das Grün. Flügelschlagen gegen die Wange, vereinzelt Knacken in der Luft. Ein tiefes nasales Geräusch der Befriedigung, ein menschliches Geräusch.

Der Raum enthält keine der Wellenlängen von Licht, derer das menschliche Auge sich bedienen kann, doch Mr. Gumb ist hier, und er kann sehr gut sehen, obwohl er alles in Grünschattierungen und -stärken erkennt. Er trägt eine hervorragende Infrarotschutzbrille (aus israelischen Armeebeständen, weniger als vierhundert Dollar), und er lenkt den Strahl einer Infrarottaschenlampe auf den Drahtkäfig vor sich. Hingerissen sitzt er auf der Kante eines geraden Stuhls und betrachtet ein Insekt, das eine Pflanze in dem Schutzkäfig hochklettert. Die junge Imago ist gerade aus einer gespaltenen Chrysalis in der feuchten Erde des Käfigbodens ausgeschlüpft. Vorsichtig klettert sie an einem Stengel Nachtschatten empor und sucht Platz zum Entfalten der feuchten neuen, noch an ihrem Rücken fest zusammengepreßten Flügel. Sie wählt einen waagerechten Zweig.

Mr. Gumb muß den Kopf neigen, um sehen zu können. Nach und nach werden die Flügel mit Blut und Luft vollgepumpt. Sie kleben noch immer über dem Rücken des Insekts zusammen.

Es vergehen zwei Stunden. Mr. Gumb hat sich kaum gerührt. Er knipst die Infrarottaschenlampe aus und an, um sich mit dem Fortschritt zu überraschen, den das Insekt gemacht hat. Um die Zeit totzuschlagen, läßt er das Licht über den übrigen Raum spielen – über seine großen Aquarien voll von pflanzlicher Gerblösung. Auf Formen und Streckvorrichtungen in den Tanks stehen seine jüngsten Errungenschaften wie zerbrochene klassische Statuen grün unter dem Meer. Sein Licht streift über den großen galvanisierten Arbeitstisch mit seinem Lagerblock aus Metall, rückwärtiges Schutzblech und Abzugsrinnen, berührt die Winde darüber. An der Wand seine langen Industriebecken. Alles in den grünen Bildern gefilterten Infrarots. Geflatter, phosphoreszierende Streifen kreuzen sein Blickfeld, kleine Kometenschweife von Motten frei im Raum.

Gerade rechtzeitig wechselt er wieder zum Käfig zurück. Die großen Flügel des Insekts werden über dem Rücken gehalten, verbergen und verzerren seine Markierungen. Nun klappt es die Flügel nach unten, um seinen Körper zu umhüllen, und das berühmte Muster ist deutlich zu erkennen. Ein menschlicher Schädel, herrlich ausgeführt in den pelzartigen Schuppen, starrt vom

Rücken der Motte her. Unter der dunkel getönten Kuppel des Schädels sind die schwarzen Augenlöcher und die vorstehenden Backenknochen. Unter ihnen liegt Dunkelheit wie ein Knebel über dem Gesicht oberhalb des Kiefers. Wie das Oberteil eines Beckens zur Schau gestellt sitzt der Schädel auf einer Markierung.

Ein auf einem Becken aufgesetzter Schädel, alles durch einen Zufall der Natur auf den Rücken einer Motte gezeichnet.

Mr. Gumb fühlt sich im Innern so gut und leicht. Er beugt sich vor, haucht sanfte Luft über die Motte. Sie hebt ihren scharfen Rüssel und quiekst ärgerlich.

Leise geht er mit seiner Lampe in das Verließ. Er macht den Mund auf, um sein Atmen zu dämpfen. Er möchte seine Stimmung nicht mit einer Menge Lärm aus der Grube verderben. Die Gläser seiner Schutzbrille auf ihren kleinen vorstehenden Gehäusen sehen wie Krabbenaugen auf Stielen aus. Mr. Gumb weiß, daß die Schutzbrille alles andere als attraktiv ist, aber beim Spielen von Kellerspielen hat er ein paar tolle Zeiten mit ihr in dem schwarzen Keller gehabt.

Er lehnt sich nach vorn und leuchtet sein unsichtbares Licht den Schacht hinunter.

Sie, das Material, liegt auf ihrer Seite, wie eine Garnele zusammengekrümmt. Anscheinend schläft sie. Ihr Toiletteneimer steht neben ihr. Sie hat nicht törichterweise wieder die Schnur zerrissen und auch nicht versucht, sich an den nackten Wänden hochzuziehen. In ihrem Schlaf preßt sie die Ecke der Decke gegen das Gesicht und lutscht am Daumen.

Catherine betrachtend, das Licht der Infrarottaschenlampe an ihr herauf und herunter spielend, bereitet Mr. Gumb sich auf die vor ihm liegenden äußerst realen Probleme vor.

Der Umgang mit der menschlichen Haut ist verteufelt schwierig, wenn man so hohe Ansprüche wie die von Mr. Gumb stellt. Es gilt, wesentliche Entscheidungen struktureller Natur zu treffen, und die erste ist, wo man den Reißverschluß anbringt.

Er läßt den Strahl an Catherines Rücken hinuntergleiten. Normalerweise würde er den Verschluß am Rücken anbringen, doch wie könnte er es dann allein anziehen? Er kann doch keinen bitten, ihm bei so einer Sache zu helfen, so erregend diese Aussicht auch sein mochte. Er kennt Orte, Kreise, wo man seine Bemühungen sehr bewundern würde – es gibt gewisse Jachten, wo er sich putzen könnte –, doch das wird warten müssen. Er muß Sachen haben, die er allein benutzen kann. Die Vorderseite in der Mitte aufzuschlitzen, wäre ein Sakrileg – das schlägt er sich gleich aus dem Kopf.

Bei Infrarotlicht kann Mr. Gumb nichts über Catherines Farbe sagen, aber sie sieht dünner aus. Er ist überzeugt, daß sie gerade eine Diät machte, als er sie gefangennahm.

Erfahrung hat ihn gelehrt, vier Tage bis zu einer Woche vor dem Einheimsen der Haut zu warten. Durch plötzlichen Gewichtsverlust wird die Haut lockerer und läßt sich leichter abziehen. Zusätzlich verlieren seine Versuchspersonen durch Hungern Kraft, wodurch sie handlicher werden. Fügsamer. Manche überkommt eine stumpfsinnige Resignation. Gleichzeitig ist es notwendig, ein paar Rationen zur Verfügung zu stellen, um Verzweiflung und zerstörerische Wutanfälle zu verhindern, die die Haut beschädigen könnten.

Es hat eindeutig abgenommen. Dieses hier ist für das, was er tut, von so großer Bedeutung, so sehr Mittelpunkt, daß er es nicht aushält, lang zu warten, was er ja auch nicht muß. Er kann es morgen nachmittag tun oder morgen abend. Allerspätestens am nächsten Tag. Bald.

34. Kapitel

Clarice Starling erkannte das Schild Stonehinge Villas von den Fernsehnachrichten wieder. Der Gebäudekomplex in East Memphis, eine Mischung aus Etagenwohnungen und Reihenhäusern, bildete ein großes U um einen Parkplatz herum.

Starling parkte ihren gemieteten Chevrolet Celebrity mitten auf dem großen Parkplatz. Gutbezahlte Fabrikarbeiter und Angestellte der unteren Ränge wohnten hier – das sagten ihr die Trans-Ams und IROC-Z Camaros. Wohnmobile für die Wochenenden und grell mit Glitzerfarbe angestrichene Wasserskiboote waren auf ihrem eigenen Abschnitt des Parkplatzes abgestellt.

Stonehinge Villas – die Rechtschreibung tat Starling jedesmal weh, wenn sie das Schild ansah. Die Apartments waren wahrscheinlich voll von weißen Korbmöbeln und pfirsichfarbenem Plüsch. Schnappschüsse unter dem Glas des Couchtischs. Das *Dinner for Two Cookbook* und *Fondue on the Menue*. Starling, deren Wohnung ein Zimmer im Studentenwohnheim der FBI-Akademie war, war eine strenge Kritikerin derartiger Dinge.

Sie mußte Catherine Baker Martin kennenlernen, und dies schien ein sonderbarer Wohnort für die Tochter einer Senatorin. Starling hatte das kurzbiographische Material gelesen, das das FBI gesammelt hatte, und es stellte Catherine Martin als intelligente Person dar, die schlechter abgeschnitten hatte als erwartet. Sie war am Farmington durchgerasselt und hatte zwei unglückliche Jahre am Middlebury verbracht. Nun studierte sie an der Southwestern University und war Lehramtsanwärterin.

Starling hätte sich mühelos ein Bild von ihr als selbstversunkenem abgestumpften Internatszögling machen können, eine derer Personen, die nie zuhören. Starling wußte, daß sie hier vorsichtig sein mußte, da sie ihre eigenen Vorurteile und Ressentiments hatte. Starling hatte ihre Zeit in Internaten absolviert, von Stipendien gelebt, ihre Noten besser als ihre Kleidung. Sie hatte eine Menge Jugendliche aus reichen, gestörten Familien mit zuviel Internatszeit gesehen. Sie kümmerte sich keinen Deut um einige von ihnen, doch sie war allmählich zu der Erkenntnis gelangt, daß Unaufmerksamkeit ein Trick sein konnte, um Schmerz zu vermeiden, und daß sie häufig als Oberflächlichkeit und Gleichgültigkeit mißdeutet wird.

Besser, sich Catherine als Kind mit ihrem Vater beim Segeln vorzustellen, wie sie das in dem Film tat, den sie mit Senatorin Martins Bitte im Fernsehen gezeigt hatten. Sie fragte sich, ob Catherine versuchte, ihrem Vater zu gefallen, als sie klein war. Sie überlegte, womit Catherine beschäftigt war, als man kam und ihr erklärte, daß ihr Vater tot sei, mit zweiundvierzig an einem Herzanfall gestorben. Starling war voll davon überzeugt, daß Catherine ihn vermißte. Den Vater zu vermissen, die vertraute Wunde, bewirkte, daß Starling sich der jungen Frau verbunden fühlte.

Starling fand es überaus wichtig, Catherine Martin zu mögen, da es ihr half, sich anzustrengen.

Starling konnte sehen, wo sich Catherines Apartment befand – zwei Funkstreifenwagen der Tennessee Highway Patrol waren davor geparkt. Auf dem Teil des Parkplatzes, der am dichtesten bei der Wohnung lag, waren Flecken weißen Pulvers. Das Tennessee Bureau of Investigation mußte Ölflecken mit Bims oder irgendeinem anderen reaktionsträgen Pulver entfernt haben. Crawford sagte, das TBI sei ziemlich gut.

Starling ging zu den vor dem Apartment auf dem Spezialabschnitt des Parkplatzes abgestellten Freizeitfahrzeugen und Booten hinüber. Hier hatte Buffalo Bill sie erwischt. So dicht bei ihrer Tür, daß sie sie unverschlossen ließ, als sie herauskam. Etwas hatte sie zum Hinausgehen verleitet. Es mußte eine harmlos aussehende Szenerie gewesen sein.

Starling wußte, daß die Polizei von Memphis erschöpfende Befragungen von Haus zu Haus durchgeführt hatte, und niemand hatte etwas gesehen, vielleicht war es daher zwischen den hohen Wohnmobilen geschehen. Hier mußte er seinen Beobachtungsposten gehabt haben. In irgendeiner Art Fahrzeug sitzend, anders war es gar nicht denkbar. Buffalo Bill *wußte* aber, daß Catherine hier war. Er mußte sie irgendwo ausgemacht und sie, seine Chance abwartend, verfolgt haben. Mädchen von Catherines

Größe sind nicht alltäglich. Er saß nicht einfach an willkürlichen Orten herum, bis eine Frau der richtigen Größe vorbeikam. Er konnte tagelang dasitzen und keine zu Gesicht bekommen.

Alle Opfer waren groß. Sie alle waren groß. Einige waren dick, doch alle waren groß. »Er muß Sachen haben, die passen.« Bei der Erinnerung an Dr. Lecters Worte schauderte Starling. Dr. Lecter, der neue Memphianer.

Starling holte tief Atem, blies die Backen auf und ließ die Luft langsam heraus. *Mal sehen, was wir über Catherine sagen können.*

Ein State Trooper aus Tennessee, der seinen Smokey-der-Bär-Hut trug, öffnete die Tür von Catherine Martins Wohnung. Als Starling ihm ihren Ausweis zeigte, winkte er sie herein.

»Officer, ich muß die Räumlichkeiten hier flüchtig überprüfen.« *Räumlichkeiten* zu gebrauchen, schien ein gutes Wort bei einem Mann, der im Haus seinen Hut aufhatte.

Er nickte. »Wenn das Telefon klingelt, lassen Sie's klingeln. Ich werde drangehen.«

Auf der Arbeitsfläche in der Küche konnte Starling ein an das Telefon angeschlossenes Tonbandgerät sehen. Daneben standen zwei neue Telefone. Eines hatte keine Wählscheibe – eine Direktverbindung zur Sicherheitsabteilung von Southern Bell, der Einrichtung zum Verfolgen von Anrufen im mittleren Süden.

»Kann ich Ihnen irgendwie behilflich sein?« fragte der junge Beamte.

»Ist die Polizei mit ihrer Durchsuchung hier fertig?«

»Die Wohnung ist der Familie freigegeben worden. Ich bin nur fürs Telefon hier. Sie können alles anfassen, wenn Sie das wissen wollen.«

»Gut, dann werde ich mich umsehen.«

»Okay.« Der junge Polizist holte die Zeitung hervor, die er unter die Couch gesteckt hatte, und nahm seinen Platz wieder ein.

Starling wollte sich konzentrieren. Sie wünschte, sie wäre allein in der Wohnung, doch sie wußte, daß sie Glück hatte, daß es nicht von Polizisten wimmelte.

Sie begann in der Küche. Sie war nicht von einer ernsthaften Köchin ausgestattet. Catherine sei wegen Popcorn gekommen, hatte der Freund der Polizei erklärt. Starling machte das Gefrierfach auf. Darin waren zwei Pakete Popcorn für den Mikrowellenherd. Den Parkplatz konnte man von der Küche aus nicht sehen.

»Wo sind'n Sie her?«

Starling nahm die Frage das erstemal nicht zur Kenntnis.

»Wo sind'n Sie her?«

Der Trooper auf der Couch beobachtete sie über den Rand seiner Zeitung.

»Washington«, sagte sie.

Unter dem Spülbecken – jawohl, Kratzer auf dem Rohrverbindungsstück, sie hatten die Auffangvorrichtung herausgenommen und untersucht. Gut für das TBI. Die Messer waren nicht scharf. Die Geschirrspülmaschine war an gewesen, aber nicht ausgeräumt worden. Der Kühlschrank war Hüttenkäse und fertigem Obstsalat geweiht. Catherine Martin kaufte Fast Food-Lebensmittel, hatte wahrscheinlich einen Stammladen, einen Drive-in-Markt in der Nähe, den sie benutzte. Vielleicht trieb jemand sich in dem Laden herum. Lohnt sich, da nachzuhaken.

»Gehören Sie zum Justizminister?«

»Nein, zum FBI.«

»Der Justizminister ist im Anrollen. Das hab' ich jedenfalls beim Ausrücken gehört. Wie lang sind Sie schon beim FBI?«

Starling sah den jungen Polizisten an.

»Officer, ich sag' Ihnen mal was. Ich werde Sie wahrscheinlich ein paar Dinge fragen müssen, wenn ich mich hier umgesehen habe. Vielleicht könnten Sie mir dann aushelfen.«

»Klar. Wenn ich kann –«

»Gut, okay. Warten wir und sprechen wir dann. Ich muß jetzt über dies hier nachdenken.«

»Na, kein Problem.«

Das Schlafzimmer war hell, von einer sonnigen, verträumten Art, die Starling gefiel. Es war mit besseren Stoffen und besserer Einrichtung ausgestattet, als die meisten jungen Frauen sich leisten konnten. Es gab einen Koromandelwandschirm, zwei Cloisonnéobjekte auf den Regalen und einen guten Sekretär aus knotigem Walnußholz. Doppelbett. Starling hob den Rand der Tagesdecke hoch. Am linken Bett waren Rollen angebracht, nicht aber am rechten. *Catherine muß sie wohl zusammenschieben, wenn es ihr paßt. Hat vielleicht einen Liebhaber, von dem der Freund nichts weiß. Oder vielleicht bleiben sie manchmal über Nacht hier. An ihrem Anrufbeantworter gibt es keinen Fernsignalgeber. Sie muß unter Umständen hier sein, wenn ihre Mutter anruft.*

Der Anrufbeantworter war wie ihr eigener, der normale Phone-Mate. Sie öffnete die obere Platte. Die beiden Kassetten für ankommende und abgehende Anrufe waren weg. An ihrer Stelle war ein Zettel: KASSETTEN TBI-BESITZ NR. 6.

Das Zimmer war einigermaßen aufgeräumt, hatte aber das Aussehen leichter, von Ermittlern mit großen Händen hinterlassener Unordnung, Männern, die versuchen, Dinge genau an ihren Platz zurückzustellen, es aber knapp verfehlen. Selbst ohne die Spuren von Fingerabdruckpulver auf allen glatten Oberflächen hätte Starling gewußt, daß man die Wohnung durchsucht hatte.

Starling glaubte nicht, daß irgendein Teil des Verbrechens sich im Schlafzimmer abgespielt hatte. Crawford hatte vermutlich recht, Catherine war auf dem Parkplatz geschnappt worden. Starling wollte sie jedoch kennenlernen, und hier lebte sie. *Lebt,* verbesserte Starling sich. Hier *lebt* sie.

Im Fach des Nachttischs waren ein Telefonbuch, Reinigungstücher, eine Schachtel mit Pflegepräparaten und hinter dieser eine Polaroid SX-70 mit einem Selbstauslöser und einem darunter zusammengeklappten kurzen Stativ. Hmmmm. Aufmerksam wie eine Eidechse sah Starling die Kamera an. Sie blinzelte, wie eine Eidechse blinzelt, und faßte sie nicht an.

Der Wandschrank interessierte Starling am meisten. Catherine Baker Martin, Wäschezeichen C-B-M, hatte eine Menge Kleider, und einige davon waren sehr gut. Starling erkannte viele der Etiketten einschließlich Garfinkel's und Britches in Washington. *Geschenke von Mommy,* sagte Starling sich. Catherine hatte schöne, klassische Kleider in zwei Größen, die so geschneidert waren, daß sie ihr zwischen 65 und 75 Kilo paßten, vermutete Starling, und es gab ein paar Hosen für extradicke Zeiten und Pullover aus dem Statuesque Shop, der Boutique für Übergrößen. In einem Hängeregal standen dreiundzwanzig Paar Schuhe. Sieben Paar waren Ferragamos in Größe 42, und einige waren Reeboks und leichte Slipper. Auf dem obersten Regal lagen ein leichter Rucksack und ein Tennisschläger.

Die Habseligkeiten eines privilegierten Kids, einer Studentin und Lehramtsanwärterin, die besser lebte als die meisten.

Viele Briefe im Sekretär. Verschlungene Notizen in nach links geneigter Handschrift von früheren Klassenkameraden an der Ostküste. Briefmarken, gummierte Adressenaufkleber. Geschenkpapier in der untersten Schublade, ein Bündel in verschiedenen Farben und Mustern. Starlings Finger blätterten es durch. Sie dachte daran, die Angestellten im örtlichen Drive-in-Markt zu befragen, als ihre Finger auf einen Bogen im Bündel Geschenkpapier stießen, der zu dick und steif war. Ihre Finger strichen daran vorbei, kamen zu ihm zurück. Sie war dazu ausgebildet, Abweichungen von der Norm zu registrieren, und sie hatte ihn halb herausgezogen, als sie ihn anschaute. Der Bogen war blau, aus einem leichten Löschpapier ähnlichen Materials, und das aufgedruckte Muster war eine grobe Imitation des Comic-Hunds Pluto. Die kleinen Reihen von Hunden sahen alle wie Pluto aus, sie hatten das richtige Geld, aber in ihren Proportionen stimmten sie nicht ganz.

»Catherine, Catherine«, sagte Starling. Sie nahm eine Pinzette aus ihrer Handtasche und schob damit das Blatt kolorierten Papiers in einen Plastikumschlag, den sie vorerst aufs Bett legte.

Das Schmuckkästchen auf der Kommode war aus geprägtem Leder, die Art, die man im Zimmer eines jeden Mädchens in einem Studentenwohnheim sieht. Die beiden Schubladen vorn und der in Reihen angeordnete Deckel enthielten Modeschmuck, keine wertvollen Stücke. Starling überlegte, ob die besten Stücke in der Küche in dem Kohlkopf aus Gummi im Kühlschrank waren, und wenn ja, wer sie genommen hatte.

Sie hakte den Finger unter die Seite des Deckels und gab das Geheimfach hinten am Schmuckkästchen frei. Das Geheimfach war leer. Sie fragte sich, vor wem diese Fächer ein Geheimnis waren – gewiß nicht vor Einbrechern. Sie langte hinter die Schmuckschatulle und schob das Fach wieder hinein, als ihre Finger den an die Unterseite des Geheimfachs geklebten Umschlag berührten.

Starling streifte ein Paar Baumwollhandschuhe über und drehte die Schmuckschatulle um. Sie nahm das leere Fach heraus und kippte es um. Ein brauner Umschlag war mit Kreppband an den Boden des Fachs geklebt. Die Verschlußklappe war nur eingesteckt, nicht zugeklebt. Sie hielt das Papier dicht an die Nase. Der Umschlag war nicht auf Fingerabdrücke untersucht worden. Starling benutzte die Pinzette, um ihn zu öffnen und den Inhalt herauszuziehen. In dem Umschlag waren fünf Polaroidbilder, und sie nahm sie einzeln heraus. Die Fotos zeigten einen Mann und eine Frau beim Beischlaf. Weder Köpfe noch Gesichter waren zu sehen. Zwei der Bilder waren von der Frau aufgenommen, zwei von dem Mann, und eins war allem Anschein nach von dem auf dem Nachttisch aufgestellten Stativ geschossen worden.

Es war schwer, Umfang auf einem Foto zu beurteilen, doch bei diesen spektakulären 65 Kilo und dieser Größe mußte die Frau Catherine Martin sein. Der Mann trug so etwas wie einen geschnitzten Elfenbeinring auf seinem Penis. Die Rasterung des Bilds war nicht scharf genug, um die Einzelheiten zu enthüllen. Starling packte jedes der Bilder in einen Brotbeutel und steckte diese in ihren eigenen braunen Umschlag. Das Fach schob sie wieder ins Schmuckkästchen.

»Ich habe die guten Sachen in meiner Brieftasche«, sagte eine Stimme hinter ihr. »Ich glaube nicht, daß irgend etwas entwendet wurde.«

Starling schaute in den Spiegel. Senatorin Martin stand in der Schlafzimmertür. Sie sah erschöpft aus.

Starling drehte sich um. »Hallo, Senatorin Martin. Möchten Sie sich gern hinlegen? Ich bin fast fertig.«

Selbst in erschöpftem Zustand hatte Senatorin Martin sehr viel Ausstrahlung. Hinter ihrer sorgfältigen äußeren Erscheinung sah Starling einen Raufbold.

»Wer sind Sie, bitte? Ich dachte, die Polizei wäre hier drin fertig.«

»Ich bin Clarice Starling, FBI. Haben Sie mit Dr. Lecter gesprochen, Senatorin?«

»Er hat mir einen Namen genannt.« Senatorin Martin zündete sich eine Zigarette an und musterte Starling von oben bis unten. »Wir werden sehen, was er wert ist. Und was haben Sie in dem Schmuckkästchen gefunden, Officer Starling? Was ist *das* wert?«

»Ein dokumentarischer Beleg, den wir in wenigen Minuten überprüfen können«, war das Beste, womit Starling aufwarten konnte.

»In der Schmuckschatulle meiner Tochter? Das wollen wir uns mal ansehen.«

Starling hörte Stimmen im Nebenzimmer und hoffte auf eine Unterbrechung. »Ist Mr. Copley mit Ihnen hier, der Sonderagent aus Memphis in –«

»Nein, und das ist keine Antwort. Nichts für ungut, Officer, aber ich werde sehen, was Sie aus dem Schmuckkästchen meiner Tochter herausgeholt haben.« Sie drehte den Kopf und rief über die Schulter: »Paul. Paul, würden Sie bitte hier hereinkommen? Officer Starling, Sie kennen Mr. Krendler vielleicht vom Justizministerium. Paul, dies ist das Mädchen, das Jack Crawford zu Lecter reingeschickt hat.«

Krendlers kahle Stelle war gebräunt, und für vierzig sah er fit aus.

»Mr. Krendler, ich weiß, wer Sie sind. Hallo«, sagte Starling. *Kongreßverbindung der Kriminalabteilung des Justizministeriums, Friedensstifter, mindestens Stellvertretender Justizminister, lieber Gott, steh mir bei.*

»Officer Starling hat etwas in der Schmuckschatulle meiner Tochter gefunden, und sie hat es in ihren braunen Umschlag gesteckt. Wir wollen doch lieber mal sehen, was das ist, meinen Sie nicht auch?«

»Officer«, sagte Krendler.

»Kann ich Sie sprechen, Mr. Krendler?«

»Natürlich. Später.« Er streckte die Hand aus.

Starlings Gesicht war heiß. Sie wußte, daß Senatorin Martin nicht ganz auf der Höhe war, doch Krendler würde sie den Zweifel in seinem Gesicht nie verzeihen. Nie.

»Sie haben's nicht anders gewollt«, sagte Starling. Sie reichte ihm den Umschlag.

Krendler schaute hinein, sah das erste Bild und hatte die Klappe wieder eingesteckt, als Senatorin Martin ihm den Umschlag aus den Händen nahm.

Es schmerzte, ihr beim Betrachten der Fotos zuzuschauen. Als sie fertig war, ging sie zum Fenster und stand mit dem Gesicht zum bewölkten Himmel hochgereckt da, die Augen geschlossen. Im Tageslicht sah sie alt aus, und ihre Hand zitterte, als sie zu rauchen versuchte.

»Senatorin, ich –«, begann Krendler.

»Die Polizei hat diesen Raum durchsucht«, sagte Senatorin Martin. »Ich bin sicher, sie haben diese Bilder gefunden und Verstand genug gehabt, sie wieder zurückzulegen und den Mund zu halten.«

»Nein, das haben sie *nicht*«, sagte Starling. Die Frau war verletzt, aber zum Teufel. »Mrs. Martin, wir müssen wissen, wer dieser Mann ist, das können Sie verstehen. Wenn es der Freund ist, schön. Das kann ich in fünf Minuten feststellen. Niemand sonst braucht die Bilder zu sehen, und Catherine braucht es nie zu erfahren.«

»Ich werde mich darum kümmern.« Senatorin Martin steckte den Umschlag in ihre Handtasche, und Krendler ließ sie gewähren.

»Senatorin, haben Sie die Schmuckstücke aus dem Gummikohl in der Küche genommen?« fragte Starling.

Senatorin Martins Berater, Brian Gossage, steckte den Kopf durch die Tür. »Entschuldigen Sie, Senatorin, sie haben den Terminal aufgestellt. Wir können zusehen, wie sie beim FBI nach dem Namen William Rubin suchen.«

»Gehen Sie vor, Senatorin Martin«, sagte Krendler. »Ich komme in einer Sekunde nach.«

Ruth Martin verließ das Zimmer, ohne Starlings Frage zu beantworten.

Starling hatte die Gelegenheit, Krendler zu mustern, als er die Schlafzimmertür zumachte. Sein Anzug mit einzelnem Nadelstreifen war ein Triumph der Maßschneiderei, und er war unbewaffnet. Der Glanz vom unteren Zentimeter seiner Absätze war durch das Gehen auf viel tieferem Teppich wegpoliert worden, und die Kanten der Absätze waren scharf.

Den Kopf gesenkt, stand er einen Augenblick mit den Händen auf dem Türknauf da.

»Das war eine gute Suche«, sagte er, als er sich umdrehte.

So billig konnte man Starling nicht haben. Sie sah ihn ebenfalls an.

»In Quantico bringen sie gute Wühllinge hervor«, sagte Krendler.

»Sie bringen keine Diebe hervor.«

»Das weiß ich«, entgegnete er.

»Schwer zu sagen.«

»Lassen Sie's gut sein.«

»Wir gehen den Bildern und dem Gummikohl nach, richtig?« sagte sie.

»Ja.«

»Was ist mit dem Namen ›William Rubin‹, Mr. Krendler?«

»Lecter behauptet, das sei Buffalo Bills Name. Hier ist unsere Übermittlung an den Erkennungsdienst und an den NCIC, den National Crime Information Computer. Schauen Sie sich das an.« Er gab ihr eine Abschrift des Lecter-Interviews mit Senatorin Martin, eine unscharfe Kopie von einem Punktmatrizendrucker.

»Irgendwelche Überlegungen?« fragte er, als sie mit Lesen fertig war.

»Hier steht nichts, wofür er je die Verantwortung tragen müßte«, sagte Starling. »Er sagt, es sei ein Weißer namens Billy Rubin, der Elefantenelfenbeinanthrakose gehabt hat. Sie könnten ihn hier nicht bei einer Lüge ertappen, ganz gleich, was passiert. Schlimmstenfalls hätte er sich einfach geirrt. Hoffentlich stimmt das. Er könnte aber seinen Spaß mit ihr haben, Mr. Krendler, dazu ist er ohne weiteres fähig. Haben Sie ihn je... kennengelernt?«

Krendler schüttelte den Kopf und schnaubte Luft aus der Nase.

»Dr. Lecter hat neun Menschen umgebracht, soweit uns bekannt ist. Er bleibt im Gefängnis, egal, was – er könnte die Toten zum Leben erwecken, und man würde ihn nicht freilassen. Als einziges bleibt ihm somit *Spaß*. Aus dem Grund haben wir seine Schwäche ausgenutzt –«

»Ich weiß, wie Sie ihn ausgenutzt haben. Ich habe Chiltons Tonband gehört. Ich behaupte nicht, daß es falsch war – ich sage nur, es ist vorbei. Die Abteilung für Verhaltensforschung kann dem nachgehen, was Sie haben – dem transsexuellen Aspekt –, um festzustellen, was es wert ist. Und Sie werden morgen wieder in der Schule in Quantico sein.«

O Mann. »Ich hab' noch etwas anderes gefunden.«

Das Blatt koloriertes Papier hatte unbemerkt auf dem Bett gelegen. Sie gab es ihm.

»Was ist das?«

»Sieht aus wie ein Blatt mit Plutos.« Sie ließ ihn den Rest fragen. Mit der Hand winkend erbat er die Information.

»Ich bin mir ziemlich sicher, daß es Löschsäure ist. LSD. Mit LSD getränktes Löschpapier. Vielleicht aus der Mitte der 70er Jahre oder früher. Jetzt ist es eine Rarität. Es lohnt sich, herauszufinden, woher sie es hat. Wir sollten es testen, um sicher zu sein.«

»Sie können es nach Washington mitnehmen und es ins Labor geben. Sie werden in wenigen Minuten fahren.«

»Wenn Sie nicht warten wollen, können wir es jetzt mit einer Feldausrüstung machen. Wenn die Polizei eine Standardausrüstung zur Identifizierung von Narkotika hat, ist es Test J, dauert zwei Sekunden, wir können –«

»Zurück nach Washington, zurück zur Schule«, sagte er und machte die Tür auf.

»Mr. Crawford hat mich angewiesen –«

»Ihre *Anweisungen* sind das, was ich Ihnen sage. Sie sind jetzt nicht unter Jack Crawfords Regie. Sie stehen ab sofort wieder unter der gleichen Aufsicht wie jeder andere Auszubildende, und Ihre Aufgaben sind in Quantico, verstehen Sie mich? Um vierzehn Uhr zehn geht eine Maschine. Da sitzen Sie drin.«

»Mr. Krendler, Dr. Lecter hat sich mit mir unterhalten, nachdem er sich geweigert hat, mit der Polizei von Baltimore zu reden. Unter Umständen macht er es wieder. Mr. Crawford hat gedacht –«

Krendler machte die Tür wieder zu, härter, als es unbedingt nötig war. »Officer Starling, ich muß mich Ihnen gegenüber nicht rechtfertigen, aber hören Sie mir zu. Die Arbeit der Abteilung für Verhaltensforschung ist beratender Natur, ist es immer gewesen. Sie geht wieder dazu über. Jack Crawford sollte sowieso auf Urlaub aus dringenden familiären Gründen sein. Ich bin überrascht, daß er in der Lage gewesen ist, derart gute Leistungen zu erbringen. Er ist ein dummes Risiko damit eingegangen, es vor Senatorin Martin geheimzuhalten, und ihm ist der Arsch abgesägt worden. Bei seinem Leumund, so kurz vor der Pensionierung, kann sogar *sie* ihm nicht viel anhaben. Ich würde mir an Ihrer Stelle daher keine Sorgen um seine Pension machen.«

Starling verlor ein wenig den Faden. »Haben Sie jemand anderen, der drei Serienmörder dingfest genommen hat? Kennen Sie sonst jemanden, der einen festgenommen hat? Sie sollten ihr nicht die Kontrolle über dies überlassen, Mr. Krendler.«

»Sie müssen ein kluges Kind sein, sonst würde Crawford sich nicht mit Ihnen abgeben, daher sage ich Ihnen das nur einmal: Tun Sie was gegen dieses Mundwerk, oder es verhilft Ihnen ins Schreibbüro. Begreifen Sie denn nicht – der einzige Grund, warum Sie überhaupt je zu Lecter geschickt wurden, war der, einige Neuigkeiten zu erhalten, die Ihr Chef für Capitol Hill verwenden konnte. Harmloses Zeug über Schwerverbrechen, die ›Insiderinformationen‹ über Dr. Lecter, dieses Zeug teilt er wie Süßigkeiten aus, während er versucht, das Budget durchzukriegen. Kongreßleute verschlingen das, sie gehen damit hausieren. Sie tanzen aus der Reihe, Officer Starling, und Sie sind von diesem Fall entbunden. Ich weiß, Sie haben einen zusätzlichen Ausweis. Den hätte ich dann gern.«

»Ich brauche diesen Ausweis, um mit der Pistole zu fliegen. Die Pistole gehört Quantico.«

»Pistole. Geben Sie den Ausweis ab, sobald Sie zurück sind.«

Senatorin Martin, Gossage, ein Techniker und mehrere Polizisten waren um einen mit einem Modem an das Telefon angeschlossenen Videosichtbildterminal versammelt. Der Telefondienst des National Crime Information Center erstattete fortlaufend Bericht über die Fortschritte, während Dr. Lecters Informationen in Washington verarbeitet wurden. Hier waren Neuigkeiten von den Nationalen Zentren zur Krankheitskontrolle in Atlanta: Elefantenelfenbeinanthrakose zieht man sich durch das Einatmen von Staub beim Zermahlen von afrikanischem Elfenbein, gewöhnlich für dekorative Griffe, zu. In den Vereinigten Staaten leiden Messerhersteller an dieser Krankheit.

Bei dem Wort ›Messerhersteller‹ schloß Senatorin Martin die Augen. Sie waren heiß und trocken. Sie drückte das Reinigungstuch in der Hand.

Der junge Polizist, der Starling in das Apartment gelassen hatte, brachte der Senatorin einen Becher Kaffee. Er hatte immer noch seinen Hut auf.

Starling fiel es nicht im Traum ein, sich fortzustehlen. Sie blieb vor der Frau stehen und sagte: »Viel Glück, Senatorin. Ich hoffe, Catherine ist in Ordnung.«

Senatorin Martin nickte, ohne sie anzusehen. Krendler drängte Starling hinaus.

»Ich hatte keine Ahnung, daß sie nicht hier drin sein sollte«, sagte der junge Polizist, als sie den Raum verließ.

Krendler trat mit ihr hinaus. »Ich habe nichts als Achtung vor Jack Crawford«, sagte er. »Bitte sagen Sie ihm, wie leid es uns allen tut wegen ... Bellas Problem, das alles. Nun wollen wir wieder zur Schule und an die Arbeit gehen, einverstanden?«

»Auf Wiedersehen, Mr. Krendler.«

Dann war sie allein auf dem Parkplatz, mit dem unsteten Gefühl, daß sie überhaupt nichts in dieser Welt verstand.

Sie sah einer Taube zu, die unter den Wohnmobilen und Booten herumlief. Sie pickte eine Erdnußhülse auf und ließ sie wieder fallen. Der feuchte Wind zauste ihre Federn.

Starling wünschte, sie könnte mit Crawford reden. *Verschwendung und Dummheit bringen Ihnen nur das Schlechteste ein*, genau das hatte er gesagt. *Nutzen Sie diese Zeit, und sie wird Sie besänftigen. Dies ist der härteste Test – sich durch Wut und Frustration nicht vom Denken abhalten zu lassen. Es ist der Kern dessen, ob Sie befehlen können oder nicht.*

Sie scherte sich einen Dreck ums Befehlen. Sie stellte fest, daß sie sich keinen Deut oder, was das anbelangte, einen Scheiß darum kümmerte, Special Agent Starling zu sein. Nicht, wenn man es auf diese Art und Weise spielte.

Sie dachte an das arme, dicke, traurige, tote Mädchen, das sie auf dem Tisch in der Leichenhalle in Potter, West Virginia, gesehen hatte. *Hatte seine Nägel mit Glitzerlack bemalt, genau wie diese gottverdammten Redneck-Wasserskiboote.*

Wie hieß sie? Kimberly.

Verflucht, wenn diese Arschlöcher mich weinen sehen.

Guter Gott, jeder hieß Kimberly, vier in ihrer Klasse. Drei Typen namens Sean. Kimberly mit ihrem Seifenopernamen hatte versucht, sich herzurichten, hatte sich all diese Löcher in die Ohren gestochen und versucht, hübsch auszusehen, sich zu schmücken. Und Buffalo Bill warf einen Blick auf ihre traurigen flachen Titten und steckte ihr die Mündung einer Pistole dazwischen und blies ihr einen Seestern in die Brust.

Kimberly, ihre traurige, dicke Schwester, die sich die Beine mit Wachs enthaarte. Kein Wunder – ihrem Gesicht, ihren Armen und Beinen nach zu urteilen, war ihre Haut ihre Attraktion. *Kimberly, bist du irgendwo ärgerlich?* Keine Senatorinnen, die nach ihr Ausschau hielten. Keine Jets, um Irre darin zu transportieren. *Irre* war ein Wort, das sie nicht gebrauchen sollte. 'ne Menge, was sie nicht tun sollte. *Irre.*

Starling sah auf ihre Uhr. Ihr blieben eineinhalb Stunden vor Abflug ihrer Maschine, und da gab es eine kleine Sache, die sie tun konnte. Sie wollte Dr. Lecter ins Gesicht schauen, wenn er ›Billy Rubin‹ sagte. Wenn sie es ertragen konnte, lang genug dem Blick dieser sonderbaren kastanienbraunen Augen standzuhalten, wenn sie dort tief hineinblickte, wo das Dunkel die Funken aufsaugt, würde sie vielleicht etwas Nützliches sehen. Sie glaubte, daß sie vielleicht Schadenfreude sehen würde.

Gott sei Dank habe ich noch den Ausweis.

Mit rauchenden Reifen, der Gummi färbte nur so schwarz ab, raste sie vom Parkplatz.

35. Kapitel

Eiligst fuhr Clarice Starling durch den gefährlichen Verkehr von Memphis. Zwei Zornestränen trockneten auf ihren Wangen. Sie fühlte sich nun seltsam leicht und frei. Eine unnatürliche Klarheit in ihren Gedanken warnte sie davor, daß sie zum Kämpfen neigte, und ließ sie vorsichtig sein.

Auf ihrem Weg vom Flughafen war sie schon einmal an dem alten Gerichtsgebäude vorbeigekommen, und sie fand es ohne Schwierigkeiten wieder.

Die Behörden von Tennessee gingen mit Hannibal Lecter kein Risiko ein. Sie waren fest entschlossen, ihn sicher zu verwahren, ohne ihn den Gefahren des Stadtgefängnisses auszusetzen.

Die Lösung dieses Problems fand sich im ehemaligen Gerichts- und Gefängnisgebäude, einem massiven Granitbauwerk in gotischem Stil aus der Zeit, als es noch kostenlose Arbeitskräfte gab. Nun diente es der Stadtverwaltung als Bürogebäude, dessen Renovierung in dieser wohlhabenden, geschichtsbewußten Stadt überzogen wirkte.

Heute glich es einer von Polizisten umzingelten mittelalterlichen Festung.

Der Parkplatz war von Wagen der verschiedenen Sicherheitsbehörden überfüllt – Highway Patrol, die Abteilung des Sheriffs aus Shelby County, das Tennessee Bureau of Investigation und die Gefängnisbehörde. Starling mußte einen Wachposten passieren, bevor sie ihren Mietwagen überhaupt parken konnte.

Dr. Lecter stellte ein zusätzliches Sicherheitsproblem von außen dar. Seit die Vormittagsnachrichten über seinen Aufenthalt berichtet hatten, gingen ständig Anrufe mit Drohungen ein; seine Opfer hatten viele Freunde und Verwandte, die ihn am liebsten tot sehen würden.

Starling hoffte, daß der örtliche FBI-Agent, Copley, nicht hier wäre. Sie wollte ihn nicht in Schwierigkeiten bringen.

Sie entdeckte Chiltons Hinterkopf inmitten eines Gewühls von

Reportern auf dem Rasen neben den Stufen zum Haupteingang. In der Menge waren zwei Kleinkameras von Fernsehstationen auszumachen. Starling wünschte, ihr Kopf wäre verhüllt. Als sie sich dem Eingang zum Turm näherte, wandte sie das Gesicht ab.

Ein vor der Tür postierter State Trooper überprüfte ihren Ausweis, ehe sie die Eingangshalle betreten konnte. Das Foyer des Turms sah nun wie ein Wachraum aus. Ein Stadtpolizist hielt beim einzigen Aufzug im Turm Wache, ein weiterer bei der Treppe. State Troopers, die Ablösung für die Patrouillen rings um das Gebäude, saßen auf den Couchen, wo die Öffentlichkeit sie nicht sehen konnte, und lasen den *Commercial Appeal.*

Am Schreibtisch gegenüber dem Aufzug saß ein Sergeant. Auf seinem Namensschild stand TATE, C. L.

»Keine Presse«, sagte Sergeant Tate, als er Starling sah.

»Nein«, erwiderte sie.

»Mit den Leuten des Justizministers hier?« fragte er, als er sich ihren Ausweis ansah.

»Stellvertretender Justizminister Krendler«, antwortete sie. »Ich komme gerade von ihm.«

Er nickte. »Wir haben alle möglichen Polizisten aus West Tennessee hier gehabt, die einen Blick auf Dr. Lecter werfen wollten. So was sieht man nicht sehr oft, Gott sei Dank. Sie müssen mit Dr. Chilton sprechen, bevor Sie hochgehen.«

»Ich habe ihn draußen gesehen«, sagte Starling. »Wir haben heute schon in Baltimore an dieser Sache gearbeitet. Muß ich mich hier eintragen, Sergeant Tate?«

Der Sergeant fuhr mit der Zunge kurz über einen Backenzahn. »Genau dort«, sagte er. »Vorschriften, Miß. Ob Polizist oder nicht, Waffenüberprüfung bei Besuchern.«

Starling nickte. Sie leerte die Patronen aus ihrem Revolver, und der Polizist sah mit Genugtuung zu, wie ihre Hände über den Revolver glitten. Sie reichte ihm die Waffe mit dem Lauf zuerst, und er schloß sie in seiner Schublade ein.

»Vernon, bring sie nach oben.« Er wählte drei Zahlen und sagte ihren Namen ins Telefon.

Der Aufzug, eine Ergänzung aus den 20er Jahren, ächzte zum

obersten Stockwerk hinauf. Er öffnete sich auf einen Treppenabsatz und einen kurzen Gang.

»Direkt gegenüber, Ma'am«, sagte der Trooper.

Auf dem Milchglas der Tür stand HISTORISCHE GESELLSCHAFT SHELBY COUNTY.

Nahezu das ganze obere Stockwerk des Turms bestand aus einem einzigen achteckigen, weiß gestrichenen Zimmer mit einem Boden und Leisten aus polierter Eiche. Es roch nach Wachs und Bibliotheksleim. Mit den wenigen Möbeln besaß der Raum eine Atmosphäre kirchlicher Bescheidenheit. Er sah jetzt besser aus als damals, als er noch das Büro des Justizwachtmeisters war.

Zwei Männer in der Uniform der Gefängnisbehörde Tennessee hatten Dienst. Der kleinere erhob sich hinter seinem Schreibtisch, als Starling eintrat. Der größere saß in einem Klappstuhl am anderen Ende des Zimmers der Tür einer Zelle gegenüber. Seine Aufgabe war es, den Gefangenen zu beobachten und einen Selbstmord zu verhindern.

»Sind Sie bevollmächtigt, mit dem Gefangenen zu sprechen, Ma'am?« fragte der Beamte am Schreibtisch. Auf seinem Namensschild stand PEMBRY, T. W. Sein Schreibtischzubehör umfaßte ein Telefon, zwei Schlagstöcke und einen Behälter mit chemischer Keule. Hinter ihm in der Ecke stand ein langes Gerät, um den Gefangenen an die Wand zu fesseln.

»Ja«, erwiderte Starling. »Ich habe ihn schon früher verhört.«

»Sie kennen die Vorschriften? Nicht die Schranke passieren.«

»Aber sicher.«

Der einzige Farbfleck im Zimmer war eine Polizeiabsperrschranke, ein Sägebock mit Streifen in leuchtendem Orange und Gelb, auf den runde gelbe Blinker, nun ausgeschaltet, montiert waren. Sie stand eineinhalb Meter vor der Zellentür auf dem polierten Boden. An einem Garderobenständer in der Nähe hingen die Utensilien für den Doktor – die Hockeymaske und etwas, das Starling nie zuvor gesehen hatte, eine Kansas-Galgenweste. Aus schwerem Leder mit zweifach schließbaren Gelenkschellen an der Taille und Schnallen am Rücken ist sie möglicherweise die unfehlbarste Zwangsjacke der Welt. Die

Maske und die mit dem Kragen über dem Garderobenständer hängende schwarze Weste bildeten einen beunruhigenden Kontrast zur weißen Wand.

Starling konnte Dr. Lecter sehen, als sie sich der Zelle näherte. Mit dem Rücken zur Tür las er an einem kleinen, am Boden festgeschraubten Tisch. Er hatte mehrere Bücher und die Kopie der laufenden Akte über Buffalo Bill bei sich, die sie ihm in Baltimore gegeben hatte. Ein kleiner Kassettenrecorder war am Tischbein angekettet. Wie sonderbar, ihn außerhalb der Anstalt zu sehen.

Starling hatte solche Zellen schon als Kind gesehen. Sie wurden um die Jahrhundertwende von einer Firma in St. Louis vorfabriziert, und niemand hat sie je besser gebaut – ein Modulkäfig aus gehärtetem Stahl, der jedes Zimmer in eine Zelle verwandelt. Der Boden bestand aus über Stangen gelegtes Stahlblech, und die Wände und Decke aus kaltgeschmiedeten Gitterstäben kleideten das Zimmer völlig aus. Es gab kein Fenster. Die Zelle war fleckenlos weiß und hell erleuchtet. Vor der Toilette stand ein dünner Papierschirm.

Diese weißen Stangen sahen wie Rippen an den Wänden aus. Dr. Lecter hatte einen glatten dunklen Kopf.

Er ist ein Friedhofsnerz. Er lebt unten in einem Rippenkäfig im trockenen Laub eines Herzens.

Sie blinzelte das Bild weg.

»Guten Morgen, Clarice«, sagte er, ohne sich umzudrehen. Er las die Seite zu Ende, markierte die Stelle und drehte sich so in seinem Stuhl, daß er ihr ins Gesicht schauen konnte. Er stützte das Kinn auf die Vorderarme, die auf der Rückenlehne des Stuhls lagen. »Dumas erklärt uns, daß der Zusatz einer Krähe zu Bouillon im Herbst, wenn die Krähe sich mit Wacholderbeeren gemästet hat, Farbe und Aroma der Brühe erheblich verbessert. Wie schmeckt sie *Ihnen* in der Suppe, Clarice?«

»Ich dachte, Sie hätten vielleicht gern Ihre Zeichnungen, die Sachen aus Ihrer Zelle, bis Sie Ihre Aussicht bekommen.«

»Wie aufmerksam. Dr. Chilton ist euphorisch darüber, daß man Sie und Jack Crawford von dem Fall zurückgezogen hat. Oder hat man Sie zu einem letzten schmeichelnden Versuch hergeschickt?«

Der für die Selbstmordversuche zuständige Beamte war zu Officer Pembry am Schreibtisch zurückgeschlendert. Starling hoffte, daß sie nichts hören konnten.

»Man hat mich nicht geschickt. Ich bin nur so gekommen.«

»Die Leute werden noch behaupten, wir seien verliebt. Wollen Sie nicht nach Billy Rubin fragen, Clarice?«

»Dr. Lecter, ohne in irgendeiner Form... anzuzweifeln, was Sie Senatorin Martin erzählt haben, würden Sie mir raten, mit Ihrer Idee weiterzumachen, daß –«

»*Anzweifeln* – ich liebe es. Ich würde Ihnen überhaupt nicht raten. Sie haben versucht, mich zu täuschen, Clarice. Glauben Sie, ich führe diese Leute an der Nase herum?«

»Ich glaube, Sie haben mir die Wahrheit gesagt.«

»Schade, daß Sie mich zu täuschen versucht haben, nicht?« Dr. Lecters Gesicht sank hinter die Arme, bis nur noch seine Augen sichtbar waren. »Schade, daß Catherine Martin die Sonne nie wieder sehen wird. Die Sonne ist ein Matratzenfeuer, in dem ihr Gott gestorben ist, Clarice.«

»Schade, daß Sie nun kuppeln und ein paar Tränen lecken müssen, wenn Sie können«, sagte Starling. »Es ist schade, daß wir nicht dazu gekommen sind, das Thema, über das wir sprachen, zu beenden. Ihre Idee von der Imago, von ihrer Struktur, hatte eine Art... Eleganz, der man sich nur schwer entziehen kann. Nun ähnelt es einer Ruine, einem halben Bogen, der dasteht.«

»Ein halber Bogen kann nicht stehen. Apropos Bogen, läßt man Sie noch Streife laufen, Clarice? Hat man Ihnen Ihr Abzeichen genommen?«

»Nein.«

»Was ist das unter Ihrer Jacke, eine Kontrolluhr genau wie die von Dad?«

»Nein, das ist ein Schnellader.«

»Sie laufen also bewaffnet herum?«

»Ja.«

»Dann sollten Sie Ihre Jacke herauslassen. Nähen Sie eigentlich?«

»Ja.«

»Haben Sie das Kostüm geschneidert?«

»Nein. Dr. Lecter, Sie finden aber auch alles heraus. Sie konnten nicht vertraulich mit diesem ›Billy Rubin‹ gesprochen und letztendlich so wenig über ihn erfahren haben.«

»Meinen Sie nicht?«

»Wenn Sie ihn kennengelernt hätten, wüßten Sie *alles.* Heute aber haben Sie sich zufällig an eine Einzelheit erinnert. Er hatte Elefantenelfenbeinanthrakose gehabt. Sie hätten sehen sollen, wie sie zusammengefahren sind, als Atlanta berichtete, es sei eine Krankheit der Messerhersteller. Sie schluckten es genau so, wie Sie vorhergesehen haben. Dafür hätten Sie eine Suite im Peabody bekommen müssen. Dr. Lecter, wenn Sie ihn kennengelernt haben, wissen Sie über ihn Bescheid. Ich glaube, Sie haben ihn vielleicht gar nicht kennengelernt, sondern Raspail hat Ihnen von ihm erzählt. Ware aus zweiter Hand ließe sich nicht so gut an Senatorin Martin verkaufen, oder?«

Starling warf einen raschen Blick über die Schulter. Einer der Beamten zeigte dem anderen gerade etwas in der Zeitschrift *Guns & Ammo.* »In Baltimore hatten Sie mir mehr zu sagen, Dr. Lecter. Das war wohl reell. Erzählen Sie mir den Rest.«

»Ich habe die Fälle gelesen, Clarice, Sie auch? Es steht alles drin, was Sie wissen müssen, um ihn zu finden, wenn Sie aufmerksam sind. Sogar Inspektor Emeritus Crawford hätte das rauskriegen müssen. Nebenbei bemerkt, haben Sie Crawfords *verblüffende* Rede gelesen, die er letztes Jahr vor der Nationalen Polizeiakademie hielt? Über Mark Aurel und Pflicht, Ehre und innere Kraft zu salbadern – wir werden sehen, was für eine Art von Stoiker Crawford ist, wenn Bella stirbt. Er entlehnt seine Philosophie wohl *Bartlett's Familiar.* Verstünde er Mark Aurel, so würde er seinen Fall unter Umständen lösen.«

»Sagen Sie mir, wie.«

»Wenn Sie diese merkwürdigen Anfälle von Denken in Zusammenhängen zeigen, vergesse ich, daß Ihre Generation nicht lesen kann, Clarice. Der Kaiser rät zu Schlichtheit. Erste Grundsätze. Frage bei jedem einzelnen Ding: Was ist es an sich, in seiner eigenen Struktur? Was ist seine kausale Natur?«

»Das sagt mir nichts.«

»Was macht dieser Mann, den Sie suchen?«

»Er tötet –«

»Ah –«, sagte er scharf und wandte das Gesicht einen Moment von ihrer Starrköpfigkeit ab. »Das ist Zufall. Was kommt davor, was macht er grundsätzlich, welchem Zweck dient er durch Töten?«

»Zorn, soziale Ablehnung, sexueller Frust –«

»Nein.«

»Was dann?«

»Er begehrt. In der Tat begehrt er, gerade das zu sein, was Sie sind. Es ist seine Natur, zu begehren. Wie beginnen wir zu begehren, Clarice? Suchen wir uns Dinge zum Begehren aus? Bemühen Sie sich um eine Antwort.«

»Nein. Wir –«

»Nein. Genau. Wir beginnen, alles zu begehren, was wir täglich sehen. Spüren Sie nicht, wie jeden Tag bei gelegentlichen Begegnungen Blicke über Sie gleiten, Clarice? Ich kann kaum verstehen, wie Sie das nicht spüren können. Und wandern Ihre Blicke nicht auch über Dinge?«

»Na gut, dann sagen Sie mir, wie –«

»Nun ist es an Ihnen, *mir* etwas zu sagen, Clarice. Sie können mir keine Strandferien auf der Station für Maul- und Klauenseuche mehr anbieten. Ab hier ist es strikt quid pro quo. Ich muß vorsichtig sein, Geschäfte mit Ihnen zu machen. Sagen Sie's mir.«

»Was soll ich Ihnen sagen?«

»Die zwei Dinge, die Sie mir noch schulden. Was mit Ihnen und dem Pferd geschah, und was Sie mit Ihrem Ärger machen.«

»Dr. Lecter, wenn noch Zeit ist, werde ich –«

»Wir rechnen Zeit nicht nach dem gleichen Maß, Clarice. Dies ist die einzige Zeit, die Sie je haben werden.«

»Später, hören Sie, ich werde –«

»Ich werde *jetzt* zuhören. Zwei Jahre nach dem Tod Ihres Vaters schickte Ihre Mutter Sie zu ihrer Cousine und deren Mann auf eine Ranch in Montana. Sie waren zehn Jahre alt. Sie entdeckten, daß sie Schlachtpferde mästeten. Sie liefen mit einem Pferd davon, das nicht sehr gut sehen konnte. Und?«

»– Es war Sommer, und wir konnten im Freien schlafen. Auf einer abgelegenen Landstraße kamen wir bis Bozeman.«

»Hatte das Pferd einen Namen?«

»Wahrscheinlich, aber sie – man erfährt das aber nicht, wenn man Schlachtpferde mästet. Ich nannte die Stute Hannah, das schien ein guter Name.«

»Haben Sie sie geführt, oder sind Sie geritten?«

»Ein bißchen von beidem. Ich mußte Sie neben einen Zaun führen, um aufzusitzen.«

»Sie sind nach Bozeman geritten und zu Fuß gegangen.«

»Es gab dort einen Stall für Mietpferde, eine Ferienranch, eine Art Reitakademie vor den Toren der Stadt. Ich versuchte dafür zu sorgen, daß sie Hannah behielten. Es kostete zwanzig Dollar pro Woche für den Korral. Für einen Stall mehr. Sie erkannten sofort, daß sie blind war. Ich sagte, okay, ich werde sie herumführen. Kleine Kinder können auf ihr reiten, und ich werde sie herumführen, während ihre Eltern, na ja, richtig beim Reiten sind. Ich kann hierbleiben und Ställe ausmisten. Einer von ihnen, der Mann, war mit allem einverstanden, was ich sagte, aber seine Frau rief den Sheriff an.«

»Der Sheriff war Polizist, wie Ihr Vater.«

»Trotzdem hatte ich anfangs Angst vor ihm. Er hatte ein großes rotes Gesicht. Der Sheriff opferte schließlich zwanzig Dollar für eine Woche Unterhalt, während er ›die Dinge wieder ins reine brachte‹. Er sagte, bei warmem Wetter gäbe es keinen Grund für den Stall. Die Zeitungen schnappten es auf. Es gab Aufregung. Die Cousine meiner Mutter stimmte zu, mich gehen zu lassen. Ich landete im Lutheraner-Heim in Bozeman.«

»Ein Waisenhaus?«

»Ja.«

»Und Hannah?«

»Sie kam mit. Ein großer lutheranischer Rancher stiftete das Heu. Im Waisenhaus gab es bereits eine Scheune. Wir pflügten den Garten mit ihr. Man mußte allerdings aufpassen, wo sie hintrat. Sie lief sonst durch die Wachsbohnenspaliere und trampelte alle Pflanzen nieder, die zu kurz waren, als daß sie sie an den Beinen spüren konnte. Und wir führten sie Kinder in einem Wagen ziehend herum.«

»Sie starb aber.«

»Nun, ja.«

»Erzählen Sie mir davon.«

»Es war letztes Jahr, schrieben sie mir in die Schule. Sie meinen, sie sei ungefähr zweiundzwanzig geworden. Hat noch am letzten Tag ihres Lebens einen Wagen mit Kindern gezogen und ist im Schlaf gestorben.«

Dr. Lecter schien enttäuscht. »Wie bewegend«, sagte er. »Hat Ihr Stiefvater in Montana Sie gefickt, Clarice?«

»Nein.«

»Hat er es versucht?«

»Nein.«

»Was hat Sie dann dazu veranlaßt, mit dem Pferd davonzulaufen?«

»Sie wollten es umbringen.«

»Wußten Sie, wann?«

»Nicht genau. Ich machte mir die ganze Zeit darüber Sorgen. Es wurde ziemlich dick.«

»Was war dann der Auslöser? Was ließ Sie gerade an diesem Tag aufbrechen?«

»Ich weiß nicht.«

»Ich glaube doch.«

»Ich hatte mir die ganze Zeit darüber Sorgen gemacht.«

»Was hat Sie dazu gebracht, Clarice? Um wieviel Uhr sind Sie aufgebrochen?«

»Früh. Es war noch dunkel.«

»Dann hat Sie etwas geweckt. Was hat Sie geweckt? Haben Sie geträumt? Was war es?«

»Ich wachte auf und hörte die Lämmer schreien. Ich wachte im Dunkeln auf, und die Lämmer schrien.«

»Man hat die Frühjahrslämmer geschlachtet?«

»Ja.«

»Was haben Sie getan?«

»Ich konnte nichts für sie tun. Ich war nur ein –«

»Was haben Sie mit dem *Pferd* gemacht?«

»Ohne das Licht anzumachen, zog ich mich an und ging nach draußen. Hannah hatte Angst. Alle Pferde im Gehege hatten Angst und liefen herum. Ich blies ihr in die Nase, und sie wußte, daß ich es war. Schließlich legte sie ihre Nase in meine Hand. In der Scheune und im Schuppen beim Schafpferch waren die Lichter an. Nackte Birnen, große Schatten. Der Kühlwagen war gekommen, und der Motor dröhnte im Leerlauf. Ich führte sie weg.«

»Haben Sie sie gesattelt?«

»Nein. Ich nahm ihren Sattel nicht. Nur ein Seil, wie man es beim Zureiten verwendet, mehr nicht.«

»Als Sie in der Dunkelheit loszogen, konnten Sie dort, wo die Lichter waren, die Lämmer noch hören?«

»Nicht lange. Es waren ja nur zwölf.«

»Manchmal wachen Sie noch auf, nicht wahr? Wachen in der unerbittlichen Dunkelheit beim Schreien der Lämmer auf?«

»Manchmal.«

»Glauben Sie, wenn Sie Buffalo Bill selbst fangen und bei Catherine alles in Ordnung bringen würden, Sie könnten die Lämmer zum Schweigen bringen, glauben Sie, auch bei ihnen wäre alles in Ordnung, und Sie würden nicht wieder im Dunkeln aufwachen und die Lämmer schreien hören? Clarice?«

»Ja. Ich weiß nicht. Vielleicht.«

»Danke, Clarice.« Dr. Lecter schien auf seltsame Weise friedlich.

»Sagen Sie mir seinen Namen, Dr. Lecter«, sagte Starling.

»Dr. Chilton«, antwortete Lecter. »Ich glaube, Sie kennen einander.«

Einen Augenblick lang war Starling nicht bewußt, daß Chilton hinter ihr stand. Dann faßte er sie am Ellbogen.

Sie zog ihn zurück. Officer Pembry und sein großer Partner standen bei Chilton.

»In den Aufzug«, sagte Chilton. Sein Gesicht war rotgefleckt.

»Wußten Sie, daß Dr. Chilton keinen Doktorgrad hat?« sagte Dr. Lecter. »Bitte erinnern Sie sich später daran.«

»Gehen wir«, sagte Chilton.

»Sie sind hier nicht zuständig, Dr. Chilton«, entgegnete Starling.

Officer Pembry kam um Chilton herum. »Nein, Ma'am, aber ich. Er hat meinen und auch Ihren Chef angerufen. Tut mir leid, aber ich habe Befehl, Sie hinauszubegleiten. Kommen Sie jetzt mit.«

»Auf Wiedersehen, Clarice. Werden Sie mich wissen lassen, ob die Lämmer je aufhören zu schreien?«

»Ja.«

Pembry nahm sie am Arm. Es hieß also gehen oder mit ihm zu kämpfen.

»Ja«, sagte sie. »Ich werd's Ihnen sagen.«

»Versprechen Sie es?«

»Ja.«

»Warum den Bogen also nicht fertigbauen? Nehmen Sie Ihre Akte über den Fall mit, Clarice, ich brauche sie nicht mehr.« Mit ausgestrecktem Arm hielt er sie durch die Gitter, den Zeigefinger am Rücken der Akte. Sie langte über die Schranke und nahm sie. Eine Sekunde berührte die Spitze ihres Zeigefingers den von Dr. Lecter. Die Berührung verursachte ein knisterndes Funkeln in seinen Augen.

»Danke, Clarice.«

»Danke, Dr. Lecter.«

Und so blieb er Starling in Erinnerung. In dem Augenblick gefangen, in dem er nicht spottete. In seiner weißen Zelle stehend, wie ein Tänzer gewölbt, die Hände vor sich gefaltet und den Kopf leicht zur Seite geneigt.

Am Flughafen raste sie in solchem Tempo über eine Bodenschwelle zur Geschwindigkeitsbegrenzung, daß sie mit dem Kopf an die Decke des Wagens knallte. Sie mußte rennen, um das Flugzeug zu erwischen, das sie auf Krendlers Befehl nehmen mußte.

36. Kapitel

Die Beamten Pembry und Boyle waren erfahrene Männer, die eigens aus dem Brushy Mountain State Prison abgestellt worden waren, um Dr. Lecters Aufsichtsbeamte zu sein. Sie waren ruhig und sorgsam und hatten nicht das Gefühl, daß Dr. Chilton ihnen ihren Job erklären mußte.

Sie waren vor Lecter angekommen und untersuchten die Zelle sehr genau. Als Dr. Lecter in das alte Gerichtsgebäude gebracht wurde, untersuchten sie ihn ebenfalls. Er mußte sich, noch immer gefesselt, einer internen Leibesvisitation durch einen männlichen Krankenpfleger unterziehen. Seine Kleidung wurde gründlich durchsucht, und mit einem Metalldetektor überprüfte man die Nähte. Bei seiner Untersuchung gelangten Boyle und Pembry zu einer Einigung mit ihm; in leisen, zivilen Tönen flüsterten sie ihm ins Ohr:

»Dr. Lecter, wir können prima miteinander auskommen. Wir behandeln Sie genauso gut wie Sie uns. Benehmen Sie sich wie ein Gentleman, und Sie kriegen einen Bonbon. Wir machen aber nicht mit Ihnen herum, Freundchen. Versuchen Sie zu beißen, und wir polieren Ihnen die Fresse. Sieht aus, als ob es Ihnen hier gutgehen könnte. Das wollen Sie doch nicht versauen, oder?«

Dr. Lecter blinzelte ihnen überaus freundlich zu. Wäre er geneigt gewesen, zu antworten, so hätte der Holzstift zwischen seinen Backenzähnen ihn daran gehindert, als der Krankenpfleger ihn mit einer Taschenlampe in den Mund leuchtete und mit einem behandschuhten Finger seine Wangen abtastete.

Bei seinen Wangen piepste der Metalldetektor.

»Was ist das?« fragte der Krankenpfleger.

»Zahnfüllungen«, sagte Pembry. Zieh seine Lippe dort zurück. Schon ganz schön alt, die da hinten, was, Doc?«

»Scheint mir ein ziemlich armes Schwein«, vertraute Boyle Pembry an, nachdem sie Dr. Lecter sicher in seiner Zelle hatten.

»Wenn er nicht ausflippt, wird er uns keine Schwierigkeiten machen.«

Die Zelle war zwar sicher und stabil, hatte aber kein Schiebetablett für Essen. Zur Mittagszeit, in der unangenehmen Atmosphäre nach Starlings Besuch, bereitete Dr. Chilton jedermann Ungelegenheiten. Boyle und Pembry ließ er die lange Sicherheitsprozedur durchexerzieren, bei der sie dem willfährigen Dr. Lecter die Zwangsjacke und die Fußfesseln anlegten, während er mit dem Rücken zu den Gitterstäben dastand; Chilton hielt die chemische Keule, bevor sie die Tür öffneten, um sein Tablett hineinzutragen.

Chilton weigerte sich, Boyles und Pembrys Namen zu benutzen, obwohl sie Namensschilder trugen, und sprach sie ohne Unterschied mit »Sie, da« an.

Für ihren Teil war er »nur eine Art gottverdammter Lehrer«, wie Boyle zu Pembry bemerkte, nachdem die Aufsichtsbeamten gehört hatten, daß Chilton kein richtiger Doktor war.

Einmal versuchte Pembry Chilton zu erklären, daß Starlings Besuch nicht von ihnen, sondern vom Empfang unten genehmigt worden war, erkannte aber, daß es bei Chiltons Wut nicht von Bedeutung war.

Beim Abendessen fehlte Dr. Chilton und mit Dr. Lecters passiver Zusammenarbeit brachten Boyle und Pembry sein Tablett nach ihrer eigenen Methode in die Zelle. Es klappte bestens.

»Dr. Lecter, heute abend brauchen Sie Ihr Dinnerjacket nicht«, sagte Pembry. »Ich werde Sie bitten, sich auf den Boden zu setzen und rückwärts zu rutschen, bis Sie mit geraden Armen die Hände durch das Gitter strecken können. Jawohl. Noch ein bißchen weiter und die Arme noch weiter nach hinten ausstrecken, die Ellbogen durchgedrückt.« Mit einer Stange zwischen seinen Armen und einer Querstange über ihnen fesselte Pembry Dr. Lecter mit Handschellen außen fest ans Gitter. »Das tut'n bißchen weh, was? Ich weiß, aber sie bleiben auch nur 'ne Minute dran, erspart uns beiden viel Ärger.«

Dr. Lecter konnte nicht aufstehen, geschweige denn in die Hocke gehen, und mit den auf dem Boden vor ihm ausgestreckten Beinen konnte er auch nicht treten.

Erst als Dr. Lecter gefesselt war, kehrte Pembry zum Schreibtisch zurück, um den Schlüssel zur Zellentür zu holen. Pembry ließ seinen Schlagstock in den Ring an der Taille gleiten, steckte einen Behälter chemische Keule in seine Tasche und kehrte zur Zelle zurück. Er öffnete die Tür, und Boyle trug das Tablett hinein. Nachdem die Tür gesichert war, brachte Pembry den Schlüssel zum Schreibtisch zurück, ehe er Dr. Lecter die Fesseln abnahm. Während der Doktor sich frei in der Zelle bewegte, war Pembry zu keinem Zeitpunkt mit dem Schlüssel in der Nähe der Gitterstäbe.

»Na, das war doch ziemlich einfach, oder?« sagte Pembry.

»Es war sehr bequem, danke, Officer«, entgegnete Dr. Lecter. »Wissen Sie, ich versuche nur zurechtzukommen.«

»Wir alle, Bruder«, sagte Pembry.

Dr. Lecter spielte mit seinem Essen, während er mit einem Filzstift auf seinem Block schrieb, zeichnete und herumkritzelte. Er drehte die Kassette in dem an das Tischbein geketteten Recorder um und drückte auf die Abspieltaste. Glenn Gould spielte Bachs *Goldberg-Variationen* auf dem Klavier. Die Musik, zeitlos schön und dem Alltag entrückt, erfüllte den hellen Käfig und das Zimmer, in dem die Aufsichtsbeamten saßen.

Für Dr. Lecter, der still am Tisch sah, wurde die Zeit langsamer und dehnte sich wie in Bewegung. Für ihn zogen die Noten auseinander, ohne das Tempo zu verlieren. Selbst Bachs silbrige Sprünge waren diskrete Noten, die glitzernd von dem Stahl um ihn herum abprallten. Geistesabwesend erhob Dr. Lecter sich und beobachtete, wie seine Papierserviette von den Oberschenkeln auf den Boden glitt. Die Serviette segelte längere Zeit durch die Luft, streifte das Tischbein, flatterte, rutschte seitwärts, hielt inne und drehte sich um, bevor sie auf dem Stahlboden zur Ruhe kam. Er bemühte sich nicht, sie aufzuheben, sondern spazierte zur anderen Seite der Zelle, ging hinter den Papierschirm und setzte sich auf den Deckel seiner Toilette, seinem einzigen privaten Platz. Der Musik lauschend, stützte er sich, das Kinn in der Hand und die sonderbaren kastanienfarbenen Augen halb geschlossen, seitlich auf das Waschbecken. Die *Goldberg-Variationen* interessierten ihn von der Struktur her. Hier kam es wieder, die Bass-Sequenz von der Sarabande in mehrfacher Wiederholung. Er nickte zur

Musik und fuhr sich mit der Zunge über die Ränder seiner Zähne, erst oben, dann unten entlang. Es war eine lange und interessante Reise für seine Zunge, wie eine schöne Wanderung in den Alpen.

Nun machte er dasselbe mit dem Zahnfleisch, ließ die Zunge hoch in die Spalte zwischen Wange und Zahnfleisch gleiten und bewegte sie langsam herum, wie einige Männer das tun, wenn sie beim Grübeln sind. Sein Zahnfleisch war kühler als seine Zunge. In der Spalte oben war es kühl. Als seine Zunge das Metallröhrchen erreichte, hielt sie an.

Über die Musik hörte er den Aufzug rasseln und surren, als dieser sich in Bewegung setzte. Viele musikalische Töne später öffnete die Aufzugstür sich, und eine ihm unbekannte Stimme sagte: »Ich soll das Tablett holen.«

Dr. Lecter hörte den Kleineren, Pembry, kommen. Er konnte den Schlitz zwischen den Paneelen in seinem Schirm sehen. Pembry stand bei den Stangen.

»Dr. Lecter. Kommen Sie und setzen Sie sich mit dem Rücken zum Gitter auf den Boden wie vorhin.«

»Officer Pembry, hätten Sie was dagegen, wenn ich hier zum Ende komme? Ich fürchte, die Reise hat meine Verdauung ein wenig durcheinandergebracht.« Es dauert sehr lange, das zu sagen.

»Na gut.« Pembry rief durch den Raum. »Wir rufen unten an, wenn wir es haben.«

»Kann ich ihn mal sehen?«

»Wir rufen dich an.«

Wieder der Aufzug und dann nur die Musik.

Dr. Lecter nahm das Röhrchen aus dem Mund und trocknete es an einem Stück Klopapier ab. Seine Hände waren ruhig, seine Handflächen völlig trocken.

In den Jahren der Haft hatte Dr. Lecter in seiner nicht enden wollenden Wißbegier viele der geheimen Gefängniskünste gelernt. In all den Jahren, nachdem er der Krankenschwester in der Baltimorer Anstalt übel mitgespielt hatte, hatte es nur zwei Lükken in dem Sicherheitsnetz um ihn herum gegeben, beide Male an Barneys freien Tagen. Einmal lieh ein psychiatrischer Forscher ihm einen Kugelschreiber und vergaß ihn dann. Noch ehe der Mann den Trakt verlassen hatte, hatte Dr. Lecter das Kunststoffröhrchen des Stifts zerkleinert und die Toilette hinuntergespült. Die Tintenhülse aus Metall landete in der gerollten Saumkante seiner Matratze.

Die einzige scharfe Kante in seiner Zelle in der Anstalt war ein Grat auf einem Bolzenkopf, der seine Pritsche an der Wand festhielt. Das genügte. Zwei Monate lang rieb Dr. Lecter, bis er die beiden erforderlichen Einschnitte hatte, die parallel und je einen halben Zentimeter lang vom offenen Ende her an der Hülse entlangliefen. Dann schnitt er die Tintenhülse zweieinhalb Zentimeter vom offenen Ende in zwei Teile und spülte das lange Stück mit der Spitze das Klo hinunter. Barney entgingen die Schwielen an seinen Fingern von den Nächten des Reibens.

Sechs Monate später ließ ein Pfleger eine dicke Büroklammer an einigen Dokumenten stecken, die Dr. Lecter von seinem Anwalt geschickt bekommen hatte. Zweieinhalb Zentimeter der Stahlklammer wanderten in die Hülse und der Rest in die Toilette. Die kleine Hülse, glatt und kurz, war leicht in Kleidernähten zu verbergen, zwischen Wange und Zahnfleisch, im Rektum.

Hinter seinem Papierschirm klopfte Dr. Lecter mit der kleinen Metallhülse gegen den Daumennagel, bis der Draht im Innern herausrutschte. Der Draht war ein Werkzeug, und dies war der schwierige Teil. Dr. Lecter steckte den Draht halb in die kleine Hülse und gebrauchte ihn mit äußerster Sorgfalt als Hebel, um den Metallstreifen zwischen den beiden Einschnitten einzudrükken. Manchmal brechen sie. Mit seinen großen Händen bog er das Metall vorsichtig, und es klappte. Jetzt. Der winzige Metallstreifen stand in rechtem Winkel zu Hülse. Nun hatte er einen Handschellenschlüssel.

Dr. Lecter legte die Hände auf den Rücken und ließ den Schlüssel fünfzehnmal zwischen ihnen hin- und hergehen. Er steckte sich den Schlüssel wieder in den Mund, wusch sich die Hände und trocknete sie peinlich genau ab. Mit der Zunge verbarg er den Schlüssel dann zwischen den Fingern der rechten Hand; er wußte, Pembry würde seine merkwürdige linke Hand anstarren, wenn sie hinter seinem Rücken war.

»Ich bin soweit, wenn Sie es sind, Officer Pembry«, sagte Dr. Lecter. Er setzte sich auf den Boden der Zelle und streckte die

Arme hinter sich aus; Hände und Handgelenke reichten durch die Gitterstäbe. »Danke, daß Sie gewartet haben.« Es schien eine lange Rede, doch sie wurde von der Musik aufgelockert.

Er hörte Pembry nun hinter sich. Pembry tastete sein Handgelenk ab, um zu sehen, ob er es eingeseift hatte. Pembry legte die Handschellen fest an. Er ging zum Schreibtisch zurück, um den Schlüssel zur Zelle zu holen. Über das Klavier hörte Dr. Lecter das Klirren des Schlüsselrings, als Pembry ihn aus der Schreibtischschublade holte. Nun kam er zurück, lief durch die Noten, teilte die Luft, in der Kristallnoten herumschwärmten. Diesmal kam Boyle mit ihm zurück. Dr. Lecter konnte die Löcher hören, die sie in den Echos der Musik machten.

Pembry überprüfte erneut die Handschellen. Dr. Lecter konnte Pembrys Atem hinter sich riechen. Jetzt schloß Pembry die Zelle auf und stieß die Tür auf. Boyle kam herein. Dr. Lecter drehte den Kopf, und die Zelle bewegte sich in seinem Blickfeld in einem Tempo, das ihm langsam vorkam. Die Einzelheiten traten wunderbar scharf hervor – Boyle am Tisch, der mit verärgertem Brummen über die Unordnung die zerstreuten Utensilien auf das Tablett zurückstellte. Der Kassettenrecorder mit seinen sich drehenden Spulen, die Serviette auf dem Boden neben dem festgeschraubten Tischbein. Durch die Gitterstäbe sah Dr. Lecter aus dem Augenwinkel Pembrys Kniekehle und die Spitze des von seinem Gürtel hängenden Schlagstocks, als er vor der Zelle stand und die Tür hielt.

Dr. Lecter fand das Schlüsselloch in seiner linken Handschelle, steckte den Schlüssel hinein und drehte ihn. Er spürte, wie die Schelle um das Gelenk aufsprang. Er schob den Schlüssel in die linke Hand, fand das Schlüsselloch, steckte den Schlüssel hinein und drehte ihn.

Boyle bückte sich nach der Serviette auf dem Boden. So schnell wie eine zuschnappende Schildkröte schloß die Handschelle sich um Boyles Handgelenk, und als er mit rollendem Auge zu Lecter hinsah, schloß sich die andere Schelle um das festgeschraubte Tischbein. Dr. Lecters Beine nun unter ihm, auf die Tür zustrebend, Pembry, der versuchte, hinter ihr hervorzukommen, und Lecter, der die Eisentür mit der Schulter in ihn stieß, Pembry, der nach der chemischen Keule in seinem Gürtel langte, den Arm von der Tür gegen seinen Körper gequetscht. Lecter packte das lange Ende des Schlagstocks und drückte nach oben. Durch die Hebelwirkung zurrte er Pembry mit seinem eigenen Gürtel fest, stieß ihm den Ellbogen in die Kehle und grub Pembry die Zähne ins Gesicht. Pembry, dessen Nase und Oberlippe zwischen den reißenden Zähnen steckten, versuchte an Dr. Lecter zu zerren. Lecter schüttelte den Kopf wie ein Hund, der eine Ratte tötet, und zog den Schlagstock aus Pembrys Gürtel. In der Zelle brüllte nun Boyle, saß auf dem Boden, grub in seiner Tasche verzweifelt nach einem Handschellenschlüssel, fummelte herum, ließ ihn fallen, fand ihn wieder. Lecter trieb Pembry das Ende des Schlagstocks in den Bauch und in die Kehle, und dieser ging in die Knie. Boyle bekam den Schlüssel ins Schloß einer Handschelle, er brüllte, Lecter kam nun auf ihn zu. Lecter stopfte Boyle mit einer Ladung chemischer Keule den Mund und brach ihm, als er keuchte, mit zwei Hieben des Schlagstocks den hochgereckten Arm. Boyle versuchte, unter den Tisch zu entweichen, doch von dem Reizstoff geblendet, kroch er in die falsche Richtung, und war es leicht, ihn mit fünf wohlüberlegten Hieben totzuschlagen.

Pembry war es gelungen, sich aufzusetzen. Er weinte. Dr. Lecter blickte mit seinem roten Lächeln auf ihn hinunter. »Ich bin soweit, wenn Sie es sind, Officer Pembry«, sagte er.

Der Schlagstock beschrieb pfeifend einen flachen Bogen und erwischte Pembry *pock!* am Hinterkopf. Wie ein niedergeknüppelter Fisch sackte er zuckend auf den Boden.

Dr. Lecters Puls war durch die körperliche Anstrengung auf über hundert angestiegen, normalisierte sich aber rasch. Er schaltete die Musik aus und horchte.

Er lief zur Treppe und horchte erneut. Er leerte Pembrys Taschen, holte sich den Schreibtischschlüssel und öffnete sämtliche Schubladen. In der untersten Schublade waren Boyles und Pembrys Dienstwaffen, zwei 38er Specials. Noch besser: In Boyles Tasche fand er ein Taschenmesser.

37. Kapitel

Die Eingangshalle war voller Polizisten. Es war 18:30 Uhr, und die Polizeibeamten auf den Außenwachposten waren gerade bei ihrem regelmäßigen Zwei-Stunden-Intervall abgelöst worden. Die Männer, die aus dem Naßkalten hereinkamen, wärmten sich die Hände an mehreren elektrischen Heizgeräten. Einige von ihnen hatten auf das Memphis State-Basketballspiel gewettet, das im Gange war, und waren gespannt, zu erfahren, wie es lief.

Sergeant Tate ließ nicht zu, daß man in der Halle laut Radio anhatte, doch ein Beamter hatte einen Walkman im Ohr. Er teilte häufig den Spielstand mit, aber nicht oft genug, um die Wettenden zufriedenzustellen.

Insgesamt waren fünfzehn bewaffnete Polizisten in der Halle, dazu zwei Gefängnisbeamte, die Pembry und Boyle um 19:00 Uhr ablösen sollten. Sergeant Tate selbst freute sich, mit der Elf-bis-Sieben-Schicht Feierabend machen zu können.

Alle Posten meldeten Ruhe. Keiner der verrückten Anrufe, die drohten, daß Lecter irgend etwas angestellt hatte.

Um 18:45 Uhr hörte Tate, wie der Aufzug sich in Bewegung setzte. Er sah, wie der Bronzepfeil über der Tür sich langsam um die Scheibe zu drehen begann. Bei fünf blieb er stehen.

Tate sah sich in der Halle um. »Ist Sweeney hoch, um das Tablett zu holen?«

»Nee, ich bin hier, Serge. Können Sie mal kurz anrufen, hören, ob sie fertig sind? Ich muß mich nämlich auf die Socken machen.«

Sergeant Tate wählte drei Ziffern und horchte. »Besetzt«, sagte er. »Gehen Sie mal nachsehen.« Er wandte sich wieder der Eintragung im Dienstbuch zu, die er für die Elf-bis-Sieben-Schicht ergänzte.

Streifenpolizist Sweeney drückte auf den Aufzugsknopf. Der Fahrstuhl kam nicht.

»Mußte heute abend *Lammkoteletts* haben, blutig«, sagte Sweeney. »Was er wohl zum Frühstück will, irgendein verdammtes

Ding aus'm Zoo? Und wer wird's für ihn fangen müssen? Sweeney.«

Der Bronzepfeil über der Tür stand nach wie vor auf fünf.

Sweeney wartete noch eine Minute. »Was *soll* dieser Scheiß?« sagte er.

Irgendwo über ihnen donnerte die 38er; das Knallen hallte die Steintreppen hinunter, zwei schnelle Schüsse und dann ein dritter.

Sergeant Tate beim dritten Schuß auf den Füßen, Mikrofon in der Hand. »Wachposten, Schüsse oben am Turm abgefeuert. Außenposten dalli! Wir gehen hoch.«

Geschrei, Herumgerenne in der Halle.

Da sah Tate, wie der Bronzepfeil des Aufzugs sich bewegte, war schon auf vier. Tate brüllte über den Krach: »Stopp! Wache draußen auf den Außenposten doppelte Aufstellung, erstes Kommando bleibt bei mir. Berry und Howard, diesen verdammten Fahrstuhl decken, wenn er kommt –« Die Nadel blieb auf drei stehen.

»Erstes Kommando, auf geht's. An keiner Tür vorbeigehen, ohne sie abzuchecken. Bobby, draußen – besorg dir ein Gewehr und die Westen und bring sie hoch.«

Tates Gedanken überschlugen sich in seinem Kopf auf der ersten Treppenflucht. Vorsicht kämpfte mit der dringenden Notwendigkeit, den Beamten oben zu helfen. *Gott, laß ihn nicht draußen sein. Keiner trug Westen, Scheiße. Verdammte Gefängnisschrauben.*

Die Büros im zweiten, dritten und vierten Stock sollten leer und abgeschlossen sein. Man konnte auf diesen Stockwerken vom Turm zum Hauptgebäude kommen, wenn man durch die Büros ging. Beim fünften Stock ging das nicht.

Tate war auf der aufgezeichneten SWAT-Schule Tennessee gewesen, und er wußte, wie man das Problem anpackte. Er ging zuerst und nahm die Jungen unter seine Fittiche. Rasch und vorsichtig liefen sie die Treppen hoch und deckten einander von Treppenabsatz zu Treppenabsatz.

»Ihr dreht einer Tür den Rücken zu, bevor ihr sie checkt, und ich bohre euch den Arsch auf.«

Die vom Treppenabsatz des zweiten Stocks abgehenden Türen waren dunkel und abgesperrt.

Nun hoch zu drei, der kleine Gang schwach erleuchtet. Ein Lichtrechteck von der offenen Aufzugskabine auf dem Boden. Tate bewegte sich gegenüber des offenen Aufzugs an der Wand entlang, keine Spiegel in der Kabine, um ihm zu helfen. Mit zwei Pfund Druck auf einem neun Pfund schweren Abzug sah er in die Kabine hinein. Leer.

Tate schrie die Treppe hoch: »*Boyle! Pembry!* Scheiße.« Er postierte einen Mann auf drei und ging weiter nach oben.

Vier war mit der von oben kommenden Klaviermusik überflutet. Die Tür zu den Büros ließ sich aufdrücken. Jenseits der Büros schien der Strahl der langen Taschenlampe auf eine Tür, die sich weit in das dunkle Gebäude dahinter öffnete.

»*Boyle! Pembry!*« Er ließ zwei Posten auf dem Treppenabsatz. »Deckt die Tür. Westen gibt es gleich. Zeigt bloß nicht euren Arsch in jenem Türrahmen.«

Tate stieg die Steintreppe in die Musik hoch. Jetzt oben im Turm, auf dem Treppenabsatz des fünften Stocks, düsteres Licht auf dem kurzen Gang. Helles Licht durch das Milchglas, auf dem HISTORISCHE GESELLSCHAFT SHELBY COUNTY stand.

Geduckt lief Tate unter dem Türglas zur gegenüber den Angeln liegenden Seite. Er nickte Jacobs auf der anderen Seite zu, drehte den Knauf und stieß so fest gegen die Tür, daß diese ganz nach hinten aufflog und das Glas zersplitterte. Im Nu war Tate drinnen und aus dem Türrahmen heraus und sicherte den Raum über die breite Visiereinrichtung seines Revolvers.

Tate hatte vieles gesehen. Er hatte zig Unfälle gesehen, Kämpfe, Morde. Er hatte zu seiner Zeit sechs tote Polizisten gesehen. Was jedoch vor seinen Füßen lag, war das Schlimmste, was er je einem Beamten hatte zustoßen sehen. Das Fleisch über dem Uniformkragen ähnelte keinem Gesicht mehr. Die Vorderseite des Kopfs und die Schädeldecke waren eine von zerrissenem Fleisch gekrönte Blutfläche, und ein einzelnes Auge klebte neben den Nasenlöchern; die Augenhöhlen waren voller Blut.

Jacobs ging an Tate vorbei und rutschte auf dem blutigen Boden, als er die Zelle betrat. Er beugte sich über Boyle, der noch mit

Handschellen an das Tischbein gefesselt war. Boyle, zum Teil ausgeweidet, das Gesicht in Stücke gehackt, schien Blut in der Zelle zur Explosion gebracht zu haben; die Wände und die abgezogene Pritsche waren mit Blutklumpen und -spritzern nur so bedeckt.

Jacobs legte ihm die Finger an den Hals. »Der hier ist tot«, rief er über die Musik. »Sarge?«

Tate, wieder bei sich und beschämt über das Vergehen einer Sekunde, sprach in sein Funkgerät. »Wachposten, zwei Beamte ausgefallen. Wiederhole, zwei Beamte ausgefallen. Gefangener weg. Lecter weg. Außenposten die Fenster beobachten, der Betreffende hat das Bett abgezogen, vielleicht macht er ein Seil. Bestätige, Ambulanzen unterwegs.«

»Is' Pembry tot, Sarge?« Jacobs schaltete die Musik ab.

Tate kniete sich hin, und als er nach dem Hals langte, um den Puls zu fühlen, stöhnte das schreckliche Ding auf dem Boden und blies eine Blutblase.

»Pembry lebt.« Tate wollte den Mund nicht in die blutige Masse tun, wußte, daß er das würde tun müssen, um Pembry beim Atmen zu helfen, wußte, daß er das keinem Streifenpolizisten überlassen würde. Besser, wenn Pembry starb, doch er würde ihm beim Atmen helfen. Da war aber ein Herzschlag, er fand ihn, da war Atmen. Es war holprig und gurgelnd, aber es war Atmen. Das menschliche Wrack atmete allein.

Tates Funkgerät prasselte. Ein draußen aufgestellter Patrol Lieutenant übernahm den Befehl und erwartete Neuigkeiten. Tate mußte etwas sagen.

»Hierher, Murray«, rief Tate einem jungen Streifenpolizisten. »Kommen Sie hier zu Pembry her und halten Sie da, wo er Ihre Hände auf sich spüren kann. Reden Sie mit ihm.«

»Wie heißt er, Sarge?« Murray war neu.

»Pembry, nun reden Sie schon mit ihm, gottverdammt.« Tate am Funkgerät. »Zwei Beamte ausgefallen, Boyle ist tot und Pembry schwer verletzt. Lecter ist getürmt und bewaffnet – er hat ihre Revolver genommen. Gürtel und Halfter sind auf dem Schreibtisch.«

Die Stimme des Lieutenants kam kratzend durch die dicken

Wände. »Können Sie bestätigen, daß die Treppe für Bahren frei ist?«

»Jawohl, Sir. Geben Sie Vier Bescheid, bevor sie passieren. Ich habe auf jedem Treppenabsatz Männer.«

»Roger, Sergeant. Posten acht hier draußen meinte, er hätte auf Vier im Hauptgebäude Bewegung hinter den Fenstern gesehen. Wir haben die Ausgänge gesichert, er kommt nicht raus. Stellung auf den Treppenabsätzen halten. SWAT ist im Anrollen. Wir werden ihn von SWAT rausspülen lassen. Bestätigen.«

»Ich verstehe. SWAT übernimmt.«

»Was hat er?«

»Zwei Pistolen und ein Messer, Lieutenant – Jacobs, sehen Sie mal nach, ob in den Patronengurten irgendwelche Munition steckt.«

»Munitionstaschen«, sagte der Streifenpolizist. »Die von Pembry ist noch voll, die von Boyle auch. Der blöde Arsch hat die Extrapatronen nicht genommen.«

»Was sind sie?«

»Achtunddreißig +Ps JHP.«

Tate war wieder am Funkgerät. »Lieutenant, es sieht aus, als hätte er zwei 38er mit Sechserschuß. Wir haben gehört, wie drei Schuß abgefeuert wurden, und die Munitionstaschen sind noch voll, er hat vielleicht nur neun übrig. Setzen Sie SWAT davon in Kenntnis, daß es +Ps Mantelgeschoßdumdums sind. Dieser Bursche bevorzugt das Gesicht.«

Plus-Ps waren scharfe Geschosse, doch sie würden SWATS Schutzanzüge nicht durchdringen. Ein Treffer ins Gesicht würde höchstwahrscheinlich tödlich sein, ein Treffer in ein Körperglied würde einen zum Krüppel machen.

»Bahren auf dem Weg nach oben, Tate.«

Die Krankenwagen waren erstaunlich schnell da, aber Tate, der dem erbärmlichen Ding zu seinen Füßen zuhörte, kam es nicht rasch genug vor. Der junge Murray versuchte, den stöhnenden, zuckenden Körper zu halten, versuchte, beruhigend auf ihn einzureden und ihn nicht anzuschauen, und immer wieder sagte er in demselben angewiderten Ton: »Du bist ganz in Ordnung, Pembry, sieht gut aus.«

Sobald Tate die Krankenwärter auf dem Treppenabsatz sah, schrie er »Corpsman!«, wie er es im Krieg getan hatte, der militärische Begriff für Sanitäter.

Er packte Murray an der Schulter und schob ihn beiseite. Die Krankenwärter arbeiteten schnell, sicherten fachmännisch die vom Blut glitschigen Fäuste unter dem Gürtel, brachten einen künstlichen Luftweg an und legten einen nichtklebenden Wundverband an, um einen gewissen Druck auf das blutige Gesicht und den blutigen Kopf zu erzielen. Einer von ihnen riß einen Beutel intravenöses Plasma auf, doch der andere, der den Blutdruck und dem Puls maß, schüttelte den Kopf und sagte: »Runter.«

Befehle nun am Funkgerät. »Tate, ich möchte, daß Sie die Büros im Turm leeren und ihn abriegeln. Die Türen vom Hauptgebäude sichern, dann von den Treppenabsätzen decken. Ich schicke Westen und Gewehre hoch. Wir kriegen ihn lebend, wenn er kommen will, aber wir gehen keine speziellen Risiken ein, um sein Leben zu retten. Haben Sie mich verstanden?«

»Ich hab's kapiert, Lieutenant.«

»Ich will SWAT und niemand außer SWAT im Hauptgebäude. Wiederholen Sie mir das.«

Tate wiederholte den Befehl.

Tate war ein guter Sergeant, und er bewies es nun, als er und Jacobs sich in ihre schweren Panzerwesten zwängten und der Bahre folgten, als die Sanitäter sie die Treppen zur Ambulanz hinuntertrugen. Ein zweites Team folgte mit Boyle. Die Männer auf den Treppenabsätzen waren beim Anblick der vorbeigetragenen Bahren verärgert, und Tate hatte ein kluges Wort für sie parat: »Laßt euch durch eure Laune nicht den Arsch abknallen.«

Als die Sirenen draußen heulten, räumte Tate, vom erfahrenen Jacobs gedeckt, vorsichtig die Büros und riegelte den Turm ab.

Im vierten Stock blies ein kühler Luftzug den Gang entlang. Jenseits der Tür, in den weiten dunklen Räumen des Hauptgebäudes, klingelten die Telefone. In dunklen Büros im ganzen Gebäude blinkten Knöpfe an Telefonapparaten wie Glühwürmchen, und die Wecker ertönten immer und immer wieder.

Es war an die Öffentlichkeit gedrungen, daß Dr. Lecter im Gebäude ›verbarrikadiert‹ sei, und Radio- und Fernsehreporter riefen an, wählten blitzschnell mit ihren Modems und versuchten, Live-Interviews mit dem Monster zu bekommen. Um dies zu vermeiden, ließ SWAT die Telefone gewöhnlich abstellen, bis auf das, das der Vermittler benutzte. Dieses Gebäude war zu groß, und es gab zu viele Büros.

Tate machte die Tür zu den Räumen mit blinkenden Telefonen zu und schloß sie ab. Unter der hartschaligen Weste waren seine Brust und sein Rücken naß und juckten.

Er nahm das Funkgerät von seinem Gürtel. »Wachposten, hier Tate, der Turm ist klar, Ende.«

»Roger, Tate. Der Captain will Sie am Wachposten.«

»Zehn-vier. Halle Turm, auf Empfang.«

»Hier, Sarge.«

»Ich bin's, im Aufzug, ich komme gerade mit ihm runter.«

»Alles klar, Sarge.«

Jacobs und Tate waren gerade im Aufzug auf dem Weg nach unten in die Halle, als ein Tropfen Blut auf Tates Schulter fiel. Ein weiterer tropfte auf seinen Schuh.

Er sah an die Decke der Kabine, berührte Jacobs und gab ihm ein Zeichen zu schweigen.

Aus dem Spalt um die Luke oben in der Kabine tropfte Blut. Es schien eine lange Fahrt in die Halle hinunter. Tate und Jacobs gingen rückwärts hinaus, die Revolver gegen die Decke des Aufzugs gerichtet. Tate langte von außen hinein und verschloß die Kabine.

»Pssst«, sagte Tate in der Halle. Leise: »Berry, Howard, er ist auf dem Dach der Kabine. Weitersichern.«

Tate ging nach draußen. Auf dem Parkplatz stand der schwarze SWAT-Bus. SWAT hatte stets eine Reihe von Fahrstuhlschlüsseln.

Binnen Augenblicken waren sie einsatzbereit, und zwei SWAT-Beamte in schwarzen Schutzanzügen und Kopfhörersets stiegen die Treppen zum Absatz des dritten Stockwerks hoch. Zwei weitere waren bei Tate in der Halle und hatten ihre Sturmgeschütze gegen die Fahrstuhldecke gerichtet.

Wie die großen Ameisen, die kämpfen, dachte Tate.

Der SWAT-Kommandant sagte gerade etwas in seinen Kopfhörer. »Okay, Johnny.«

Im dritten Stock, hoch oben über dem Aufzug, drehte Officer Johnny Peterson seinen Schlüssel im Schloß, und die Fahrstuhltür glitt auf. Der Schacht war dunkel. Auf dem Rücken im Gang liegend, nahm er eine Blendgranate aus seiner Kampfweste und legte sie neben sich auf den Boden. »Okay, ich werde jetzt mal nachsehen.«

Er nahm seinen Spiegel mit dem langen Griff heraus und schob ihn über den Rand, während sein Partner mit einer starken Taschenlampe in den Schacht hinunterleuchtete.

»Ich sehe ihn. Er ist oben auf dem Fahrstuhl. Ich sehe eine Waffe neben ihm. Er bewegt sich nicht.«

Die Frage in Petersons Kopfhörer: »Können Sie seine Hände sehen?«

»Ich sehe eine Hand, die andere ist unter ihm. Er hat die Laken um sich.«

»Sagen Sie's ihm.«

»LEGEN SIE DIE HÄNDE AUF DEN KOPF UND KEINE BEWEGUNG«, schrie Peterson in den Schacht hinunter. »Er hat sich nicht bewegt, Lieutenant... Verstehe.«

»WENN SIE NICHT DIE HÄNDE AUF DEN KOPF LEGEN, WERDE ICH EINE BLENDGRANATE AUF SIE WERFEN. ICH GEBE IHNEN DREI SEKUNDEN«, rief Peterson. Aus seiner Weste nahm er einen der Türanschläge, die jeder SWAT-Beamte bei sich trägt. »OKAY, JUNGS, VORSICHT DORT UNTEN – HIER KOMMT DIE GRANATE.« Er warf den Anschlag über den Rand und sah ihn auf der Gestalt aufprallen. »Er hat sich nicht bewegt, Lieutenant.«

»Okay, Johnny, wir werden die Luke mit einer Stange von außerhalb der Kabine aufstoßen. Können Sie die Klappe erreichen?«

Peterson rollte auf den Bauch. Seine 45er Automatik, gespannt und gesichert, deutete direkt auf die Gestalt hinunter. »Hab' die Klappe«, sagte er.

Peterson blickte in den Fahrstuhlschacht hinunter und konnte den Lichtspalt unten auftauchen sehen, als die Beamten in der Halle die Luke mit einem SWAT-Bootshaken aufstießen. Die reglose Gestalt lag halb über der Luke, und einer der Arme bewegte sich, als die Beamten von unten gegen die Luke drückten.

Petersons Daumen preßte eine Nuance stärker auf die Sicherung des Colts. »Sein Arm hat sich bewegt, Lieutenant, aber ich glaube, es ist nur die Luke, die ihn bewegt.«

»Roger. Hochheben.«

Die Luke schlug gegen die Wand des Fahrstuhlschachts zurück. Peterson hatte Mühe, in das Licht hinunterzuschauen. »Er hat sich nicht bewegt. Seine Hand ist *nicht* an der Waffe.«

Die ruhige Stimme in seinem Ohr: »Okay, Johnny, durchhalten. Wir kommen in die Kabine, mit dem Spiegel daher auf Bewegung achten. Gefeuert wird von uns. Verstanden?«

»Verstanden.«

In der Halle sah Tate zu, wie sie in die Kabine gingen. Ein mit Stahlkernmunition beladener Schütze zielte mit seiner Waffe auf die Decke des Aufzugs. Ein zweiter Beamter stieg auf eine Leiter. Er war mit einer großen automatischen Pistole mit einer darunter festgeklemmten Taschenlampe bewaffnet. Ein Spiegel und die Pistole samt Lampe verschwanden durch die Luke nach oben, gefolgt von Kopf und Schultern des Beamten. Er reichte einen 38er Revolver nach unten. »Er ist tot«, rief der Beamte hinunter.

Tate fragte sich, ob der Tod von Dr. Lecter bedeutete, daß auch Catherine Martin sterben würde, da die ganzen Informationen verloren waren, als die Lichter in diesem Monsterverstand erloschen.

Die Beamten zogen ihn gerade herunter, und die Leiche kam umgekehrt durch die Fahrstuhlluke, wurde vorsichtig in viele Arme gesenkt, eine seltsame Kreuzabnahme in einem erleuchteten Kasten. Die Halle füllte sich, und Polizisten strömten neugierig zusammen.

Ein Gefängnisbeamter schob sich nach vorn, warf einen Blick auf die ausgebreiteten tätowierten Arme der Leiche.

»Das ist Pembry«, sagte er.

38. Kapitel

Hinten in den heulenden Krankenwagen stützte der junge Sanitäter sich gegen das Schwanken ab und wandte sich seinem Funkgerät zu, um dem Leiter der Notaufnahme Bericht zu erstatten; er sprach dabei laut gegen den Sirenenlärm an.

»Er ist komatös, gibt aber Lebenszeichen von sich. Sein Blutdruck ist gut. Hundertdreißig zu neunzig. Ja, neunzig. Puls fünfundachtzig. Er hat böse Schnittwunden im Gesicht mit erhöhten Hautlappen, ein Auge ausgeschält. Ich habe eine Druckkompresse auf sein Gesicht gelegt und einen künstlichen Luftweg angebracht. Möglicher Gewehrschuß in den Kopf, ich kann's nicht genau sagen.«

Hinter ihm auf der Bahre entspannten sich die geballten und blutigen Fäuste im Hosenbund. Die rechte Hand glitt heraus, fand die Schnalle auf dem Gurt über der Brust.

»Ich habe Angst, zuviel Druck auf den Kopf auszuüben – er hatte leichte Konvulsionen, bevor wir ihn auf die Bahre legten. Ja, hab' ihn in der Fowler-Stellung.«

Hinter dem jungen Mann packte die Hand den Wundverband und wischte die Augen weg.

Der Sanitäter hörte, wie der Katheter dicht hinter ihm zischte, drehte sich um und sah das blutige Gesicht in seinem, sah nicht die Pistole herunterkommen, die ihn hart über dem Ohr traf.

Der Krankenwagen verlangsamte das Tempo und hielt im Verkehr auf dem sechsspurigen Freeway an; die Fahrer dahinter waren verwirrt und hupten, zögerten, an einer Ambulanz vorbeizufahren. Zwei kleine Plopps wie Fehlzündungen im Verkehr, und der Krankenwagen startete wieder durch, fuhr kurz im Zickzack, dann gerade und auf die rechte Spur.

Hier war nun die Ausfahrt zum Flughafen. Der Krankenwagen trödelte auf der rechten Spur entlang, außen gingen verschiedene Notblinker an und aus, ebenso Scheibenwischer, dann wurden die Sirenen leiser, heulten wieder auf, wurden erneut leiser und verstummten ganz, und die blinkenden Lichter gingen ebenfalls aus. Der Krankenwagen fuhr geräuschlos weiter und nahm die Ausfahrt zum Memphis International Airport, dessen herrliches Gebäude an diesem Winterabend von Scheinwerfern angestrahlt war. Die Ambulanz fuhr die kurvige Straße bis zu den automatisierten Toren zur weiten Tiefgarage entlang. Eine blutige Hand kam heraus, um einen Parkschein zu nehmen. Und der Krankenwagen verschwand den Tunnel hinunter auf den Parkplatz unter der Erde.

39. Kapitel

Normalerweise wäre Clarice Starling neugierig gewesen, Crawfords Haus in Arlington zu sehen, doch die Kurznachricht im Autoradio über Dr. Lecters Flucht ließ sie all das vergessen.

Mit tauben Lippen und kribbelnder Kopfhaut fuhr sie rein mechanisch, sah das gepflegte Ranchhaus aus den 50er Jahren, ohne es richtig wahrzunehmen, und überlegte nur am Rande, ob Bella da lag, wo links die Fenster mit Vorhängen erleuchtet waren. Die Türglocke kam ihr zu laut vor.

Crawford öffnete die Tür beim zweiten Klingeln. Er trug eine ausgebeulte Strickjacke, und er sprach in ein drahtloses Telefon. »Copley in Memphis«, sagte er. Mit einem Wink bedeutete er ihr, zu folgen, und führte sie durchs Haus, wobei er beim Gehen ins Telefon brummte.

In der Küche nahm eine Krankenschwester eine winzige Flasche aus dem Kühlschrank und hielt sie ans Licht. Als Crawford die Krankenschwester stirnrunzelnd ansah, schüttelte sie den Kopf, sie brauchte ihn nicht.

Er nahm Starling mit in sein Arbeitszimmer, drei Stufen in das hinunter, was offensichtlich eine umgebaute Doppelgarage war. Hier war reichlich Platz, es gab ein Sofa und Sessel, und auf dem überladenen Schreibtisch leuchtete ein Computerterminal grün neben einem antiken Astrolabium. Bei dem kleinen Teppich hatte man das Gefühl, als läge er auf Zement. Crawford winkte sie zu einem Sessel.

Er legte die Hand über den Hörer. »Starling, dies ist irrsinnig, aber haben Sie Lecter in Memphis irgend etwas gegeben?«

»Nein.«

»Kein Objekt.«

»Nichts.«

»Sie haben ihm die Zeichnungen und das Zeug aus seiner Zelle gebracht.«

»Ich hab's ihm nie gegeben. Die Sachen sind noch in meiner Tasche. Er hat *mir* die Akte gegeben. Das ist das einzige, was zwischen uns hin- und herging.«

Crawford klemmte sich das Telefon unter den Kiefer. »Copley, das ist kompletter Scheiß. Ich will, daß Sie diesen Bastard in die Mache nehmen, und zwar jetzt. Direkt zum Chef, direkt zu TBI. Sorgen Sie dafür, daß das Notstandsbulletin mit dem übrigen durchgegeben wird. Burroughs ist da dran. Ja.« Er schaltete den Apparat ab und steckte ihn in seine Tasche.

»Wollen Sie Kaffee, Starling? Coke?«

»Was sollte das denn, Dr. Lecter Dinge zu geben?«

»Chilton behauptet, Sie müssen Lecter irgendwas gegeben haben, womit er die Sperrklinke von den Handschellen abgestreift hat. Sie hätten es nicht absichtlich getan, sagt er – es sei nur Unkenntnis gewesen.« Manchmal hatte Crawford zornige kleine Schildkrötenaugen. Er beobachtete, wie sie es aufnahm. »Hat Chilton versucht, Ihre Strapse zu knacken, Starling? Ist es das, was mit ihm los ist?«

»Vielleicht. Ich nehme ihn schwarz mit Zucker, bitte.«

Während er in der Küche war, holte sie tief Atem und schaute sich im Zimmer um. Wenn man in einem Studentenwohnheim oder in einer Kaserne wohnt, ist es tröstlich, in einem Familienhaus zu sein. Selbst jetzt, da der Boden unter Starling erzitterte, half ihr ihr Gefühl für das Leben der Crawfords in diesem Haus.

Eben kam Crawford mit den Tassen zurück, ging mit seiner Zweistärkenbrille vorsichtig die Stufen hinunter. In seinen Mokassins war er einen Zentimeter kleiner. Als Starling aufstand, um ihren Kaffee entgegenzunehmen, waren ihre Augen beinahe auf gleicher Höhe. Er roch wie Seife, und sein Haar sah weich und grau aus.

»Copley hat gesagt, man hätte den Krankenwagen noch nicht gefunden. Im ganzen Süden sind Heere von Polizisten angetreten.«

Sie schüttelte den Kopf. »Mir sind keine Einzelheiten bekannt. Im Radio kam nur die Kurznachricht – Dr. Lecter hat zwei Polizisten umgebracht und ist entkommen.«

»Zwei Gefängnisbeamte.« Crawford ließ den kriechenden

Text auf seinen Computerbildschirm weiterlaufen. »Sie hießen Boyle und Pembry. Haben Sie mit ihnen zu tun gehabt?«

Sie nickte. »Sie... haben mich aus der Arrestzelle entfernt. Ihr Benehmen bei dieser Angelegenheit war okay.« *Pembry, wie er um Chilton herumkam, verlegen, entschlossen, aber auf bäurische Art höflich. Jetzt kommen Sie mal schön mit, sagte er. Auf den Händen und auf der Stirn hatte er Leberflecke. Nun tot, bleich unter seinen Flecken.*

Plötzlich mußte Starling ihren Kaffee hinstellen. Sie füllte die Lungen tief mit Luft und sah einen Augenblick lang an die Decke. »Wie hat er's gemacht?«

»Laut Copley ist er in einem Krankenwagen entkommen. Wir werden noch näher darauf eingehen. Wie sind Sie mit der Löschsäure klargekommen?«

Starling hatte den späten Nachmittag und frühen Abend damit verbracht, auf Krendlers Anordnungen hin das Blatt mit den Plutos von der Abteilung für wissenschaftliche Analysen untersuchen zu lassen. »Nichts. Sie prüfen die Akten der Drogenfahndung, um zu sehen, ob sie was Identisches haben, doch das Zeug ist zehn Jahre alt. Die von der Dokumentenabteilung haben mit dem Druckverfahren vielleicht mehr Glück als die Drogenfahndung mit dem Rauschgift.«

»Es *war* aber LSD.«

»Ja. Wie hat er's gemacht, Mr. Crawford?«

»Wollen Sie's wissen?«

Sie nickte.

»Dann werd' ich's Ihnen sagen. Aus Versehen haben sie Lecter in eine Ambulanz verfrachtet. Sie haben ihn für Pembry, schwer verletzt, gehalten.«

»Trug er Pembrys Uniform? Sie hatten etwa die gleiche Größe.«

»Er legte Pembrys Uniform an und einen Teil von Pembrys Gesicht. Und auch ungefähr ein Pfund von Boyle. Pembrys Leiche hüllte er in den wasserfesten Matratzenbezug und die Laken aus seiner Zelle, damit das Ganze nicht tropfte, und stopfte es oben auf den Fahrstuhl. Er zog die Uniform an, maskierte sich entsprechend, legte sich auf den Boden und feuerte Schüsse in die Decke, um die wilde Panik auszulösen. Ich weiß nicht, was er mit der Pistole gemacht hat, hat sie sich vielleicht hinten in die Hose reingesteckt. Der Krankenwagen kommt an, überall Polizisten mit ihren Pistolen im Anschlag. Das Sanitäterteam ging rasch ins Gebäude und tat das, was es in so einer Situation, unter Beschuß, seiner Ausbildung gemäß zu tun gelernt hat – sie haben einen künstlichen Luftweg und einen Verband für das Schlimmste angelegt, Druck, um die Blutung zu stoppen, und sind davongerast. Sie haben ihre Arbeit getan. Der Krankenwagen ist nie beim Krankenhaus angekommen. Die Polizei sucht immer noch nach ihm. Ich habe kein gutes Gefühl, was diese Sanitäter angeht. Copley sagte, sie spielen die Bänder des Fahrdienstleiters ab. Die Ambulanzen wurden ein paarmal angerufen. Sie glauben, Lecter rief die Krankenwagen selbst an, bevor er die Schüsse abgab, damit er nicht zu lang herumliegen mußte. *Dr. Lecter mag seinen Spaß.*«

Starling hatte nie zuvor das bittere Knurren in Crawfords Stimme gehört. Da sie bitter mit schwach assoziierte, erschreckte es sie.

»Diese Flucht bedeutet nicht, daß Dr. Lecter gelogen hat«, sagte Starling. »Klar, irgend jemanden hat er angelogen – uns oder Senatorin Martin –, aber vielleicht hat er nicht beide Parteien angelogen. Er hat Senatorin Martin erklärt, es sei Billy Rubin, und hat behauptet, das sei alles, was er wüßte. Mir hat er erklärt, es sei jemand mit dem Wahn, ein Transsexueller zu sein. Das letzte, was er zu mir sagte, war in etwa: ›Warum den Bogen nicht zu Ende führen?‹ Im Anschluß an die Theorie über die Geschlechtsumwandlung sprach er davon, daß –«

»Ich weiß, ich habe Ihre Zusammenfassung gesehen. Wir können erst dann damit arbeiten, wenn wir Namen von den Kliniken bekommen. Alan Bloom hat sich persönlich an die Leiter der Abteilungen gewandt. Sie sagen, sie suchen danach. Ich muß es glauben.«

»Mr. Crawford, stecken Sie in der Klemme?«

»Ich bin angewiesen, Urlaub aus dringenden familiären Gründen zu nehmen«, sagte Crawford. »Es gibt eine neue Sondereinheit des FBI, DEA, die Drug Enforcement Agency, und ›zusätzliche Elemente‹ aus dem Büro des Justizministers – nämlich Krendler.«

»Wer ist der Boß?«

»Offiziell der stellvertretende Chef des FBI, John Colby. Sagen wir mal, er und ich stehen in enger Beratung. John ist ein guter Mann. Was ist mit Ihnen, stecken *Sie* in der Klemme?«

»Krendler hat mir befohlen, meinen Ausweis und die Knarre abzugeben und mich wieder zum Unterricht zu melden.«

»Das hat er erst *vor* Ihrem Besuch bei Lecter getan. Starling, heute nachmittag hat er eine Mordsbeschwerde an das Amt für Berufsethik geschickt. Es war eine Bitte ›ohne Vorurteil‹ und Ihre Suspendierung von der Akademie bis zu einer erneuten Beurteilung Ihrer Tauglichkeit für den Dienst. Es ist ein mieser Rückenschuß. Unser Waffenlehrer John Brigham hat sie unlängst im Fakultätsmeeting in Quantico gesehen. Er hat sich das angehört und dann mich angerufen.«

»Wie schlimm ist es?«

»Ihnen steht eine mündliche Verhandlung zu. Ich werde mich für Ihre Tauglichkeit verbürgen, und das wird genügen. Wenn Sie dem Unterricht aber noch längere Zeit fernbleiben, werden Sie definitiv repetieren müssen, ohne Rücksicht auf eine Feststellung bei einem Hearing. Wissen Sie, was passiert, wenn man wiederholen muß?«

»Aber ja doch, man wird in das Bezirksbüro zurückgeschickt, das einen angeworben hat. Man darf Berichte abheften und Kaffee machen, bis man einen anderen Platz in einer Klasse bekommt.«

»Ich kann Ihnen einen Platz in einer späteren Klasse versprechen, aber ich kann sie nicht davon abhalten, Sie repetieren zu lassen, wenn Sie die Zeit verpassen.«

»Also gehe ich zur Schule zurück und höre auf, hieran zu arbeiten, oder...«

»Jawohl.«

»Was soll ich Ihrer Meinung nach tun?«

»Ihr Job war Lecter. Sie haben ihn getan. Ich bitte Sie nicht, eine Wiederholung ins Auge zu fassen. Es könnte Sie vielleicht ein halbes Jahr kosten, vielleicht mehr.«

»Was ist mit Catherine Martin?«

»Er hat sie fast achtundvierzig Stunden gehabt – um Mitternacht sind's genau achtundvierzig Stunden. Wenn wir ihn nicht erwischen, bringt er sie wahrscheinlich morgen oder übermorgen oder am Tag danach um, wenn es wie beim letzten Mal ist.«

»Lecter ist nicht das einzige, was wir hatten.«

»Sie haben bislang sechs William Rubins, alle mit der einen oder anderen Vorstrafe. Keiner von ihnen sieht vielversprechend aus. Keine Billy Rubins auf den Listen der Insektenzeitschriftenabonnements. Der Gilde der Messerhersteller sind etwa fünf Fälle von Elfenbeinanthrakose in den letzten zehn Jahren bekannt. Von denen haben wir noch ein paar zu überprüfen. Was noch? Klaus ist *noch* nicht identifiziert worden. Interpol berichtet von einem in Marseilles ausstehenden Steckbrief für einen norwegischen Matrosen der Handelsmarine, einem ›Klaus Bjetland‹, wie immer man das ausspricht. Norwegen ist auf der Suche nach seinen Zahnabdrücken, damit sie diese schicken können. Wenn wir irgendwas von den Kliniken erfahren und wenn Sie die Zeit haben, können Sie dabei helfen. Starling?«

»Ja, Mr. Crawford?«

»Gehen Sie zur Schule zurück.«

»Wenn Sie nicht gewollt hätten, daß ich ihn jage, hätten Sie mich nicht in jene Leichenhalle mitnehmen sollen, Mr. Crawford.«

»Nein«, sagte Crawford. »Das hätte ich wohl besser gelassen. Dann hätten wir aber das Insekt nicht gekriegt. Sie geben Ihre Pistole nicht ab. Quantico ist sicher genug, aber bis Lecter geschnappt oder tot ist, werden Sie jedesmal dann bewaffnet sein, wenn Sie außerhalb des Standorts in Quantico sind.«

»Was ist mit Ihnen? Er haßt Sie. Vermutlich hat er sich über das Ganze einige Gedanken gemacht.«

»Das haben viele Leute, Starling, in vielen Gefängnissen. Irgendwann einmal kommt er vielleicht dazu, aber momentan ist er zu beschäftigt. Es ist angenehm, draußen zu sein, und er ist nicht bereit, es auf diese Weise zu vergeuden. Und dieser Ort ist sicherer, als er aussieht.«

Der Apparat in Crawfords Tasche surrte. Der auf dem Schreibtisch summte und blinkte. Er lauschte einige Sekunden, sagte »Okay« und legte auf.

»Man hat den Krankenwagen in der Tiefgarage am Flughafen

von Memphis gefunden.« Er schüttelte den Kopf. »Zwecklos. Das Sanitäterteam war hinten drin. Tot, alle beide.« Crawford nahm seine Brille ab, wühlte nach seinem Taschentuch, um sie zu polieren.

»Starling, das Smithsonian hat Burroughs angerufen und nach Ihnen gefragt. Dieser Typ Pilcher. Sie sind mit der Arbeit an dem Insekt fast fertig. Ich möchte, daß Sie einen 302 darüber schreiben und für die permanente Akte unterzeichnen. Sie haben das Insekt gefunden und sind der Sache nachgegangen, und ich möchte, daß das in der Akte steht. Sind Sie dazu in der Lage?«

Starling war müde wie nie zuvor. »Sicher«, sagte sie.

»Lassen Sie Ihren Wagen in der Garage, und Jeff wird Sie nach Quantico zurückfahren, wenn Sie fertig sind.«

Auf der Treppe hob sie den Blick zu den erleuchteten, von Gardinen bedeckten Fenstern, wo die Krankenschwester Wache hielt, und sah dann zu Crawford zurück.

»Ich denke an Sie beide, Mr. Crawford.«

»Danke, Starling«, sagte er.

40. Kapitel

»Officer Starling, Dr. Pilcher hat gesagt, er würde Sie im Insektenzoo treffen. Ich werde Sie dorthin bringen«, sagte der Aufseher.

Um den Insektenzoo von der Seite des Museums an der Constitution Avenue zu erreichen, mußte man den Aufzug eine Ebene über dem großen ausgestopften Elefanten nehmen und ein weites Stockwerk durchqueren, das der Studie der Menschheit gewidmet war.

Reihen von Schädeln kamen zuerst, erhoben sich und breiteten sich aus, stellten die Explosion der menschlichen Bevölkerung seit Christi Zeiten dar.

Starling und der Aufseher bewegten sich in einer schwach beleuchteten Landschaft, die mit den menschlichen Ursprung und die menschliche Variation veranschaulichenden Figuren bevölkert war. Hier gab es Displays von Ritualen – Tätowierungen, umwickelte Füße, Zahnabwandlungen, peruanische Chirurgie, Mufizierung.

»Haben Sie je Wilhelm von Ellenbogen gesehen?« fragte der Aufseher und leuchtete mit seiner Taschenlampe in einen Schaukasten.

»Ich glaube nicht«, sagte Starling, ohne ihr Tempo zu verlangsamen.

»Sie sollten irgendwann mal kommen, wenn es hier hell ist, und ihn sich ansehen. Haben ihn im achtzehnten Jahrhundert in Philadelphia begraben. Hat sich sofort in Seife verwandelt, als das Grundwasser ihn erreichte.«

Der Insektenzoo war ein großer Raum, nun halbdunkel, in dem man Zirpen und Schwirren vernahm. Ihn füllten Käfige und Kästen mit lebenden Insekten. Besonders Kinder mochten den Zoo und zogen den ganzen Tag in Scharen hindurch. Nachts, sich selbst überlassen, waren die Insekten emsig. Einige wenige Kästen waren rot beleuchtet, und die Schilder für die Notausgänge brannten grellrot in dem halbdunklen Raum.

»Dr. Pilcher?« rief der Aufseher von der Tür.

»Hier«, sagte Pilcher und hielt eine kleine Stablampe als Lichtsignal hoch.

»Werden Sie diese Dame hinausbringen?«

»Ja, danke, Officer.«

Starling nahm ihre eigene kleine Taschenlampe aus ihrer Tasche und stellte fest, daß sie bereits angeknipst war und daß die Batterien leer waren. Der Ärger, der sie blitzartig durchfuhr, erinnerte sie daran, daß sie müde war. Sie mußte sich anstrengen und sich zusammennehmen.

»Hallo, Officer Starling.«

»Dr. Pilcher.«

»Wie wäre es mit ›Professor Pilcher‹?«

»Sind Sie Professor?«

»Nein, aber ich bin auch kein Doktor. Was ich *bin*, ist froh, Sie zu sehen. Wollen Sie sich ein paar Insekten ansehen?«

»Sicher. Wo ist Dr. Roden?«

»Er hat in den letzten beiden Nächten einen Großteil des Fortschritts mit Chaetaxie gemacht, und schließlich mußte er sich hinhauen. Haben Sie das Insekt gesehen, bevor wir mit ihm angefangen haben?«

»Nein.«

»Es war wirklich nur eine weiche Masse.«

»Sie haben es aber, Sie haben es herausbekommen?«

»Ja. Gerade eben.« Er blieb bei einem Drahtkäfig stehen. »Lassen Sie mich Ihnen zuerst eine Motte wie die zeigen, die Sie uns am Montag gebracht haben. Dies ist nicht genau dieselbe wie Ihre, aber die gleiche Familie, eine Eule.« Der Strahl seiner Stablampe fand die große glänzende blaue Motte, die mit gefalteten Flügeln auf einem kleinen Zweig saß. Pilcher hauchte sie an, und sofort erschien das grimmige Gesicht einer Eule, als die Motte ihnen flatternd die Unterseiten ihrer Flügel entgegenhielt; die Augenflecke auf den Flügeln funkelten grell wie der letzte Anblick, den eine Ratte je zu Gesicht bekommt. »Diese hier ist *Caligo beltrao* – ziemlich gemein. Mit diesem Klaus-Exemplar jedoch müssen wir uns ganz speziellen Motten zuwenden. Kommen Sie.«

Am Ende des Raums stand ein in einer Nische zurückgesetzter

Kasten mit einem Geländer davor. Der Kasten war außer Reichweite von Kindern und mit einem Tuch bedeckt. Neben ihm summte ein kleiner Luftbefeuchter.

»Wir halten sie hinter Glas, um die Finger der Leute zu schützen – sie kann kämpfen. Sie mag auch Feuchtigkeit, und Glas bewahrt die Feuchtigkeit im Innern.« Vorsichtig hob Pilcher den Käfig an seinen Griffen hoch und brachte ihn nach vorn in die Nische. Er nahm den Überzug ab und schaltete ein kleines Licht über dem Käfig an.

»Dies ist der Totenkopf«, sagte er. »Er sitzt da auf Nachtschatten – wir hoffen, daß er legen wird.«

Die Motte war wunderschön und schrecklich anzusehen, ihre großen braunschwarzen Flügel wie ein Umhang, und auf ihrem breiten pelzigen Rücken die markante Zeichnung, die bei Menschen seit jeher Furcht hervorgerufen hat, wenn sie ihr unvermutet in ihren glücklichen Gärten begegnet sind. Der kuppelartig geformte Schädel, ein Schädel, der zugleich Totenkopf und Gesicht ist, der aus seinen dunklen Augen herausschaut, die Backenknochen, der Jochbogen äußerst fein neben den Augen gezeichnet.

»Acherontia styx«, sagte Pilcher. »Sie ist nach zwei Flüssen in der Unterwelt benannt. Ihr Mann, er wirft die Leichen jedesmal in einen Fluß – habe ich gelesen.«

»Ja«, erwiderte Starling. »Ist sie selten?«

»In diesem Teil der Welt, ja. In der Natur gibt es überhaupt keine.«

»Woher kommt sie?« Starling drückte das Gesicht dicht gegen das Drahtdach das Kastens. Ihr Atem bewegte den Pelz auf dem Rücken der Motte. Sie fuhr zurück, als diese quiekste und heftig mit den Flügeln schlug. Sie konnte die winzige Brise spüren, die sie verursachte.

»Malaysia. Es gibt auch einen europäischen Typus namens *atropos*, doch diese hier und die in Klaus' Mund sind malaysisch.«

»Also hat irgend jemand sie gezüchtet.«

Pilcher nickte. »Ja«, sagte er, als sie ihn nicht ansah. »Sie muß als Ei oder wahrscheinlicher als Puppe von Malaysia mit dem Schiff transportiert worden sein. Es ist nie jemandem gelungen, sie dazu zu bringen, in Gefangenschaft Eier zu legen. Sie paaren sich, aber keine Eier. Das Schwierige ist, die Raupe im Dschungel zu finden. Danach sind sie nicht allzu schwer zu züchten.«

»Sie sagten, sie können kämpfen.«

»Der Rüssel ist scharf und kräftig, und sie rammen ihn Ihnen in den Finger, wenn Sie mit ihnen herumspielen. Es ist eine ungewöhnliche Waffe, und Alkohol greift ihn bei konservierten Exemplaren nicht an. Das hat uns geholfen, das Feld einzugrenzen, daher konnten wir sie so schnell identifizieren.« Pilcher schien auf einmal verlegen, als hätte er geprahlt. »Sie sind auch zäh«, beeilte er sich fortzufahren. »Sie dringen in Bienenstöcke ein und stehlen Honig. Einmal waren wir beim Sammeln in Sabah, Borneo, und sie kamen zum Licht hinter der Jugendherberge. Es war unheimlich, sie zu hören, wir wären –«

»Wo ist diese hier hergekommen?«

»Ein Tausch mit der malaysischen Regierung. Ich weiß nicht, was wir eingetauscht haben. Es war komisch, wir waren da in der Dunkelheit und warteten mit diesem Zyanideimer, als –«

»Was für Zollerklärungen sind mit dieser hier gekommen? Haben Sie Unterlagen davon? Müssen sie aus Malaysia vertrieben werden? Wer würde das zulassen?«

»Sie sind in Eile. Schauen Sie, ich habe das ganze Zeug, was wir haben, aufgeschrieben und die Orte vermerkt, wo man Anzeigen aufgeben muß, wenn Sie sowas machen wollen. Kommen Sie, ich bringe Sie hinaus.«

Schweigend durchquerten sie das weite Stockwerk. Im Licht des Aufzugs konnte Starling sehen, daß Pilcher genauso müde war wie sie.

»Sie sind wegen dieser Sache aufgeblieben«, sagte sie. »Das war ganz prima von Ihnen. Ich wollte vorhin nicht so kurz angebunden sein, ich bin nur –«

»Hoffentlich erwischt man ihn. Hoffentlich haben Sie dies bald hinter sich«, sagte er. »Ich habe ein paar Chemikalien aufnotiert, die er möglicherweise kauft, wenn er weiche Exemplare einkonserviert... Officer Starling, ich würde Sie gern kennenlernen.«

»Vielleicht sollte ich Sie anrufen, wenn ich kann.«

»Das sollten Sie auf jeden Fall, unbedingt, das fände ich toll«, sagte Pilcher.

Die Fahrstuhltür schloß sich, und Pilcher und Starling waren weg. Das der Menschheit gewidmete Stockwerk war still, und es bewegte sich keine menschliche Gestalt, die Tätowierten, die Mumifizierten, die gebundenen Füße, sie alle rührten sich nicht.

Die Notausgänge glühten rot im Insektenzoo, spiegelten sich in zehntausend aktiven Augen der älteren Ordnung wider. Der Luftbefeuchter summte und zischte. Unter dem Überzug, im schwarzen Käfig, kletterte der Totenkopf den Nachtschatten hinunter. Die Motte lief über den Boden, wobei ihre Flügel hinter ihr wie ein Cape herwehten, und fand das Stückchen Honigwabe in ihrem Napf. Die Honigwabe mit ihren kräftigen Vorderfüßen umklammernd, rollte sie ihren scharfen Rüssel auf und stieß ihn durch die Wachskappe einer Honigzelle. Nun saß sie still saugend da, während überall um sie herum das Zirpen und Schwirren wieder einsetzte und damit die kleinen Intrigen und Morde der Insektenwelt.

41. Kapitel

Catherine Baker Martin unten im verhaßten Dunkeln. Dunkelheit schwärmte hinter ihren Lidern, und in Sekunden zuckenden Schlafs träumte sie, daß das Dunkel in sie hineinkam. Das Dunkel kam heimtückisch, stieg ihr in die Nase hoch und in die Ohren, feuchte Finger des Dunkels drängten sich in jede ihrer Körperöffnungen. Sie legte die Hand über Mund und Nase, legte die andere Hand über ihre Vagina, preßte das Gesäß zusammen, legte ein Ohr an die Matratze und opferte das andere Ohr dem Eindringen des Dunkels. Mit dem Dunkel kam ein Geräusch, und sie wurde ruckartig wach. Ein vertrauter, geschäftiger Ton, eine Nähmaschine. Veränderliche Geschwindigkeit. Langsam, nun schnell.

Oben im Keller brannte Licht – sie konnte eine schwache gelbe Scheibe hoch über sich sehen, wo die kleine Luke im Brunnendekkel offenstand. Der Pudel bellte mehrmals, und gedämpft sprach die unheimliche Stimme gerade mit ihm.

Nähen. Nähen stimmte hier unten ganz und gar nicht. Nähen gehört zum Licht. Das sonnige Nähzimmer aus Catherines Kindheit schoß ihr so willkommen durch den Kopf... die Haushälterin, die liebe Bea Love, an der Maschine... ihre kleine Katze tappte mit der Pfote nach dem wehenden Vorhang.

Die Stimme wischte alles fort, als sie viel Wirbel um den Pudel machte.

»Precious, leg das *hin.* Du wirst dich mit einer Nadel stechen, und was machen wir *dann?* Ich bin fast fertig. Ja, Herzliebling. Du kriegst ein Chew-wy, *wenn wir fertig sind, uuuii,* du kriegst Chew-wy *doody doody doo.*«

Catherine wußte nicht, wie lange sie schon gefangen war. Sie wußte, daß sie sich zweimal gewaschen hatte – das letztemal hatte sie sich im Licht hingestellt, wollte, daß er ihren Körper sah, nicht sicher, ob er hinter dem blendenden Licht hinunterschaute. Catherine Baker Martin nackt war ein atemberaubender Anblick, die reinste Wucht, und das wußte sie. Sie wollte, daß er das sah.

Sie wollte aus der Grube heraus. Dicht genug zum Ficken ist dicht genug zum Kämpfen – das sagte sie sich beim Waschen in Gedanken immer wieder vor. Sie bekam sehr wenig zu essen, und sie wußte, daß sie es tun mußte, solange sie noch ihre Kraft hatte. Sie wußte, sie konnte kämpfen. Wäre es besser, ihn zuerst zu ficken, ihn so oft zu ficken, wie er konnte, und ihn zu ermüden? Sie wußte, daß sie ihn in etwa eineinhalb Sekunden in himmlische Gefilde schicken konnte, wenn sie ja die Beine um seinen Hals bekam. *Kann ich es ertragen, das zu tun? Du hast gottverdammt recht, ich kann es. Eier und Augen, Eier und Augen, Eierundaugen.* Von oben war jedoch kein Ton gekommen, als sie mit Waschen fertig war und den frischen Overall anzog. Es gab keine Antwort auf ihre Angebote, als der Badeeimer an seiner dünnen Schnur hochschwenkte und durch ihren Toiletteneimer ersetzt wurde.

Sie wartete nun, Stunden später, und lauschte auf die Nähmaschine. Sie rief nicht nach ihm. Mit der Zeit, vielleicht tausend Atemzüge, hörte sie ihn die Treppe hochgehen, mit dem Hund reden, etwas sagen – »Frühstück, wenn ich zurückkomme.« Er ließ das Kellerlicht an. Das tat er manchmal.

Zehennägel und Schritte auf dem Küchenboden oben. Der Hund am Winseln. Sie glaubte, daß der, der sie gefangen nahm, gerade wegging. Manchmal ging er lange weg.

Atemzüge vergingen. Der kleine Hund lief in der Küche oben herum, winselte, zog klappernd und scheppernd etwas am Boden entlang, vielleicht seinen Futternapf. Scharren, Scharren oben. Und wieder Bellen, abgehackte scharfe Laute, diesmal nicht so klar, wie die Geräusche gewesen waren, als der Hund über ihr in der Küche war. Weil der kleine Hund nicht in der Küche war. Er hatte mit der Schnauze die Tür aufgestoßen, und er war im Keller unten und jagte Mäuse, wie er es zuvor getan hatte, wenn er draußen war.

Unten im Dunkeln tastete Catherine Martin unter ihrer Matratze. Sie fand das Stück Hühnerknochen und roch daran. Es war schwer, nicht die kleinen Fetzen Fleisch und Knorpel daran zu essen. Sie nahm ihn in den Mund, um ihn zu erwärmen. Sie stand nun auf und schwankte in der schwindelerregenden Dunkelheit ein wenig. In der senkrechten Grube war nur ihre Decke bei ihr, der Overall, den sie trug, der Plastiktoiletteneimer und seine dünne Baumwollschnur, die sich in das blaßgelbe Licht hochzog.

Sie hatte regelmäßig darüber nachgedacht, wenn sie denken konnte. Catherine streckte sich, so hoch sie konnte, und zog, wobei sie den Arm von einer Seite zur andern schwenkte und hoffte, der Faden würde dort durchscheuern, wo er über den hölzernen Rand der Öffnung über ihr vorbeiging. Sie zog so lang, bis ihr die Schulter weh tat. Sie zog, die Schnur spannte sich, spannte sich jetzt nicht, kein Spannen mehr. Bitte reiß hoch oben durch. Plopp, und sie fiel, Faserstränge davon über ihr Gesicht.

Auf dem Boden hockend, die Schnur über ihrem Kopf und ihren Schultern, nicht genug Licht von dem Loch hoch oben, um die Schnur auf sich gehäuft zu sehen. Sie wußte nicht, wieviel sie hatte. Darf sie nicht verheddern. Vorsichtig legte sie die Schnur in Krümmungen auf dem Boden aus und maß sie an ihrem Unterarm. Sie zählte vierzehn Unterarme. Die Schnur war am Rand des Brunnens gerissen.

Sie band den Hühnerknochen mit seinen Fleischfitzchen fest dort an die Schnur, wo diese an den Eimerhenkel geknüpft war.

Nun der schwierigere Teil.

Arbeite behutsam. Geistig war sie auf Sturmwetter eingestellt. Es war so, als ob man bei schwerem Unwetter in einem kleinen Boot auf sich selbst gestellt war.

Sie band sich das abgerissene Ende der Schnur ums Handgelenk und zog den Knoten mit den Zähnen zusammen.

Sie stand so weit weg von der Schnur wie möglich. Den Eimer am Griff haltend, schwang sie ihn in einem großen Kreis und warf ihn senkrecht nach oben zu der schwachen Lichtscheibe über sich. Der Plastikeimer verfehlte die offene Luke, traf die Unterseite des Deckels und fiel zurück, sie im Gesicht und an der Schulter treffend. Der kleine Hund bellte lauter.

Sie nahm sich die Zeit, die Schnur auszulegen und ein zweites und dann ein drittes Mal hochzuwerfen. Beim dritten Wurf traf der Eimer beim Herunterfallen ihren gebrochenen Finger, und sie mußte sich gegen die nach innen abschrägende Wand lehnen und durchatmen, bis die Übelkeit verging. Wurf vier knallte auf sie hinunter, fünf aber nicht. Er war draußen. Der Eimer war irgendwo auf dem Holzdeckel neben der offenen Klappe. Wie weit vom Loch? Ruhig Blut! Sie zog sacht. Sie zupfte an der Schnur und hörte, wie der Eimerhenkel gegen das Holz über ihr schepperte.

Der kleine Hund bellte lauter.

Sie durfte den Eimer nicht über den Rand des Lochs ziehen, aber sie mußte ihn dicht heranziehen. Sie zog ihn dicht heran.

Der kleine Hund zwischen den Spiegeln und den Kleiderpuppen in einem nahen Kellerraum. An den Fäden und Stoffschnipseln unter der Nähmaschine schnuppernd. In dem großen schwarzen Schrank herumschnüffelnd. Zum Ende des Kellers hinschauend, wo die Geräusche herkamen. Zum düsteren Teil hinrennend, um zu bellen, und wieder zurückrennend.

Nun eine Stimme, die leise durch den Keller hallte.

»Preeeee-cious.«

Der kleine Hund bellte und hüpfte auf der Stelle. Sein kleiner dicker Körper erzitterte beim Kläffen.

Nun ein nasses schmatzendes Geräusch.

Der Hund sah zu dem Küchenboden oben hoch, aber das Geräusch kam nicht von dort.

Ein Schmatz-schmatz-Geräusch wie Fressen. »Na komm, Precious. Komm schon, Schätzchen.«

Auf Zehenspitzen, die Ohren gestellt, lief der Hund in die Düsterheit.

Schlürf-schlürf. »Komm, Schätzelchen, na komm, Precious.«

Der Pudel konnte den an den Eimerhenkel gebundenen Hühnerknochen riechen. Er kratzte an der Seite des Brunnens und winselte.

Schmatz-schmatz-schmatz.

Der kleine Pudel sprang auf den Holzdeckel des Brunnens hoch. Der Geruch war hier, zwischen dem Eimer und dem Loch. Der kleine Hund kläffte den Eimer an, winselte vor Unentschlossenheit. Der Hühnerknochen zuckte kaum merklich.

Der Pudel kauerte sich mit der Schnauze zwischen den Vorderpfoten hin, den Hintern in der Luft, wild mit dem Schwanz wedelnd. Er bellte zweimal, stürzte sich auf den Hühnerknochen und packte ihn mit den Zähnen. Der Eimer schien zu versuchen, den kleinen Hund vom Hühnchen wegzuschubsen. Der Pudel knurrte den Eimer an, ließ nicht locker und setzte sich rittlings auf den Griff, die Zähne fest um den Knochen. Auf einmal stieß der Eimer den Pudel um, von seinen Füßen, schob ihn, er mühte sich zappelnd ab, wieder auf die Beine zu kommen, fiel erneut um, er kämpfte mit dem Eimer, ein Hinterbein und eine Hinterbacke rutschten ins Loch ab, seine Krallen scharrten wie wild am Holz, der Eimer am Gleiten, sich mit dem Hinterteil des Hunds im Loch festklemmend, und der kleine Hund riß sich los, wobei der Eimer über den Rand rutschte und fiel, der Eimer entschwand das Loch hinunter mit dem Hühnerknochen. Der Pudel bellte ärgerlich ins Loch, und das Kläffen hallte den Brunnen hinunter. Dann hörte er auf zu bellen und legte bei einem Geräusch, das nur er hören konnte, den Kopf schräg. Er kletterte oben vom Brunnen herunter und lief jaulend die Treppen hinauf, als irgendwo oben eine Tür zuschlug.

Heiß liefen Catherine Baker Martin die Tränen über die Wangen, tropften, zupften vorn an ihrem Overall, weichten durch, warm auf ihren Brüsten, und sie war überzeugt, daß sie ganz bestimmt sterben würde.

42. Kapitel

Mit tief in die Taschen gestopften Händen stand Crawford allein in der Mitte seines Arbeitszimmers. Er stand da von 0:30 bis 0:33 Uhr und wartete auf eine Idee. Dann schickte er ein Fernschreiben an die Fahrzeugregistrierstelle Kalifornien mit der Bitte, das Wohnmobil aufzuspüren, das Raspail laut Dr. Lecter in Kalifornien gekauft hatte, dasjenige, das Raspail für seine Romanze mit Klaus benutzte. Crawford bat die Registrierstelle, Strafzettel zu überprüfen, die auf einen anderen Fahrer als Benjamin Raspail ausgestellt waren.

Dann setzte er sich mit einer Cliptafel auf das Sofa und arbeitete eine provozierende Privatanzeige aus, die in den größeren Tageszeitungen erscheinen sollte:

> Junoeske weiche Passionsblume, 21, Model, sucht Mann, der Qualität UND Quantität schätzt. Du hast mich, Hand- und Kosmetikmodel, in den Anzeigen der Zeitschriften gesehen, nun würde ich gerne dich sehen. Bitte Bild im ersten Brief.

Crawford überlegte einen Moment, strich ›junoesk‹ durch und ersetzte es durch ›vollfigürlich‹.

Sein Kopf senkte sich rasch, und er döste. Der grüne Bildschirm des Computerterminals erzeugte winzigkleine Vierecke in den Gläsern seiner Brille. Bewegung nun auf dem Bildschirm, die Zeilen krochen nach oben und bewegten sich auf Crawfords Gläsern. In seinem Schlaf schüttelte er den Kopf, als ob das Bild ihn kitzelte.

Die Nachricht lautete:

> POLIZEI MEMPHIS HAT 2 OBJEKTE BEI DER DURCHSUCHUNG VON LECTERS ZELLE SICHERGESTELLT.
> (1) IMPROVISIERTE HANDSCHELLENSCHLÜSSEL AUS KUGELSCHREIBERRÖHRE. EINSCHNITTE DURCH AB-

SCHLEIFUNG, BALTIMORE HAT GEBETEN, DIE ANSTALTSZELLE NACH SPUREN DER HERSTELLUNG ZU ÜBERPRÜFEN, AUTH. COPLEY, SAC MEMPHIS.

(2) BLATT NOTIZPAPIER IN TOILETTE SCHWIMMEND VON FLÜCHTIGEM ZURÜCKGELASSEN. ORIGINAL AUF DEM WEG ZU WASH. DOKUMENTENABTEILUNG/LAB. GRAPHISCHE DARSTELLUNG DER SCHRIFT FOLGT. KOPIE DER GRAFIK NACH LANGLEY, Z. HD. BENSON – GEHEIMSCHRIFTEN.

Als die graphische Darstellung erschien und wie etwas anstieg, das über den unteren Rand des Bildschirms lugte, sah sie wie folgt aus:

$$C_{33}\ H_{36}\ I\ L\ T\ O_6\ N_4$$

Der leise doppelte Signalton des Computerterminals weckte Crawford nicht auf, doch drei Minuten später schaffte es das Telefon. Es war Jerry Burroughs am heißen Draht des Nationalen Informationszentrums für Verbrechen.

»Haben Sie Ihren Bildschirm gesehen, Jack?«

»Sekunde mal«, entgegnete Crawford. »Yeah, okay.«

»Das Labor hat es schon, Jack. Die Zeichnung, die Lecter im Klo zurückgelassen hat. Die Zahlen zwischen den Buchstaben in Chiltons Name, das ist Biochemie – $C_{33}\,H_{36}\,N_4\,O_6$ –, es ist die Formel für ein Pigment in der menschlichen Galle namens Bilirubin. Laut Labor ist es ein Hauptfarbstoff in Scheiße.«

»Scheiße!«

»Bezüglich Lecter haben Sie recht gehabt, Jack. Zu dumm für Senatorin Martin. Das Labor sagt, Bilirubin hat in etwa genau die Farbe von Chiltons Haar. Anstaltshumor nennen sie es. Haben Sie Chilton in den 18-Uhr-Nachrichten gesehen?«

»Nein.«

»Marilyn Sutter hat es oben gesehen. Chilton hat sich über ›Die Suche nach Billy Rubin‹ ausgelassen. Dann ist er mit einer Fernsehreporterin zum Essen. Da war er, als Lecter einen Spaziergang machte. Was für ein ausgemachtes Arschloch.«

»Lecter hat Starling gebeten, ›sich zu erinnern‹, daß Chilton keinen Doktorgrad hat«, sagte Crawford.

»Ja, das habe ich in der Zusammenfassung gesehen. Ich bin überzeugt, Chilton hat versucht, Starling zu ficken, jawohl, und sie hat ihn an den Knien abgesägt. Er mag ja doof sein, aber er ist nicht blind. Wie geht's dem Kid?«

»Okay, glaube ich. Zermürbt.«

»Meinen Sie, Lecter hat sie ebenfalls zum Narren gehalten?«

»Vielleicht. Wir bleiben jedoch dran. Ich weiß nicht, was die Kliniken machen, ich denke nach wie vor, ich hätte mich auf gerichtlichem Weg um die Akten bemühen sollen. Ich hasse es, von ihnen abhängig sein zu müssen. Wenn wir bis zum Vormittag noch nichts gehört haben, machen wir's übers Gericht.«

»Sagen Sie mal, Jack... Sie haben ein paar Leute draußen, die wissen, wie Lecter aussieht, richtig?«

»Und ob!«

»Wissen Sie nicht, daß er sich irgendwo ins Fäustchen lacht?«

»Vielleicht nicht mehr lange«, entgegnete Crawford.

43. Kapitel

Dr. Hannibal Lecter stand am Empfang des eleganten Marcus Hotel in St. Louis. Er trug einen braunen Hut und einen bis zum Hals zugeknöpften Regenmantel. Ein sauberer Wundverband bedeckte seine Nase und seine Wangen.

Er unterzeichnete die Eintragskarte mit ›Lloyd Wyman‹, einer Unterschrift, die er in Wymans Wagen geübt hatte.

»Wie werden Sie bezahlen, Mr. Wyman?« fragte der Empfangschef.

»American Express.« Dr. Lecter reichte dem Mann Lloyd Wymans Kreditkarte.

Aus dem Salon kam leise Klaviermusik. An der Bar konnte Dr. Lecter zwei Leute mit Bandagen über den Nasen sehen. Ein Paar mittleren Alters ging zu den Aufzügen hinüber, eine Cole Porter-Melodie summend. Die Frau trug eine Gazeklappe über dem Auge.

Der Empfangschef beendete das Ausfüllen des Kreditkartenbelegs. »Sie wissen doch, Mr. Wyman, daß Sie zur Benutzung der Krankenhausgarage berechtigt sind.«

»Ja, danke«, sagte Dr. Lecter. Er hatte Wymans Wagen bereits in der Garage geparkt, mit Wyman im Kofferraum.

Der Hotelpage, der Wymans Gepäck in die kleine Suite trug, bekam eine von Wymans Fünf-Dollar-Noten als Entgelt.

Dr. Lecter bestellte einen Drink und ein Sandwich und entspannte sich bei einer langen Dusche.

Die Suite kam Dr. Lecter nach seiner langen Haft ungeheuer riesig vor. Er genoß es, in seiner Suite hin- und herzugehen und in ihr auf und ab zu schreiten.

Von seinen Fenstern aus konnte er auf der anderen Seite der Straße den Myron and Sadie Fleischer Pavillon des St. Louis City Hospital sehen, der eines der führenden Zentren für Schädelgesichtschirurgie beherbergt.

Dr. Lecters Gesicht war zu bekannt, als daß er die Dienste der

Fachärzte für plastische Chirurgie an diesem Zentrum hätte in Anspruch nehmen können, doch es war ein Ort in der Welt, wo er mit einem Verband im Gesicht herumlaufen konnte, ohne Interesse zu erregen.

Er hatte schon früher einmal hier gewohnt, vor Jahren, als er in der hervorragenden Robert J. Brockman Memorial Library Forschungen auf dem Gebiet der Psychiatrie betrieb.

Berauschend, ein Fenster, mehrere Fenster zu haben. Er stand im Dunkeln an seinen Fenstern und sah zu, wie die Autolichter sich über die MacArthur-Brücke bewegten, und kostete seinen Drink aus. Er war von der fünfstündigen Fahrt von Memphis angenehm erschöpft.

Die einzige echte Hetze des Abends hatte es in der Tiefgarage des Memphis International Airport gegeben. Sich mit Baumwollpads und Alkohol und destilliertem Wasser hinten im Krankenwagen zu säubern, war alles andere als bequem gewesen. Sobald er in der weißen Sanitäteruniform steckte, ging es nur noch darum, einen einzelnen Reisenden in einem verlassenen Gang des Langzeitparkplatzes in der großen Garage zu finden. Entgegenkommend beugte der Mann sich in den Kofferraum seines Wagens, um seinen Musterkoffer zu holen, und sah nicht, wie Dr. Lecter hinter ihm auftauchte.

Dr. Lecter fragte sich, ob die Polizei glaubte, daß er dumm genug sei, vom Flughafen aus abzufliegen.

Das einzige Problem auf der Fahrt nach St. Louis war, in dem fremden Wagen die Lichter, das Abblendlicht und die Scheibenwischer zu finden, da Dr. Lecter mit den automatischen Kontrollvorrichtungen neben dem Lenkrad nicht vertraut war.

Morgen würde er die Sachen einkaufen, die er benötigte, Haarbleichmittel, Rasierzeug, eine künstliche Höhensonne, und da gab es andere rezeptpflichtige Dinge, die er sich beschaffen würde, um einige unmittelbare Veränderungen seiner äußeren Erscheinung vorzunehmen. Wenn der Zeitpunkt günstig war, würde er weiterziehen.

Es gab keinen Grund zur Eile.

44. Kapitel

Ardelia Mapp war in ihrer gewöhnlichen Stellung, im Bett mit einem Buch aufgestützt. Sie hörte den reinen Nachrichtensender im Radio. Sie stellte es ab, als Clarice Starling mühsam hereingestapft kam. Als sie in Starlings angespanntes Gesicht blickte, fragte sie glücklicherweise nichts außer: »Magst du etwas Tee?«

Wenn Mapp in ihre Bücher vertieft war, trank sie ein Gebräu, das sie aus gemischten losen Teeblättern zubereitete, die ihre Großmutter ihr schickte, und das sie ›Kluger Leute Tee‹ nannte.

Von den beiden klügsten Personen, die Starling kannte, war eine gleichzeitig die beständigste, die sie kannte, und die andere war die, die am meisten Furcht einflößte. Starling hoffte, daß ihr das ein gewisses Gleichgewicht in ihrem Bekanntenkreis verlieh.

»Du hast Glück gehabt, den heutigen Tag zu verpassen«, sagte Mapp. »Dieser verdammte Kim Won hat uns geradewegs in den *Boden* gerammt. Ich lüge nicht. In Korea müssen sie wohl etwas mehr Schwerkraft haben als wir. Dann kommen sie hierher und werden *leicht*, verstehst du, kriegen Turnlehrer-Jobs, weil es für sie keine Arbeit ist... John Brigham ist vorbeigekommen.«

»Wann?«

»Heute abend, noch gar nicht lang her. Wollte wissen, ob du schon zurück bist. Er hatte das Haar angeklatscht. Ist wie ein Student aus dem ersten Semester in der Halle herumgerutscht. Wir hatten eine kleine Unterhaltung. Er sagte, wenn du hintendran seist und wir pauken müßten, statt in den nächsten paar Tagen während der üblichen Stunden auf dem Schießstand aufzukreuzen, würde er die Anlage dieses Wochenende öffnen und uns erlauben, aufzuholen. Ich sagte, ich würde ihm Bescheid geben. Er ist ein netter Mensch.«

»Ja, das ist er.«

»Hast du gewußt, daß er dich im Zwischendienstmatch gegen die Drogenfahndung und gegen den Zoll schießen lassen will?«

»Nee.«

»Nicht dem der Frauen. Im Open. Nächste Frage: Kennst du das Zeug für den Vierten Zusatzartikel für Freitag?«

»Eine Menge davon ja.«

»Okay, was ist *Chimel gegen Kalifornien*?«

»Untersuchungen in Oberschulen.«

»Was ist mit Schuluntersuchungen?«

»Ich weiß nicht.«

»Es ist der Begriff des ›unmittelbaren Einflußbereichs‹. Wer war *Schneckloth*?«

»Zum Teufel, ich weiß nicht.«

»*Schneckloth gegen Bustamonte.*«

»Ist das die zumutbare Anwartschaft auf Privatsphäre?«

»Buh, meine Liebe! Die Anwartschaft von Privatsphäre ist das *Katz*-Prinzip. *Schneckloth* ist die Zustimmung zur Durchsuchung. Ich kann sehen, daß wir uns hinter die Bücher klemmen müssen, mein Mädchen. Ich habe die Notizen.«

»Nicht heute abend.«

»Nein. Aber morgen wirst du mit fruchtbarem Verstand und unkundigem Geist aufwachen, und dann werden wir beginnen, die Ernte für Freitag zu säen. Starling, Brigham hat gesagt – er soll den Mund halten, also hab' ich versprochen, ebenfalls nichts zu sagen –, er hat gesagt, du wirst das Hearing für dich entscheiden. Er meint, dieser plänkelnde Hurensohn Krendler wird sich in zwei Tagen nicht mehr an dich erinnern. Deine Noten sind gut, wir bleuen dir dieses Zeug ohne Schwierigkeiten ein.« Mapp studierte Starlings müdes Gesicht. »Du hast das Beste getan, was irgend jemand für diese arme Seele tun konnte, Starling. Du hast deinen Hals für sie hingestreckt, und du hast einen Arschtritt für sie gekriegt, und du hast das Ganze vorangetrieben. Du verdienst selbst eine Chance. Warum legst du dich nicht einfach hin? Ich mach' selbst gleich das Buch hier zu.«

»Ardelia. Danke.«

Und nachdem das Licht aus war: »Starling?«

»Yeah?«

»Wer ist deiner Meinung nach der hübscheste, Brigham oder Hot Bobby Lowrance?«

»Das ist 'ne schwere Frage.«

»Brigham hat eine Tätowierung an der Schulter, ich konnte sie durch sein Hemd sehen. Was für eine?«

»Ich habe keine Ahnung.«

»Wirst du es mich wissen lassen, sobald du es herausfindest?«

»Wahrscheinlich nicht.«

»Ich hab' dir von Hot Bobbys Pythonunterhosen erzählt.«

»Du hast sie nur durchs Fenster gesehen, als er beim Gewichtheben war.«

»Hat Gracie dir das gesagt? Der Mund dieses Mädchens wird –«

Starling schlief.

45. Kapitel

Kurz vor 3:00 Uhr wurde Crawford, der neben seiner Frau döste, wach. Bellas Atem stockte, und sie hatte sich auf ihrem Bett bewegt. Er setzte sich auf und nahm ihre Hand.

»Bella?«

Sie atmete tief ein und dann aus. Ihre Augen waren zum erstenmal seit Tagen geöffnet. Crawford brachte sein Gesicht dicht vor ihres, doch er glaubte nicht, daß sie ihn sehen konnte.

»Bella, ich liebe dich, Kid«, sagte er für den Fall, daß sie ihn hören konnte.

Furcht berührte die Wände seiner Brust und kreiste in ihm wie eine Fledermaus in einem Haus. Dann bekam er sie in den Griff.

Er wollte etwas für sie holen, irgend etwas, aber er wollte nicht, daß sie spürte, wie er ihre Hand losließ.

Er legte das Ohr an ihre Brust. Er hörte einen leisen Herzschlag, ein Flattern, und dann blieb ihr Herz stehen. Es war nichts zu hören, da war nur ein merkwürdiges kühles Brausen. Er wußte nicht, ob das Geräusch in ihrer Brust oder nur in seinen Ohren war.

»Gott segne dich und behalte dich bei sich... und bei deinen Lieben«, sagte Crawford, Worte, die er wahr sein lassen wollte.

Er zog sie auf dem Bett an sich, saß gegen das Kopfbrett gelehnt da und hielt sie an seine Brust gedrückt, während ihr Gehirn starb. Mit dem Kinn schob er das Kopftuch von den Überresten ihres Haars weg. Er weinte nicht. Das hatte er alles schon hinter sich.

Crawford zog ihr ihr Lieblingsgewand an, ihr bestes Nachthemd, und saß eine Zeitlang neben dem hohen Bett, ihre Hand gegen seine Wange haltend. Es war eine viereckige, kluge Hand, von einem Leben voller Gartenarbeit gezeichnet, nun von intravenösen Nadeln markiert.

Wenn sie aus dem Garten hereinkam, rochen ihre Hände wie Thymian.

(»Sieh es als Eiweiß an deinen Fingern an«, hatten die Mädchen in der Schule Bella über Sex beraten. Sie und Crawford hatten im Bett darüber Witze gemacht, vor Jahren, Jahre später, letztes Jahr. Denk nicht daran, denk an das gute Zeug, das reine Zeug. Das *war* reines Zeug. Sie trug einen runden Hut und weiße Handschuhe, und als er im Fahrstuhl das erstemal nach oben fuhr, pfiff er ein dramatisches Arrangement von ›Begin the Beguine‹. Im Zimmer neckte sie ihn, daß er die vollgestopften Taschen eines Jungen hatte.)

Crawford versuchte ins Nebenzimmer zu gehen – er konnte sich noch umdrehen, wenn er wollte, und sie durch die offene Tür sehen, ruhig im warmen Licht der Nachttischlampe. Er wartete darauf, daß ihr Körper ein Zeremonienobjekt wurde, gesondert von ihm, getrennt von der Person, die er auf dem Bett gehalten hatte, und getrennt von der Lebensgefährtin, die er nun in Gedanken bewahrte. Damit er sie anrufen konnte, daß sie sie abholen kamen.

Seine leeren Hände hingen mit den Handflächen nach vorn an beiden Seiten seines Körpers herab, als er am Fenster stand und in den leeren Osten schaute. Er schaute nicht nach der Morgendämmerung; es war nur so, daß das Fenster nach Osten ging.

46. Kapitel

»Fertig, Precious?«

Jame Gumb saß gegen das Kopfbrett seines Betts gelehnt und sehr bequem, den kleinen Hund warm auf seinem Bauch zusammengerollt.

Mr. Gumb hatte sich gerade das Haar gewaschen, und er hatte ein Handtuch um den Kopf geschlungen. Er wühlte in den Laken, fand die Fernbedienung für seinen Videorecorder und drückte auf den Abspielknopf.

Er hatte sein Programm aus zwei auf eine Kassette kopierten Stücken Videoband zusammengestellt. Er sah es sich jeden Tag an, wenn er entscheidende Vorbereitungen traf, und er sah es sich immer an, kurz bevor er eine Haut einheimste.

Das erste Band war von einem verkratzten Film der Movietone News, einer schwarzweißen Wochenschau aus dem Jahre 1948. Es war das Viertelfinale des Miß-Sacramento-Wettbewerbs, einem Vorereignis auf dem langen Weg zur pompösen Wahl der Miß America in Atlantic City.

Dies war der Badeanzugwettbewerb, und alle Mädchen trugen Blumen als sie in einer Reihe zur Treppe kamen und auf die Bühne hinaufstiegen.

Mr. Gumbs Pudel hatte dies viele Male erlebt, und er kniff die Augen zu, als er die Musik hörte. Er wußte, daß er gedrückt werden würde.

Die Teilnehmerinnen am Schönheitswettbewerb sahen sehr nach 2. Weltkrieg aus. Sie trugen Rose-Marie-Reid-Badeanzüge, und einige der Gesichter waren reizend. Ihre Beine waren ebenfalls gut geformt, einige zumindest, doch es fehlte ihnen an Muskeltonus, und sie schienen am Knie ein bißchen überzustehen.

Gumb drückte den Pudel.

»Precious, hier kommt sie, hierkommtsie hierkommtsie!«

Und hier kam sie, näherte sich der Treppe in ihrem weißen Badeanzug, mit einem strahlenden Lächeln für den jungen Mann, der an der Treppe assistierte, dann rasch auf ihren Stöckeln weg, die Kamera der Rückansicht ihrer Oberschenkel folgend. Mom. Da war Mom.

Mr. Gumb mußte nicht seine Fernbedienung berühren, er hatte alles getan, als er diese Kopie mit Toneffekten untermalte. In umgekehrter Reihenfolge, hier kam sie rückwärts, rückwärts die Treppe hinunter, nahm ihr Lächeln von dem jungen Mann zurück, ging den Gang zurück, nun wieder vorwärts und zurück und vor, vor und zurück.

Als sie den jungen Mann anlächelte, lächelte auch Gumb.

Es gab noch eine weitere Aufnahme von ihr in einer Gruppe, doch sie wurde im Standbild immer undeutlich. Besser, sie einfach bei Geschwindigkeit ablaufen zu lassen und den flüchtigen Blick zu erhaschen. Mom war mit den anderen Mädchen zusammen und gratulierte den Siegerinnen.

Das nächste hatte er in einem Motel in Chicago vom Kabelfernsehen aufgenommen – er hatte nach draußen eilen und einen Videorecorder kaufen und eine Extranacht bleiben müssen, um die Aufnahme zu bekommen. Dies war der Schleifenfilm, den sie auf miesen Kabelkanälen spätabends als Hintergrund für die Sexwerbespots laufen lassen, die gedruckt auf dem Bildschirm erscheinen. Die Schleifen bestehen aus Filmen minderer Qualität, ziemlich langweiligen unanständigen Filmen aus den 40er und 50er Jahren, und da gab es FKK-Kolonie-Volleyball und die weniger deutlichen Teile von Sexfilmen aus den 30er Jahren, wo die männlichen Akteure falsche Nasen trugen und ihre Socken anbehielten. Der Sound war x-beliebige Musik. Gerade eben war es ›The Look of Love‹, ganz und gar nicht im Einklang mit der lebhaften Handlung.

Mr. Gumb konnte nichts gegen die auf dem Bildschirm auftauchenden Anzeigen tun. Er mußte sich einfach mit ihnen abfinden.

Hier ist es, ein Swimming-pool im Freien – dem Laubwerk nach zu urteilen in Kalifornien. Gute Pool-Möbel, alles sehr 50er Jahre. Nacktbaden, einige anmutige Mädchen. Ein paar von ihnen hätten in zweitrangigen Filmen erscheinen können. Munter und springlebendig kletterten sie aus dem Pool heraus und rannten, viel schneller als die Musik, zur Leiter einer Wasserrutsche, kletterten hinauf – und da kamen sie auch schon herunter. Huiiii! Wogende Brüste, als sie lachend, die Beine gerade ausgestreckt, die Rutsche hinuntertauchten, Platsch!

Hier kam Mom. Hier kam sie, kletterte hinter dem Mädchen mit dem lockigen Haar aus dem Pool. Ihr Gesicht war zum Teil von einem hochkriechenden Werbespot von Cinderella, einer Sexboutique, verdeckt, aber hier sah man sie weggehen, und da stieg sie die Leiter hoch, ganz glänzend und naß, wunderbar drall und geschmeidig, mit einer kleinen Kaiserschnittnarbe, und Huiiii! die Rutsche hinunter. So schön, und auch wenn er ihr Gesicht nicht sehen konnte, wußte Mr. Gumb in seinem Herzen, daß es Mom war, nach dem letzten Mal in seinem Leben gefilmt, wo er sie je richtig zu Gesicht bekommen hatte. Ausgenommen in seinen Gedanken natürlich.

Die Szene schwenkte zu einem gefilmten Werbespot für ein Hilfsmittel für den ehelichen Verkehr über und endete abrupt.

Der Pudel kniff zwei Sekunden, bevor Mr. Gumb ihn fest drückte, die Augen zu.

»Oh, Precious. Komm her zu Mommy. Mommy wird *so* schön sein.«

Viel zu tun, viel zu tun, viel zu tun, um für morgen bereit zu sein.

Von der Küche aus konnte er es nie hören, selbst dann nicht, wenn es aus Leibeskräften schrie, Gott sei Dank, aber er konnte es auf der Treppe hören, als er in den Keller hinunterging. Er hatte gehofft, es würde ruhig sein und schlafen. Der Pudel, der unter seinem Arm hing, knurrte zu den Geräuschen aus der Grube zurück.

»*Du* bist besser erzogen worden als das«, sagte er in das Fell am Hinterkopf des Pudels.

Zum Verlies gelangte man durch eine Tür links am Fuß der Treppe. Er hatte weder einen Blick dafür übrig noch hörte er auf die Worte aus der Grube – was ihn betraf, hatten sie nicht die geringste Ähnlichkeit mit Englisch.

Mr. Gumb ging nach rechts in den Arbeitsraum, setzte den Pudel ab und schaltete das Licht an. Einige Motten flatterten und ließen sich für sie ungefährlich auf dem die Deckenlampen bedeckenden Drahtgeflecht nieder.

Im Arbeitsraum war Mr. Gumb akribisch. Er mischte seine frischen Lösungen stets in rostfreiem Stahl, nie in Aluminium.

Er hatte gelernt, alles weit im voraus zu machen. Während er arbeitete, gemahnte er sich:

Du mußt methodisch sein, du mußt genau sein, du mußt zügig arbeiten, da die Probleme knifflig sind.

Die menschliche Haut ist schwer – sechzehn bis achtzehn Prozent des Körpergewichts – und glitschig. Eine ganze Haut ist mühsam zu handhaben, und man kann sie in noch nassem Zustand leicht fallen lassen. Auch Zeit ist wichtig; Haut beginnt unmittelbar, nachdem man sie eingeheimst hat, zu schrumpfen, am merklichsten die von jungen Erwachsenen, deren Haut von vornherein am festesten ist.

Hinzu kommt die Tatsache, daß die Haut nicht vollkommen elastisch ist, selbst nicht bei den Jungen. Wenn man sie streckt, erlangt sie nie ihre ursprünglichen Ausmaße wieder. Näht man etwas vollkommen glatt und zieht es dann über eine Schneiderpuppe, so bauscht und kräuselt es sich und bildet Falten. An der Maschine zu sitzen und sich die Augen ausweinen, beseitigt nicht eine einzige Falte. Dann gibt es da die Brustansatzlinien, und man sollte besser wissen, wo sie sind. Haut streckt sich nicht gleichmäßig in alle Richtungen, bevor die Collagenbündel sich verformen und die Fasern reißen; zieht man in der falschen Richtung, so erhält man einen Dehnstreifen.

Es ist einfach unmöglich, mit frischem Material zu arbeiten. Sehr viel Experimentieren und sehr viel Kummer wurden darauf verwendet, ehe Mr. Gumb es richtig hinbekam.

Am Ende stellte er fest, daß die alten Methoden die besten waren. Seine Verfahren sahen so aus: Zuerst weichte er seine Objekte in den Aquarien ein, und zwar in von den Indianern entwikkelten Pflanzenextrakten – rein natürlichen Substanzen, die überhaupt keine Mineralsalze enthalten. Dann wendete er die Methode an, die das unvergleichliche butterweiche Wildleder der Neuen Welt erzeugte – klassisches Gehirngerben. Die Indianer waren der Überzeugung, daß jedes Tier gerade soviel Gehirnsubstanz besitzt, um sein eigenes Fell zu gerben. Mr. Gumb wußte, daß dies nicht stimmte, und hatte vor langer Zeit aufgegeben, es auch nur zu versuchen, selbst mit dem Primaten mit dem größten Gehirn. Er hatte nun eine Tiefkühltruhe voller Rinderhirne, daher gingen sie ihm nie aus.

Mit den Problemen bei der Bearbeitung konnte er fertig werden; die Praxis hatte ihn nahezu perfekt gemacht.

Es blieben schwierige strukturelle Probleme, doch er war besonders gut qualifiziert, auch sie zu lösen.

Der Arbeitsraum ging auf einen Kellergang, der zu einem nicht mehr benutzten Badezimmer führte, wo Mr. Gumb seinen Flaschenzug und seinen Chronometer aufbewahrte, und weiter zum Studio und dem weiten schwarzen Labyrinth dahinter.

Er öffnete seine Studiotür zu glänzendem Licht – an Deckenbalken waren Flutlichter und Glühröhren angebracht, farblich dem Tageslicht angepaßt. Schaufensterpuppen posierten auf einem erhöhten Boden aus gebeizter Eiche. Alle waren teilweise bekleidet, einige in Leder und andere in Musselinmustermodellen für Ledergewänder. Acht Puppen waren in den beiden Spiegelwänden – natürlich gutes Plattenglas, keine Kacheln – verdoppelt. Auf einem Schminktisch standen Kosmetika, mehrere Perückenständer und Perücken. Dies war das hellste der Studios, ganz weiß und helle Eiche.

Die Schaufensterpuppen trugen kommerzielle Stücke im Werden, größtenteils aufsehenerregende Armani-Kopien aus feinem schwarzen Cabrettaleder, lauter Rollfalten und spitz zulaufende Schultern und Brustharnische.

Die dritte Wand wurde von einem großen Arbeitstisch ausgefüllt, zwei Handelsnähmaschinen, zwei Schneiderpuppen und einer aus Jame Gumbs Torso gegossenen Schneiderform.

An der vierten Wand und diesen hellen Raum beherrschend stand ein großer schwarzer Schrank aus Chinalack, der fast bis an die zwei Meter vierzig hohe Decke reichte. Er war alt, und die Muster darauf waren verblichen; einige wenige goldene Schuppen konnte man noch da erkennen, wo ein Drache war, sein weißes Auge noch klar und starrend, und hier war die rote Zunge eines anderen Drachens, dessen Körper verblaßt war. Der Lack unter ihnen bildete zwar Risse, war aber unbeschädigt.

Der Schrank, ungeheuer groß und tief, hatte nichts mit kommerzieller Arbeit zu tun. Auf Formen und Bügeln enthielt er die ›Besonderen Dinge‹, und seine Türen waren abgeschlossen.

Der kleine Hund schlabberte aus seiner Wasserschüssel in der Ecke und legte sich zwischen die Füße einer Schaufensterpuppe, den Blick auf Mr. Gumb gerichtet.

Er hatte gerade an einer Lederjacke gearbeitet. Er mußte sie fertigstellen – er hatte vorgehabt, alles zu erledigen, doch nun war er in einem schöpferischen Fieber, und sein eigenes Musselinprobemodell stellte ihn noch nicht zufrieden.

Mr. Gumb hatte im Schneidern weit über das hinaus Fortschritte gemacht, was er bei seinem Aufenthalt in der Jugendstrafanstalt in Kalifornien gelernt hatte, doch dies war eine echte Herausforderung. Selbst die Arbeit mit zartem Cabrettaleder bereitete einen nicht auf richtig feine Arbeit vor.

Hier hatte er zwei Musselinmodelle zur Anprobe, wie weiße Westen, eine genau in seiner Größe und eine, die er nach Maßen genäht hatte, die er genommen hatte, während Catherine Baker Martin noch bewußtlos war. Als er die kleinere Weste über seine Schneiderform hängte, waren die Probleme offensichtlich. Sie war ein großes Mädchen und wunderbar proportioniert, doch sie war nicht so groß wie Mr. Gumb und über dem Rücken nicht annähernd so breit.

Sein Ideal war ein nahtloses Kleidungsstück. Dies war nicht möglich. Er war jedoch entschlossen, die Vorderseite des Oberteils vollkommen nahtlos und ohne Makel zu gestalten. Dies bedeutete, daß alle Figurkorrektionen am Rücken gemacht werden mußten. Sehr schwierig. Er hatte bereits ein Musselinprobemodell ad acta gelegt und neu angefangen. Bei vernünftigem Strekken konnte er mit zwei Unterarmabnähern auskommen – keine französischen Abnäher, sondern waagrechte Eckeinsatzabnäher mit den Spitzen nach unten. Außerdem zwei Taillenabnäher am Rücken, direkt an der Innenseite seiner Nieren. Er war daran gewöhnt, mit einer nur ganz knappen Saumzugabe zu arbeiten.

Seine Überlegungen gingen über die visuellen Aspekte hinaus zum Tastbaren; es war nicht undenkbar, daß eine attraktive Person vielleicht umarmt wurde.

Mr. Gumb bestäubte sich die Hände leicht mit Talkum und umarmte die Schneiderform seines Körpers in einer natürlichen, bequemen Umarmung.

»Gib mir einen Kuß«, sagte er schelmisch zu der leeren Luft, wo der Kopf sein sollte. »Nicht *du,* Dummerchen«, sagte er zu der kleinen Hündin, als sie die Ohren spitzte.

Gumb liebkoste den Rücken der Form in der natürlichen Spannweite seiner Arme. Dann ging er hinter sie, um sich die Pudermarkierungen zu betrachten. Niemand wollte eine Naht spüren. Bei einer Umarmung allerdings legen die Hände sich überlappend über die Mitte des Rückens. Außerdem, so folgerte er, sind wir an die Mittellinie einer Wirbelsäule gewöhnt. Sie ist nicht so unharmonisch wie eine Asymmetrie in unseren Körpern. Schulternähte kamen daher ganz und gar nicht in Frage. Die Lösung war ein Abnäher oben in der Mitte, die Spitze ein wenig über der Mitte der Schulterblätter. Er konnte dieselbe Naht verwenden, um die in das Futter eingebaute stabile Passe zu befestigen, die Halt lieferte. Lycraeinsätze unter Schlitzen auf beiden Seiten – er durfte nicht vergessen, das Lycra zu besorgen – und einen Velcroverschluß unter dem Schlitz auf der rechten Seite. Er dachte an diese herrlichen Charles-James-Kleider, wo die Nähte so versetzt waren, daß sie völlig flach lagen.

Der Abnäher am Rücken würde von seinem Haar verdeckt oder eher dem Haar, das er bald haben würde.

Mr. Gumb streifte den Musselin von der Kleiderpuppe und machte sich an die Arbeit.

Die Nähmaschine war alt und fein gearbeitet, eine verzierte Maschine mit Trittbrett, die es vor vielleicht vierzig Jahren im Handel gegeben hatte. Auf den Arm der Maschine war in Goldblattschnörkeln ›Ich ermüde nie, ich diene‹ gemalt. Das Trittbrett war nach wie vor funktionsbereit, und Gumb setzte die Maschine damit für jede Reihe von Stichen in Betrieb. Bei feinem Steppen zog er es vor, barfuß zu arbeiten, wiegte das Trittbrett sanft mit seinem fleischigen Fuß und umklammerte den Vorderrand des Bretts mit seinen gelackten Zehen, um Überläufen vorzubeugen. Eine Weile hörte man im warmen Keller nur die Geräusche der Maschine und das Schnarchen des kleinen Hundes und das Zischen der Dampfrohre.

Als er damit fertig war, die Abnäher in das Musselinmodell einzusetzen, probierte er es vor den Spiegeln an. Der kleine Hund sah von der Ecke aus mit gehobenem Kopf zu.

Unter den Armlöchern mußte er es ein wenig bequemer machen. Es gab noch einige Probleme mit Aufschlägen und Einlagen. Ansonsten war es so schön. Es war geschmeidig, durch und durch geschmeidig. Er konnte sich selbst die Leiter einer Wasserrutsche hochklettern sehen, so schnell, wie man wollte.

Mr. Gumb spielte einiger dramatischer Effekte wegen mit den Lichtern und seinen Perücken, und er probierte eine wunderschöne enge Kette aus Muscheln über der Kragenlinie. Es würde phantastisch sein, wenn er ein dekolltiertes Kleid oder einen Satinhausanzug mit passendem Mantel über seinem neuen Brustkorb trug.

Es war so verlockend, jetzt einfach damit weiterzumachen, wirklich geschäftig an die Arbeit zu gehen, doch seine Augen waren müde. Er wollte, daß auch seine Hände völlig ruhig waren, und er war einfach noch nicht für den Lärm bereit. Geduldig zog er die Stiche auf und breitete die Stücke aus. Ein perfektes Muster, nach dem man schneiden konnte.

»Morgen, Precious«, erklärte er dem kleinen Hund, als er die Rinderhirne zum Auftauen herausnahm. »Wir machen es als erstes mooooooorrrgen. Mommy wird so *schön* sein!«

47. Kapitel

Starling schlief fest fünf Stunden lang und wachte tief in der Nacht auf, von Angst vor dem Traum geweckt. Sie biß in die Ecke des Bettlakens, drückte sich die Handflächen auf die Ohren und wartete darauf, herauszufinden, ob sie wahrhaftig wach und weit weg davon war. Stille und keine schreienden Lämmer. Als sie wußte, daß sie wach war, klopfte ihr Herz langsamer, doch ihre Füße wollten unter der Bettdecke nicht still bleiben. Binnen eines Augenblicks, das wußte sie, würden sich ihre Gedanken überschlagen.

Es war eine Erleichterung, als sie statt Furcht eine Woge heißen Zorns durchlief.

»Bekloppt«, sagte sie und streckte einen Fuß an die Luft.

In dem ganzen langen Tag, als sie von Chilton unterbrochen, von Senatorin Martin beleidigt, von Krendler fallengelassen und scharf getadelt, von Dr. Lecter verhöhnt und von seiner blutigen Flucht angewidert und Jack Crawford von dem Fall zurückgezogen worden war, in diesem ganzen langen Tag gab es eine Sache, das am meisten weh tat: eine Diebin genannt zu werden.

Senatorin Martin war eine Mutter unter extremem Druck, und sie hatte die Nase voll von Polizisten, die die Dinge ihrer Tochter betatschten. Sie hatte es nicht so gemeint.

Dennoch steckte die Anschuldigung wie eine heiße Nadel in Starling.

Als kleines Kind hatte man Starling beigebracht, daß Stehlen die gemeinste, verabscheuungswürdigste Tat hinter Vergewaltigung und Mord wegen Geld ist. Einige Arten von Körperverletzung waren besser als Diebstahl.

Als Kind in Institutionen, wo es sehr wenig Belohnung und sehr viel Hunger gab, hatte sie gelernt, einen Dieb zu hassen.

Wie sie so im Dunkeln dalag, mußte sie sich mit einem weiteren Grund abfinden, warum Senatorin Martins versteckte Andeutung sie derart ärgerte.

Starling wußte, was der maliziöse Dr. Lecter sagen würde, und es stimmte: Sie befürchtete, daß Senatorin Martin etwas Schäbiges in ihr sah, etwas Billiges, etwas Diebartiges, auf das Senatorin Martin reagierte. Diese Vanderbilt-Hure.

Dr. Lecter würde mit Wonne darauf hindeuten, daß Klassenressentiment, der begrabene Ärger, der mit der Muttermilch kommt, ebenfalls ein Faktor war. In Ausbildung, Intelligenz, Dynamik und zweifellos physischer Erscheinung stand Starling keiner Martin etwas nach. Aber es war dennoch da, und sie wußte es.

Starling war ein isoliertes Mitglied eines wilden Stammes ohne herkömmliche Ahnentafel außer der studentischen Ehrenliste und dem Strafregister. In Schottland enteignet, aus Irland herausgehungert, sahen sich viele von ihnen zu den gefährlichen Handelszweigen hingezogen. Generationen von Starlings waren auf diese Weise fertiggemacht worden, waren auf den Boden enger Löcher geplumpst oder waren bei einem lahmen Zapfenstreich in der Kälte, wenn jeder nach Hause gehen wollte, in die ewigen Jagdgründe abberufen und unter die Erde gebracht worden. An einige wenige mögen sich die Offiziere in Regimentskasinonächten tränennaß erinnert haben, auf die Art und Weise, wie ein Mann im Zustand der Trunkenheit sich an einen guten Vorstehhund erinnert. Verblaßte Namen in einer Bibel.

Soweit Starling es beurteilen konnte, war keiner von ihnen sehr gescheit gewesen, mit Ausnahme einer Großtante, die wundervoll in ihr Tagebuch schrieb, bis sie ›Gehirnfieber‹ bekam.

Sie stahlen allerdings nicht.

Schulbildung, war wie man weiß, *die* Hauptsache in Amerika, und das fand bei den Starlings Anklang. Einer von Starlings Onkeln ließ sich seinen Junior College-Grad auf seinen Grabstein meißeln.

All die Jahre lang, wo es keinen anderen Ort gab, wo Starling hinkonnte, hatte sie von Schulen gelebt, ihre Waffe war die Ausleseprüfung.

Sie wußte, sie konnte aus dieser Sache aussteigen. Sie konnte das sein, was sie immer gewesen war, seit sie je gelernt hatte, wie es funktioniert: Sie konnte dicht bei der Klassenspitze sein, anerkannt, eingeschlossen, auserwählt und nicht weggeschickt.

Es ging um hartes Arbeiten und darum, vorsichtig zu sein. Ihre Noten würden gut sein. Der Koreaner konnte sie im Sportunterricht nicht fertigmachen. Für außergewöhnliche Leistungen auf dem Schießstand würde ihr Name auf der großen Tafel, der ›möglichen Kommission‹, in der Eingangshalle eingraviert sein.

In vier Wochen würde sie Sonderagentin des Federal Bureau of Investigation sein.

Würde sie sich für den Rest ihres Lebens vor diesem verdammten Krendler in acht nehmen müssen?

In Gegenwart der Senatorin hatte er mit ihr nichts mehr zu tun haben wollen. Jedesmal wenn Starling daran dachte, tat es weh. Er war sich nicht sicher, ob er Beweismaterial in dem Umschlag finden würde. Das war schockierend. Sich Krendler nun in Gedanken vorstellend, sah sie ihn mit Marine-Schnürhalbschuhen an den Füßen wie der Bürgermeister, der Chef ihres Vaters, der die Stechuhr abholen kam.

Schlimmer noch, Jack Crawford schien in ihrer Vorstellung herabgesetzt. Der Mann stand unter mehr Belastung, als jemand auszuhalten haben sollte. Ohne Unterstützung oder Autoritätsbeweis hatte er sie losgeschickt, um Raspails Wagen zu überprüfen. Okay, sie hatte darum gebeten, unter diesen Bedingungen zu gehen – der Ärger war ein glücklicher Zufall. Crawford mußte aber wissen, daß es Ärger geben würde, als Senatorin Martin sie in Memphis sah, es hätte Ärger gegeben, selbst wenn sie die Bilder vom Vögeln nicht gefunden hätte.

Catherine Baker Martin lag in derselben Dunkelheit, die nun sie umfangen hielt. Starling hatte es einen Moment lang vergessen, während sie über ihre eigenen besten Interessen nachdachte.

Bilder der vergangenen paar Tage bestraften Starling für die Unterlassung, schossen ihr jäh in Farbe durch den Kopf, zuviel Farbe, Schockfarbe, die Farbe, die aus Schwarz herausspringt, wenn es nachts blitzt.

Es war Kimberly, die sie jetzt quälte. Dicke tote Kimberley, die die Ohren durchstochen hatte, um hübsch auszusehen, und sparte, um sich die Beine mit Wachs enthaaren zu lassen. Kimberley, ihre Schwester. Starling glaubte nicht, daß Catherine Baker für Kimberley viel Zeit gehabt hätte. Nun waren sie Schwestern unter der Haut. Kimberly, die in einer Leichenhalle voller State-Trooper-Cowboys lag.

Starling konnte es sich nicht mehr anschauen. Sie versuchte das Gesicht abzuwenden, wie ein Schwimmer sich abdreht, um zu atmen.

Alle von Buffalo Bills Opfern waren Frauen, Frauen waren seine fixe Idee, er lebte, um Frauen zu jagen. Keine einzige Frau jagte ihn ganztägig. Keine einzige Ermittlerin hatte sich je eines seiner Verbrechen angesehen.

Starling fragte sich, ob Crawford den Nerv hätte, sie als Technikerin zu verwenden, wenn er sich Catherine Martin ansehen mußte. Bill würde ›sie morgen alle machen‹, prophezeite Crawford. *Sie alle machen. Sie alle machen, sie alle machen.*

»*Scheiß drauf*«, sagte Starling laut und setzte die Füße auf den Boden.

»Bist du da drüben dabei, einen Trottel zu bestechen, Starling?« fragte Ardelia Mapp. »Hast ihn hier hereingeschmuggelt, während ich schlief, und nun gibst du ihm Anweisungen – glaub bloß nicht, ich würde dich nicht hören.«

»'tschuldige, Ardelia, ich wollte nicht –«

»Du mußt sehr viel bestimmter mit ihnen sein als das, Starling. Du kannst nicht einfach nur das sagen, was *du* gesagt hast. Trottel zu bestechen, ist genauso wie Journalismus, du mußt ihnen sagen. *Was, Wann, Wo* und *Wie*. Ich meine, *Warum* erklärt sich von selbst, während die Sache weiterläuft.«

»Hast du irgendwelche Wäsche?«

»Ich dachte, du hast gesagt, ob ich irgendwelche Wäsche hätte.«

»Ja, ich glaub', ich lass' 'ne Ladung durch die Maschine laufen. Was haste?«

»Nur die Sweatshirts da hinter der Tür.«

»Okay. Mach die Augen zu, ich mach' nur eine Sekunde das Licht an.«

Es waren nicht die Notizen für den Vierten Zusatzartikel für ihre bevorstehende Prüfung, die sie oben auf den Wäschekorb häufte und den Gang hinunter in den Wäscheraum schleifte.

Sie nahm die Buffalo-Bill-Akte, einen zehn Zentimeter dicken

Stapel aus Hölle und Schmerz in einer starken Ochsenlederhülle, mit Tinte in der Farbe von Blut beschriftet. Dabei war ein Heißer-Draht-Computerausdruck ihres Berichts über den Totenkopf.

Sie würde die Akte morgen zurückgeben müssen, und wenn sie wollte, daß diese Kopie vollständig war, würde sie früher oder später ihren Bericht einfügen müssen. Im warmen Wäscheraum, beim tröstenden Tuckern der Waschmaschine, entfernte sie die Gummibänder, die die Akte zusammenhielten. Sie breitete die Papiere auf dem Regal zum Kleiderzusammenfalten aus und versuchte, die Einfügung vorzunehmen, ohne irgendeines der Bilder ansehen zu müssen, ohne daran zu denken, was für Bilder vielleicht bald hinzukämen. Die Karte lag oben, das war gut. Auf der Karte war jedoch etwas Handschriftliches.

Dr Lecters elegante Schrift lief quer über die Großen Seen, und sie besagte:

> Clarice, erscheint Ihnen dieses *willkürliche* Verstreutsein übertrieben? Scheint es nicht *ungeheuer* willkürlich? Willkürlich über jede mögliche Annehmlichkeit hinaus? Suggeriert es Ihnen die sorgfältigen Ausarbeitungen eine schlechten Lügners?
>
> Tschüß,
> Hannibal Lecter
>
> P. S.: Machen Sie sich nicht die Mühe, dies hier durchzugehen, da ist nichts mehr.

Es dauerte zwanzig Minuten Seitenumblättern, um sicher zu sein, daß da nichts mehr war.

Von einem Münzfernsprecher auf dem Gang rief Starling den heißen Draht an und las Burroughs die Nachricht vor. Sie überlegte, wann Burroughs schlief.

»Ich muß Ihnen sagen, Starling, der Markt für Lecter-Informationen ist stark gesunken«, sagte Burroughs. »Hat Jack Sie wegen Billy Rubin angerufen?«

»Nein.«

Sie lehnte sich mit geschlossenen Augen gegen die Wand, während er Lecters Scherz beschrieb.

»Ich weiß nicht«, sagte er schließlich. »Jack sagt, sie werden mit den Kliniken für Geschlechtsumwandlungen weitermachen, aber wie intensiv? Wenn man sich die Informationen im Computer ansieht, die Art, wie die Feldeinträge gestaltet sind, kann man erkennen, daß sämtliche Lecter-Informationen, Ihre und das Zeug aus Memphis, besondere Präfixe haben. Das ganze Zeug aus Baltimore oder das ganze Zeug aus Memphis oder beides kann mit einem Knopfdruck ausgeschaltet werden. Ich bin der Ansicht, die vom Justizministerium wollen alles ausschalten. Ich habe eine Aktennotiz hier, die nahelegt, daß das Insekt in Klaus' Hals, na, wie heißt es, ›Treibgut‹ sei.«

»Sie werden dies aber für Mr. Crawford in den Computer eingeben«, sagte Starling.

»Sicher, ich werde es auf seinen Bildschirm übertragen, aber wir rufen ihn nicht gerade jetzt an. Sie sollten das auch lassen. Bella ist vor einer Weile gestorben.«

»Oh«, sagte Starling.

»Hören Sie, auf der heiteren Seite, unsere Jungs in Baltimore haben sich in der Anstalt in Lecters Zelle umgeschaut. Dieser Pfleger, Barney, hat uns unterstützt. Sie haben Messingschmirgelteilchen von einem Schraubenkopf in Lecters Pritsche gefunden, wo er seinen Handschellenschlüssel gemacht hat. Bleiben Sie dran, Kid. Sie stehen am Ende wie eine Rose riechend da.«

»Danke, Mr. Burroughs. Gute Nacht.«

Wie eine Rose riechend. Sich Wick VapoRub unter die Nasenlöcher schmierend.

Tageslicht kam am letzten Tag von Catherine Martins Leben.

Was konnte Dr. Lecter meinen?

Man konnte unmöglich wissen, was Dr. Lecter wußte. Als sie ihm die Akte das erstemal gab, erwartete sie, daß ihm die Bilder gefielen und daß er die Akte als Halt benutzte, während er erzählte, was er bereits über Buffalo Bill wußte.

Vielleicht hatte er sie die ganze Zeit angelogen, genauso, wie er Senatorin Martin angelogen hatte. Vielleicht wußte er nichts über Buffalo Bill oder begriff nichts über ihn.

Er sieht sehr deutlich – er durchschaut mich verdammt gut. Es ist schwer, zu akzeptieren, daß jemand dich verstehen kann, ohne dir wohlzuwollen. In Starlings Alter war es ihr noch nicht oft passiert.

Ungeheuer willkürlich, sagte Dr. Lecter.

Starling und Crawford und alle anderen hatten die Karte angestarrt mit ihren die Entführungen und die Orte, wo die Leichen abgeladen wurden, markierten Punkten. Starling war es wie ein schwarzes Sternbild mit einem Datum neben jedem Stern vorgekommen, und sie wußte, daß die Abteilung für Verhaltensforschung einmal ergebnislos versucht hatte, Sternzeichen auf die Karte zu legen.

Wenn Dr. Lecter der Entspannung halber las, warum würde er mit der Karte herumplänkeln? Sie konnte ihn sehen, wie er den Bericht durchblätterte und sich über den Prosastil von einigen der Beitragenden lustig machte.

Es gab kein Muster bei den Entführungen und Abladeorten der Leichen, keine Verbindungen aus Bequemlichkeitsgründen, keine zeitliche Übereinstimmung mit irgendwelchen bekannten geschäftlichen Tagungen, mit irgendeiner Flut von Einbrüchen oder Wäscheleinendiebstählen oder sonstigen fetischorientierten Verbrechen.

Zurück im Wäscheraum mit dem sich drehenden Trockner zeichnete Starling die Karte mit den Fingern nach. Hier eine Entführung, dort der Abladeplatz. Hier die zweite Entführung, dort der Abladeplatz. Hier die dritte und –. Gehen diese Daten aber rückwärts oder, nein, die zweite Leiche wurde zuerst entdeckt.

Diese Tatsache war ohne Bemerkung in verschmierter Tinte neben der Stelle auf der Landkarte eingetragen. Die Leiche der zweiten entführten Frau wurde zuerst gefunden, wie sie im Wabash im Geschäftsviertel von Lafayette, Indiana, trieb, direkt unterhalb der Interstate 65.

Die erste als vermißt gemeldete junge Frau wurde in Belvedere, Ohio, in der Nähe von Columbus entführt und viel später im Blackwater River in Missouri gefunden, außerhalb von Lone Jack. Die Leiche war beschwert. Das war bei keiner anderen der Fall.

Die Leiche des ersten Opfers war in einem abgelegenen Gebiet im Wasser versenkt. Die zweite wurde in einen Fluß stromaufwärts von einer Stadt geworfen, wo eine schnelle Entdeckung gewiß war.

Die, mit der er begann, war gut versteckt, die zweite nicht.

Warum?

Was bedeutete ›ungeheuer willkürlich‹?

Die erste, erste. Was hatte Dr. Lecter über die ›erste‹ gesagt? Was bedeutete irgend etwas, das Dr. Lecter sagte?

Starling sah sich die Notizen an, die sie auf dem Flug von Memphis hingekritzelt hatte.

Dr. Lecter sagte, es sei genug in der Akte, um den Killer aufzuspüren. ›Schlichtheit‹, sagte er. Was war mit der ›ersten‹, wo war ›erste‹? Hier – ›erste Prinzipien‹ waren wichtig. ›Erste Prinzipien‹ hörten sich wie hochgestochener Scheiß an, wenn er es sagte.

Was macht er, Clarice? Was macht er grundsätzlich, welchem Zweck dient er durch Töten? Er begehrt. Wie beginnen wir zu begehren? Wir beginnen, alles zu begehren, was wir täglich sehen.

Es war einfacher, über Dr. Lecters Äußerungen nachzudenken, wenn sie nicht seinen Blick auf ihrer Haut spürte. Es war einfacher hier im sicheren Herzen von Quantico.

Wenn wir beginnen zu begehren, indem wir begehren, was wir jeden Tag sehen, hat Buffalo Bill sich dann selbst überrascht, als er die erste umbrachte? Hat er jemanden umgebracht, der um ihn herum, in seiner Nähe war? Hat er deshalb die erste Leiche gut versteckt und die zweite schlecht? Hat er die zweite weit weg von zu Hause entführt und sie dort abgeladen, wo man sie rasch entdecken würde, da er früh die glaubhafte Theorie aufstellen wollte, daß die Entführungsorte willkürlich seien?

Als Starling an die Opfer dachte, kam ihr Kimberly Emberg zuerst in den Sinn, da sie Kimberly tot gesehen und, in gewissem Sinn, Kimberlys Rolle übernommen hatte.

Hier war die erste. Fredrica Bimmel, zweiundzwanzig, Belvedere, Ohio. Es gab zwei Fotos. Auf ihrem Jahrbuchbild sah sie groß und einfach aus, mit gutem dichten Haar und gutem Teint. Auf dem zweiten Foto, im Leichenschauhaus von Kansas City aufgenommen, sah sie alles andere als menschlich aus.

Starling rief erneut Burroughs an. Er klang nun ein bißchen heiser, aber er hörte zu.

»Was wollen Sie also damit sagen, Starling?«

»Vielleicht wohnt er in Belvedere, Ohio, wo das erste Opfer wohnte. Vielleicht hat er sie jeden Tag gesehen, und er hat sie, sagen wir, spontan getötet. Vielleicht hat er nur vorgehabt, ihr... eine Zitronenlimo zu spendieren und über den Chor zu reden. Daher hat er die Leiche wirklich gut versteckt und sich dann ein anderes Opfer weit weg von zu Hause geschnappt. Dieses hat er nicht so gut versteckt, damit es als erstes entdeckt und damit die Aufmerksamkeit von ihm abgelenkt würde. Sie wissen, wieviel Aufmerksamkeit einem Bericht über einen Vermißten geschenkt wird, nämlich null, bis man die Leiche findet.«

»Starling, der Antwortrücklauf ist besser, wo die Spur frisch ist, die Leute erinnern sich besser, Zeugen –«

»Das sage ich ja. Er *weiß* das.«

»Sie werden zum Beispiel heute nicht niesen können, ohne nicht einen Polizisten in der Heimatstadt jenes letzten Opfers zu besprühen – Kimberly Emberg aus Detroit. 'ne Menge Interesse auf einmal an Kimberly Emberg, seit die kleine Martin verschwunden ist. Plötzlich arbeiten sie wie wild an der Sache. Sie haben mich das nie sagen hören.«

»Werden Sie es für Mr. Crawford auf den Bildschirm übertragen, das über die erste Stadt?«

»Klar. Verdammt, ich werde es für jeden auf dem heißen Draht bringen. Ich behaupte nicht, daß es schlechtes Denken ist, Starling, aber die Stadt wurde ziemlich gründlich durchforstet, kaum daß man die Frau – wie heißt sie noch gleich, Bimmel? –, kaum daß man Bimmel identifiziert hatte. Unsere Außenstelle Columbus hat sich mit Belvedere beschäftigt, und eine Menge Einheimischer ebenfalls. Sie haben doch alles da. In Belvedere werden Sie heute morgen nicht viel Interesse hervorrufen, genausowenig wie mit irgendeiner anderen Theorie von Dr. Lecter.«

»Es hat ja nur –«

»Starling, wir schicken für Bella eine Spende an UNICEF. Wenn Sie sich beteiligen wollen, werde ich Ihren Namen mit auf die Karte setzen.«

»Aber sicher, danke, Mr. Burroughs.«

Starling holte die Sachen aus dem Trockner. Die warme Wäsche fühlte sich gut an und roch gut. Sie drückte die warme Wäsche dicht an die Brust.

Ihre Mutter mit einem Arm voller Bettlaken.

Heute ist der letzte Tag von Catherines Leben.

Die schwarzweiße Krähe stahl vom Karren. Sie konnte nicht gleichzeitig draußen sein, um sie wegzuscheuchen, und drinnen im Zimmer.

Heute ist der letzte Tag von Catherines Leben.

Statt der Blinker gebrauchte ihr Vater ein Armsignal, wenn er mit dem kleinen Lieferwagen in die Auffahrt einbog. Auf dem Hof spielend, glaubte sie, daß er dem Lieferwagen mit seinem großen Arm zeigte, wo er wenden mußte, ihm damit würdevoll die Anweisung zum Wenden gab.

Als Starling beschloß, was sie tun würde, kamen ein paar Tränen. Sie drückte das Gesicht in die warme Wäsche.

48. Kapitel

Crawford kam aus der Leichenhalle heraus und schaute die Straße auf und ab nach Jeff mit dem Wagen. Statt dessen sah er Clarice Starling unter der Markise warten, mit einem dunklen Kostüm bekleidet, im Licht real aussehend.

»Schicken Sie mich«, sagte sie.

Crawford hatte gerade den Sarg für seine Frau ausgesucht, und er trug eine Papiertüte mit ihren Schuhen, die er fälschlicherweise gebracht hatte. Er sammelte sich.

»Verzeihen Sie mir«, sagte Starling. »Ich wäre nicht jetzt gekommen, wenn es einen anderen Zeitpunkt gegeben hätte. Schikken Sie mich.«

Crawford stopfte die Hände in die Taschen und drehte den Hals in seinem Kragen, bis er aufplatzte. Seine Augen glänzten, glänzten gefährlich. »Sie wohin schicken?«

»Sie haben mich losgeschickt, um ein Gefühl für Catherine Martin zu bekommen – lassen Sie mich zu den anderen gehen. Alles, was uns noch bleibt, ist herauszufinden, wie er jagt. Wie er sie findet, wie er sie aussucht. Bei dem ganzen polizeilichen Kram bin ich so gut wie jeder andere, den Sie haben, in einigen Dingen besser. Die Opfer sind alle Frauen, und keine Frau arbeitet in dieser Sache. Ich kann das Zimmer einer Frau betreten und erfahre dreimal so viel über sie, wie ein Mann erfahren würde, und *Sie* wissen, daß das eine Tatsache ist. Schicken Sie mich.«

»Sind Sie bereit, eine Repetition zu akzeptieren?«

»Ja.«

»Wahrscheinlich sechs Monate Ihres Lebens.«

Sie sagte nichts.

Crawford stieß mit der Zehe an das Gras. Er sah zu ihr hoch, zu der Prärieweite in ihren Augen. Sie hatte Rückgrat, wie Bella. »Mit wem würden Sie anfangen?«

»Mit der ersten. Fredrica Bimmel, Belvedere Ohio.«

»Nicht Kimberly Emberg, die, die Sie gesehen haben.«

»*Er* hat nicht mit ihr angefangen.« *Lecter erwähnen? Nein. Er würde es auf dem heißen Draht sehen.*

»Emberg wäre die *emotionale* Wahl, nicht wahr, Starling? Fahrtkosten werden erstattet. Haben Sie Geld?« Die Banken würden erst in einer Stunde öffnen.

»Ich hab' noch Spielraum mit meiner Visa-Karte.«

Crawford kramte in seinen Taschen. Er gab ihr dreihundert Dollar Bargeld und einen persönlichen Scheck.

»Los, Starling. Nur zu der ersten. Halten Sie den heißen Draht auf dem laufenden. Rufen Sie mich an.«

Sie hob die Hand zu ihm. Sie berührte weder sein Gesicht noch seine Hand, es schien kein Platz zum Berühren, und sie drehte sich um und lief zum Pinto.

Crawford klopfte sich auf die Taschen, als sie wegfuhr. Er hatte ihr den letzten Cent gegeben, den er bei sich hatte.

»Baby braucht ein Paar neue Schuhe«, sagte er. »Mein Baby braucht keine Schuhe.« Er weinte mitten auf dem Bürgersteig, Laken von Tränen auf dem Gesicht, ein Sektionschef des FBI, nun töricht.

Aus dem Wagen sah Jeff seine Wangen glänzen und stieß in eine Gasse zurück, wo Crawford ihn nicht sehen konnte. Jeff stieg aus. Er steckte sich eine Zigarette an und zog heftig. Als sein Geschenk für Crawford würde er trödeln, bis Crawford sich die Tränen getrocknet hatte und sauer war und ihn mit Recht anmeckern konnte.

49. Kapitel

Am Morgen des vierten Tages war Mr. Gumb bereit, die Haut einzuheimsen.

Er kam mit den letzten Dingen, die er benötigte, vom Einkaufen, und es war schwer, nicht einfach die Kellertreppe hinunterzulaufen. Im Studio packte er seine Einkaufstaschen aus, neue schräg geschnittene Saumborten, Einsatzstreifen aus dehnbarem Lycra für unter die Schlitze, eine Dose koscheres Salz. Er hatte nichts vergessen.

Im Arbeitsraum legte er seine Messer auf einem sauberen Handtuch neben den langen Becken aus. Es waren vier Messer: ein Abziehmesser mit schwenkbarer Klinge, ein feines Klappmesser, das der Kurve des Zeigefingers an engen Stellen perfekt folgte, ein Skalpell für die hautnaheste Arbeit und ein Bajonett aus der Zeit des 1. Weltkriegs. Der gerollte Rand des Bajonetts ist das feinste Werkzeug, um eine Haut auszufleischen, ohne sie zu zerreißen.

Zusätzlich dazu hatte er eine Strycker-Autopsiesäge gekauft, die er kaum je benutzte und deren Kauf er bereut hatte.

Nun fettete er den Kopf eines Perückenständers ein, packte grobes Salz auf das Fett und stellte den Ständer auf ein flaches Abtropfblech. Spielerisch kniff er die Nase im Gesicht des Perückenständers und warf ihm eine Kußhand zu.

Es war schwer, sich auf verantwortungsbewußte Weise zu benehmen – er wollte im Raum umherfliegen wie Danny Kaye. Er lachte und blies sich mit einem sanften Lufthauch eine Motte vom Gesicht.

Zeit, die Aquariumpumpen in seinen Tanks mit frischer Lösung in Gang zu setzen. Oh, war da eine hübsche Chrysalis im Humus im Käfig vergraben? Er stocherte mit dem Finger. Jawohl.

Nun die Pistole.

Das Problem, zu töten, hatte Mr. Gumb seit Tagen verwirrt. Sie zu hängen, kam nicht in Frage, da er die Brustsprenkelung vermeiden wollte, und außerdem konnte er nicht riskieren, daß der Knoten sie hinter dem Ohr aufriß.

Mr. Gumb hatte von jeder seiner vorherigen Anstrengungen gelernt, manchmal auf schmerzhafte Weise. Er war entschlossen, einige der Alpträume zu vermeiden, die er früher durchgemacht hatte. Eine Hauptregel: Ganz gleich, wie schwach von Hunger oder Furcht, sie wehrten sich immer gegen dich, wenn sie die Apparatur sahen.

In der Vergangenheit hatte er junge Frauen durch den verdunkelten Keller gejagt, wobei er sich seiner Infrarotschutzbrille und Lampe bediente, und es war herrlich, das zu tun, sie zu beobachten, wie sie sich ihren Weg ertasteten, zu sehen, wie sie versuchten, sich in Ecken zu kauern. Es gefiel ihm, sie mit der Pistole zu jagen. Er benutzte gern die Pistole. Sie verloren stets die Orientierung, verloren ihr Gleichgewicht, rannten in Gegenstände hinein. Mit seiner Schutzbrille konnte er in völliger Dunkelheit dastehen, warten, bis sie die Hände vom Gesicht nahmen, und sie in den Kopf schießen. Oder zuerst in die Beine, unterhalb des Knies, so daß sie noch kriechen konnten.

Das war kindisch und eine Verschwendung. Danach waren sie nutzlos, und er hatte damit aufgehört.

Bei seinem gegenwärtigen Projekt hatte er den ersten drei angeboten, oben zu duschen, bevor er sie mit einer Schlinge um den Hals mit Fußtritten die Treppe hinunterbugsierte – kein Problem. Die vierte war jedoch eine Katastrophe gewesen. Er hatte die Pistole im Badezimmer anwenden müssen, und das Saubermachen hatte eine Stunde gedauert. Er dachte an das Mädchen, naß, mit Gänsehaut, dachte daran, wie es gezittert hatte, als er den Pistolenhahn spannte. Er spannte gern den Pistolenhahn, schnick-schnick, ein lauter Knall und kein Getöse mehr.

Er mochte seine Pistole, und das mit Recht, da es ein sehr schönes Stück war, ein Colt Python aus rostfreiem Stahl mit einem fünfzehn Zentimeter langen Lauf. Alle Python-Mechanismen werden im Colt-Stammgeschäft eingestellt, und dieser hier fühlte sich einfach großartig an. Er spannte ihn nun und drückte ab, wobei er den Hahn mit dem Daumen arretierte. Er lud den Colt Python und legte ihn auf den Werktisch im Arbeitsraum.

Mr. Gumb wollte diesmal unbedingt eine Haarwäsche anbieten, da er zusehen wollte, wie es das Haar auskämmte. Für seine eigene Pflege konnte er viel darüber lernen, wie das Haar auf dem Kopf lag. Dieses hier war jedoch groß und wahrscheinlich kräftig. Dieses war zu selten, um Gefahr zu laufen, das Ganze mit Schußwunden zu zerstören.

Nein, er würde seinen Flaschenzug aus dem Badezimmer holen, ihr ein Bad anbieten, und wenn sie sich sicher in die Hebeschlinge gesetzt hatte, würde er sie auf halbe Höhe des Schachts vom Verlies hochziehen und sie mehrmals tief in die Wirbelsäule schießen. Wenn sie das Bewußtsein verlor, konnte er das übrige mit Chloroform erledigen.

Genau. Er würde nun nach oben gehen und aus seinen Kleidern steigen. Er würde Precious wecken, sich mit ihr zusammen seine Videokassette anschauen und dann an die Arbeit gehen, nackt im warmen Keller, nackt wie der Tag, an dem er geboren wurde.

Er fühlte sich beinahe schwindlig, als er die Treppe hochging. Rasch aus den Kleidern und in seinen Bademantel. Er legte seine Videokassette ein.

»Precious, komm her, Precious. Emsigeremsiger Tag. Na, komm, Schätzchen.« Er würde sie hier im oberen Schlafzimmer einsperren müssen, während er sich mit dem geräuschvollen Teil im Keller abgab – sie haßte den Lärm und geriet fürchterlich aus der Fassung. Um sie zu beschäftigen, hatte er ihr eine ganze Schachtel Chew-eez besorgt, als er beim Einkaufen war.

»Precious.« Als sie nicht kam, rief er auf dem Gang: »Precious!« und dann in der Küche und im Keller: »Precious!« Als er an der Tür des Verlieses rief, bekam er eine Antwort:

»Sie ist hier unten, du Hurensohn«, sagte Catherine Martin.

In einem Schwall von Furcht um Precious wurde Mr. Gumb ganz und gar übel. Dann straffte die Wut ihn wieder, und mit den Fäusten an den Schläfen seines Kopfes preßte er die Stirn in den Türrahmen und versuchte, sich in die Gewalt zu bekommen. Ein Geräusch zwischen einem Würgen und einem Stöhnen entfuhr ihm, und der kleine Hund antwortete mit einem Jaulen.

Er ging in den Arbeitsraum und holte seine Pistole.

Die Schnur zum Toiletteneimer war gerissen. Er wußte noch

nicht mit Gewißheit, wie sie es gemacht hatte. Das letztemal, als die Schnur gerissen war, hatte er angenommen, daß sie sie bei einem lächerlichen Versucht, hochzuklettern, zerrissen hatte. Sie hatten schon früher versucht, den Schacht hochzuklettern – sie hatten jede nur vorstellbare närrische Sache gemacht.

Er beugte sich über die Öffnung, die Stimme sorgfältig kontrolliert.

»Precious, bist du in Ordnung? Antworte mir.«

Catherine zwickte den Hund in den dicken Hintern. Er jaulte und zahlte es ihr mit einem Schnappen nach dem Arm zurück.

»Na, wie ist das?« fragte Catherine.

Es kam Mr. Gumb sehr unnatürlich vor, mit Catherine auf diese Art zu sprechen, doch er überwand seinen Ekel.

»Ich werde den Korb hinunterlassen. Sie werden sie hineinsetzen.«

»Sie werden ein Telefon herunterlassen, oder ich muß ihr den Hals umdrehen. Ich will Sie nicht verletztten, ich will diesen kleinen Hund nicht verletztten. Geben Sie mir einfach das Telefon.«

Mr. Gumb brachte die Pistole hoch. Catherine sah, wie die Mündung am Licht vorbeireichte. Sie duckte sich, hielt den Hund über sich und schwenkte ihn zwischen sich und der Pistole hin und her. Sie hörte, wie er den Hahn spannte.

»Wenn du schießt, Arschloch, dann schieß lieber schnell, oder ich drehe ihr den verdammten Hals um. Ich schwör's bei Gott.«

Sie klemmte sich den Hund unter den Arm, legte die Hand um seine Schnauze und bog seinen Kopf hoch. »Zurück, du Hurensohn.« Die kleine Hündin winselte. Die Pistole wurde zurückgezogen.

Catherine strich sich mit der freien Hand das Haar von der nassen Stirn zurück. »Ich wollte Sie nicht beleidigen«, sagte sie. »Lassen Sie mir nur ein Telefon herunter. Ich will ein Telefon, das funktioniert. Sie können verschwinden. Sie sind mir egal, ich habe Sie nie gesehen. Ich werde gut auf Precious aufpassen.«

»Nein.«

»Ich werde dafür sorgen, daß sie alles hat. Denken Sie an ihr Wohlergehen, nicht nur an Ihres. Wenn Sie hier drin schießen, wird sie taub werden, egal, was passiert. Ich will ja nur ein Telefon, das funktioniert. Besorgen Sie eine lange Verlängerungsschnur, holen Sie sich fünf oder sechs und klemmen Sie sie zusammen – es gibt sie mit den Anschlüssen an den Enden – und lassen Sie sie hier herunter. Ich würde Ihnen den Hund überall per Luftfracht hinschicken. Meine Familie hat Hunde. Meine Mutter liebt Hunde. Sie können abhauen, mir ist egal, was Sie machen.«

»Sie werden kein Wasser mehr kriegen, Sie haben Ihr letztes Wasser gehabt.«

»Sie wird auch keins kriegen, und ich werde ihr keins aus meiner Wasserflasche geben. Ich muß Ihnen leider sagen, ich glaube, ihr Bein ist gebrochen.« Dies war eine Lüge – der kleine Hund war zusammen mit dem Eimer als Köder auf Catherine gefallen, und Catherine war es, die eine aufgekratzte Wange von den scharrenden Krallen des Hundes erlitten hatte. Sie konnte ihn nicht absetzen, da er sonst sähe, daß er nicht humpelte. »Sie hat Schmerzen. Ihr Bein ist ganz krumm, und sie versucht es zu lecken. Es macht mich einfach krank«, log Catherine. »Ich muß sie zu einem Tierarzt bringen.«

Mr. Gumbs Stöhnen vor Wut und Qual ließ den kleinen Hund aufheulen. »Sie meinen, *sie* hat Schmerzen«, sagte Mr. Gumb. »Sie wissen nicht, was Schmerz ist. Sie haben sie verletzt, und ich werde Sie verbrühen.«

Als Catherine Martin ihn die Treppen hochstampfen hörte, setzte sie sich hin, von heftigem Zucken in den Armen und Beinen geschüttelt. Sie konnte den Hund nicht halten, sie konnte kein Wasser halten, sie konnte nichts halten.

Als der kleine Hund auf ihren Schoß krabbelte, umarmte sie ihn, dankbar für die Wärme.

51. Kapitel

Jack Crawfords Büro im Washingtoner Hauptquartier des FBI war in bedrückendem Grau gestrichen, doch es hatte große Fenster.

Crawford stand mit seiner Cliptafel an diesen Fenstern und starrte auf eine von einem gottverdammten unscharfen Punktmatrizendrucker ausgespuckte Liste, den sie, wie er ihnen befohlen hatte, loswerden sollten.

Er war aus der Leichenhalle hierher gekommen und hatte den ganzen Morgen gearbeitet, hatte die Norweger gedrängt, sich mit ihren zahnärztlichen Unterlagen über den vermißten Matrosen Klaus zu beeilen, hatte San Diego Dampf gemacht, endlich Benjamin Raspails Vertraute am Konservatorium zu überprüfen, an dem er gelehrt hatte, und den Zoll wachgerüttelt, der den Verletzungen der Einfuhrbestimmungen bezüglich lebender Insekten nachgehen sollte.

Innerhalb von fünf Minuten nach Crawfords Ankunft hatte der stellvertretende FBI-Chef, John Golby, Leiter des neuen zwischendienstlichen Sonderdezernats, kurz den Kopf ins Büro gesteckt, um zu sagen »Jack, wir denken alle an Sie. Jeder schätzt es, daß Sie hergekommen sind. Ist der Gottesdienst schon festgesetzt worden?«

»Die Totenwache ist morgen abend. Der Gottesdienst ist am Samstag um elf Uhr.«

Golby nickte. »Es gibt eine UNICEF-Gedenkfeier, Jack, einen Fonds. Möchten Sie, daß es Phyllis oder Bella heißt, wir machen es so, wie Sie mögen.«

»Bella, John. Wollen wir es bei Bella belassen.«

»Kann ich irgendwas für Sie tun, Jack?«

Crawford schüttelte den Kopf. »Ich bin nur beim Arbeiten. Ich werde jetzt nur arbeiten.«

»In Ordnung«, sagte Golby. Er wartete die angemessene Zeit ab. »Frederick Chilton hat um Bundesschutzhaft gebeten.«

»Großartig. John, spricht jemand in Baltimore mit Everett Yow,

Raspails Rechtsanwalt? Ich habe ihn Ihnen gegenüber erwähnt. Er weiß vielleicht etwas über Raspails Freunde.«

»Yeah, sie verfolgen das heute morgen. Ich habe Burroughs gerade mein Memo darüber geschickt. Der Chef setzt Lecter auf die Liste der am meisten Gesuchten. Jack, wenn Sie irgend etwas brauchen...« Golby runzelte die Stirn, hob die Hand und verschwand aus dem Blickfeld.

Wenn Sie irgend etwas brauchen.

Crawford drehte sich den Fenstern zu. Von seinem Büro aus hatte er eine schöne Aussicht. Da war das schöne alte Postamtgebäude, wo er einen Teil seiner Ausbildung absolviert hatte. Linker Hand befand sich das alte FBI-Hauptquartier. Bei der Verleihungsfeier war er mit den anderen in einer Reihe durch J. Edgar Hoovers Büro gezogen. Hoover stand auf einer kleinen Kiste und schüttelte ihnen nacheinander die Hand. Das war das einzige Mal, wo Crawford den Mann je getroffen hatte. Am nächsten Tag heiratete er Bella.

Sie hatten sich in Livorno, Italien, kennengelernt. Er war bei der Armee, sie bei der NATO, und damals war sie Phyllis. Sie spazierten auf den Kais entlang, und ein Bootsführer rief »Bella« über das glitzernde Wasser, und danach war sie für ihn immer Bella. Sie war nur Phyllis, wenn sie eine Meinungsverschiedenheit hatten.

Bella ist tot. Das sollte die Aussicht von diesen Fenstern aus ändern. Es war richtig, daß diese Aussicht dieselbe blieb. Mußte mir verdammt *wegsterben*. Jesus, Kid. Ich wußte, daß es kam, aber es *tut weh*.

Wie heißt es über Zwangspensionierung mit fünfundfünzig? Du verliebst dich ins Bureau, aber es verliebt sich nicht in dich. Er hatte es schon erlebt.

Bella hatte ihn, Gott sei Dank, davor gerettet. Er hoffte, daß sie heute irgendwo war und daß sie es endlich bequem hatte. Er hoffte, daß sie in sein Herz sehen konnte.

Das Telefon summte sein bürointernes Summen.

»Mr. Crawford, ein Dr. Danielson vom –«

»Okay.« Durchstellen. »Jack Crawford, Doktor.«

»Ist diese Leitung sicher, Mr. Crawford?«

»Ja. An diesem Ende ja.«

»Sie nehmen nichts auf, oder?«

»Nein, Dr. Danielson. Sagen Sie mir, was Sie auf dem Herzen haben.«

»Ich möchte ausdrücklich darauf hinweisen, daß dies nichts mit irgend jemandem zu tun hat, der je Patient im Johns Hopkins war.«

»Verstanden.«

»Wenn irgend etwas aus dieser Sache resultiert, möchte ich, daß Sie der Öffentlichkeit klarmachen, daß er kein Transsexueller ist, daß er nichts mit dieser Institution zu tun hatte.«

»Fein. Ist Ihnen garantiert. Auf jeden Fall.« *Nun mach schon, du verknöcherter Bastard.* Crawford hätte alles gesagt.

»Er hat Dr. Purvis übel zugerichtet.«

»Wer, Dr. Danielson?«

»Er hat sich vor drei Jahren als John Grant aus Harrisburg, Pennsylvania, für das Programm beworben.«

»Beschreibung?«

»Kaukasier, er war einunddreißig. Eins sechsundachtzig, sechsundachtzig Kilo. Er kam für die Tests und schnitt sehr gut beim Hamburg-Wechsler-Test ab – normal intelligent –, doch die psychologischen Tests und die Interviews standen auf einem anderen Blatt. Sein Haus-Baum-Person und sein TAT stimmten in der Tat genau mit dem Blatt überein, das Sie mir gegeben haben. Sie haben mich im Glauben gelassen, Alan Bloom sei Urheber dieser kleinen Theorie gewesen, doch es war Hannibal Lecter, nicht wahr?«

»Fahren Sie mit Grant fort, Doktor.«

»Der Ausschuß hätte ihn sowieso abgelehnt, doch als wir zusammenkamen, um dies zu besprechen, war die Frage eine Streitfrage, da die Hintergrundüberprüfungen ihn erfaßt hatten.«

»Ihn wie erfaßt hatten?«

»Wir führen mit der Polizei routinemäßige Überprüfungen in der Heimatstadt eines Bewerbers durch. Die Polizei von Harrisburg war wegen zweier Überfälle auf Homosexuelle hinter ihm her. Der letzte starb beinahe. Er hatte uns eine Adresse gegeben, die sich als Pension herausstellte, in der er von Zeit zu Zeit wohnte. Die Polizei stellte dort seine Fingerabdrücke fest und fand eine Kreditkartengasquittung mit seiner Lizenznummer. Er hieß gar nicht John Grant, das hat er uns nur so gesagt. Etwa eine Woche später wartete er vor dem Gebäude hier und stieß Dr. Purvis zu Boden, einfach aus Gehässigkeit.«

»Wie hieß er, Dr. Danielson.«

»Ich buchstabiere es lieber für Sie, J-A-M-E G-U-M-B.«

52. Kapitel

Fredrica Bimmels Haus war drei Stockwerke hoch und mit Asphaltschindeln gedeckt, die dort Rostflecke aufwiesen, wo die Dachrinnen übergelaufen waren. In den Dachrinnen wildwachsender Ahorn hatte dem Winter gut getrotzt. Die Fenster auf der Nordseite waren mit dünnen Plastikplatten bedeckt. Das Haus sah verlassen aus.

In einem kleinen Wohnzimmer, sehr warm von einem Raumstrahler, saß eine Frau mittleren Alters auf einem kleinen Teppich und spielte mit einem Säugling.

»Meine Frau«, sagte Bimmel, als sie durchs Zimmer gingen. »Wir haben erst Weihnachten geheiratet.«

»Hallo«, sagte Starling. Die Frau lächelte vage in ihre Richtung.

Im Flur wieder kalt und überall die Räume füllende, in Taillenhöhe gestapelte Kisten, Durchgänge dazwischen, Pappkartons mit Lampenschirmen und Konservendeckeln, Picknickkörbe, alte Nummern von *Reader's Digest* und *National Geographic,* dicke alte Tennisschläger, Bettlaken, eine Schachtel Dartboards, in einem Plaid aus den 50er Jahren mit dem intensiven Geruch von Mäusepisse Fibersitzbezüge fürs Auto.

»Wir ziehen ziemlich bald um«, erklärte Mr. Bimmel.

Die Sachen bei den Fenstern waren von der Sonne gebleicht, die Kisten seit Jahren gestapelt und mit dem Alter aufgequollen, die wahllosen Vorleger auf den Pfaden durch die Räume abgeschlissen.

Sonnenlicht tüpfelte das Geländer, als Starling hinter Fredricas Vater die Treppe hochstieg. In der kalten Luft roch seine Kleidung schal. Sie konnte Sonnenlicht durch die durchhängende Decke oben im Treppenschacht kommen sehen. Die auf dem Treppenabsatz aufeinandergestapelten Kisten waren mit Plastik abgedeckt.

Fredricas Zimmer, unter dem Dachgesims im dritten Stock, war klein.

»Brauchen Sie mich noch?«

»Später würde ich mich gern mit Ihnen unterhalten, Mr. Bimmel. Was ist mit Fredricas Mutter?« In der Akte stand ›Verstorben‹, aber nicht, wann.«

»Was meinen Sie, was ist mit ihr? Sie starb, als Fredrica zwölf war.«

»Aha.«

»Haben Sie geglaubt, das unten sei Fredricas Mutter? Nachdem ich Ihnen gesagt habe, daß wir erst seit Weihnachten verheiratet sind? Haben Sie das gedacht? Ich nehm' an, das Gesetz ist dran gewöhnt, mit 'ner anderen Klasse Leute umzugehen, Frolleinchen. Sie hat Fredrica nie kennengelernt.«

»Mr. Bimmel, ist das Zimmer ziemlich so, wie Fredrica es verlassen hat?«

Der Ärger wanderte an eine andere Stelle in ihm.

»Ja«, sagte er leise. »Wir haben es einfach in Ruhe gelassen. Keiner konnte ihre Sache so recht tragen. Stecken Sie das Heizgerät ein, wenn Sie wollen. Denken Sie daran, es wieder rauszuziehen, bevor Sie runterkommen.«

Er wollte das Zimmer nicht sehen. Er ließ sie auf dem Treppenabsatz zurück.

Mit der Hand auf dem kalten Porzellanknauf stand Starling einen Augenblick lang da. Sie mußte ihre Gedanken ein wenig ordnen, ehe sie Fredricas Dinge ganz in sich aufnahm.

Okay, die Voraussetzung ist, daß Buffalo Bill Fredrica als erste umgebracht, sie mit Gewichten beschwert und gut versteckt hat, in einem Fluß weit weg von zu Hause. Er hat sie besser versteckt als die anderen – sie war die einzige mit Gewichten beschwerte –, da er wollte, daß man die späteren zuerst fand. Er wollte die Vorstellung von willkürlicher Auswahl an Opfern in weit verstreuten Städten fest begründen, ehe man Fredrica aus Belvedere fand. Es war wichtig, die Aufmerksamkeit von Belvedere wegzulenken. Weil er hier, oder vielleicht in Columbus, wohnt.

Er fing mit Fredrica an, weil er ihre Haut begehrte. Wir fangen nicht an, eingebildete Dinge zu begehren. Begehren ist eine ganz wahrheitsgetreue Sünde. Er hat Fredrica im Verlauf seines täglichen Lebens gesehen. Er hat sie im Verlauf ihres täglichen Lebens gesehen.

Wie sah der Verlauf von Fredricas täglichem Leben aus? In Ordnung…

Starling stieß die Tür auf. Hier war es, dieses stille, in der Kälte nach Mehltau riechende Zimmer. An der Wand war der Kalender vom letzten Jahr für immer auf April umgeblättert worden. Fredrica war seit zehn Monaten tot.

Auf einer Untertasse in der Ecke Katzenfutter, hart und schwarz.

Starling, erprobte Stylistin für Hinterhofverkäufe, stand in der Mitte des Zimmers und drehte sich langsam um. Fredrica hatte ziemlich gute Arbeit mit dem geleistet, was ihr zur Verfügung stand. Da gab es Vorhänge aus geblümten Chintz. Den paspelierten Säumen nach zu urteilen, hatte sie für die Vorhänge einige Schonbezüge aufgearbeitet.

Da gab es eine Merkwand mit einer darangepinnten Schärpe. Mit Glitter war BHS BAND auf die Schärpe gedruckt. Ein Poster der Künstlerin Madonna hing an der Wand und ein weiteres von Deborah Harry und Blondie. Auf einem Regal über dem Schreibtisch konnte Starling eine Rolle der hellen selbstklebenden Tapete erkennen, mit der Fredrica ihre Wände tapeziert hatte. Es war keine großartige Sache, aber besser als ihr erster eigener Versuch, dachte Starling.

In einem Durchschnittshaushalt wäre Fredricas Zimmer fröhlich gewesen. In diesem trostlosem Haus war es schrill; es schwang ein Echo der Verzweiflung darin mit.

Fredrica stellte keine Fotos von sich zur Schau.

Starling entdeckte eins im Schuljahrbuch auf dem kleinen Bücherregal, Gesangsverein, Hauswirtschaftsclub, Sew 'n' Sew (der Nähclub), Band, 4-H Club (der Landwirtschaftsclub) – vielleicht dienten die Tauben als ihr 4-H-Projekt.

Fredricas Schuljahrbuch enthielt einige Unterschriften. ›Für eine tolle Kameradin‹ und ›ein tolles Mädchen‹ und ›meinen Chemiekumpel‹ und ›Erinnerst du dich an den Backwarenverkauf?!!‹

Konnte Fredrica ihre Freunde mit hier hochbringen? Hatte sie eine Freundin, die so gut war, daß man sie jene Treppen unter dem Giebel mit hochbringen konnte? Neben der Tür stand ein Schirm.

Schau dir dieses Bild von Fredrica an, hier steht sie in der vordersten Reihe der Band. Fredrica ist breit und dick, aber ihre Uniform paßt besser als die der anderen. Sie ist groß, und sie hat schöne Haut. Ihre unregelmäßigen Züge vereinigen sich zu einem angenehmen Gesicht, doch konventionellem Standard nach sieht sie nicht attraktiv aus.

Kimberly Emberg war ebenfalls nicht das, was man als gewinnend bezeichnend würde, nicht für das geistlose Gaffen in der High School, und auch einige der anderen Opfer waren es nicht.

Catherine Martin allerdings erschien jedem attraktiv, eine große, gutaussehende junge Frau, die gegen die Speckpolster würde angehen müssen, wenn sie dreißig war.

Vergiß nicht, er sieht Frauen nicht an, wie ein Mann sie ansieht. Konventionell attraktiv zählt nicht. Sie müssen nur glatt, weich und ausladend sein.

Starling überlegte, ob er Frauen als ›Häute‹ ansah, in der Art, wie manche Kretins sie ›Fotzen‹ nennen.

Sie wurde sich ihrer eigenen Hand bewußt, die die lobenden Zeilen unter den Jahrbuchbildern nachfuhr, wurde sich ihres ganzen Körpers bewußt, des Raums, den sie ausfüllte, ihrer Figur und ihres Gesichts, deren Wirkung, der Macht in ihnen, ihrer Brüste über dem Buch, ihres straffen Bauchs dagegen, ihrer Beine darunter. Was aus ihrer Erfahrung ließ sich anwenden?

Starling sah sich selbst in dem Ganzfigurspiegel an der entgegengesetzten Wand und war froh, anders zu sein als Fredrica. Sie wußte aber, daß der Unterschied ein Mutterboden in ihrem Denken war. Konnte er sie davon abhalten, etwas zu sehen, und wenn ja, was?

Wie wollte Fredrica erscheinen? Wonach war sie hungrig, wo suchte sie es? Was versuchte sie in bezug auf sich selbst zu tun?

Hier waren ein paar Diätpläne, die Fruchtsaftdiät, die Reisdiät und ein verrückter Plan, wo man bei einer Mahlzeit entweder nur ißt oder trinkt.

Organisierte Diätgruppen – beobachtete Buffalo Bill sie, um große Mädchen zu finden? Schwer nachzuprüfen. Starling wußte aus der Akte, daß zwei der Opfer Diätgruppen angehört hatten und daß man die Mitgliedslisten verglichen hatte. Ein Agent aus dem Büro von Kansas City, dem traditionellen FBI-Bureau für dicke Jungs, und einige übergewichtige Polizisten waren abgestellt worden, um im Slenderella und im Diätzentrum zu trainieren und sich Weight Watchers und anderen Diätgruppen in den Städten der Opfer anzuschließen. Sie wußte nicht, ob Catherine Martin zu einer Diätgruppe gehörte. Bei organisiertem Diäthalten wäre Geld für Fredrica ein Problem gewesen.

Fredrica hatte mehrere Ausgaben von *Big Beautiful Girl,* einer Zeitschrift für große Frauen. Hier wurde ihr geraten, ›nach New York City zu kommen, wo man Neuankömmlinge aus Teilen der Welt kennenlernen kann, wo Ihre Größe als hochgeschätztes Plus angesehen wird‹. Na prima. Als Alternative dazu ›können Sie nach Italien oder Deutschland reisen, wo Sie vom ersten Tag an nicht allein sein werden«. Aber sicher. Hier steht, was man tun muß, wenn einem die Zehen über den Rand der Schuhe heraushängen. Guter Gott! Fredrica brauchte also nur Buffalo Bill zu begegnen, der ihre Größe als ›hochgeschätztes Plus‹ ansah.

Wie kam Fredrica zurecht? Sie hatte etwas Make-up, sehr viel für die Haut. Gut für dich, *mach Gebrauch* von diesem Vorzug. Starling stellte fest, wie sie nach Fredrica wühlte, als ob es noch eine Rolle spielte.

In einer Weißen Eule-Zigarrenschachtel hatte sie billigen Modeschmuck aufbewahrt. Hier war eine goldgefüllte runde Anstecknadel, die höchstwahrscheinlich ihrer verstorbenen Mutter gehört hatte. Sie hatte versucht, von einigen alten Handschuhen aus maschinell hergestellter Spitze die Finger abzuschneiden, um sie im Stil von Madonna zu tragen, doch sie hatten sich bei ihren Bemühungen aufgelöst.

Sie hatte auch Musik, einen manuellen Decca-Plattenspieler aus den 50er Jahren mit einem als Gewicht dienenden, mit Gummibändern am Tonarm befestigten Klappmesser. Platten aus Garagenverkäufen. Liebesthemen von Zamfir, Meister der Panflöte.

Als Starling an der Schnur zog, um Licht im Wandschrank zu machen, war sie über Fredricas Garderobe überrascht. Sie hatte schöne Kleider, nicht sehr viele, doch eine Menge für die Schule, genug, um damit bei einer recht formellen Bürotätigkeit oder sogar einem Job im Einzelhandel modisch eine gute Figur zu machen. Ein rascher Blick in die Kleider, und Starling erkannte den Grund. Fredrica schneiderte selbst und gut. Die Säume waren mit

Serge eingefaßt und die Aufschläge sorgfältig eingesetzt. Hinten im Wandschrank lagen stapelweise Schnittmuster auf einem Regal. Die meisten waren Simplicity-Schnitte, doch es gab auch ein paar Vogue-Muster darunter, die kompliziert aussahen.

Für das Vorstellungsgespräch trug sie vermutlich ihr bestes Kleid. Was hatte sie getragen? Starling blätterte ihre Akte durch. Hier: Zuletzt in einem grünen Dreß gesehen. Mensch, Officer, was zum Teufel ist ein ›grüner Dreß‹?

Fredrica litt an der Achillesferse einer mit begrenzten Mitteln zusammengestellten Garderobe – es fehlte ihr an Schuhen –, und bei ihrem Gewicht strapazierte sie die Schuhe, die sie besaß, sehr. Ihre leichten Slipper waren zu Ovalen verzogen. In ihren Sandalen trug sie Geruchsfresser. Die Ösen ihrer Turnschuhe waren geweitet.

Vielleicht betätigte Fredrica sich sportlich ein bißchen – sie hatte einige Jogginghosen in Übergröße.

Sie waren von Juno hergestellt.

Catherine Martin hatte ebenfalls einige Hosen in Übergröße von Juno.

Starling trat aus dem begehbaren Wandschrank heraus. Sie setzte sich mit gefalteten Armen ans Fußende des Betts und starrte in den beleuchteten Wandschrank.

Juno war eine allgemein bekannte Marke, in vielen Geschäften verkauft, die Übergrößen führen, doch es warf die Frage der Bekleidung auf. In jeder Stadt einer beliebigen Größe gab es mindestens einen Laden, der sich auf Bekleidung für Dicke spezialisiert.

Beobachtete Buffalo Bill Geschäfte für Übergrößen, wählte eine Kundin und folgte ihr?

Ging er in Frauenkleidern in solche Läden und sah sich um? Jede Boutique für Übergrößen in einer Stadt zieht auch Transvestiten und Drag Queens, Homos in Frauenkleidern, als Kunden an.

Der Gedanke, daß Buffalo Bill versuchte, zum andern Geschlecht überzuwechseln, war erst unlängst auf die Untersuchung angewandt worden, seit Dr. Lecter Starling seine Theorie mitgeteilt hatte. Was war mit seinen Kleidern?

Alle Opfer mußten in Läden für Übergrößen gekauft haben – Catherine Martin würde Größe 42/44 tragen, doch die anderen konnten das nicht, und Catherine mußte in einer Boutique für Dicke gekauft haben, um die großen Juno-Sweatshirts und -Hosen zu erstehen.

Catherine Martin konnte 42/44 tragen. Sie war das kleinste der Opfer. Fredrica, das erste Opfer, war die größte. Wie brachte Buffalo Bill es fertig, bei der Wahl von Catherine Martin mit der Größe nach unten zu gehen? Catherine war reichlich drall, aber sie war nicht dick um die Taille. Hatte er selbst abgenommen? Hatte er sich in jüngster Zeit vielleicht einer Diätgruppe angeschlossen? Kimberly Emberg lag irgendwo dazwischen, groß, aber mit einer gut geformten Taille...

Starling hatte es besonders vermieden, an Kimberly Emberg zu denken, doch nun überschwemmte die Erinnerung sie ganz kurz. Starling sah Kimberly in der Leichenhalle in Potter. Bufallo Bill waren ihre mit Wachs enthaarten Beine, ihre sorgfältig mit Glitzerlack bemalten Fingernägel gleichgültig gewesen: Er sah sich Kimberlys flachen Busen an, und er war nicht gut genug. Also nahm er seine Pistole und pustete ihr einen Seestern in die Brust.

Die Tür zum Zimmer ging einige Zentimeter auf. Starling spürte die Bewegung in ihrem Herzen, bevor sie wußte, was es war. Eine Katze kam herein, eine große Schildpattkatze mit einem goldenen und einem blauen Auge. Sie sprang aufs Bett hoch und rieb sich an ihr. Suchte Fredrica.

Einsamkeit. Große einsame Mädchen, die versuchten, jemanden zufriedenzustellen.

Die Polizei hatte Clubs für einsame Herzen früh ausgeschlossen. Hatte Buffalo Bill eine andere Möglichkeit, sich Einsamkeit zunutze zu machen? Nichts macht uns verletzbarer als Einsamkeit, ausgenommen Habgier.

Einsamkeit hatte Buffalo Bill unter Umständen eine Kontaktaufnahme mit Fredrica erlaubt, aber nicht mit Catherine. Catherine war nicht einsam.

Kimberly war einsam. *Fang nicht damit an.* Kimberly, ergeben und weich, nach dem Mord, wie sie auf dem Tisch des Leichenbestatters auf die andere Seite gedreht wurde, damit Starling Fingerabdrücke von ihr machen konnte. *Hör auf. Kann nicht aufhören.* Kimberly einsam, bestrebt, zu gefallen, hatte Kimberly sich je ergeben für jemanden herumgedreht, nur um seinen Herzschlag an ihrem Rücken zu spüren? Sie fragte sich, ob Kimberly gespürt hatte, wie Schnurrhaare zwischen ihren Schulterblättern rieben.

In den beleuchteten Wandschrank starrend, erinnerte Starling sich an Kimberlys rundlichen Rücken, an die dreieckigen Hautstücke, die von ihren Schultern fehlten.

In den beleuchteten Wandschrank starrend, sah Starling die Dreiecke auf Kimberlys Schultern in den blauen Strichen eines Schnittmusters markiert. Die Idee schwamm davon, drehte sich im Kreis und kam wieder, kam so dicht, daß sie sie diesmal fassen konte, und sie tat es mit heftig pulsierender Freude: ES SIND ABNÄHER – ER HAT JENE DREIECKE GENOMMEN, UM ABNÄHER ZU MACHEN, DAMIT ER IHRE TAILLE HERAUSLASSEN KONNTE. DER SCHEISSKERL KANN NÄHEN. BUFFALO BILL IST ALS RICHTIGER SCHNEIDER AUSGEBILDET – ER SUCHT SICH NICHT EINFACH KONFEKTIONSWARE AUS.

Was hat Dr. Lecter gesagt? »Er macht sich einen Mädchenanzug aus richtigen Mädchen.« Was hat er zu mir gesagt? »Nähen Sie, Clarice?« Und ob ich verdammt noch mal nähe.

Starling legte den Kopf zurck, schloß eine Sekunde lang die Augen. Problemlösen bedeutet Jagen; es ist grausames Vergnügen, und wir sind dazu geboren.

Im Wohnzimmer hatte sie ein Telefon gesehen. Sie machte sich auf den Weg nach unten, doch Mrs. Bimmels schrille Stimme rief bereits zu ihr hoch, rief sie ans Telefon.

53. Kapitel

Mrs. Bimmel gab Starling das Telefon und nahm das nörgelnde Baby auf. Sie verließ nicht das Wohnzimmer.

»Clarice Starling.«

»Jerry Burroughs, Starling –«

»Gut, Jerry, hören Sie zu. Ich glaube, Buffalo Bill kann nähen. Er hat die Dreiecke ausgeschnitten – eine Sekunde – Mrs. Bimmel, dürfte ich Sie bitten, mit dem Baby in die Küche zu gehen? Ich muß hier drin reden. Danke... Jerry, er kann nähen. Er hat –«

»Starling –«

»Er hat diese Dreiecke aus Kimberly Emberg herausgeschnitten, um Abnäher zu machen, Schneiderabnäher, wissen Sie, was ich damit sage? Er ist geschickt, er macht nicht einfach nur Höhlenmenschenklamotten. Der Erkennungsdienst kann ›Bekannte Straffällige‹ auf Schneider, Segelmacher, Tuchhändler, Polsterer hin untersuchen – lassen Sie den Bereich ›Kennzeichen‹ auf eine Schneiderkerbe in seinen Zähnen hin überprüfen –«

»Gut, gut, gut, ich bin schon dabei, eine Zeile in den Computer vom Erkennungsdienst einzutippen. Jetzt passen Sie mal auf – ich muß hier vielleicht auflegen. Jack wollte, daß ich Ihnen Anweisungen erteile. Wir haben einen Namen und einen Ort, sieht beides nicht schlecht aus. Das Geiselrettungsteam wird per Flugzeug von Andrews transportiert. Jack gibt ihnen über den Zerhacker Instruktionen.«

»Auf dem Weg wohin?«

»Calumet City, am Rand von Chicago. Die Person heißt Jame, wie der englische ›name‹, mit einem *J*. Nachname Gumb, auch als John Grant bekannt. Weißer, vierunddreißig, sechsundachtzig Kilo, braunes Haar und blaue Augen. Jack hat ein Signal aus Johns Hopkins gekriegt. Ihre Sache – Ihr Persönlichkeitsdiagramm darüber, wie er sich von einem Transsexuellen unterscheiden würde –, das war ein Volltreffer am Johns Hopkins. Der Typ hat sich vor drei Jahren für eine erneute Geschlechtszuweisung beworben. Hat einen Arzt übel zugerichtet, nachdem man ihn ablehnte. Hopkins hatte den Grant-Decknamen und eine falsche Adresse in Harrisburg, Pennsylvania. Die Polizei hatte eine Gasrechnungsquittung mit seiner Lizenznummer, und von da aus haben wir weitergemacht. Vorstrafe in Kalifornien als Jugendlicher – er brachte seine Großeltern um, als er zwölf war, und saß sechs Jahre in der Psychiatrischen Haftanstalt von Tulare. Der Staat hat ihn vor sechzehn Jahren entlassen, als die Anstalt geschlossen wurde. Er verschwand lange Zeit. Er verprügelt Schwule. Geriet in Harrisburg ein paarmal mit dem Gesetz aneinander und tauchte erneut unter.«

»Chicago, haben Sie gesagt. Woher wissen Sie, Chicago?«

»Der Zoll. Sie hatten irgendeine Unterlage über den John Grant-Decknamen. Auf dem Flughafen von Los Angeles stoppte der Zoll vor einigen Jahren einen Koffer mit lebenden ›Pupae‹ – heißt das so? –, jedenfalls mit Insekten, Motten, darin, der aus Surinam verschifft worden war. Der Empfänger war John Grant, via ein Geschäft in Calumet namens – nun hören Sie – ›Mr. Hide‹. Lederwaren. Vielleicht paßt das Nähen dazu; ich gebe diese Information nach Chicago und Calumet weiter. Noch keine Heimatadresse von Grant oder Gumb – das Geschäft hat dichtgemacht, aber wir sind dicht dran.«

»Irgendwelche Bilder?«

»Bislang nur die Jugendfotos vom Polizeidezernat Sacramento. Sie sind nicht viel wert – er war zwölf. Sah aus wie Beaver Cleaver. Der Funkraum schickt sie jedenfalls per Fax rüber.«

»Kann ich hin?«

»Nein. Jack hat gesagt, Sie würden fragen. Sie haben zwei Bezirkspolizeichefinnen aus Chicago und eine Krankenschwester abgestellt, um Martin zu betreuen, wenn sie sie bekommen. Sie wären sowieso niemals rechtzeitig da, Starling.«

»Was ist, wenn er sich verbarrikadiert? Es könnte –«

»Es wird keine Geiselsituation geben. Sie finden ihn, sie fallen über ihn her – Crawford hat einen Zutritt mittels Sprengstoff genehmigt. Das spezielle Problem bei diesem Burschen, Starling: Er ist schon früher in einer Geiselsituation gewesen. Bei seinen Morden als Jugendlicher in Sacramento verbarrikadierte er sich mit seiner Großmutter als Geißel – seinen Großvater hatte er bereits umgebracht –, und das Ende war grauenhaft, das will ich Ihnen nur sagen. Er schob sie vor den Bullen vor sich heraus, sie hatten einen Priester beauftragt, mit ihm zu reden. Er ist ein Kid, keiner schoß. Er war hinter ihr und schoß ihr in die Nieren. Die Ärzte bemühten sich vergeblich. Und das hat er mit zwölf gemacht! Diesmal daher keine Verhandlungen, keine Warnung. Martin ist wahrscheinlich schon tot, aber angenommen, wir haben Glück. Angenommen, er hat 'ne Menge um die Ohren und ist einfach noch nicht dazu gekommen. Wenn er uns anrücken sieht, wird er sie aus Bosheit vor unseren Augen umlegen. Kostet ihn nichts, richtig? Sie finden ihn also und – Bumm! –, die Tür ist aufgebrochen.«

Das Zimmer war verdammt zu heiß, und es roch nach Säuglingsurin.

Burroughs redete immer noch. »Wir suchen nach beiden Namen in den Abonnementslisten der entomologischen Zeitschriften, bei der Gilde der Messerhersteller, bekannten Straftätern, das alles – jeder ist auf dem Posten, bis es vorbei ist. Sie gehen die Bekanntschaften der Bimmel durch, stimmt's?«

»Stimmt.«

»Laut Justizministerium wird der Fall sich als heikel erweisen, wenn wir ihn nicht auf frischer Tat ertappen. Wir brauchen ihn mit Martin oder mit irgend etwas Identifizierbarem – offen gesagt, etwas mit Zähnen oder Fingern. Versteht sich von selbst, wenn er Martin bereits abgeladen hat, benötigen wir Zeugen, um ihn mit einem Opfer vor die Tatsache zu stellen. Wir können Ihr Zeug von Bimmel trotzdem verwenden... Starling, ich wünsche zu Gott, dies wäre gestern passiert, und nicht nur der kleinen Martin wegen. Werden für Sie in Quantico die Weichen gestellt?«

»Ich glaube ja. Sie haben jemand anderen reingenommen, der eine Wiederholungsperiode abgewartet hat – zumindest heißt es so.«

»Wenn wir ihn in Chicago kriegen, haben Sie hier viel dazu beigetragen. Das sind verdammt harte Typen in Quantico, wie sie es auch sein sollten, aber *das* müssen sie zugeben. Bleiben Sie 'ne Minute dran.«

Starling konnte Burroughs jemanden abseits vom Telefon anschnauzen hören. Dann war er wieder dran.

»Nichts – sie können in vierzig bis fünfundvierzig Minuten in Calumet City ausschwärmen, hängt von den Winden oben ab. Das Chicagoer SWAT, das Sondereinsatzkommando, ist als Vertreter ernannt, falls sie ihn früher finden. Die Kraft- und Elektrizitätswerke Calumet haben uns vier mögliche Adressen gegeben. Starling, achten Sie auf alles, das man dort oben verwenden kann, um es einzugrenzen. Wenn Sie irgendwas über Chicago oder Calumet sehen, rufen Sie mich umgehendst an.«

»Jawohl.«

»Nun hören Sie zu – dies noch und dann muß ich auflegen. Wenn es passiert, wenn wir ihn in Calumet City erwischen, treten Sie mit polierten Lackschuhen um 8:00 Uhr *mañana* in Quantico an. Jack geht mit Ihnen vor den Ausschuß. Unser Waffenlehrer Brigham ebenfalls. Fragen tut nicht weh.«

»Jerry, noch eins: Fredrica Bimmel hatte einige Jogginghosen von Juno, es ist eine Bekleidungsmarke für Übergrößen. Catherine Martin hatte auch welche, was das anbelangt. Vielleicht beobachtet er Boutiquen für Übergrößen, um große Opfer zu finden. Wir könnten Memphis, Akron, die anderen Orte fragen.«

»Hab's notiert. Weiterlächeln.«

Starling ging in den Garten voller Trödel in Belvedere, Ohio, hinaus, 380 lange Meilen vom Geschehen in Chicago entfernt. Die kalte Luft fühlte sich gut auf ihrem Gesicht an. Sie versetzte ihr einen kleinen Schlag und feuerte das Geiselrettungsteam kräftig an. Gleichzeitig spürte sie ein leichtes Zittern in Kinn und Wangen. Was zum Teufel war das? Was zum Teufel hätte sie getan, wenn sie irgend etwas entdeckt hätte? Sie hätte die Kavallerie angerufen, die Außenstelle Cleveland und SWAT Columbus, auch das Polizeidezernat Belvedere.

Die junge Frau zu retten, die Tochter von Senatorin Verfick-Dich-Martin und die zu retten, die vielleicht danach kamen – wirklich, allein darauf kam es an. Wenn sie es schafften, hatte jeder recht.

Wenn sie nicht rechtzeitig zur Stelle waren, wenn sie etwas Fürchterliches entdeckten, bitte Gott, dann laß es Buffa – laß es

Jame Gumb sein oder Mr. Hide oder wie immer sie das verdammte Ding nennen wollten.

Dennoch, so nahe dran zu sein, ein Zipfelchen des Ganzen zu fassen, eine gute Idee einen Tag zu spät zu haben und fern der Verhaftung zu enden, in der Schule durchgerauscht, das roch alles nach Verlieren. Starling hatte schon lange vermutet, dies schuldbewußt, daß das Glück der Starlings nun seit ein paar hundert Jahren ganz und gar nicht das war, was es sein sollte – daß die ganzen Starlings stocksauer und aus der Fassung gebracht durch die Zeitschleier zurückgewandert waren. Daß die Spuren des ersten Starlings, könnte man sie zurückverfolgen, im Kreis führten. Dies war die klassische Denkweise des Verlierers – sollte sie der Teufel holen, wenn sie sich ihr anschließen würde.

Wenn man ihn aufgrund des Persönlichkeitsdiagramms schnappte, das sie von Dr. Lecter bekommen hatte, mußte es ihr beim Justizministerium helfen. Darüber mußte Starling ein bißchen nachdenken; ihre Karrierehoffnungen zuckten wie ein Scheinglied.

Was immer auch geschah, die blitzartige Eingebung über das Schnittmuster hatte sich so gut angefühlt wie sonst kaum etwas zuvor. Es gab da Dinge, die sie von hier mitnehmen konnte. Sie hatte Mut in der Erinnerung an ihre Mutter wie auch ihren Vater gefunden. Sie hatte Crawfords Vertrauen verdient und behalten. Dies waren Dinge, die sie in ihrer eigenen Weißen Eule-Zigarrenkiste aufbewahren konnte.

Ihre Arbeit, ihre Pflicht, war, über Fredrica nachzudenken und darüber, wie Gumb sie möglicherweise erwischt hatte. Für eine Strafverfolgung von Buffalo Bill wären sämtliche Tatsachen erforderlich.

Denk über Fredrica nach, die hier ihr ganzes junges Leben festsaß. Wo würde sie nach dem Ausgang suchen? Schwangen ihre Sehnsüchte auf gleicher Wellenlänge mit denen von Buffalo Bill? Waren ihre Sehnsüchte mit denen von Buffalo Bill in Einklang zu bringen? Zog sie das an? Schrecklicher Gedanke, daß er sie vielleicht aus seiner eigenen Erfahrung heraus verstanden, sogar Einfühlungsvermögen gezeigt hatte, und sich dennoch zu ihrer Haut verhalf.

Starling stand am Rand des Wassers.

Nahezu jeder Ort hat einen Moment des Tags, eine Seite und eine Lichtintensität, in der er am besten aussieht. Wenn man irgendwo festsitzt, lernt man diese Zeit kennen und freut sich darauf. Dies, die Mitte des Nachmittags, war wahrscheinlich die Zeit für den Licking River hinter der Fell Street. War dies die Zeit des Bimmel-Mädchens zum Träumen? Die blasse Sonne ließ genügend Dampf vom Wasser aufsteigen, um die im Gebüsch auf der anderen Seite des Stauwassers deponierten Kühlschränke und Herde verschwimmen zu lassen. Der Nordostwind, dem Licht gegenüber, schob die Fadenwölkchen zur Sonne.

Ein Stück weißes PVC-Rohr führte von Mr. Bimmels Schuppen zum Fluß. Es gurgelte, und ein kurzer Schwall blutigen Wassers kam heraus und besudelte den alten Schnee. Bimmel trat in die Sonne hinaus. Die Vorderseite seiner Hose war blutbespritzt, und er trug einige rosafarbene und graue Klumpen in einer Plastikeinkaufstüte.

»Junge Täubchen«, sagte er, als er Starlings Blick sah. »Je junge Täubchen gegessen.«

»Nein«, sagte Starling und drehte sich wieder zum Wasser, »ich habe ausgewachsene Tauben gegessen.«

»Braucht sich nie Sorgen zu machen, in diesen auf eine Kugel zu beißen.«

»Mr. Bimmel, hat Fredrica irgend jemand aus Calumet City oder aus der Gegend von Chicago gekannt?«

Er zuckte die Achseln und schüttelte den Kopf.

»Ist sie Ihres Wissens je in Chicago gewesen?«

»Was meinen Sie damit, ›meines Wissens‹? Glauben Sie, mein Mädchen fährt einfach so nach Chicago, und ich weiß es nicht? Wenn sie nach *Columbus* gefahren wäre, hätte ich davon gewußt.«

»Kannte sie irgendwelche Männer, die nähen, Schneider oder Segelmacher?«

»Sie nähte für jeden. Sie konnte nähen wie ihre Mutter. Mir ist nichts von irgendwelchen Männern bekannt. Sie nähte für Geschäfte, für Damen, ich weiß nicht, wen.«

»Wer war ihre beste Freundin, Mr. Bimmel? Mit wem hing sie

herum?« *Wollte nicht ›hängen‹ sagen. Gut, es hat ihn nicht verletzt – er ist nur stocksauer.*

»Sie hat nicht herumgehangen wie die Taugenichtse. Sie hat immer irgendeine Arbeit gehabt. Gott machte sie nicht hübsch, er machte sie fleißig.«

»Wer war Ihrer Meinung nach ihre beste Freundin?«

»Stacy Hubka, nehm' ich an, seit sie klein waren. Fredricas Mutter sagte immer, Stacy verkehrte nur mit Fredrica, um jemanden zu haben, der sie bedienen konnte, ich weiß nicht.«

»Wissen Sie, wo ich mich mit ihr in Verbindung setzen könnte?«

»Stacy arbeitete bei der Versicherung, das macht sie wohl immer noch. Die Franklin-Versicherung.«

Mit gesenktem Kopf, die Hände tief in den Taschen, ging Starling durch den verwahrlosten Garten zu ihrem Wagen. Vom hohen Fenster aus beobachtete Fredricas Katze sie.

54. Kapitel

Je weiter westlich man kommt, desto flotter wird auf einen FBI-Ausweis reagiert. Starlings Ausweis, bei dem ein Funktionär in Washington vielleicht nur gelangweilt eine Augenbraue hochgezogen hätte, erhielt in Belvedere, Ohio, die ungeteilte Aufmerksamkeit von Stacy Hubkas Chef in der Franklin-Versicherungsagentur. Er selbst entlastete Stacy Hubka am Schalter und an den Telefonen und bot Starling die Ungestörtheit seines kleinen abgeteilten Raums für das Gespräch an.

Stacy Hubka hatte ein rundes, flaumiges Gesicht und war in Absätzen einsvierundfünfzig groß. Sie trug das Haar an den Seiten aufspringend und mit Spray überzogen und strich es sich mit einer Cher-Bono-Bewegung aus dem Gesicht zurück. Jedesmal wenn Starling sie nicht anschaute, musterte Stacy sie von oben bis unten.

»Stacy – darf ich Sie Stacy nennen?«

»Klar.«

»Stacy, ich würde gern von Ihnen hören, wie die Sache mit Fredrica Bimmel Ihrer Meinung nach passiert ist – wo dieser Mann Fredrica vielleicht entdeckt hat.«

»Bin ja *aus*geflippt. Seine *Haut* abgezogen zu kriegen, ist das ein Hammer? Haben Sie sie gesehen? Es hieß, sie sei einfach wie *Lumpen* gewesen, als hätte jemand die Luft rausgelassen aus –«

»Stacy, hat sie jemals jemanden aus Chicago oder Calumet City erwähnt?«

Calumet City. Die Uhr über Stacy Hubkas Kopf machte Starling Sorgen. Wenn das Geiselrettungsteam es in vierzig Minuten schafft, ist es nur zehn Minuten vom Aufsetzen entfernt. Hatte es eine vollständig gültige Adresse? Kümmre dich um dein Geschäft.

»Chicago?« sagte Stacy. »Nein, wir sind einmal in der Thanksgiving Parade in Chicago mitmarschiert.«

»Wann?«

»Achte Klasse, das wäre wann gewesen? – vor neun Jahren. Die Band ist einfach nur im Bus dorthin und zurück.«

»Was haben Sie letzten Frühling gedacht, als sie zuerst verschwand?«

»Ich hatte ja keine Ahnung.«

»Erinnern Sie sich, wo Sie waren, als Sie es das erstemal hörten? Als Sie die Neuigkeit erfuhren? Was haben Sie da gedacht?«

»Jene erste Nacht, als sie weg war, gingen Skip und ich zu der Show, und dann sind wir auf 'nen Drink zu Mr. Toad's, und Pam und die anderen, Pam Malavesi, kamen rein und sagten, Fredrica sei verschwunden, und Skip sagt, *Houdini* könnte Fredrica nicht verschwinden lassen. Und dann muß er jedem erklären, wer Houdini war, er protzt immer damit, wieviel er weiß, und dann haben wir einfach die Flatter gemacht. Ich dachte, sie sei einfach sauer auf ihren Dad. Haben Sie Ihr *Haus* gesehen? Ist das nicht der *Absturz?* Ich meine, wo immer sie ist, ich weiß, es ist ihr peinlich, daß Sie's gesehen haben. Würden *Sie* nicht abhauen?«

»Waren Sie der Meinung, daß sie vielleich *zusammen* mit jemandem weggelaufen sei, würde Ihnen da irgend jemand einfallen – selbst wenn es nicht stimmte?«

»Skip sagte, sie hätte vielleicht jemanden gefunden, der auf Dicke steht. Aber nein, so jemanden hatte sie nie. Sie hatte einen Freund, aber das ist 'ne uralte Geschichte. Er war in der Band der zehnten Klasse, ich sage ›Freund‹, aber sie redeten und kicherten nur wie zwei Mädchen und machten Hausaufgaben. Er war jedoch 'n großer Waschlappen, trug eine dieser kleinen griechischen Fischermützen? Skip hielt ihn für einen, na, Sie wissen, einen Schwulen. Sie wurde verarscht, weil sie mit 'nem Schwulen ausging. Er und seine Schwester kamen allerdings bei einem Autounfall um, und sie hat nie jemand anderen gekriegt.«

»Was dachten Sie, als sie nicht zurückkam?«

»Pam dachte, sie wäre vielleicht den Moonies in die Hände gefallen, ich war mir nicht sicher, jedesmal wenn ich darüber nachdachte, hatte ich Angst. Ich wollte abends nicht mehr mit

Skip ausgehen, erklärte ich ihm, ich sagte, ahah, Freundchen, wenn die Sonne untergeht, ziehen *wir* uns zurück.«

»Hat sie Ihnen gegenüber je einen gewissen Jame Gumb erwähnt. Oder John Grant?«

»Mhmmmmm... nein.«

»Glauben Sie, sie könnte einen Freund gehabt haben, von dem Sie nichts wußten? Gab es da Zeitlücken, Tage, an denen Sie sie nicht sahen?«

»Nein. Hätte sie 'nen Typ gehabt, so hätte ich davon gewußt, glauben Sie mir. Sie hatte nie einen Typ.«

»Glauben Sie, es wäre vielleicht möglich, nur mal angenommen, daß sie einen Freund gehabt haben könnte und nichts darüber verlauten ließ?«

»Warum hätte sie den Mund halten sollen?«

»Angst, daß man sie deswegen vielleicht auf den Arm nehmen würde?«

»Von uns auf den Arm genommen? Was wollen Sie damit sagen, wegen des anderen Mals? Das Schwulen-Kid in der High School?« Stacy wurde rot. »Nein. Weh tun würden wir ihr auf keinen Fall. Ich habe das nur zusammen erwähnt. Sie war nicht... alle waren irgendwie *nett* zu ihr, nachdem er starb.«

»Haben Sie mit Fredrica gearbeitet, Stacy?«

»Ich und sie, Pam Malavesi und Jaronda Askew haben während unserer High School-Zeit im Sommer alle unten im Bargain Center gearbeitet. Dann sind Pam und ich zu Richards', um zu sehen, ob die uns nehmen würden, es sind echt hübsche Sachen, und sie haben mich angestellt und dann Pam. Also sagt Pam zu Fredrica, los, komm, sie brauchen noch ein Mädchen, und sie kam. Aber Mrs. Burdine – die Geschäftsführerin –, sie sagt: ›Nun, Fred*rica*, wir brauchen jemanden, weißt du, zu dem die Leute einen Bezug haben können, daß sie hereinkommen und sagen, ich will wie *sie* aussehen, und du kannst sie beraten, wie sie in dem und jenem aussehen und so. Und wenn du dich zusammenreißt und deine Pfunde verlierst, möchte ich, daß du geradewegs hierher zurückkommst und mit mir sprichst‹, sagte sie also. ›Aber jetzt im Moment, wenn du einige unserer Änderungen übernehmen möchtest, werde ich es da mit dir probieren, ich werde ein Wort bei Mrs.

Lippman einlegen.‹ Mrs. Burdine redete mit dieser süßen Stimme, aber sie entpuppte sich wirklich als Miststück. Doch das wußte ich am Anfang nicht richtig.«

»Fredrica hat also Änderungen für Richards' gemacht, dem Geschäft, wo Sie gearbeitet haben?«

»Es hat ihre Gefühle verletzt, aber klar doch. Die alte Mrs. Lippman machte jedermanns Änderungen. Sie hatte die Aufträge, und sie hatte mehr, als sie erledigen konnte, und Fredrica arbeitete für sie. Sie machte die Änderungen für die alte Mrs. Lippman. Mrs. Lippman nähte für jeden, machte Kleider. Nachdem Mrs. Lippman pensioniert wurde, wollte ihre Tochter, oder was immer, das nicht übernehmen, und Fredrica bekam alles und nähte einfach für jeden weiter. Mehr machte sie nicht. Sie traf mich und Pam, wir gingen zum Mittagessen zu Pam nach Hause und schauten uns ›The Young and the Restless‹ an, und sie hatte etwas mitgebracht und arbeitete die ganze Zeit in ihrem Schoß daran.«

»Hat Fredrica je im Laden gearbeitet, Maße genommen? Hat sie Kunden oder die Großhändler kennengelernt?«

»Manchmal, nicht oft. Ich arbeitete nicht jeden Tag.«

»Hat Mrs. Burdine jeden Tag gearbeitet, würde sie es wissen?«

»Yeah, glaub' schon.«

»Hat Fredrica je erwähnt, daß sie für eine Firma namens Mr. Hide in Chicago oder Calumet City nähte, vielleicht Lederwaren fütterte?«

»Ich weiß nicht, vielleicht hat Mrs. Lippman das gemacht.«

»Haben Sie die Mr. Hide-Marke je gesehen? Hat Richards' sie je geführt oder eine der Boutiquen?«

»Nein.«

»Wissen Sie, wo Mrs. Lippman ist? Ich würde mich gern mit ihr unterhalten.«

»Sie ist gestorben. Sie ging nach Florida in den Ruhestand, und sie ist dort unten gestorben, sagte Fredrica. Ich hab' sie nie gekannt. Ich und Skip haben Fredrica nur manchmal dort abgeholt, wenn sie einen Stoß Kleider hatte. Sie könnten sich vielleicht mit ihrer Familie oder so unterhalten. Ich werd' es Ihnen aufschreiben.«

Dies war äußerst ermüdend, zumal Starling eigentlich auf Neuigkeiten aus Calumet City aus war. Die vierzig Minuten waren um. Das Geiselrettungsteam sollte gelandet sein. Sie wechselte die Stellung, so daß sie nicht auf die Uhr sehen mußte und drängte weiter.

»Stacy, wo hat Fredrica Kleider gekauft, woher hat sie diese übergroßen Juno-Jogginghosen, die Sweatshirts?«

»Sie hat fast alles selbstgemacht. Die Sweatshirts hat sie vermutlich bei Richards' gekauft, wissen Sie, als jeder anfing, sie richtig groß zu tragen, so daß sie so über die Strumpfhosen kamen? 'ne Menge Läden führten sie damals. Bei Richards' bekam sie Prozente, weil sie für sie nähte.«

»Hat sie je in einem Geschäft für Übergrößen eingekauft?«

»Wir haben uns in jedem Laden umgesehen, wissen Sie, wie man das halt so macht. Wir gingen zu Personality Plus, und sie sah sich nach Anregungen um, wissen Sie, schmeichelnden Mustern für große Größen.«

»Hat sich jemals irgend jemand an Sie herangemacht und in einem Laden für Übergrößen belästigt, oder hatte Fredrica je das Gefühl, daß jemand ein Auge auf sie hatte?«

Stacy sah kurz an die Decke und schüttelte den Kopf.

»Stacy, sind je Tranvestiten zu Richards' gekommen oder Männer, die große Kleider kauften, ist Ihnen so etwas je begegnet?«

»Nein. Ich und Skip haben mal welche in einer Bar in Columbus gesehen.«

»War Fredrica bei Ihnen?«

»Wohl *kaum*. Wir waren, na ja, fürs Wochenende weg.«

»Würden Sie die Geschäfte für Übergrößen, die Sie mit Fredrica aufgesucht haben, für mich aufschreiben, ob Sie sich wohl an alle erinnern können?«

»Nur hier, oder hier und Columbus?«

»Hier und Columbus. Und auch Richards'. Ich möchte mich mit Mrs. Burdine unterhalten.«

»Okay. Ist es ein ziemlich guter Job, FBI-Agentin zu sein?«

»Ich meine ja.«

»Sie reisen rum und so? Ich meine, bessere Orte als diesen hier.«

»Manchmal ja.«

»Müssen jeden Tag gut aussehen, stimmt's?«

»Schon, ja. Man muß versuchen, geschäftsmäßig auszusehen.«

»Wie sind Sie dazu gekommen, FBI-Agentin zu werden?«

»Zuerst muß man aufs College gehen, Stacy.«

»Das kostet 'ne Stange Geld.«

»Ja. Manchmal gibt es allerdings Studienbeihilfen und Forschungsstipendien, die aushelfen. Möchten Sie, daß ich Ihnen Unterlagen schicke?«

»Yeah. Ich hab' gerade überlegt, Fredrica hat sich so für mich *gefreut*, als ich diesen Job bekam. Sie war wirklich ganz aus dem Häuschen – sie hatte nie einen richtigen Bürojob –, sie dachte, dies würde zu was führen. *Dies* – Aktenordner und den ganzen Tag Barry Manilow aus den Lautsprechern – sie hielt es für das Allerschärfste. Was hat sie denn schon gewußt, der große Dummkopf.« Stacy Hubka standen Tränen in den Augen. Sie riß sie weit auf und hielt den Kopf zurück, damit sie sich nicht erneut die Augen schminken mußte.

»Wie wär's nun mit meiner Liste?«

»Ich mach' es lieber an meinem Schreibtisch, ich habe meinen Computer, und ich brauche mein Telefonbuch und so.« Sie ging mit dem Kopf in den Nacken gelegt hinaus und steuerte nach der Decke.

Das Telefon war es, das Starling peinigte. Kaum war Stacy Hubka aus dem kleinen abgeteilten Raum, meldete Starling ein R-Gespräch nach Washington an, um die Neuigkeiten zu erfahren.

55. Kapitel

Über der Südspitze des Michigansees verließ in diesem Augenblick ein Geschäftsjet für vierundzwanzig Passagiere die maximale Flughöhe und begann den Anflug in der langen Kurve hinunter auf Calumet City, Illinois.

Die zwölf Männer des Geiselrettungsteams spürten den Auftrieb in ihren Mägen. Hier und da den Gang entlang wurde geflissentlich beiläufig aus Spannung gegähnt.

Teamführer Joel Randall, vorn in der Kabine, nahm die Kopfhörer ab und überflog seine Notizen, bevor er für seine Ansprache aufstand. Er war überzeugt, daß er das am besten ausgebildete Sondereinsatzkommando auf der Welt hatte, und er mag recht gehabt haben. Auf mehrere von ihnen war noch nie geschossen worden, doch wenn man nach Simulierungen und Tests ging, waren dies die Besten der Besten.

Randall hatte sehr viel Zeit in Flugzeuggängen verbracht und hielt bei dem unruhigen Niedergehen mühelos das Gleichgewicht.

»Meine Herren, unser Transport auf dem Boden vollzieht sich mittels DEA-Undercover. Die Drogenfahndung hat einen Floristenlieferwagen und einen Installateurbus. Also, Vernon, Eddie, in eure kugelsicherern Weste und eure Zivilklamotten. Wenn wir hinter Blendgranaten reingehen, daran denken, daß ihr keinen Blitzschutz auf dem Gesicht habt.«

Vernon murmelte Eddie zu: »Achte drauf, daß du dir die Backen bedeckst.«

»Hat er gesagt. Nicht die Hinterbacken entblößen? Ich dachte, er hätte gesagt, ›Blitzt nicht‹«, murmelte Eddie zurück.

Vernon und Eddie, die sich als erste der Tür nähern würden, mußten unter Zivilkleidung dünne ballistische Schutzanzüge tragen. Die übrigen konnten in hartschaligen Panzeranzügen gehen, sicher gegen Gewehrfeuer.

»Bobby, vergiß nicht, für den Fahrer einen deiner Hörer in jeden VW-Bus zu legen, damit uns nichts versaut wird, wenn wir mit diesen Jungs von der DFA reden«, sagte Randall.

Die Drug Enforcement Adminstration benutzt bei Razzien Ultrahochfrequenz-Funkgeräte, während des FBI VHF-Geräte hat, Funkgeräte mit sehr hoher Frequenz. In der Vergangenheit hatte es Probleme gegeben.

Sie waren für die meisten Eventualitäten, Tag oder Nacht, ausgerüstet: Für Mauern hatten sie eine Bergsteigergrundausrüstung, zum Abhören sogenannte Wolfsohren und einen VanSleek Farfoon, eines der besten Abhörgeräte, zum Sehen Nachtsichtgeräte. Die Waffen mit Nachtbeobachtungsinstrumenten sahen in ihren sich wölbenden Behältern wie Instrumente einer Musikkapelle aus.

Dies sollte eine präzise Operation sein, und die Waffen spiegelten dies wider – alle waren tadellos in Schuß.

Als die Landeklappen ausfuhren, zwängte das Team sich in seine Schutzanzüge.

Randall erhielt über seinen Kopfhörer Nachrichten aus Calumet. Er bedeckte das Mikrofon und richtete sich wieder ans Team. »Jungs, sie haben es auf zwei Adressen eingegrenzt. Wir nehmen die beste, und SWAT Chicago kümmert sich um die andere.«

Der Landeplatz war Lansing Municipal, am dichtesten bei Calumet an der Südostseite von Chicago. Das Flugzeug bekam unverzüglich Landeerlaubnis. Der Pilot brachte es mit stinkenden Bremsen neben zwei Fahrzeugen zum Stehen, die am Ende des Landeplatzes am weitesten vom Terminal entfernt warteten.

Es gab eine rasche Begrüßung neben dem VW-Bus des Floristen. Der DEA-Kommandant überreichte Randall etwas, das wie ein hohes Blumenarrangement aussah. Es war ein zwölf Pfund schwerer Vorschlaghammer: der Kopf in farbige Folie gehüllt wie ein Blumentopf, das Blattwerk am Griff befestigt.

»Das möchten Sie vielleicht gern abliefern«, sagte er. »Willkommen in Chicago.«

56. Kapitel

Mr. Gumb machte mit seinen Vorbereitungen am Spätnachmittag weiter.

Mit gefährlich unveränderlichen Tränen in den Augen schaute er sich das Video wieder und immer wieder an. Auf dem kleinen Bildschirm kletterte Mom auf die Wasserrutsche und huiii in den Pool hinunter, huiii in den Pool hinunter. Tränen trübten Jame Gumbs Sehkraft, als ob er selbst im Pool sei.

Auf seiner Leibesmitte gluckerte eine Wärmflasche, so wie der Bauch der kleinen Hündin gegluckert hatte, wenn sie auf ihm lag.

Er konnte es nicht mehr länger ertragen – was er im Keller hatte, das Precious gefangen hielt und sie bedrohte. Precious litt Schmerzen, das wußte er. Er war sich nicht sicher, ob er es töten konnte, bevor es Precious tödlich verletzte, aber er mußte es versuchen. Und zwar sofort.

Er zog sich aus und zog den Bademantel an – er beendete eine Ernte immer nackt und blutig wie ein Neugeborenes.

Aus seinem riesengroßen Medizinschrank nahm er die Salbe heraus, die er Precious aufgetragen hatte, als die Katze sie gekratzt hatte. Er holte einige kleine Pflaster und Wattestäbchen und den ›elizabethanischen Kragen‹ heraus, den der Tierarzt ihm gegeben hatte, damit sie eine wunde Stelle nicht mit den Zähnen bearbeitete. Im Keller hatte er Zungenspatel, die er als Schienen für ihr kleines gebrochenes Bein verwenden konnte, und eine Tube schmerzstillender Salbe, um den Schmerz zu lindern, falls das dumme Ding sie beim Umsichschlagen, ehe es starb, kratzte.

Ein sorgfältiger Kopfschuß, und er würde einfach das Haar opfern. Precious war ihm mehr wert als das Haar. Das Haar war ein Opfer, eine Darbringung für ihre Sicherheit.

Nun leise die Treppe hinunter, in die Küche. Aus seinen Hausschuhen und die dunkle Kellertreppe hinunter, sich dabei dicht an der Wand haltend, damit die Treppe nicht knarrte.

Er schaltete nicht das Licht an. Am Fuß der Treppe bog er nach rechts in den Arbeitsraum, bewegte sich durch Tasten im vertrauten Dunkeln, spürte die Veränderung des Bodens unter den Füßen.

Sein Ärmel strich am Käfig vorbei, und er hörte das leise ärgerliche Zirpen einer Brutmotte. Hier war der Wandschrank. Er fand seine Infrarotlampe und streifte sich die Schutzbrille über den Kopf. Nun glühte die Welt grün. Beim warmen Zischen der Dampfrohre, beim tröstlichen Plätschern der Tanks stand er einen Augenblick da. Gebieter der Dunkelheit, Königin der Dunkelheit.

Motten frei in der Luft zogen grünfluoreszierende Spuren über sein Blickfeld, bliesen sanften Hauch über sein Gesicht, als ihre flaumigen Flügel das Dunkel streiften.

Er überprüfte den Colt Python. Er war mit 38er Special Blei-Dumdums geladen. Sie würden explosionsartig in den Schädel einschlagen und sich zu sofortiger Vernichtung ausbreiten. Sollte es stehen, wenn er schoß, so war es weniger wahrscheinlich als bei einer Magnum, daß das Geschoß – falls er oben in den Kopf hinunterfeuerte – durch den Unterkiefer austrat und den Busen zerfetzte.

Leise, ganz leise kroch er mit gebeugten Knien entlang, fand mit den gelackten Zehen auf den alten Dielen Halt. Lautlos auf dem Sandboden des Verlieses. Leise, aber nicht zu langsam. Er wollte nicht, daß sein Geruch Zeit hatte, den kleinen Hund auf dem Grund des Brunnens zu erreichen.

Der obere Teil vom Verlies glühte grün, Steine und Mörtel deutlich erkennbar, die Maserung des Holzdeckels in seinem Blickfeld scharf. Halt das Licht und beug dich vor. Da waren sie. Es lag auf der Seite wie eine Riesengarnele. Vielleicht schlafend. Precious war dicht gegen seinen Körper gerollt, bestimmt schlafend, o bitte nicht tot!

Der Kopf war freigelegt. Ein Halsschuß war verlockend – das Haar retten. Zu riskant.

Mr. Gumb beugte sich über das Loch und spähte mit den Stielaugen seiner Schutzbrille hinunter. Der Colt Python liegt mit seinem schweren Lauf gut in der Hand, und wie kann man herrlich mit ihm zielen! Muß ihn in den Strahl der Infrarotlampe halten.

Er stellte die Visiereinrichtungen auf die Seite seines Kopfs ein, genau da, wo das Haar feucht an der Schläfe klebte.

Geruch oder Geräusch, er wußte es nicht – doch Precious wach und am Jaulen, in der Dunkelheit geradewegs hochspringend, Catherine Martin sich um den kleinen Hund schlingend und die Decke über sie ziehend. Nur unförmige Klumpen, die sich unter der Decke bewegten, er konnte nicht ausmachen, was Hund und was Catherine war. Im Infrarotlicht hinunterschauend, war seine Tiefenwahrnehmung beeinträchtigt. Er konnte nicht sagen, welche Klumpen Catherine waren.

Er hatte Precious jedoch springen sehen. Er wußte, daß ihr Bein in Ordnung war, und sofort wußte er noch etwas: Catherine Baker Martin würde den Hund nicht verletzen, ebensowenig wie er das täte. Oh, süße Erleichterung. Wegen ihres geteilten Gefühls konnte er sie in die gottverdammten Beine schießen und, wenn sie die Beine umklammerte, ihr den verdammten Kopf wegblasen. Keine Vorsicht notwendig.

Er knipste die Lichter, die ganzen verdammten Lichter im Keller an und holte das Flutlicht aus dem Lagerraum. Er hatte sich in der Kontrolle, er dachte gut und logisch – auf seinem Weg durch den Arbeitsraum vergaß er nicht, etwas Wasser in die Becken laufen zu lassen, damit in den Auffangvorrichtungen nichts verklumpen würde.

Als er mit dem Flutlicht startbereit an der Treppe vorbeieilte, klingelte die Türglocke.

Die Türglocke quietschte und kratzte, und er mußte stehenbleiben und überlegen, was es war. Er hatte sie seit Jahren nicht gehört, hatte nicht einmal gewußt, ob sie funktionierte. So im Treppenhaus angebracht, daß man sie oben und unten hören konnte, schepperte sie nun, eine schwarze, staubbedeckte Metallmeise. Als er sie anstarrte, klingelte sie wieder, klingelte weiter, und Staub flog von ihr. Jemand war vorne am Haus und drückte auf den alten Knopf, der mit HAUSVERWALTER markiert war.

Sie würden weggehen.

Er montierte das Flutlicht.

Sie gingen nicht weg.

Unten im Brunnen sagte es etwas, dem er keine Aufmerksamkeit schenkte. Die Türglocke schepperte, quietschte, sie lehnten sich einfach auf den Knopf.

Mal lieber hinaufgehen und vorn herausspähen. Der Colt Python mit der langen Mündung würde nicht in die Tasche seines Bademantels passen. Er legte ihn auf den Werktisch im Arbeitsraum.

Er war halb die Treppe hoch, als die Glocke zu klingeln aufhörte. Er wartete ein paar Augenblicke auf halbem Weg der Treppe. Stille. Er beschloß, trotzdem nachzusehen. Als er durch die Küche ging, ließ ihn ein kräftiges Klopfen an der Hintertür zusammenfahren. In der Speisekammer bei der Hintertür war eine Schrotflinte. Er wußte, daß sie geladen war.

Da die Tür zur Kellertreppe zu war, konnte niemand es dort unten rufen hören, selbst wenn es aus vollem Halse schrie, dessen war er sicher.

Erneutes Hämmern. Er öffnete die Tür einen Spalt an der Kette.

»Ich hab's an der Vordertür probiert, aber es kam keiner«, sagte Clarice Starling. »Ich suche Mrs. Lippmans Familie, könnten Sie mir helfen?«

»Sie wohnen nicht hier«, sagte Mr. Gumb und machte die Tür zu. Er war schon wieder auf dem Weg zur Treppe, als das Hämmern erneut losging, diesmal lauter.

Er öffnete die Tür an der Kette.

Die junge Frau hielt einen Ausweis dicht an den Spalt. Darauf stand Federal Bureau of Investigation. »Entschuldigung, aber ich muß mit Ihnen sprechen. Ich möchte die Familie von Mrs. Lippman finden. Ich weiß, sie hat hier gewohnt. Ich möchte, daß Sie mir helfen, bitte.«

»Mrs. Lippman ist seit Jahren tot. Sie hatte keine Verwandten, von denen ich wüßte.«

»Was ist mit einem Rechtsanwalt oder einem Buchhalter? Irgend jemand, der Geschäftsunterlagen hätte? Kannten Sie Mrs. Lippman?«

»Nur flüchtig. Was ist das Problem?«

»Ich untersuche den Tod von Fredrica Bimmel. Wer sind Sie, bitte?«

»Jack Gordon.«

»Haben Sie Fredrica Bimmel gekannt, als sie für Mrs. Lippman arbeitete?«

»Nein. War sie eine große, dicke Person? Ich mag sie gesehen haben, ich bin nicht sicher. Ich wollte nicht grob sein – ich schlief gerade... Mrs. Lippman hatte einen Rechtsanwalt, vielleicht habe ich irgendwo seine Karte. Ich werde sehen, ob ich Sie finden kann. Macht es Ihnen was aus, hereinzukommen? Mir ist eiskalt, und meine Katze wird hier in einer Sekunde *durchsausen*. Sie wird wie der Blitz draußen sein, bevor ich sie fangen kann.«

Er ging zu einem Rollpult in der anderen Ecke der Küche, schob den Deckel hoch und schaute in einige Ablegefächer. Starling trat durch die Tür und nahm ihr Notizbuch aus ihrer Handtasche.

»Diese entsetzliche Geschichte«, sagte er, im Pult kramend. »Mich schaudert jedesmal, wenn ich daran denke. Ist man kurz davor, jemanden festzunehmen, was meinen Sie?«

»Noch nicht, aber wir arbeiten daran. Mr. Gordon, haben Sie dieses Haus hier übernommen, nachdem Mrs. Lippman starb?«

»Ja.« Gumb beugte sich mit dem Rücken zu Starling über das Pult. Er zog eine Schublade auf und stöberte darin herum.

»Sind irgendwelche Unterlagen hier zurückgeblieben? Geschäftsbücher?«

»Nein, überhaupt nichts. Hat das FBI irgendwelche Vorstellungen? Die Polizei hier scheint nicht das mindeste zu wissen. Hat man eine Beschreibung oder Fingerabdrücke?«

Aus den Falten auf dem Rücken von Mr. Gumbs Bademantel kroch ein Totenkopf. Er hielt in der Mitte seines Rückens an, etwa da, wo sein Herz wäre, und ordnete seine Flügel.

Starling ließ ihr Notizbuch in die Tasche fallen.

Mister Gumb. Gott sei Dank ist mein Mantel offen. Rede dich hier raus, geh zu einem Telefon. Nein. Er weiß, daß ich FBI bin, wenn ich ihn aus den Augen lasse, wird er sie umbringen. Ihre Nieren zerschießen. Sie finden ihn, sie fallen über ihn her. Sein Telefon. Sehe es nicht. Nicht hier drin, frag nach seinem Telefon. Stell die Verbindung her, werf dich dann auf ihn. Laß ihn als Machtprobe lügen, warte auf die Bullen. Genau, tu das. Er dreht sich gerade um.

»Hier ist die Nummer«, sagte er. Er hatte eine Geschäftskarte.

Sie nehmen? Nein.

»Gut, danke. Mr. Gordon, haben Sie ein Telefon, das ich benutzen könnte?«

Als er die Karte auf den Tisch legte, flog die Motte. Sie kam hinter seinem Rücken hervor, an seinem Kopf vorbei und ließ sich zwischen ihnen nieder, auf einem Hängeschrank über dem Spülbecken.

Er sah die Motte an. Als sie sie nicht anschaute, als sie den Blick nicht von seinem Gesicht nahm, wußte er es.

Ihre Augen trafen sich, und sie kannten einander.

Mr. Gumb neigte den Kopf ein wenig zur Seite. Er lächelte. »Ich habe ein drahtloses Telefon in der Speisekammer, ich werde es Ihnen holen.«

Nein! Tu es. Sie griff nach der Pistole, eine zügige Bewegung, die sie viertausendmal gemacht hatte, und sie stimmte, wo sie stimmen sollte, guter zweihändiger Griff, ihre Welt das Korn und die Mitte seiner Brust. »Halt, stehenbleiben.«

Er schürzte die Lippen.

»Jetzt. Langsam. Heben Sie die Hände hoch.«

Bring ihn nach draußen, laß den Tisch zwischen uns. Bring ihn zur Vordertür. Machtprobe mitten auf der Straße und das Abzeichen hochhalten.

»Mr. Gumb – Mr. Gumb, Sie sind verhaftet. Ich möchte, daß Sie für mich langsam nach draußen gehen.«

Statt dessen ging er aus dem Zimmer hinaus. Wenn er nach seiner Tasche gegriffen, hinter sich gegriffen hätte, wenn sie eine Waffe gesehen hätte, hätte sie schießen können. Er ging einfach aus dem Zimmer hinaus.

Sie hörte ihn schnell die Kellertreppe hinunterlaufen, sie rannte um den Tisch herum und zur Tür oben am Treppenschacht. Er war weg, der Treppenschacht hell erleuchtet und leer. *Falle.* Sei ein leichtes Ziel!

Aus dem Keller dann ein dünn wie Papier geschnittener Schrei.

Sie mochte die Treppe nicht, mochte die Treppe nicht, Clarice Starling in Gefahrenzeiten, wo man alles oder nichts gibt.

Catherine Martin schrie wieder, er bringt sie um, und Starling ging sie trotzdem hinunter, eine Hand auf dem Geländer, den Gewehrarm direkt unter ihrer Visierlinie ausgestreckt, der Boden darunter über das Revolvervisier springend, Gewehrarm gleichzeitig mit dem Kopf geschwenkt, als sie versuchte, die zwei sich am Fuß der Treppe gegenüberliegenden Türen zu decken.

Lichter im Keller blendend, sie konnte nicht durch eine Tür gehen, ohne der anderen den Rücken zuzudrehen, dann mach schnell, nach links auf den Schrei zu. In das Verlies mit dem Sandboden, den Türrahmen rasch freigeben, die Augen weiter aufgerissen denn je zuvor. Der einzige Ort zum Verstecken war hinter dem Brunnen, also glitt sie seitwärts um die Wand, beide Hände um den Revolver, die Arme gerade ausgestreckt, ein wenig Druck auf den Abzug, weiter um den Brunnen herum, und keiner dahinter.

Ein leiser Schrei, der wie dünner Rauch aus dem Brunnen aufstieg. Nun Kläffen, ein Hund. Sie näherte sich dem Brunnen, den Blick auf die Tür geheftet, gelangte zum Rand, schaute darüber. Sah das Mädchen, sah wieder hoch, wieder nach unten, sagte, was man ihr sagen beigebracht hatte, die Geisel beruhigen:

»FBI, Sie sind in Sicherheit.«

»Sicherheit SCHEISSE, er hat eine Knarre. Holmichraus. HOLMICHRAUS.«

»Catherine, Sie werden in Ordnung sein. Halten Sie den Mund. Wissen Sie, wo er ist?«

»HOLMICHRAUS, MIR IST SCHEISSEGAL, WO ER IST. HOLMICHRAUS.«

»Ich werde Sie rausholen. Seien Sie ruhig. Helfen Sie mir. Seien Sie ruhig, damit ich hören kann. Versuchen Sie, diesen Hund zu beruhigen.«

Hinter dem Brunnen verschanzt, die Tür deckend, klopfte ihr Herz, und ihr Atem blies Staub vom Gestein. Sie konnte Catherine Martin nicht zurücklassen, um Hilfe zu holen, wenn sie nicht wußte, wo Gumb war. Sie lief zur Tür hin und ging hinter dem Rahmen in Deckung. Sie konnte über den Fuß der Treppe und in einen Teil des dahinterliegenden Arbeitsraums sehen.

Entweder fand sie Gumb, oder sie sorgte dafür, daß er floh, oder sie nahm Catherine mit sich nach draußen, das waren die einzigen Möglichkeiten.

Ein rascher Blick über die Schulter, in dem Verlies herum.

»Catherine, Catherine. Ist da eine Leiter?«

»Ich weiß nicht, ich bin hier unten aufgewacht. Er hat den Eimer an Schnüren heruntergelassen.«

An einem Wandbalken war mit Bolzen eine kleine Handwinde festgeschraubt. An der Seiltrommel hing keine Schnur.

»Catherine, ich muß etwas finden, mit dem ich Sie herausholen kann. Können Sie gehen?«

»Ja. Verlassen Sie mich nicht.«

»Ich muß den Raum nur für eine Minute verlassen.«

»Du verdammtes Weibsstück läßt mich nicht hier unten, meine Mutter wird dir dein gottverdammtes Scheißgehirn rausreißen –«

»Catherine, halten Sie den Mund. Ich will, daß Sie ruhig sind, damit ich hören kann. Seien Sie ruhig, um sich zu *retten,* verstehen Sie?« Dann lauter: »Die anderen Beamten werden jede Minute hier sein, jetzt halten Sie den Mund. Wir werden Sie nicht dort unten lassen.«

Er mußte ein Seil haben. Wo war es? Geh es suchen.

Hastig durchquerte Starling den Treppenschacht, zur Tür des Arbeitsraums, die Tür ist der schlimmste Ort, schnell hinein, zurück und weiter an der nahen Wand entlang, bis sie den ganzen Raum gesehen hatte, vertraute Formen, die in den Glastanks schwammen, sie zu sehr auf der Hut, um bestürzt zu sein. Rasch durch den Raum, an den Tanks vorbei, den Becken, an einem Käfig vorbei, einige großen Motten, die aufflogen. Sie ignorierte sie.

Sich dem Gang dahinter, gleißend vor Licht, nähernd. Hinter ihr schaltete sich der Kühlschrank ein, und sie wirbelte in der Hocke herum, den Hahn von der Magnum hebend, den Druck verringernd. Weiter zum Gang. Man hatte ihr nicht beigebracht, zu spähen. Kopf und Revolver in einer Bewegung, aber niedrig. Der Gang leer. Das Studio am Gangende im Licht erstrahlend. Schnell den Gang entlang, sich an der geschlossenen Tür vorbeiwagend, weiter zur Studiotür. Der Raum ganz weiß und helle Eiche. Verdammt, vom Türrahmen weg. Sich vergewissern, daß jede Schaufensterpuppe eine Schaufensterpuppe, daß jede Spiegelung eine Schaufensterpuppe ist. Die einzige Bewegung in den Spiegeln ist *deine* Bewegung.

Der Schrank stand offen und leer da. Die Tür am andern Ende

offen, zu Dunkelheit führend, zum Keller dahinter. Nirgendwo ein Seil, eine Leiter. Kein Licht hinter dem Studio. Sie machte die Tür zum dunklen Teil des Kellers zu, schob einen Stuhl unter den Knauf und rückte eine Nähmaschine dagegen. Wenn sie sicher sein konnte, daß er nicht in diesem Teil des Kellers war, würde sie es riskieren, ganz kurz nach oben zu gehen, um ein Telefon zu finden.

Den Gang wieder zurück, eine Tür, an der sie vorbeigelaufen war. Auf die Seite den Angeln gegenüber gehen. In einer einzigen Bewegung ganz weit aufgemacht. Die Tür schwang zurück, keiner dahinter. Ein altes Badezimmer. Darin Seil, Haken, eine Schlinge. Catherine holen oder zum Telefon? Auf dem Boden des Brunnens würde Catherine nicht versehentlich erschossen werden. Wenn Starling jedoch getötet würde, wäre auch Catherine tot. Catherine mit zum Telefon nehmen.

Starling wollte nicht lang in dem Badezimmer bleiben. Er konnte an die Tür kommen und sie mit Blei vollpumpen. Sie sah in beide Richtungen und duckte sich nach dem Seil drinnen. Im Zimmer war eine große Badewanne. Die Wanne war fast an den Rand mit hartem rotvioletten Gips gefüllt. Aus dem Gips ragten eine Hand und ein Handgelenk heraus, die Hand dunkel und verschrumpelt, die Fingernägel rosa lackiert. Am Handgelenk war eine zierliche Armbanduhr. Starling sah alles auf einmal, das Seil, die Wanne, die Hand, die Uhr.

Das kaum merkliche Insektenkriechen des Sekundenzeigers war das letzte, was sie sah, bevor das Licht ausging.

Ihr Herz klopfte heftig genug, um ihre Brust und ihre Arme zu schütteln. Schwindliges Dunkel, muß etwas berühren, den Rand der Wanne. Das Badezimmer. Mach, daß du aus dem Badezimmer kommst. Wenn er die Tür finden kann, kann er diesen Raum mit Kugeln durchlöchern, nichts, wohinter man sich verstecken kann. O lieber Jesus, geh raus. Geh geduckt raus und auf den Gang hinaus. Jedes Licht aus? Jedes Licht. Er mußte es am Sicherungskasten getan, mußte den Hebel gezogen haben, wo würde er sein? Wo würde der Sicherungskasten sein? Bei der Treppe. Viele Male bei der Treppe. Wenn ja, wird er von dort kommen. Er ist aber zwischen mir und Catherine.

Catherine war schon wieder am Jammern.

Hier warten? Ewig warten? Vielleicht ist er weg. Er kann nicht mit Sicherheit wissen, daß keine Unterstützung kommt. Doch, das kann er. Aber bald wird man mich vermissen. Heute abend. Die Treppe ist in Richtung der Schreie. Löse es jetzt.

Sie bewegte sich, ganz leise, ihre Schulter streifte kaum die Wand, streifte sie zu leicht, um Geräusche zu machen, eine Hand vorgestreckt, den Revolver in Taillenhöhe, dicht bei ihr im engen Korridor. Nun in den Arbeitsraum hinaus. Spüren, wie der Raum sich öffnet. Offener Raum. In der Hocke in den offenen Raum, Arme vor, beide Hände am Revolver. Du weißt genau, wo der Revolver ist, er ist direkt unter Augenhöhe. Halt, horch. Kopf, Körper und Arme drehen sich zusammen wie ein Turm. Halt, horch.

In völligem Schwarz das Zischen der Dampfrohre, Wassertröpfeln.

Der Geruch der Ziege stark in ihren Nasenlöchern.

Catherine am Jammern.

An die Wand gelehnt stand Mr. Gumb mit seiner Schutzbrille auf. Es bestand keine Gefahr, daß sie mit ihm zusammenstoßen würde – zwischen ihnen war ein Tisch mit Ausrüstungsgegenständen. Er ließ den Strahl seiner Infrarotlampe an ihr hinauf und hinunter spielen. Sie war zu schlank, um für ihn von großem Nutzen zu sein. Aus der Küche erinnerte er sich jedoch an ihr Haar, und es war prächtig, und das würde nur eine Minute dauern. Er konnte es einfach abstreifen. Es sich selbst anlegen. Er konnte sich mit dem Haar über den Brunnen lehnen und zu diesem Ding »Überraschung!« sagen.

Es machte Spaß, zu beobachten, wie sie sich entlangzuschleichen versuchte. Sie hatte die Hüfte nun gegen die Spülbecken, kroch mit ihrem ausgestreckten Revolver auf die Schreie zu. Es hätte Spaß gemacht, sie lange zu jagen – nie zuvor hatte er eine mit einer Waffe gejagt. Er hätte es *voll und ganz genossen.* Keine Zeit dafür. Schade.

Ein Schuß ins Gesicht wäre bei zwei Meter vierzig prima und einfach. Jetzt.

Er spannte den Colt Python, als er ihn schnickschnick hochbrachte, und die Gestalt wurde undeutlich, blühte, blühte grün in seinem Blickfeld, und sein Revolver bäumte sich in seiner Hand auf, und der Boden traf ihn hart im Rücken, und seine Lampe war an, und er sah die Decke. Starling auf dem Boden, durch den Blitz geblendet, klingende Ohren, taub durch die Explosion der Revolver. Sie arbeitete im Dunkeln, während keiner hören konnte, die leeren Patronen entladen, den Revolver kippen, fühlen, um zu sehen, ob sie alle draußen sind, rein mit dem Schnellader, fühlen, nach unten kippen, drehen, fallen lassen, die Trommel schließen. Sie hatte vier abgefeuert. Zwei Schuß und zwei Schuß. Er hatte einmal gefeuert. Sie fand die zwei guten Patronen, die sie entladen hatte. Sie wohin tun? In die Tasche des Schnelladers. Sie lag still. Sich bewegen, bevor er hören kann?

Das Geräusch eines Revolvers, der gespannt wird, ist wie kein anderes. Sie hatte auf das Geräusch geschossen, nichts außer den großen Mündungsfeuern der Revolver gesehen. Sie hoffte, daß er nun in die falsche Richtung schießen, ihr das Mündungsfeuer als Ziel geben würde. Allmählich konnte sie wieder hören, ihr klangen noch die Ohren, doch sie konnte hören.

Was war das Geräusch? Pfeifen? Wie ein Teekessel, aber unterbrochen. Was war es? Wie Atmen. Bin ich das? Nein. Ihr Atem stieg vom Boden zurück, zurück in ihr Gesicht. Vorsichtig, nicht den Staub einatmen, nicht niesen. Es ist Atmen. Es ist eine saugende Brustwunde. Er ist in die Brust getroffen. Man hatte ihr beigebracht, wie man eine schließt, etwas darüberlegt, einen Regenmantel, eine Plastiktüte, etwas Luftdichtes, es gut festzurren. Die Lunge wieder aufblasen. Sie hatte ihn also in die Brust getroffen. Was tun? Warten. Laß ihn steif werden und bluten. Warten.

Starlings Wange brannte. Sie berührte sie nicht, wenn sie blutete, wollte sie die Hände nicht glitschig haben.

Vom Brunnen ertönte erneut das Stöhnen, Catherine am Reden, Weinen. Starling mußte warten. Sie konnte Catherine nicht antworten. Sie konnte nichts sagen, sich nicht bewegen.

Mr. Gumbs unsichtbares Licht spielte an der Decke. Er versuchte es zu bewegen, und er konnte es nicht, genausowenig, wie er den Kopf bewegen konnte. Eine große malaysische Lunamotte, die dicht an der Decke vorbeiflog, nahm das Infrarotlicht auf und kam herunter, kreiste, ließ sich auf dem Licht nieder. Die pulsierenden Schatten ihrer Flügel, riesengroß an der Decke, waren nur für Mr. Gumb sichtbar.

Über dem Saugen in der Dunkelheit hörte Starling Mr. Gumbs gräßliche Stimme, würgend: »Was... für... ein Gefühl... ist es... so schön... zu sein?«

Und dann ein anderes Geräusch. Ein Gurgeln, ein Rasseln, und das Pfeifen hörte auf.

Starling kannte auch dieses Geräusch. Sie hatte es schon einmal gehört, im Krankenhaus, als ihr Vater starb.

Sie tastete nach der Kante des Tischs und erhob sich. Sich weitertastend, auf die Geräusche von Catherine zugehend, fand sie den Treppenschacht und stieg im Dunkeln die Treppe hoch.

Es schien lange zu dauern. In der Küchenschublade war eine Kerze. Mit ihr fand sie den Sicherungskasten neben der Treppe, zuckte zusammen, als die Lichter angingen. Um zum Sicherungskasten zu gelangen und das Licht abzustellen, mußte er den Keller auf einem Weg verlassen haben und hinter ihr wieder heruntergekommen sein.

Starling mußte sicher sein, daß er tot war. Sie wartete, bis ihre Augen sich gut an das Licht gewöhnt hatten, ehe sie in den Arbeitsraum zurückging, und dann war sie vorsichtig. Sie konnte seine nackten Füße und Beine unter dem Arbeitstisch hervorragen sehen. Sie hielt den Blick auf die Hand neben dem Revolver gerichtet, bis sie diesen wegstieß. Seine Augen waren offen. Er war tot, durch die rechte Seite der Brust geschossen, unter ihm dickes Blut. Er hatte einige seiner Sachen aus dem Schrank angezogen, und sie konnte ihn nicht lang anschauen.

Sie ging zum Becken, legte die Magnum auf das Abtropfbrett und ließ kaltes Wasser über ihre Handgelenke laufen, wischte sich das Gesicht mit der nassen Hand. Kein Blut. Motten schlugen an das Drahtgeflecht um die Lampen. Sie mußte um die Leiche herumgehen, um den Colt Python an sich zu nehmen.

Am Brunnen sagte sie: »Catherine, er ist tot. Er kann Sie nicht verletzen. Ich gehe nach oben und rufe –«

»Nein, HOL MICH RAUS. HOL MICH RAUS. HOL MICH RAUS.«

»Schauen Sie. Er ist tot. Dies ist seine Pistole. Erinnern Sie sich daran? Ich werde die Polizei und die Feuerwehr anrufen. Ich habe Angst, Sie allein herauszuziehen, Sie könnten fallen. Sobald ich sie angerufen habe, werde ich wieder herunterkommen und bei Ihnen warten. Okay? Okay. Versuchen Sie, den Hund zu beruhigen. Okay? Okay.«

Die örtlichen Fernsehteams kamen kurz nach der Feuerwehr und vor der Polizei von Belvedere an. Der Feuerwehrhauptmann, über den grellen Schein der Kameralampen aufgebracht, trieb die Fernsehteams wieder die Treppe hinauf und aus dem Keller heraus, während er seinen Rohrrahmen montierte, um Catherine Martin herauszuhieven; er traute Mr. Gumbs Haken im Deckenbalken nicht. Ein Feuerwehrmann stieg in den Brunnen hinunter und setzte sie in den Rettungssitz. Catherine kam mit dem Hund im Arm heraus, behielt den Hund im Krankenwagen.

Im Krankenhaus zog man die Grenze, was Hunde anging, und wollte den Hund nicht hineinlassen. Ein Feuerwehrmann, den man angewiesen hatte, ihn im Tierheim abzuliefern, nahm ihn statt dessen mit sich nach Hause.

57. Kapitel

Am National Airport in Washington waren ungefähr fünfzig Leute, die auf den Übernachtflug aus Columbus, Ohio, warteten. Die meisten von ihnen holten Verwandte ab und sahen mit ihren Hemdzipfeln, die unter ihren Jacken hervorragten, äußerst verschlafen und verdrießlich aus.

Aus der Menge hatte Ardelia Mapp die Gelegenheit, Starling in Augenschein zu nehmen, als sie aus dem Flugzeug kam. Starling sah käsig aus, hatte dunkle Ringe unter den Augen. In ihre Wange hatte sich einige Körnchen schwarzen Schießpulvers eingegraben. Starling entdeckte Mapp, und sie umarmten einander.

»Hey, Sportfreund«, sagte Mapp. »Hast du irgendwas aufgegeben?«

Starling schüttelte den Kopf.

»Jeff ist draußen im VW-Bus. Dann wollen wir mal nach Hause.«

Jack Crawford wartete ebenfalls draußen; sein Wagen war hinter dem VW-Bus in der Limousinenfahrspur geparkt. Er hatte die ganze Nacht Bellas Verwandte um sich gehabt.

»Ich...«, fing er an. »Sie wissen, was Sie getan haben. Sie waren erstklassig, Kid.« Er berührte ihre Wange. »Was ist denn das?«

»Verbranntes Schießpulver. Der Arzt hat gesagt, in ein paar Tagen käme es von selbst heraus – besser, als es herauszupuhlen.«

Crawford zog sie an sich und hielt sie einen Augenblick, nur einen Augenblick, ganz fest, und dann schob er sie von sich und küßte sie auf die Stirn. »Sie wissen, was Sie getan haben«, sagte er erneut. »Gehen Sie nach Hause. Gehen Sie schlafen. Schlafen Sie aus. Ich spreche morgen mit Ihnen.«

Der neue Überwachungswagen, für lange polizeiliche Überwachungen entworfen, war bequem. Starling und Mapp saßen hinten in den großen Sesseln.

Ohne Jack Crawford im VW-Bus fuhr Jeff ein bißchen verwegener. Sie kamen gut in Richtung Quantico voran.

Starling fuhr mit geschlossenen Augen. Nach wenigen Kilometern stupste Mapp sie am Knie. Mapp hatte zwei kleine Flaschen Cola aufgemacht. Sie reichte Starling ein Cola und holte eine Viertelliterflasche Jack Daniels aus ihrer Handtasche.

Sie nahmen beide einen kräftigen Zug von ihrem Cola und gossen ein Schuß Whisky nach. Dann steckten sie die Daumen in die Hälse der Flaschen, schüttelten diese und spritzten sich den Schaum in den Mund. »Ahhh«, sagte Starling.

»Verschüttet das bloß nicht bei mir hier«, sagte Jeff.

»Keine Sorge, Jeff«, erwiderte Mapp. Leise zu Starling: »Du hättest meinen Mann Jeff sehen sollen, wie er draußen vor dem Spirituosengeschäft auf mich wartete. Er sah aus, als würde er Pfirsichkerne scheißen.« Als Mapp merkte, wie der Whisky nun langsam seine Wirkung tat, als Starling ein wenig tiefer in ihren Sessel sank, fragte Mapp: »Wie geht's dir, Starling?«

»Ardelia, soll mich der Teufel holen, wenn ich das weiß.«

»Du mußt doch nicht zurück, oder?«

»Vielleicht für einen Tag nächste Woche, aber ich hoffe nicht. Der Bundesstaatsanwalt ist von Columbus rübergekommen, um mit der Polizei von Belvedere zu reden. Ich hab' eidliche Aussagen gemacht, bis sie mir zu den Ohren rauskamen.«

»'n paar gute Dinge«, sagte Mapp. »Senatorin Martin hat den ganzen Abend von Bethesda aus am Telefon gehangen – hast du gewußt, daß man Catherine nach Bethesda gebracht hat? Nun, sie ist in Ordnung. Auf körperliche Art hat er sie nicht versaut. Emotionalen Schaden, das weiß man noch nicht, man muß sie beobachten. Mach dir keine Sorgen wegen der Schule. Crawford und Brigham haben beide angerufen. Das Hearing ist abgesagt. Krendler hat seine Aktennotiz zurückverlangt. Diese Leute haben ein Herz aus eiskaltem Stahl, Starling – Ruhepause ist nicht angesagt. Das Examen für ›Suche und Festnahme‹ morgen früh um acht mußt du nicht machen, aber du machst es am Montag und das Sportexamen gleich anschließend. Wir werden übers Wochenende pauken.«

Sie leerten den Viertelliter direkt nördlich von Quantico und warfen das Beweismaterial auf einem Rastplatz in eine Abfalltonne.

»Dieser Pilcher, Doktor Pilcher am Smithsonian, hat dreimal angerufen. Ließ mich ihm versprechen, dir auszurichten, daß er angerufen hat.«

»Er ist kein Doktor.«

»Meinst du, du wirst in bezug auf ihn vielleicht was unternehmen?«

»Vielleicht. Ich weiß noch nicht.«

»Er klingt, als sei er ziemlich witzig. Ich bin zu dem Schluß gekommen, daß witzig das Beste an Männern ist, ich meine, das Beste *außer* Geld und einer grundlegenden Handlichkeit.«

»Yeah, und auch Manieren, das kannst du nicht außer acht lassen.«

»Richtig. Gib mir jederzeit einen Hurensohn mit einigen Manieren.«

Starling ging wie ein Zombie von der Dusche ins Bett.

Mapp ließ ihr Leselämpchen eine Weile an, bis Starlings Atem regelmäßig ging. Starling wälzte sich im Schlaf hin und her, ein Muskel in ihrer Wange zuckte, und einmal gingen ihre Augen weit auf.

Mapp wachte irgendwann vor Tagesanbruch auf, und das Zimmer fühlte sich leer an. Mapp knipste ihr Licht an. Starling war nicht in ihrem Bett. Ihre beiden Wäschesäcke fehlten, daher wußte Mapp, wo sie nachschauen mußte.

Sie fand Starling im warmen Wäscheraum, beim Geruch von Bleichmittel, Seife und Weichspüler gegen das langsame Rumpel-Rumpel einer Waschmaschine andösend. Starling kam von der Psychologie – Mapp vom Recht –, dennoch war Mapp diejenige, die wußte, daß der Rhythmus der Waschmaschine wie ein großer Herzschlag war, und ihr Wasserrauschen war das, was die Ungeborenen hören – unsere letzte Erinnerung an Frieden.

58. Kapitel

Jack Crawford erwachte früh auf dem Sofa in seinem Arbeitszimmer und hörte das Schnarchen seiner angeheirateten Verwandten in seinem Haus. In dem freien Moment, bevor das Gewicht des Tags sich auf ihn senkte, erinnerte er sich nicht an Bellas Tod, sondern an das letzte, was sie, ruhig und mit klaren Augen, zu ihm gesagt hatte: »Was ist denn im Garten los?«

Er nahm Bellas Körnerschaufel, ging im Bademantel nach draußen und fütterte die Vögel, wie er es versprochen hatte. Eine Nachricht für seine schlafenden Verwandten hinterlassend, verließ er vor Sonnenaufgang leise das Haus. Crawford war stets mit Bellas Verwandten ausgekommen, mehr oder weniger, und es half, den Lärm im Haus zu haben, doch er war froh, nach Quantico fahren zu können.

Er ging die über Nacht eingegangenen Telexe durch und sah sich gerade die Frühnachrichten in seinem Büro an, als Starling die Nase an die Glastür preßte. Er schob einige Berichte aus einem Sessel für sie, und sie schauten sich die Nachrichten zusammen an, ohne irgend etwas zu sagen. Hier kam es.

Das Äußere von Jame Gumbs altem Gebäude in Belvedere mit seiner leeren Ladenfront und seinen eingeseiften, mit schweren Gittern bedeckten Fenstern. Starling erkannte es kaum wieder.

›Kerker des Grauens‹, nannte es der Nachrichtensprecher.

Grelle, rasch aufeinanderfolgende Bilder vom Brunnen und vom Keller, Standkameras vor der Fernsehkamera hochgehalten, und erzürnte Feuerwehrleute, die die Fotografen zurückwinkten. Von den Fernsehlichtern verrücktgemachte Motten, die in die Scheinwerfer flogen, eine Motte auf dem Rücken auf dem Boden, die Flügel in einem letzten Zittern herunterschlagend.

Catherine Martin, wie sie eine Bahre ablehnte und mit dem Mantel eines Polizisten um sich zum Krankenwagen ging, der kleine Hund, der das Gesicht zwischen den Aufschlägen hervorstreckte.

Eine Seitenansicht von Starling, wie sie rasch zu einem Wagen ging, den Kopf gesenkt, die Hände in den Taschen ihres Mantels.

Der Film war so geschnitten, daß er einige der gräßlicheren Objekte ausschloß. In den abgelegenen Winkeln des Kellers konnten die Kameras nur die niedrigen, mit Kalkstein gesprenkelten Türschwellen der Kammer zeigen, die Gumbs gruppierte Bilder enthielten. Bislang hatte man in diesem Teil des Kellers sechs Leichen gezählt.

Zweimal hörte Crawford, wie Starling Luft durch die Nase ausstieß. Ein Werbespot löste die Nachrichten ab.

»Guten Morgen, Starling.«

»Hallo«, sagte sie, als sei der Tag schon fortgeschritten.

»Der Bundesstaatsanwalt in Columbus hat mir per Fax über Nacht Ihre eidlichen Aussagen geschickt. Sie werden einige Kopien für ihn unterschreiben müssen... Sie sind also von Fredrica Bimmels Haus zu Stacy Hubka gegangen und dann zu Mrs. Burdine in das Geschäft, für das Bimmel genäht hat, Richards' Fashions, und Mrs. Burdine gab Ihnen Mrs. Lippmans alte Adresse, das Gebäude da.«

Starling nickte. »Stacy Hubka war ein paarmal dortgewesen, um Fredrica abzuholen, aber Stacys Freund fuhr, und ihre Richtungshinweise waren vage. Mrs. Burdine hatte die Adresse.«

»Mrs. Burdine hat nie einen Mann in Mrs. Lippmans Haus erwähnt?«

»Nein.«

Die Fernsehnachrichten zeigten einen Film vom Bethesda Naval Hospital. Senatorin Ruth Martins Gesicht im Rahmen eines Limousinenfensters.

»Catherine war letzte Nacht bei Bewußtsein, ja. Sie schläft gerade, sie hat ein Schlafmittel bekommen. Wir sind für alles dankbar, was uns beschert worden ist. Nein, wie ich bereits sagte, sie steht unter Schock, aber sie kann klar denken. Nur Prellungen, und ihr Finger ist gebrochen. Und sie kann auch wieder etwas essen und trinken. Danke« Sie stieß ihrem Chauffeur in den Rücken. »Danke. Nein, sie hat den Hund mir gegenüber gestern abend erwähnt. Ich weiß nicht, was wir mit ihm machen werden, wir *haben* schon zwei Hunde.«

Die Story schloß mit einer nichtssagenden Äußerung eines Spezialisten für Streß, der sich später am Tag mit Catherine Martin unterhalten würde, um den emotionalen Schaden zu bewerten.

Crawford schaltete den Fernseher aus.

»Wie sieht's denn bei Ihnen gefühlsmäßig aus, Starling?«

»Ziemlich benommen... bei Ihnen auch?«

Crawford nickte und machte rasch weiter. »Senatorin Martin hat über Nacht telefoniert. Sie möchte Sie besuchen. Catherine auch, sobald sie reisen kann.«

»Ich bin immer zu Hause.«

»Krendler will ebenfalls hier herunterkommen. Er hat seine Aktennotiz zurückverlangt.«

»Wenn ich mir recht überlege, ich bin nicht immer zu Hause.«

»Hier ist ein kostenloser Rat. Benutzen Sie Senatorin Martin. Lassen Sie sich von ihr sagen, wie dankbar sie ist, lassen Sie sich von ihr die Schuldscheine geben. Tun Sie's bald. Dankbarkeit hat eine kurze Halbwertzeit. Sie werden sie eines Tages brauchen, so wie Sie sich benehmen.«

»Das sagt auch Ardelia.«

»Ihre Zimmerkameradin, Mapp? Der Polizeichef hat mir gesagt, Mapp sei entschlossen, mit Ihnen für Ihre Nachholungsprüfungen am Montag zu büffeln. Sie ist gerade eineinhalb Punkte an ihrem Erzrivalen Stringfellow vorbeigezogen, erklärte er mir.«

»Als Student, der die Abschiedsrede hält?«

»Stringfellow ist allerdings hartnäckig – er sagt, sie könne ihn nicht abwehren.«

»Dann soll er mal lieber sein Mittagessen mitbringen.«

Im Durcheinander auf Crawfords Schreibtisch war das Origami-Hühnchen, das Dr. Lecter gefaltet hatte. Crawford bewegte den Schwanz auf und ab. Das Hühnchen pickte.

»Lecter hat sich zu Platin gemausert – er ist an der Spitze von jedermanns Liste der Meistgesuchten«, sagte er. »Trotzdem könnte er noch eine Weile draußen sein. Privat müssen Sie auf der Hut sein.«

Sie nickte.

»Jetzt ist er beschäftigt«, sagte Crawford, »aber wenn er nicht beschäftigt ist, wird er sich unterhalten. Über eins müssen wir uns im klaren sein: Sie wissen, daß er es Ihnen genauso antun würde wie jedem anderen auch.«

»Ich glaube nicht, daß er mich je aus dem Hinterhalt überfiele – es ist rüde, und auf diese Art würde er keine Fragen stellen können. Klar würde er es tun, sobald ich ihn langweilte.«

»Seien Sie auf der Hut, mehr sage ich ja nicht. Wenn Sie Ihren Posten verlassen, markieren Sie Ihre Dreierkarte – keine telefonischen Auskünfte über Ihren Aufenthaltsort ohne eindeutige Identifikation. Ich möchte ein Spurenalarmgerät an Ihrem Telefon anbringen, wenn Sie nichts dagegen haben. Es wird privat sein, es sei denn, Sie drücken auf den Knopf.«

»Ich erwarte nicht, daß er mir folgt, Mr. Crawford.«

»Sie haben aber gehört, was ich gesagt habe.«

»Ja. Ich hab's gehört.«

»Nehmen Sie diese eidlichen Aussagen und überprüfen Sie sie. Fügen Sie hinzu, wenn Sie mögen. Wir werden Ihre Unterschriften hier bezeugen, wenn Sie soweit sind. Starling, ich bin stolz auf Sie. Dito Brigham, dito der Chef.« Es klang steif, nicht, wie er es klingen lassen wollte.

Er ging zu seiner Bürotür. Sie entfernte sich von ihm, ging den verlassenen Gang hinunter. Es gelang ihm, ihr von seinem Berg des Kummers zuzurufen: »Starling, Ihr Vater sieht Sie.«

59. Kapitel

Jame Gumb war Wochen, nachdem er in sein endgültiges Loch gesenkt wurde, auf allen Titelseiten.

Mit den Unterlagen von Sacramento County beginnend, setzten Reporter seine Geschichte zusammen.

Seine Mutter war einen Monat mit ihm schwanger gewesen, als sie sich in der Miß-Sacramento-Wahl 1948 nicht plazierte. Das ›Jame‹ in seiner Geburtsurkunde war offensichtlich ein Schreibfehler, den zu verbessern sich keiner bemühte.

Als es mit ihrer Schauspielerinnenkarriere nichts wurde, gab seine Mutter sich dem Alkohol hin; Gumb war zwei, als das Los Angeles County ihn zu einer Pflegestelle gab.

Mindestens zwei wissenschaftliche Journale erklärten, daß diese unglückliche Kindheit der Grund dafür sei, warum er Frauen in seinem Keller wegen ihrer Haut umbrachte. Die Worte *verrückt* und *böse* erscheinen in keinem der Artikel.

Der Film des Schönheitswettbewerbs, den Jame Gumb sich als Erwachsener anschaute, waren Originalfilmmeter von seiner Mutter, doch die Frau im Swimming-pool-Film war nicht seine Mutter, wie vergleichende Messungen ergaben.

Gumbs Großeltern holten ihn von einer unbefriedigenden Pflegestelle weg, als er zehn war, und zwei Jahre später brachte er sie um.

Während seiner Jahre in der Nervenklinik erlernte Gumb im Rahmen der Berufsrehabilitation Tulare das Schneiderhandwerk. Er bewies eindeutige Begabung für die Arbeit.

Gumbs beruflicher Werdegang wies Lücken auf und war unvollständig. Reporter entdeckten mindestens zwei Restaurants, in denen er schwarz arbeitete, und er arbeitete sporadisch in der Bekleidungsbranche. Es ist nicht bewiesen worden, daß er in dieser Periode tötete, doch Benjamin Raspail behauptete, daß er das tat.

Er arbeitete im Antiquitätenladen, wo die Schmetterlingsornamente gemacht wurden, als er Raspail kennenlernte, und er ließ sich einige Zeit von dem Musiker aushalten. Zu diesem Zeitpunkt entwickelte Gumb auch seine Manie für Motten und Schmetterlinge und die Wandlungen, die sie durchlaufen.

Nachdem Raspail ihn verließ, brachte Gumb Raspails nächsten Liebhaber, Klaus, um, köpfte und häutete ihn teilweise ab.

Später kam er im Osten bei Raspail vorbei. Raspail, stets von schlimmen Jungs entzückt, stellte ihn Dr. Lecter vor.

Dies wurde in der Woche nach Gumbs Tod bewiesen, als das FBI von Raspails nächsten Verwandten die Tonbänder von Raspails Therapiesitzungen mit Dr. Lecter beschlagnahmte.

Vor Jahren, als Dr. Lecter für geistesgestört erklärt wurde, hatte man die Bänder der Therapiesitzungen den Familien der Opfer übergeben, damit diese sie vernichteten. Raspails streitsüchtige Verwandten behielten die Aufnahmen jedoch, in der Hoffnung, sie zur Anfechtung von Raspails Testament zu verwenden. Sie hatten das Interesse an den frühen Bändern verloren, die nur Raspails langweilige Reminiszenzen über sein Schulleben enthielten. Nach der erschöpfenden Berichterstattung in den Medien über Jame Gumb hörten die Raspails sich den Rest an. Als die Verwandten den Rechtsanwalt Everett Yow anriefen und drohten, die Bänder bei einer erneuten Anfechtung von Raspails Testament zu verwenden, rief Yow Clarice Starling an.

Die Aufnahmen enthielten die letzte Sitzung, in der Lecter Raspail tötete. Wichtiger noch, sie enthüllten, wieviel Raspail Lecter von Jame Gumb erzählt hatte:

Raspail erzählte Lecter, daß Gumb von Motten besessen war, daß er in der Vergangenheit Menschen enthäutet hatte, daß er Klaus umgebracht hatte, daß er einen Job bei der Lederwarenfirma Mr. Hide in Calumet City besaß, aber Geld von einer alten Dame in Belvedere, Ohio, nahm, die Fütterungen für die Mr. Hide AG vornahm. Eines Tages würde Gumb sich alles unter den Nagel reißen, was die alte Dame besaß, prophezeite Raspail.

»Als Lecter las, daß das erste Opfer aus Belvedere kam und daß es abgehäutet war, wußte er, wer es tat«, erklärte Crawford Starling, als sie sich zusammen das Band anhörten. »Er hätte Ihnen Gumb gegeben und wie ein Genie ausgesehen, wenn Chilton sich nicht eingemischt hätte.«

»Er machte bei mir eine Andeutung, indem er in die Akte schrieb, daß die Stellen zu willkürlich seien«, sagte Starling. »Und in Memphis fragte er mich, ob ich nähe. Was wollte er passieren lassen?«

»Er wollte sich amüsieren«, antwortete Crawford. »Er hat sich lange, lange amüsiert.«

Von Jame Gumb wurde nie eine Aufnahme gefunden, und seine Aktivitäten in den Jahren nach Raspails Tod wurden allmählich anhand von Geschäftskorrespondenz, Gasquittungen, Interviews mit Boutiquenbesitzern nachgewiesen.

Als Mrs. Lippman auf einem Trip mit Gumb nach Florida starb, erbte er alles – das alte Gebäude mit seinen Wohnquartieren, seiner leeren Ladenfront und seinem weitverzweigten Keller und eine ansehnliche Geldsumme. Er hörte auf, für Mr. Hide zu arbeiten, behielt aber eine Zeitlang ein Apartment in Calumet City bei und verwendete weiter die Geschäftsadresse, um Pakete unter dem Namen John Grant zu erhalten. Er behielt bevorzugte Kunden, reiste weiterhin zu Boutiquen im ganzen Land, wie er das für Mr. Hide getan hatte, und nahm für die maßgeschneiderten Gewänder Maß, die er in Belvedere machte. Er benutzte seine Reisen, um Opfer auszukundschaften und sie abzuladen, wenn sie verbraucht waren – der braune Lieferwagen, der stundenlang mit fertigen Lederwaren auf der Interstate entlangbrummte, die hinten an Ständern über dem mit Gummi imprägnierten Sack für die Leichen auf dem Boden schaukelten.

Er hatte die herrliche Freiheit des Kellers. Raum zum Arbeiten und Raum zum Spielen. Anfangs waren es nur Spiele – junge Frauen durch das schwarze Labyrinth zu jagen, ergötzliche lebende Bilder in abgelegenen Räumen zu kreieren und diese hermetisch zu verschließen, die Türen nur wieder zu öffnen, um ein wenig Kalk hineinzuwerfen.

Fredrica Bimmel begann Mrs. Lippman im letzten Lebensjahr der alten Dame zu helfen. Fredrica holte Nähsachen bei Mrs. Lippman ab, als sie Jame Gumb kennenlernte. Fredrica Bimmel war nicht die erste junge Frau, die er umbrachte, doch sie war die erste, die er wegen ihrer Haut tötete.

Fredrica Bimmels Briefe an Gumb wurden unter seinen Dingen gefunden.

Starling konnte die Briefe kaum lesen, wegen der Hoffnung, wegen der schrecklichen Bedürfnisse in ihnen, wegen der Koseworte für Gumb, die ihre Antworten in sich schlossen: ›Liebster Geheimer Freund in meiner Brust, ich liebe dich! – Ich hätte *nie* geglaubt, daß ich das je sagen würde, und das allerbeste ist, es *zurückgesagt* zu bekommen.‹

Wann hatte er sich zu erkennen gegeben? Hatte sie den Keller entdeckt? Wie sah ihr Gesicht aus, als er sich veränderte, wie lange ließ er sie am Leben?

Das Schlimmste: Fredrica und Gumb waren tatsächliche Freunde bis zum Ende; sie schrieb ihm einen Zettel aus der Grube.

Die Sensationsblätter änderten Gumbs Spitznamen in ›Mr. Hide‹ und fingen, angewidert, weil sie den Namen nicht selbst erfunden hatten, mit der Story praktisch wieder von vorn an.

Starling, sicher im Herzen von Quantico, mußte sich nicht mit der Presse befassen, doch die Presse befaßte sich mit ihr.

Von Dr. Fredrick Chilton kaufte der *National Tattler* die Aufnahmen von Starlings Gespräch mit Dr. Hannibal Lecter. Der *Tattler* dehnte ihre Unterhaltungen für seine Serie ›Draculas Braut‹ aus und ließ durchblicken, daß Starling als Gegenleistung für Informationen Dr. Lecter gegenüber offene sexuelle Enthüllungen gemacht habe; dies spornte *Velvet Talks: The Journal of Telephone Sex* zu einem Angebot für Starling an.

Das Magazin *People* brachte einen kurzen, wohlwollenden Artikel über Starling, unter Verwendung von Jahrbuchbildern von der University of Virginia und vom Lutheraner-Heim in Bozeman. Das beste Bild war von dem Pferd, Hannah, in seinen späteren Jahren, wie es einen Karren voller Kinder zog.

Starling schnitt das Bild von Hannah aus und legte es in ihre Brieftasche. Es war das einzige, was sie aufhob.

Sie heilte langsam.

60. Kapitel

Ardelia Mapp war eine großartige Privatlehrerin – sie konnte eine Prüfungsfrage in einer Vorlesung auf weitere Sicht entdecken, als ein Leopard ein lahmendes Tier ausmachen kann –, doch sie war keine übermäßige Läuferin. Sie erklärte Starling, das käme daher, weil sie derart mit Fakten beladen sei.

Sie war auf dem Joggingpfad hinter Starling zurückgefallen und holte sie bei der alten DC-6 ein, die das FBI für Flugzeugentführungssimulierungen benutzt. Es war Sonntag morgen. Sie hatten zwei Tage über den Büchern gesessen, und die blasse Sonne tat gut.

»Also was hat Pilcher am Telefon gesagt?« fragte Mapp und lehnte sich gegen das Fahrgestell.

»Er und seine Schwester haben dieses Haus an der Chesapeake-Bucht.«

»Ja, und?«

»Seine Schwester ist da mit ihren Kindern und Hunden und vielleicht ihrem Mann.«

»Und?«

»Sie sind im einen Ende des Hauses – es ist eine große alte Bruchbude am Wasser, die sie von seiner Großmutter geerbt haben.«

»Komm mal zum Wichtigen.«

»Pilcher gehört das andere Ende des Hauses. Er will, daß wir nächstes Wochenende hinfahren. 'ne Menge Zimmer, sagt er. ›So viele Zimmer, wie jemand nur brauchen kann‹, hat er sich, glaube ich, ausgedrückt. Seine Schwester würde anrufen und mich einladen, hat er gesagt.«

»Im Ernst! Ich wußte nicht, daß man das noch macht.«

»Er hat dieses schöne Szenario dargestellt – kein Ärger, sich warm anziehen und am Strand spazierengehen, hereinkommen, und es brennt ein Feuer, Hunde springen mit ihren großen sandigen Pfoten an dir hoch.«

»Idyllisch, hmm-mhmm, große sandige Pfoten, mach weiter.«

»Es ist 'n bißchen viel, wenn man bedenkt, daß wir noch nicht mal eine Verabredung gehabt haben. Er behauptet, am besten schläft man mit zwei oder drei großen Hunden, wenn es wirklich kalt wird. Er sagt, sie haben so viele Hunde, daß jeder zwei haben kann.«

»Pilcher lockt dich mit dem alten Hundetrick, da hast du doch gleich angebissen, oder?«

»Er behauptet, ein guter Koch zu sein. Seine Schwester sagt, es stimmt.«

»Oh, sie hat schon angerufen.«

»Ja.«

»Wie hat sie geklungen?«

»Okay. Klang, als ob sie am anderen Ende des Hauses war.«

»Was hast du ihr gesagt?«

»Ich sagte: ›Ja, vielen Dank‹, das habe ich gesagt.«

»Gut«, sagte Mapp. »Das ist sehr gut. Iß ein paar Krebse. Schnapp dir Pilcher und schmatz ihm ins Gesicht, werd wild.«

61. Kapitel

Ein Kellner vom Zimmerservice rollte einen Wagen den tiefen Teppich des Marcus Hotel hinunter.

An der Tür von Suite 61 blieb er stehen und klopfte mit seinem behandschuhten Knöchel leise an die Tür. Er hob den Kopf und klopfte erneut, um über die Musik von drinnen gehört zu werden – Bach, *Zwei- und Dreiteilige Inventionen,* Glenn Gould am Klavier.

»Herein.«

Der Herr mit der Bandage über der Nase trug einen Morgenmantel und saß schreibend an einem Schreibtisch.

»Stellen Sie's an die Fenster. Kann ich den Wein sehen?«

Der Kellner brachte ihn. Der Herr hielt ihn unters Licht seiner Schreibtischlampe, legte den Hals der Flasche gegen die Wange.

»Öffnen Sie ihn, stellen Sie ihn aber nicht auf Eis«, sagte er und schrieb ein großzügiges Trinkgeld unten über die Rechnung. »Ich werde ihn später probieren.«

Er wollte nicht, daß der Kellner ihm Wein zum Vorkosten reichte – er fand den Geruch des Uhrenarmbands des Manns unangenehm.

Dr. Lecter war ausgezeichneter Laune. Seine Woche war gut verlaufen. Sein Aussehen machte gute Fortschritte, und sobald einige kleine Verfärbungen abgeklungen waren, konnte er seine Verbände abnehmen und Paßfotos machen lassen.

Die eigentliche Arbeit nahm er selbst vor – geringdosierte Silikonspritzen in die Nase. Im Gegensatz zum Silikongel waren die Spritzen zur subkutanen Injektion und das Novocain verschreibungspflichtig. Diese Schwierigkeit umging er, indem er ein Rezept vom Ladentisch einer geschäftigen Apotheke beim Krankenhaus klaute. Er überdeckte das Gekritzel des rechtmäßigen Arztes mit Schreibmaschinenkorrekturflüssigkeit und fotokopierte das Blankorezept. Das erste Rezept, das er schrieb, war eine Kopie des gestohlenen, und er brachte es in die Apotheke zurück, daher wurde nichts vermißt.

Der Dummkopfeffekt in seinen feinen Zügen war nicht angenehm, und er wußte, daß das Silikon sich verteilen würde, wenn er nicht vorsichtig war, aber bis zu seiner Ankunft in Rio würde es gehen.

Als seine Hobbies ihn ganz in Anspruch zu nehmen begannen – lange vor seiner ersten Verhaftung –, hatte Dr. Lecter Vorkehrungen für eine Zeit getroffen, wenn er vielleicht auf der Flucht sein würde. In der Mauer eines Ferienhäuschens am Ufer des Susquehanna River waren Geld und die Ausweispapiere einer anderen Identität, einschließlich eines Passes und den kosmetischen Hilfsmitteln, die er für die Paßfotos getragen hatte. Der Paß wäre inzwischen abgelaufen, doch man könnte ihn sehr schnell erneuern.

Da er es vorzog, mit einem großen Tourabzeichen an der Brust durch den Zoll getrieben zu werden, hatte er bereits eine gräßlich klingende Rundreise mit der Bezeichnung ›Südamerikanische Pracht‹ gebucht, die ihn bis Rio bringen würde.

Er erinnerte sich daran, für die Hotelrechnung lieber einen Scheck auf den verstorbenen Lloyd Wyman auszustellen und so den zusätzlichen fünftägigen Vorsprung zu bekommen, während der Scheck die Bankmaschinerie durchlief, als eine Amex-Kreditkartenbelastung in den Computer zu speichern.

An diesem Abend holte er seine Korrespondenz auf, die er durch einen Postauftragsdienst in London würde versenden müssen.

Als erstes schickte er Barney ein großzügiges Trinkgeld und eine Danknotiz für seine vielen Gefälligkeiten in der Anstalt.

Als nächstes verfaßte er eine Notiz an Fredrick Chilton in Bundesschutzhaft, in der er andeutete, daß er Dr. Chilton in nächster Zukunft einen Besuch abstatten würde. Nach diesem Besuch, so schrieb er, wäre es für das Krankenhaus sinnvoll, Ernährungsanweisungen auf Chiltons Stirn zu tätowieren, um Schreibarbeit zu ersparen.

Schließlich goß er sich ein Glas des ausgezeichneten Bâtard-Montrachet ein und schrieb an Clarice Starling:

Nun, Clarice, haben die Lämmer aufgehört zu schreien?

Sie schulden mir eine Information, das wissen Sie.

Eine Anzeige in der nationalen Ausgabe der *Times* und in der

International Herald-Tribune am ersten jedes Monats wäre ausgezeichnet. Setzen Sie sie lieber in die *China Mail*.

Ich werde nicht überrascht sein, wenn die Antwort ja und nein ist. Für den Moment werden die Lämmer aufhören. Aber, Clarice, Sie beurteilen sich selbst mit der ganzen Gnade der Kerkerwaage in Threave; Sie werden es immer und immer wieder verdienen müssen, das gepriesene Schweigen. Denn es ist die Misere, die Sie antreibt, die Misere zu sehen, und die Misere wird nie enden, niemals.

Ich habe keine Pläne, Sie zu besuchen, Clarice, da die Welt mit Ihnen darin interessanter ist. Vergessen Sie nicht, mir die gleiche Gefälligkeit zu erweisen.

Dr. Lecter berührte mit dem Stift die Lippen und lächelte.

Ich habe Fenster.

Orion steht jetzt über dem Horizont und dicht dabei Jupiter, strahlender, als er es je wieder vor dem Jahr 2000 sein wird. (Ich habe nicht die Absicht, Ihnen zu sagen, wie spät und wie hoch es ist.) Doch vermutlich können Sie es auch sehen. Einige unserer Sterne sind dieselben.

Clarice.

Hannibal Lecter

Weit im Osten, an der Küste der Chesapeake-Bucht, stand Orion hoch am klaren Nachthimmel, über einem großen alten Haus und einem Zimmer, wo ein Feuer für die Nacht gerichtet war, dessen Schein sanft mit dem Wind über den Schornsteinen flackert. Auf einem großen Bett lagen viele Steppdecken, und auf den Steppdecken und unter ihnen mehrere große Hunde. Zusätzliche Hügel unter den Laken können Noble Pilcher sein oder auch nicht, es ist unmöglich, dies bei der Raumbeleuchtung festzustellen. Das Gesicht auf dem Kissen, rosig im Schein des Feuers, war zweifellos das von Clarice Starling, und sie schlief fest, süß, im Schweigen der Lämmer.